Texas Knight Desert Dream

M. C. Steinweg

ISBN: 1494347768
ISBN-13: 978-1494347765 (USA)
ISBN-13 978-3-8476-7342-2 (Deutschland)
Texas Knight – Desert Dream
M.C. Steinweg
m.c.steinweg@googlemail.com

Printed in Germany by Amazon Distribution GmbH, Leipzig

Für meinen Mann ich liebe dich

An dieser Stelle bedanke ich mich bei Sarah und Eli, die unermüdlich meine Zeilen studiert und korrigiert haben.

1

Heute ist mein großer Tag. Offiziell beende ich mein Studium und bekomme meine Abschlussdokumente überreicht. Es ist der 2. August und die Sonne scheint von einem wolkenlosen Himmel. Ich bin total aufgeregt und habe mir schon tagelang den Kopf darüber zerbrochen, was ich heute anziehen werde. Da die Sonne scheint und kein Regen in Sicht ist, entscheide ich mich für ein weißes tailliertes Leinenkleid, welches eine gute Handbreit über meinem Knie endet. Das hatte ich mir letztes Jahr im Sommerschlussverkauf zugelegt, es war auf einen erschwinglichen Preis reduziert, und saß bei der Anprobe wie angegossen als sei es exklusiv für mich gefertigt worden. Da konnte ich einfach nicht nein sagen.
Jetzt hängt es an meinem Kleiderschrank und wartet darauf, angezogen zu werden. Ich schalte mein Radio ein und sofort ertönt Musik für gute Laune. Auch bei Antenne Bayern scheint die Freude über den Sommer noch in vollem Gang zu sein. In der Hoffnung, dass die Nachbarin unter mir ausnahmsweise gnädig ist und sich nicht über die Lautstärke beschwert, mache ich die Musik ein bisschen lauter. Barfuß, im T-Shirt und Slip tanze ich zu „I'm free" von Natalia Kills durch meine kleine Wohnung zur

Küchenzeile. Im Rhythmus hole ich Toastbrot und den Toaster heraus und gebe zwei Toasts in die Schlitze. Kaum ist der Toast geröstet, verteile ich die Butter und ein wenig Honig darauf. Das Müsli findet seine Bleibe in dem Joghurt und die Milch kommt in einen Becher. Heute Morgen brauche ich keinen Kaffee, ich bin schon aufgedreht genug.
Eigentlich hatte ich vorgehabt, gemütlich im Bett zu frühstücken und den Tag ganz in Ruhe zu beginnen, doch das funktioniert Dank der fetzigen Musik nicht mehr. Also zapple ich während meines Stehfrühstücks einfach weiter, denn fürs Hinsetzen bin ich zu aufgeregt. Irgendwann drehe ich das Radio wieder leiser und stelle mein benutztes Geschirr in die Spüle. Es ist kurz nach neun Uhr und meine Freundin Susanne will gegen zehn Uhr vorbei kommen, um mit mir zusammen zur Abschlussveranstaltung zu fahren. Ich bin froh, dass sie mit kommt, denn ohne Eltern und ganz alleine, hätte ich mich bei einer solchen Veranstaltung noch unwohler gefühlt als in Begleitung.

Meine Eltern wären bestimmt stolz auf mich. So wie mein Vater habe auch ich Geologie studiert. Seine Begeisterung für die Erde und alles was sie verbirgt und uns gleichzeitig erzählt, hat mich von Kindesbeinen an fasziniert. Bereits im Grundkurs des Studiums wusste ich mehr als alle anderen. Dieser Wissensvorsprung hat mich insgesamt zwei ganze Semester überschlagen lassen. Jetzt schließe ich mein Studium als Jüngste mit nur zweiundzwanzig Jahren und sogar als Jahrgangsbeste ab.
Als ich gerade vierzehn Jahre alt war, verunglückten meine Eltern mit dem Auto tödlich. Danach wuchs ich bei meiner Oma auf, die letztes Jahr an einem nicht rechtzeitig erkannten Tumor starb. Die Erinnerung daran, ganz alleine ohne lebende Verwandte zu sein, lässt mir trotz der Wärme einen kalten Schauer über meinen Rücken fahren. Von einem Augenblick zum anderen schleicht sich

Melancholie in meine Stimmung und es brennt verdächtig in meinen Augen. Das ist mir schon seit langer Zeit nicht mehr passiert. Ich vermisse meine Eltern und meine Oma gerade heute an diesem wichtigen Tag ganz besonders.
Das Klingeln an der Wohnungstür holt mich in die Gegenwart zurück. Susanne kommt mit einem strahlenden Lächeln die Treppe herauf.
»Na, wie gut, dass ich früher gefahren bin!« Sie schüttelt den Kopf. »Du bist ja noch gar nicht fertig.... Jetzt aber mal ganz schnell Süße!« Und schiebt mich in Richtung Bad. Während ich mich dusche höre ich sie in der Küche klappern. Susanne ist meine allerbeste Freundin. Sie ist drei Jahre älter als ich. Wir kennen uns seit dem gemeinsamen Besuch des Gymnasiums, wo sie ein paar Jahrgänge über mir war. Wir beide hatten eine schwierige Zeit. Sie hat sich damals mit ihren Eltern und den Lehrern angelegt während ich mich, in der Zeit, in der ich mit dem Verlust meiner Eltern zu Recht kommen musste, so ziemlich mit jedem gestritten habe. Susanne musste damals nachsitzen, weil sie die Kompetenz ihrer Biologielehrerin vor der Klasse angezweifelt hatte; ich befand mich im gleichen Zimmer, weil ich meinen Deutschlehrer hartnäckig ignoriert hatte. Das kam in etwa auf das Gleiche hinaus. Wir haben uns damals den Nachmittag gemeinsam um die Ohren geschlagen.
Daraus ist eine Freundschaft entstanden, die so eng wurde, dass Susanne für mich wie die Schwester ist, die ich nie hatte. Susannes Eltern haben zusammen eine Privatklinik aufgebaut und konnten ihren Kindern – Susanne hat noch einen älteren Bruder – eine sorgenfreie Kindheit bescheren. Durch meine Freundschaft mit ihr hatte ich das Glück, so etwas wie eine Ersatzfamilie zu finden. Seitdem ich mit Susanne befreundet bin, war ich jedes Jahr zu Weihnachten dort. Als Oma noch lebte, kam sie oft mit. Das war trotz alledem eine richtig schöne Zeit, an die ich mich gerne erinnere. Inzwischen bin ich mit dem Duschen fertig und bei meinen Haaren angelangt. Gerade als ich vor

dem Spiegel mit meinen Haaren kämpfe, geht die Badezimmertüre auf und Suse, nebst frisch gebrühtem Kaffee, leisten mir Gesellschaft.
»Und, schon was von deinen Bewerbungen gehört?«
Die Haarbürste in der einen Hand und den Föhn in der anderen, schüttle ich den Kopf.
»Nein, bis jetzt noch nichts.«
»Möglicherweise geht es ja dann auf einmal ganz schnell…. Wann lässt dich denn deine Firma aus dem Vertrag heraus?«
»Wenn es nach meinem Chef geht, dann soll ich bei ihm bleiben, er hat mir eine Vollzeitstelle angeboten.«, antworte ich, beide Hände in meinen Haaren versunken, in dem vergeblichen Versuch, meine honigblonden Locken, die mir bis über die Schulterblätter reichen, irgendwie zu bändigen, ohne sie plattzudrücken.
»Er weiß, dass ich jetzt nach Abschluss meines Studiums sicherlich was anderes machen möchte, als weiterhin als Bürohilfe zu arbeiten. Normalerweise habe ich drei Monate Kündigungsfrist, aber im Falle des Falles komme ich bestimmt auch eher heraus«.
Zwar hatte ich etwas Geld von meinen Eltern und meiner Oma geerbt, doch ohne finanzielle Unterstützung war ich gezwungen, neben meinem Studium zu arbeiten. Gleich nach dem Abitur hatte ich einen Job als Bürohilfe bei einer Versicherung angenommen. Dort arbeitete ich bis zu 20 Stunden in der Woche, die ich flexibel neben meinem Studium erbringen konnte. Das ermöglichte mir ein kleines Einkommen und damit auch eine eigene winzige Wohnung in Fürstenfeldbruck unterm Dach. Dort hatte ich für eine relativ geringe Miete, mein kleines Reich über den Dächern von München. Für den Preis und der damit verbundenen Aussicht ein wahrer Glücksgriff! Ich schaue Susanne an, die es sich auf dem Badewannenrand gemütlich gemacht hat. Sie stellt die Kaffeetasse vorsichtig zur Seite. Dann steht sie auf und drückt mich auf den geschlossenen Toilettendeckel nieder.

»Komm ich helfe dir, sonst wird das nie was. Ich finde du solltest die Haare offen tragen.«, sagt sie, während sie meine Haare gekonnt über den Rücken drapiert, die Wellen über ihre Hand rollt und mit ein wenig Haarspray fixiert. Dann steckt sie vorne die Haare in Richtung Hinterkopf hoch, lässt sie lockig nach hinten wegfallen und arrangiert ein paar lose Strähnen vor meinem Gesicht. Susanne hat ein geschicktes Händchen in diesen Dingen.
»Wenn du nicht Medizin studieren würdest, wärest du eine hervorragende Friseuse geworden.« Versuche ich Susanne ein wenig aufzuziehen. Sie absolviert in Kürze die letzte Prüfung und darf sich dann Traumatologin und Chirurgin nennen. Der Stress, den Susanne mit dem Abschluss ihres eigenen Studiums hat, ist ihr nicht anzusehen, im Gegenteil, sie wirkt fröhlich und ausgeglichen. Ich bin mir sicher, dass sie genau weiß, wie sie die Balance bei dem ganzen Stress halten muss. Außerdem sind sowohl ihre Mutter als auch ihr Vater erfolgreiche Mediziner und die Privatklinik, die einen sehr guten Ruf besitzt, wird ihr Übriges dazutun, ihr den Job und den Studienabschluss zu erleichtern.
Ich werfe einen Blick in den Spiegel und beschließe auf großartiges Make-Up zu verzichten. Übermäßiges Schminken steht mir sowieso nicht. Nachdem ich ein wenig Wimperntusche und Gloss aufgelegt habe bin ich fertig. Flugs ziehe ich mein Kleid über, platziere noch Ohrstecker an meinen Ohren und schlüpfe in die Sandalen, die ich mir extra neu gekauft habe. Sie sind weiß und haben einen hohen Absatz, so dass ich mit einem Mal fast zehn Zentimeter größer bin und damit meine ehemaligen Leidensgefährten von der Uni nahezu gerade in die Augen schauen kann. Mit 1,75 m bin ich zwar nicht gerade klein, aber wenn man als Frau in einer reinen Herrenrunde unterwegs ist, merkt man schnell den Höhenunterschied. Flugs greife ich meine Tasche und laufe mit Susanne, die abwartend an meiner Wohnungstüre steht, die Treppen hinunter zu ihrem Auto.

Ich wusste gar nicht, wie langweilig diese Verabschiedungszeremonien sein konnten. Wie gut, dass es die nur einmal durchzuhalten gilt. Erst hält Professor Doktor Julius Reichenbacher, der Dekan der Universität, eine Rede über die Wichtigkeit und Anwendbarkeit eines Geologiestudiums für die internationale Wirtschaft. Danach folgen noch zwei Professoren, von denen ich einen aus dem sehr kurzen Erstsemester kenne. Der andere hatte mich im Projekt der magmatischen Petrologie begleitet. Meine Mitkommilitonen und ich sitzen vor der Bühne. Links von uns befinden sich die versammelten Professoren und hinter uns sitzen die Besucher. Über die Köpfe meiner Kommilitonen hinweg schaue ich nach Susanne, die die Veranstaltung offensichtlich spannender findet als ich.

Aufmerksam lauscht sie den Ausführungen der Redner und lässt sich von einem gut aussehenden Mann an ihrer rechten Seite immer wieder mal etwas erklären. In der Zeit, in der ich sie kenne, mangelte es ihr nie an attraktiven Begleitern an ihrer Seite. Irgendwie hatte sich das für mich nie ergeben. Die meisten Männer die ich kennen gelernt habe, waren entweder ausschließlich daran interessiert, ihren Hormonstau abzubauen, oder wollten Nachhilfe. Auf beides konnte ich im Hinblick auf meine erste Erfahrung mit dem anderen Geschlecht sehr gut verzichten. Danach ist sämtliches Interesse an Beziehungen komplett erloschen.

Endlich sind die Vorträge beendet und es geht nun daran, die Zertifikate zu verteilen. Alle ehemaligen Studenten werden nun namentlich nacheinander aufgerufen und gehen zum Professor, der oben auf der Bühne steht, um sich die Papiere abzuholen. Für jeden gibt es nette, aufmunternde, freche oder auch humorvolle Kommentare. Die Reihe der Aufgerufenen ist schier endlos und immer noch warte ich darauf, endlich meinen Namen zu hören. Als ich mir schon fast sicher bin, man hätte mich vergessen, werde ich endlich aufgerufen:

»Als letzte Absolventin bitte ich jetzt Luna-Marie Buchholz zu mir.« Suchend gleitet der Blick des Dekans über die Stuhlreihen.

Mit dem Aufruf erhöht sich sofort meine Pulsfrequenz, denn nun bin ich an der Reihe, vor dem versammelten Publikum zu treten. Solche Situationen haben mich schon immer befangen gemacht. Ich erhebe mich von meinem Sitzplatz und lenke meine Schritte in Richtung Bühne. Der Dekan kommt mir entgegen und begrüßt mich mit sichtbarem Stolz. Er erzählt dem Publikum, dass ich es als Frau in einer Männerdomäne geschafft hätte, die Latte ein Stückchen höher zu legen und dazu noch die jüngste und Jahrgangsbeste sei. Ich spüre, wie mir bei seinen Worten die Röte hochsteigt. Er überreicht mir mein Diplom. Ich bedanke mich für die netten Worte, für die schöne Zeit an der Universität und bin geistig schon dabei, von der Bühne zu verschwinden, als noch eine weitere Person die Bühne betritt. Die Assistentin des Dekans.

Was hat das denn wohl zu bedeuten, frage ich mich. Sie trägt einen Blumenstrauß und einen Umschlag in ihren Händen. Beides überreicht sie ihrem Chef. Professor Reichenbacher dreht sich zu mir um und schaut erst mich und dann das Publikum an. »Fräulein Buchholz, ich habe die große Ehre, Ihnen mit diesem Umschlag eine Einladung der Firma Shalazar Industries zu überreichen. Shalazar Industries ist nicht nur ein großzügiger Unterstützer unserer Universität, sondern eines der größten ölfördernden, transportierenden und auch verarbeitenden Unternehmen weltweit. Jedes Jahr werden die besten fünfzig Absolventen aus Europa zu einem Workshop eingeladen. Viele der Teilnehmer erhalten interessante Jobangebote. Allein die Tatsache, hier ausgewählt worden zu sein, gilt als Empfehlungsschreiben für jedes Unternehmen der Geo Branche.«

Außerdem, füge ich in Gedanken hinzu, habe ich mich dort beworben. Ob denen bei Shalazar Industries das wohl aufgefallen ist?

Der Professor ist sichtlich gerührt, atmet tief durch und nimmt mich vorsichtig in den Arm. Dann überreicht er mir die Blumen, einen wunderschönen Strauß aus rosa und blauen Blüten – für die ich mit Sicherheit keine passende Blumenvase haben werde – und den Umschlag. Das macht mich sprachlos und ich spüre, wie mir die Röte wieder in die Wangen steigt. Der Umschlag ist dick und offensichtlich gut gefüllt. Professor Reichenbacher schaut mich an und sagt:

»Ich hätte Sie sehr gerne hier an unserer Uni gesehen, wenn Sie Ihre Promotion schreiben. Melden Sie sich doch bei mir, ich helfe Ihnen da sehr gerne weiter!«

Ich bin ganz verdattert und stehe bepackt mit Blumen, dem Diplom und dem Umschlag auf der Bühne. Alle Anwesenden applaudieren. Ich sehe Susanne, die sich hingestellt hat und aufgeregt in die Hände klatscht. Ich verbeuge mich kurz, danke dem Professor und gehe dann von der Bühne. Nach einer kurzen Abschiedsrede endet die Verleihung unserer Urkunden. Es herrscht allgemeine Aufbruchstimmung, die Leute sind von den Plätzen aufgestanden und bewegen sich langsam auf den Ausgang zu. Ich schließe mich dem Strom der Menschen an. Direkt hinter der Ausgangstür wartet Susanne auf mich. Sie ist allein, ihr Sitznachbar ist nicht zu sehen. Freudestrahlend kommt sie auf mich zu und drückt mich fest an sich.

»Ich freue mich so sehr für dich! Hast du schon einen Blick in den Umschlag geworfen?«

»Nein«, ich schüttle den Kopf, »dazu hatte ich noch keine Zeit. Was hältst du davon, wenn wir uns den zusammen anschauen?«

Zwei Stunden später sitzen Susanne und ich auf einer Decke, auf dem Rasen, im englischen Garten. Der Blumenstrauß hat seine Heimat in einem Sektkühler gefunden, dessen Flasche uns hierhin begleitet hat und inzwischen fast leer ist. Wir zelebrieren die Öffnung des Umschlages regelrecht. Susanne öffnet ihn mit Hilfe ihrer Nagelfeile und zieht vorsichtig den gesamten Inhalt heraus.

Ich sitze daneben und schaue zu. Danach breitet Sie alle Blätter aus und geht der Reihe nach den Inhalt durch. Interessiert beobachte ich Sie über den Rand meines halbvollen Sektglases. Inzwischen habe ich vor Aufregung ganz feuchte Hände.

»Also, was haben wir denn da.«, sinniert sie halblaut vor sich hin.

Obwohl ich die ganze Zeit ruhig und unbeteiligt getan habe, kann ich mich nicht mehr länger verstellen.

»Na sag schon, was ist alles drin?« Frage ich ungeduldig. Zunächst reicht mir Susanne ein Einladungsschreiben weiter. Es fühlt sich hochwertig und teuer an, das Papier ist von schwerer Qualität und oben auf dem Briefbogen sind die ineinander geschlungenen Buchstaben S und I für Shalazar Industries eingeprägt. Ich bin beeindruckt. Das Anschreiben ist in Englisch. Darin gratuliert man mir zu dem ausgezeichneten Studienabschluss und referiert auf meine Bewerbung, die ich vor zwei Monaten dort eingereicht habe. Das Sponsoring Programm von Shalazar Industries für die besten Studienabgänger wird vorgestellt und man lädt mich ein, an einem einwöchigen Seminar mit Bewerberauswahltraining teilzunehmen. Gerade als ich den Veranstaltungsort lese, bricht Susanne in Jubelstürme aus.

»Du fliegst nach Dubai, Luna! Ich kann's kaum glauben, die laden dich ins Burj al Arab ein. Weißt du was das kostet? Ich werde wahnsinnig. Die Flugtickets sind schon beigelegt. Du fliegst mit Emirates! Besser geht es glaube ich nicht mehr!«

Ich rolle mich auf unserer Decke zu ihr herum.

»Das habe ich gerade auch auf dem Einladungsschreiben gelesen.« Ungläubig starre ich auf den Brief in meinen Händen.

Unter Anderem steht dort geschrieben, dass man eine Verlängerungswoche einplanen möge. Ich soll tatsächlich eine Woche in das teuerste Hotel der Welt reisen, dem einzigen Sieben-Sterne-Hotel von dem ich jemals gehört habe.

»Da muss doch irgendein Haken dran sein, Susanne, niemand lädt jemanden, den man nicht kennt, in ein derartig teures Hotel ein.«
»Ach Luna, was du immer hast.«
Sie dreht sich zu mir um und reicht mir eine Broschüre über das Auswahl- und Förderprogramm von Shalazar Industries. »Jetzt schau mal selber, was die alles machen. Das liest sich gar nicht schlecht.«
Tatsächlich. In der Broschüre lese ich von einem individuellen Förderprogramm, von weltweiten Einsätzen, von unternehmensgesponserten Universitätsbesuchen und Forschungsarbeiten. Mir war gar nicht bewusst, wie groß das Unternehmen ist, bei dem ich mich beworben hatte. Es ist einfach gigantisch. Dass ein so großes Unternehmen natürlich keine Probleme damit hat, eine so kostspielige Unterkunft und eine teure Anreise zu bezahlen, leuchtet mir ein.
»Steht da eigentlich ein Datum, wann es losgehen soll?« Ich befürchte nämlich, dass ich gar keinen Urlaub in meiner Firma bekommen könnte.
»Warte mal.« Susanne stöbert in den Unterlagen. »Am 12. September mit Rückflug entweder am 19. oder aber am 26. September. Da sind doch die Ferien lange vorbei, ich kann mir nicht vorstellen, dass dein Chef dir da einen Strich durch die Rechnung macht.«
Das kann ich mir ehrlich gesagt auch nicht vorstellen. Susanne packt alles wieder sorgfältig in den großen Umschlag und wir beide genießen die restliche Sonne des Tages. Morgen, denke ich mir, werde ich erst mal in der Firma anfragen, ob ein Urlaub über diesen Zeitraum möglich ist.

2

Vor knapp sechs Stunden habe ich in München, im strömenden Regen, das Flugzeug der Emirates Airline bestiegen und lande in wenigen Minuten in Dubai. Schon aus der Luft sind die riesigen Sandflächen und Dünen zu erkennen. Wie winzige Inseln liegen kleine Oasen in einem riesigen goldenen Ozean aus Sand. Selbst aus dieser Höhe kann man die wunderbaren Wellen sehen, die der Wind in den glühenden Sand gemalt hat. Es ist ein magischer Anblick. Der Himmel spannt sich in einem wolkenlosen unglaublich blauen Farbton über die Wüste. Bestimmt ist das für jeden, der sich am Boden inmitten der Wüste befindet, ein nicht halb so schönes Erlebnis wie für mich, die in einem klimatisierten Flugzeug am Fenster sitzt und den aufmerksamen Service der Stewardess genießen kann.

Susanne hat Recht behalten. Der Flug lässt keine Wünsche offen. Der Service ist erstklassig, aufmerksame Stewardessen sind sofort zur Stelle, wenn ein Passagier Hilfe benötigt. Außerdem habe ich viel Platz auf meinem Sitz. Ein Luxus, den man sicherlich teuer bezahlen darf, wenn man ein solches Ticket selbst erstehen muss.

Das Flugzeug befindet sich bereits im Landeanflug und auf der Seite taucht das Meer in der Sonne glitzernd auf.

Dubai ist bereits sehr gut zu erkennen. Die Stadt hatte ich mir weder so groß noch so modern vorgestellt. Hochhäuser mit spiegelnden Fassaden und breite Straßen mit einem Grünstreifen in der Mitte sind zu erkennen. Autos, die schon aus der Luft betrachtet extrem teuer aussehen, fahren darauf. Überall sehe ich kleine blaue Stellen, die bei genauerer Betrachtung Wasserbassins sind. Ich hatte kleine grau-braune Lehmhäuser erwartet und einen winzigen mondänen Stadtkern als Vorzeigeobjekt. Doch die ganze Stadt über die ich hinweg fliege, ist modern, sauber und strahlend.

Ich sehe verschiedene Hotelanlagen, die sich am Strand wie bunte Perlen aufreihen und jetzt kommt mein Ziel, das Burj al Arab, in Sicht. Wie ein gigantisches aufgeblähtes Segel einer Dau ragt der Hotelbau hoch in den blauen Himmel, der Sonne entgegen. Die Fassade glänzt im Sonnenlicht. In Natura ist es noch viel größer, als ich es mir vorgestellt hatte. Mir bleibt nur ein einziger Blick aus der Luft vergönnt, denn das Flugzeug dreht wieder ab und sinkt immer tiefer.

Der Flughafen kommt als Nächstes in Sicht. Zwei breite Landebahnen und ein langgestrecktes Gebäude liegen schräg unter mir. Ein neuer Richtungswechsel des Flugzeuges bedeutet, dass wir jetzt in die letzte Phase kommen. Ich höre die verschiedenen Klappen und Bleche, die sich mit einem Brummen und Surren aus der Tragfläche schieben. Mit einem Rumpeln sind auch die Räder draußen. Kurz darauf, setzt das Flugzeug mit einer sanften Landung auf. So sanft, dass die Stewardess eigentlich die Getränke hätte stehen lassen können. Über eine Gangway, die an das Flugzeug heran gefahren wurde, verlasse ich den Flieger und folge den anderen Passagieren. An der Passkontrolle gibt es einen kleinen Stau, doch nach nicht einmal zehn Minuten bin ich durch und auf dem Weg zum Kofferband. Während ich auf meinen Koffer warte, krame ich mein Mobiltelefon hervor und schalte es ein. Schnell tippe ich eine SMS an Susanne

‚Bin gut gelandet und warte auf den Koffer.
Melde mich gleich im Hotel nochmal. LG Luna‘

Das Kofferband setzt sich mit einem leisen Quietschen in Bewegung. Ich habe Glück und mein Koffer ist gleich einer der ersten, die auf dem Band eine Runde fahren. Als ich zielgerichtet darauf zustrebe, tritt einer meiner Mitreisenden - ein schlanker, dunkelhaariger Mann vor - und fragt mich, ob dies mein Koffer sei. Ich bejahe seine Frage. Daraufhin hebt er meinen Koffer ohne ersichtliche Mühe vom Band und stellt ihn vor mich hin.

»Vielen Dank.« Ich lächle ihn freundlich an.

Er lächelt zurück und wünscht mir einen schönen Urlaub in Dubai.

Ich ziehe den Handgriff aus meinem Koffer und mache mich auf den Weg, den Ankunftsbereich zu verlassen. Schwarze Glastüren öffnen sich nahezu lautlos und führen mich in eine Halle, in der bereits viele Menschen warten. Auch hier ist alles klimatisiert, wenn auch deutlich wärmer als in dem anderen Bereich. Ich laufe einige Schritte, bevor ich unschlüssig stehen bleibe. Aus den Augenwinkeln sehe ich einige Taxifahrer, die auf Kundschaft warten und mich sehr interessiert mustern. Klar, mit langen blonden Haaren und blauen Augen bin ich hier der totale Hingucker.

Ich trage Jeans und ein T-Shirt, die Jacke, die ich heute Morgen in Deutschland noch angezogen hatte, ist inzwischen in mein Handgepäck gewandert. Ein junger Mann in einer dunkelblauen Uniform kommt auf mich zu. Er hält ein Schild in der Hand, auf dem „Ms Buchholz“ steht. Fragend hält er es vor mir in die Höhe, damit ich es besser sehen kann. Erleichtert nicke ich ihm zu. Er lacht und verbeugt sich leicht vor mir.

»Ich hoffe, Sie hatten einen angenehmen Flug Miss Buchholz. Mein Name ist Ahmad und ich bringe Sie jetzt zu Ihrem Hotel. Darf ich Ihren Koffer nehmen?«

Sein Akzent ist arabisch geprägt, sein Umgang sehr freundlich und zuvorkommend. Ich nicke ihm zu und schon hat er meinen Koffer an der Hand, den er sicher und schnell um die wartenden Menschen herum lenkt.

»Bitte folgen Sie mir, wir sind gleich da Miss!«

Da ich nicht vorhatte, mich von meinem Koffer zu trennen, laufe ich brav hinter ihm her. Erneut öffnen sich schwarze Glasschiebetüren und ich komme nach draußen in einen überdachten Bereich.

Der Platz ist schwarz geteert, von der Sonne beschienen, strömt er eine gigantische Hitze aus. Nach den klimatisierten Räumen im Flughafen und im Flieger fühle ich mich von einem Augenblick zum nächsten, in eine Heißluftsauna versetzt. Ahmad läuft an drei Limousinen vorbei, bevor er an einem weißen Auto stehen bleibt. Das Auto ist groß und hat hinten eine Rundsitzbank. Er hält mir die Türe auf und ich steige in das dunkle Innere des Fahrzeugs. Die Scheiben sind schwarz getönt und halten die Wärme gut ab. Ich lasse mich in die dicken Polster sinken.

Im Inneren des Autos sind die Temperaturen wieder erträglich. Nachdem Ahmad meinen Koffer im Kofferraum verstaut hat, setzt er sich vorne auf den Fahrersitz.

»Wir sind in rund 20 Minuten am Hotel Miss Buchholz. Wenn Sie mögen, bedienen Sie sich an der Minibar vorne rechts. Einfach an dem Griff ziehen, dann öffnet sich das Fach!«

Ich schaue mich um und sehe den Griff. Allerdings bin ich viel zu aufgeregt und dank der guten Versorgung an Bord des Flugzeuges, weder hungrig noch durstig. Daher hebe ich abwehrend meine Hände und antworte ihm lächelnd.

»Vielen Dank Ahmad, aber ich habe im Moment keinen Durst.«

Ahmad nickt und dreht sich wieder um. Dann setzt

sich die Limousine in Bewegung. Der Motor ist kaum zu hören und wir gleiten über breite Straßen ohne Schlaglöcher oder Erhebungen in Richtung Hotel.

Nach zehn Minuten kann ich das Burj al Arab zwischen den Häusern sehen. Es ist gewaltig. Die Form des Segels ist auch aus meiner Perspektive deutlich erkennbar. Trotz der enormen Größe wirkt das Gebäude sehr elegant, gerade zu filigran. Ich hatte mich zuvor im Internet über das Hotel ein wenig erkundigt und bin jetzt wahnsinnig darauf gespannt, es in der Realität zu sehen. Ahmad lenkt die Limousine nach rechts auf die lange Hotelzufahrt. Kurz darauf hält er direkt vor dem Hotel. Er steigt aus und öffnet mir die Tür. Nachdem ich ausgestiegen bin, sehe ich die Männer um mich herum entweder in schneeweißen traditionellen Gewändern oder aber in teuren Maßanzügen. Alle Frauen, die ich sehen kann sind teuer gekleidet und tragen schweren Goldschmuck spazieren.

Ich fühle mich mit einem Mal deplatziert und mein Selbstbewusstsein verabschiedet sich. Doch Ahmad übersieht mein Unwohlsein – wenn er es überhaupt bemerkt hat. Er überreicht meinen Koffer einem Hoteldiener und bittet mich, diesem zu folgen. Dann lächelt er mir nochmal freundlich zu, tippt sich an seine Kopfbedeckung, dreht sich um und fährt mit der Limousine weg. Abwartend steht der Hoteldiener mit meinem Koffer neben mir. Ich nicke ihm zu und schon dreht er sich um. Er läuft mir voran in das Innere des Hotels. Wir betreten eine völlig andere Welt. Helligkeit umgibt mich. Die Luft ist klimatisiert, der Lobbybereich riesig. Überall stehen kleine edle Sitzgruppen in denen hier und da ein paar Leute sitzen. Mehrere Aufzüge sind auf der einen Seite zu sehen. Als Fußboden glänzt weißer leicht grau gestreifter Marmor.

Über mir erstreckt sich über mehrere Etagen ein luftiger Bereich, hinter dem diverse Gänge der oberen Etagen angesiedelt sind. Auch hier ist alles weiß. Riesige Säulen, die sich nach oben und unten hin verjüngen, verstärken den großzügigen Eindruck. Alles ist einfach imposant. Etwas langsamer folge ich dem Hoteldiener zur Rezeption. Auch die ist gigantisch. Ein Thekenbereich von bestimmt 20 Metern liegt vor mir. Hinter der Theke sind mehrere Damen und Herren in sehr schönen dunkelroten Uniformen.

Eine der Damen lächelt mich überaus freundlich an. Sie hat schwarze Haare und dunkle, fast schwarze Augen. In makellosem Englisch fragt sie mich, ob sie etwas für mich tun kann. Nach dem ich ihr erklärt habe, dass ich eine Einladung für das Hotel habe und ihr meinen Namen genannt habe, wechselt sie sofort ins Deutsche. Ich bin beeindruckt. Sie übergibt mir eine Plastikkarte im Scheckkartenformat, welche sowohl mein Zimmerschlüssel, als auch mein „Hotelausweis" für alle Leistungen die ich im Hotel in Anspruch nehme, ist. Die Karte darf ich nicht verlieren, sonst muss ich mit fünfhundert Euro für den Verlust gerade stehen.

Vorsichtig drücke ich die Karte an meine Brust. Wow, das ist so gar nicht meine Welt. Die Karte werde ich wohl bis zur Abreise nicht mehr aus den Augen lassen. Mein Koffer bleibt an der Rezeption, der wird getrennt von mir zu meinem Zimmer gebracht. Ein weiterer Hoteldiener bittet mich, ihm zu folgen und schon geht es zu meinem Zimmer. Wir laufen auf die Fahrstühle zu, die ich beim Betreten der Halle schon gesehen habe.

Es geht hoch in den 27. Stock und betreten einen großzügigen Flur, den wir links herum weiter entlang gehen. Vor meinem Zimmer mit der Nummer 2788 bleiben wir stehen. Er steckt meine Zimmerkarte in den Schlitz an der Tür und ein grünes Lämpchen blinkt kurz auf. Mit einem leisen Summen springt die Tür auf. Der Hoteldiener gibt mir die Karte zurück, zögert kurz und zieht sich dann mit einer Verbeugung zurück.

Uuups, denke ich, da hätte ich wohl ein Trinkgeld bereithalten müssen. Dumm gelaufen, jetzt ist es zu spät. Die Zimmertür hat sich bereits hinter ihm geschlossen. Ich schaue mich in meinem Zimmer um. Deckenhohe Fenster, die von schweren, bodenlangen Vorhängen umrahmt werden. Durch die Fenster habe ich einen Blick über das Meer und einen Teil des Strandes an dem sich die anderen Hotels säumen. Ein großes Bett steht an der Wand. Das ist geschätzt 2,50 Meter im Quadrat. So ein großes Bett habe ich noch nie gesehen. Etliche Kissen liegen am Kopfende aufeinander gehäuft und fordern mich geradezu heraus, mit Anlauf hereinzuspringen. Kurz zögere ich, doch dann gewinnt der Übermut. Mit einem Jauchzer nehme ich Anlauf und springe mit einem großen Satz mitten in die Kissen.

Ich rolle mich auf den Rücken, breite meine Arme aus und atme tief durch, während die letzten Wellen meines Sprunges das Wasserbett verlassen. Das muss ein Märchen sein und ich bin die Prinzessin. Der Gedanke ist absolut untypisch für mich. Wo ist die ernste und rationale Luna geblieben, die alles analysiert und selten ihren Emotionen freien Lauf lässt? Ich weiß es nicht, es ist einfach ein wunderbares Gefühl, sich gehen lassen zu können. Es ist, als würden Tonnen von meinen Schultern genommen und imaginäre Eisenringe um meine Brust herum weg gesprengt werden. Einfach unglaublich. Mein Herz klopft und ich habe das Gefühl, nach langer Zeit zum ersten Mal endlich so jung zu sein, wie es in meinem Ausweis steht. Ich klettere aus dem Bett und gehe zum Fenster. Dort stelle ich mich mit den Zehenspitzen direkt an das Glas und schaue herunter. Das ist, als würde ich in der Luft schweben. Unten sehe ich die Menschen laufen und direkt am Hotel, ganz tief unten, einen wunderschönen tiefblauen Pool. Die Liegen dort sind ganz klein. Einige Sonnenschirme sind aufgespannt und Kellner laufen mit Tabletts und kühlen Getränken hin und her. Ich beschließe, gleich, wenn mein Koffer angekommen und ausgepackt ist, dem Hotelpool einen Besuch abzustatten.

Wie auf Kommando klopft es an meiner Tür. Draußen wartet ein Mann in Uniform mit meinem Koffer. Er rollt ihn ins Zimmer und wuchtet ihn auf das Bett. Gleich darauf will er den Reißverschluss des Koffers öffnen. Das ist mir jetzt aber zu viel des Services und ich drücke ihm einen 5 Euro Schein in die Hand. Anscheinend habe ich die richtige Trinkgeldhöhe getroffen, denn er bedankt sich freundlich und verbeugt sich tief, bevor er durch die Tür verschwindet. Ich drehe mich wieder um und fange an, meinen Koffer auszupacken.

Ich habe sogar einen begehbaren Kleiderschrank in meinem Zimmer. Darin befindet sich ein Safe. Die Tür des Kleiderschrankes als auch der Safe selber lässt sich mit einem vierstelligen Zahlencode sichern. Schnell hänge ich meine Kleider und Hosen auf verschiedene Bügel. Meine Schuhe und Sandalen kommen unten ins Fach und an der Seite finden die Sportsachen, Unterwäsche, Bikini und T-Shirts ihren Platz. Dann greife ich meinen Kulturbeutel und die Plastiktüte mit den ganzen Flaschen, die nicht in den Beutel hereingepasst haben und betrete das Badezimmer.

Es hat kein Fenster und als ich das Licht einschalte, erwartet mich ein Raum in der Größe meines heimischen Wohnzimmers. Alles ist aus Marmor. Ein Spiegel geht von Wand zu Wand und befindet sich oberhalb einer riesigen Ablage in die ein Waschbecken eingelassen ist. Links davon ist eine Badewanne, die fast olympische Ausmaße hat. An der Innenseite der Badewanne befinden sich lauter goldfarbene Düsen. Offensichtlich habe ich einen eigenen Whirlpool. Hinter der Badewanne ist eine Dusche. Die Düsen sind oben und in der Wand eingelassen. Hinter einer kleinen Mauer befinden sich die Toilette und ein Bidet.

Dicke, weiche, weiße Handtücher mit dem Emblem des Burj al Arab hängen auf den Ständern oder liegen auf den Ablagen. Es mangelt an nichts. Die komplette Pflegeserie eines bekannten französischen Designers ist auf der Ablage angerichtet. Ich schraube ich Fläschchen auf und schnuppere vorsichtig am Duschgel. Es duftet leicht und blumig. Ich beschließe, erst mal die kostenlose Erstausstattung des Hotels in Anspruch zu nehmen und meine Sachen dann später zu benutzen. Schnell verstaue ich meine Sachen in eines der zahlreichen Fächer. Offensichtlich sind die Designer des Hotels andere Mengen gewohnt, denn meine Sachen verschwinden problemlos in einem kleinen Fach, während noch mehrere Meter Regalfläche darauf warten, weitere Luxusgüter aufzunehmen.

Ein Blick auf die Uhr sagt mir, dass es jetzt kurz nach drei Uhr nachmittags ist. Laut Veranstaltungsplanung soll es um 19 Uhr ein gemeinsames formloses Abendessen mit anschließen-dem Get Together geben. Ich entschließe mich, meinem ursprünglichen Wunsch zu folgen und den Poolbereich zu besuchen. Ich schlüpfe schnell in meinen Bikini. Ein schickes Teil in schneeweiß mit Metallspangen seitlich am Höschen und am Oberteil zwischen den Brüsten. Darüber ziehe ich ein geblümtes Strandkleid an. Nachdem ich Wäsche zum Wechseln, Sonnenmilch, Sonnenbrille, meinen IPod und meine Schlüsselkarte eingepackt habe, mache ich mich auf den Weg hinunter zum Pool. Unten in der Lobby angekommen, folge ich den Schildern zum Jumairah Pool and Play.

Ohne Probleme stehe ich wenige Minuten später an einem wunderschönen großzügigen Pool, dessen Blau mit dem Meer wetteifert. Es gibt mehrere freie Liegen, die mit dicken Auflagen ausgestattet sind. Unauffällig folgt mir ein Hotelangestellter, der sich mit einer ganzen Batterie von Handtüchern bestückt hat. Vor einer Liege unter einem Sonnenschirm mit Blick auf das Meer bleibe ich stehen.

Sofort fängt ein Poolboy an, die Liege profimäßig mit Handtüchern einzudecken. Ein weiteres Handtuch wird als Kopfkissen gefaltet und platziert. Weitere frische Handtücher legt er neben der Liege auf eines der freien Tischchen. Als er fertig ist, möchte er wissen, ob ich etwas trinken möchte. Ich bestelle ein Glas Wasser ohne Kohlensäure. Sofort schlüpfe ich aus meinem Kleid und lege mich mit einem wohligen Seufzer auf die Liege. Ist das himmlisch! Die Auflage ist weich wie eine Matratze. Ein leichter, warmer Wind streicht über mich hinweg. Von meiner Liege habe ich den ungehinderten Blick über das Meer.

Der Pool liegt ruhig und wie ein blauer Spiegel vor mir. Alles ist ruhig und friedlich. Es ist nichts davon zu spüren, dass wenige Meter um das Gebäude herum reges Kommen und Gehen herrscht und sich die wichtigsten und reichsten Menschen der Welt hier sozusagen die Klinke in die Hand geben. Ich krame meinen IPod hervor und suche mir das Album „Sonne“ von Schiller heraus. Nachdem ich die Ohrstöpsel in den Ohren habe, bin ich durch die Musik der Welt entrückt und genieße das Gesamtpaket.

Irgendwann muss ich eingeschlafen sein, denn als ich die Augen wieder öffne, ist die Sonne deutlich vorgerückt und scheint mir mit schmerzlicher Intensität auf meine Füße. Die sehen schon ganz rot aus und zwicken unangenehm. Obwohl das alleine mich sicherlich aufwecken würde, ist ein anderes Gefühl stärker. Ich habe das Gefühl, beobachtet zu werden. Ich schaue mich um und mein Blick begegnet einem Mann, der sich wohl zum Telefonieren zurückgezogen hat und mich während seines Gespräches mustert. Er scheint Araber zu sein, zumindest trägt er eine sogenannte Dishdashah.

Das ist das lange weiße traditionelle Gewand aus einem Stück, welches den ganzen Körper bedeckt. Auf dem Kopf befindet sich ein Kopftuch. Es ist ebenfalls weiß und wird mit zwei schwarzen Kordeln am Kopf befestigt. Der Mann ist sehr groß. Breite Schultern zeichnen sich unter dem Gewand ab. Sein Gesicht ist markant und bis auf einen gepflegten, schmal gehaltenen Drei-Tage-Bart, glatt rasiert. Die Augen schimmern wie dunkles Perlmutt und beim Reden sind weiße ebenmäßige Zähne zu erkennen. Seine Hände wirken gepflegt und frisch manikürt. Eine Ausstrahlung von Macht und Dominanz umgibt ihn. Er spricht ins Telefon und beobachtet mich zeitgleich.

Sein Blick ist durchdringend aber nicht stechend. Er betrachtet mich intensiv. Zum ersten Mal seit langer Zeit reagiert meine weibliche Seite. Seit meinem Erlebnis vor mehreren Jahren hatte ich jeglichen Rest meiner Libido weggeschlossen und nicht mehr hervorgelassen. Ob es an der Sonne, dem anderen Klima oder dem abgeschüttelten Stress liegt, weiß ich nicht, doch jetzt ist dieser Teil wieder da. Neugierig und interessiert.

Seit damals hat es niemand geschafft, auch nur annähernd eine ähnliche Regung in mir hervorzurufen. Ich habe mich gegen alles abgeschottet und verschlossen, eine selbstgewählte Enthaltsamkeit. Keine Frage, diese Haltung war für mein Studium optimal, doch mir wird immer bewusster, wie sehr mir genau das fehlt. Eigentlich arbeitet es schon seit meiner Abschlussfeier in mir. Inzwischen habe ich das Gefühl, die ganze Zeit etwas verpasst zu haben. Der Mann steht immer noch an der Seite und telefoniert. Inzwischen kehrt er mir den Rücken zu. Wobei ich allerdings nicht das Gefühl habe, von ihm nicht mehr wahrgenommen zu werden.

Ganz im Gegenteil. Ich spüre förmlich, wie er mich erfasst. Ich tue so, als würde er mich nicht interessieren, beobachte ihn jedoch ganz verstohlen, denn ich möchte nicht, dass er mein Interesse bemerkt. Er hat wunderbar breite Schultern, die Hüften kann ich nicht sehen, doch ich stelle sie mir schmal vor. Er ist deutlich größer als ich und dürfte gut die 1,90 Meter erreichen. Seine Haare sind nicht zu sehen, doch seinem Bart nach zu urteilen sind sie sicherlich sehr dunkel. Ein Gedanke, diffus und nicht wirklich greifbar, taucht in mir auf; Wie es wohl wäre, ihn zu küssen und seine Lippen zu spüren? Das Zusammenspiel von Aussehen und Ausstrahlung fasziniert mich.

Im Geiste höre ich schon Susanne, die losjubelt weil ich tatsächlich aus meiner Starre erwache, die mir zuflüstert, mal endlich loszulassen und zu genießen. Wie oft haben wir schon miteinander darüber gesprochen und jedes Mal habe ich das weit von mir gewiesen. Doch jetzt, wo ich spüre, dass die Mauer die ich aufgebaut habe von innen heraus zerbröselt, könnte ich das? Loslassen und genießen? Ich weiß es nicht. Mein Atem geht schneller und ich spüre, wie sich meine Brustwarzen aufrichten. Oh Gott, sieben Flugstunden von Zuhause, gerät mein Gefühlshaushalt durcheinander. Schnell beuge ich mich vor und verdecke mein verräterisches Aussehen.

Anscheinend ist sein Gespräch beendet, denn er dreht sich wieder um und schaut mich an. Täusche ich mich oder sind seine Augen einen Ton dunkler geworden? Mit einem kaum zu sehen-den Nicken verschwindet er wieder in Richtung Hotellobby. Als hätte mein Unbekannter ein Stückchen Atmosphäre mitgenommen bleibt eine für mich spürbare Leere am Pool und in mir zurück. Ich brauche erst mal eine Abkühlung um áuf andere Gedanken zu kommen. Zeit ist noch genug vorhanden, also nichts wie rein in das Vergnügen und endlich den Pool ausprobieren. Schräg vor mir geht eine Leiter am Beckenrand ins Wasser.

Vorsichtig prüfe ich die Wassertemperatur, die angenehm kühl aber nicht zu kalt ist. Langsam steige ich in das Becken. Von der Beckenleiter lasse ich mich nach hinten sinken und mache ein paar kurze Schwimmbewegungen. Das Wasser ist herrlich. Von meiner Perspektive sieht es jetzt so aus, als könnte ich direkt vom Pool in das Meer schwimmen.

Über mir wölbt sich der außergewöhnliche Hotelbau in den blauen Himmel. Die Bewegung tut mir gut und so schwimme ich ein gutes Dutzend Bahnen ganz in Ruhe und genieße diese Unbeschwertheit. Tropfnass kehre ich zu meiner Liege zurück. Nachdem ich mich abgetrocknet habe, lege ich mich noch ein bisschen in die Sonne. Binnen weniger Minuten bin nicht nur ich sondern auch mein Bikini wieder trocken. Ein Blick auf die Uhr sagt mir, dass es langsam Zeit wird, sich für die Abendveranstaltung fertig zu machen. Ich nehme mir vor, dem Pool möglichst bald wieder einen Besuch abzustatten. Doch für heute muss das erst mal reichen. Ich packe alle meine Sachen zusammen und ziehe mir das Kleid wieder über.

Gerade als ich mir die Tasche mit meinen Sachen über die Schulter hänge, sehe ich aus den Augenwinkeln eine Bewegung über mir. Instinktiv schaue ich genau in diese Richtung und sehe direkt in ein Augenpaar aus dunkel glühendem Perlmutt. Der Mann, der vorhin am Pool stand, steht nun zwei Etagen über mir am Fenster und beobachtet mich. Seine Blicke glühen förmlich. Ich kann sie als ein warmes Echo auf meiner Haut spüren. Wow, wer das wohl seien mag, denke ich. Anscheinend habe ich sein Interesse geweckt – und er definitiv meins.

Ob sich Männer und Frauen hier so ohne Weiteres in einem Land wie in den Vereinigten Arabischen Emiraten unterhalten dürfen? Schließlich ist hier die öffentliche Rolle der Frau ganz anders als bei mir daheim. Da kann man sicherlich ganz schnell in irgendein Fettnäpfchen treten, obwohl man das gar nicht möchte. So schüchtern wie ich bin, und es hier sicherlich nicht üblich ist, westliche Touristinnen anzusprechen, dürfte sich wohl kein weiterer Kontakt ergeben, daher mache ich mich achselzuckend auf den Weg zu meinem Zimmer. Diesen Mann werde ich nie wieder sehen, außerdem trennen uns Welten.

3

Oben angekommen entdecke ich ein Blatt Papier auf meinem Bett. Es hat vorher nicht dort gelegen. Neugierig nehme ich es in die Hand und lese mir den Inhalt durch. Es enthält den genauen Ort, in welchem Raum das erste Treffen mit allen Teilnehmern stattfinden soll. Ferner, so steht es dort, könne ich über die Annehmlichkeiten des Spa's oder auch des Beauty Salons verfügen. Sonderkosten würden mir nicht entstehen. Ich kämpfe mit mir, ob ich mir einen solchen Luxus gönnen sollte. Ich entscheide mich jedoch dagegen, ich möchte die Gastfreundschaft nicht überstrapazieren, schließlich ist mein Aufenthalt hier und der Flug schon teuer genug. Ich lege das Blatt beiseite und ziehe mich aus. Meine Klamotten kommen auf einen Bügel und anschließend dusche ich mich ausgiebig. Der kurze Ausflug in die Sonne hat den hellen Braunton meiner Haut ein wenig vertieft. Deutlich sind die Male des Bikinis zu erkennen. Ich benutze die hoteleigene Pflegeserie und genieße den beruhigenden und entspannenden Duft, in den ich mich damit hülle.

Ich schwelge in Wärme, Duft und Großzügigkeit. Ehe ich mich versehe, ist es viertel vor sieben und ich muss mich sputen, um rechtzeitig für die Abendveranstaltung angekleidet zu sein. Schnell trage ich Wimperntusche und Lipgloss auf und da es sich um eine Abendveranstaltung handelt, füge ich einen Lidstrich in meiner Augenfarbe hinzu.

Die Bekleidungswahl für heute Abend wurde als gepflegt jedoch nicht förmlich angegeben. Daher wähle ich mein weißes Kleid und die Sandalen, die ich schon bei der Abschlussfeier getragen habe. Ein Blick in den Spiegel zeigt mir, dass ich nie zuvor hübscher darin ausgesehen habe. Meine Haare sind weich und lockig und meine blauen Augen strahlen. Vielleicht läuft mir der gutaussehende Mann ja doch noch einmal über den Weg. Wieder muss ich mir vorstellen, wie es sich wohl anfühlen würde, in seinen Armen zu liegen und seinen Körper dicht an meinem zu spüren.

Ohne weitere Vorwarnung ziehen sich plötzlich meine Bauchmuskeln erwartungsvoll zusammen. Lass es doch zu, flüstert mein Gewissen. Es wäre gut für dich. Ich schließe die Augen und schwelge noch einmal in einer Vorstellung, von meinem Unbekannten geküsst zu werden. Und schon fließt der nächste wohlige Schauer durch mich hindurch. Oh ja, es hat sich definitiv etwas verändert; ich habe mich verändert. Ich atme tief durch, straffe die Schultern und mache mich auf den Weg zum Abendessen und dem zwanglosen Get Together.

Der Aufzug bringt mich wie zuvor schon mit atemberaubender Geschwindigkeit ins Erdgeschoss. Dort suche ich auf den Schildern einen Hinweis auf den Raum, in dem die Veranstaltung stattfindet. Wie ich feststelle, muss ich wieder zwei Etagen nach oben fahren. Dort brauche ich auch nicht lange, bis ich alles gefunden habe. Eine Gruppe von ungefähr 50 Personen steht vor den geöffneten Türen des Konferenzraumes. Es werden alkoholische und nicht-alkoholische Getränke gereicht. Frauen entdecke ich leider keine. Zwar ist die Geologie eine Männerdomäne, doch insgeheim hatte ich gehofft, dass bei der Auswahl der Teilnehmer doch so etwas wie eine Frauenquote berücksichtigt werden würde. Dies ist offensichtlich nicht der Fall gewesen.

Ich geselle mich zu einer Gruppe von Männern, die mir bereitwillig Platz machen und mich sofort in ihre Mitte nehmen. Wie ich feststelle, sind zwei der Männer Spanier. Sie stellen sich mit Miguel und Carlos vor. Frederico kommt aus Portugal und Aiman aus Frankreich. Das ist eine ziemlich bunte Truppe. Gerade als Frederico von seinen Arbeiten erzählt, die er in den Bergen auf Madeira durchgeführt hat, taucht eine junge Bedienstete auf und bittet alle Teilnehmer hinein.

Inmitten meiner neugefundenen Gruppe betrete ich den Raum. Er ist angenehm kühl. Auch hier sind bodentiefe Fenster. Selbst von meinem Standort aus kann ich sehen, dass man von hier aus einen hervorragenden Blick auf den Pool hat. Auf den Tischen stehen weiße Schilder, auf denen die Namen der Anwesenden stehen. Außerdem liegt auf jedem Platz ein Schreibset, ein kleiner Block und ein Blatt Papier, welches sich als Verschwiegenheits-erklärung herausstellt. Darin verpflichte ich mich über alles, was mir dienstlich und privat zu Shalazar Industries als auch zu Shamar Shalazar bekannt wird, für mich zu behalten und mit niemanden darüber zu reden.

Als ob ich nichts Besseres zu tun hätte, als sofort mit meinen Eindrücken und Erlebnissen, an die Öffentlichkeit zu gehen. Außerdem kenne ich außer Susanne niemanden, den das wirklich interessieren würde. Frederico sitzt mir gegenüber, quasi auf der linken Seite des Konferenzleiters, während ich vier Plätze von ihm, auf der rechten Seite platziert wurde. Die Tische sind in O-Form aufgestellt.

Während wir nun alle unsere Plätze gefunden und mehr oder weniger eingenommen haben, betreten zwei weitere Personen den Raum. Einer davon ist traditionell gekleidet und der Andere trägt einen dunklen Anzug, dazu ein weißes Hemd ohne Krawatte. Beide kommen näher, um ihre Plätze einzunehmen.

Mit einem Mal fällt mir auf, dass der traditionell gekleidete Mann eine verdächtige Ähnlichkeit mit meiner Poolbekanntschaft hat. Tatsächlich, er ist es. Ich spüre, wie sich meine Wangen röten. Heiliger Bockmist, so ein Wiedersehen habe ich mir nicht vorgestellt. Er sieht mich mit seinen perlmuttfarbenen Augen an. Während er mich mustert, verdunkeln sich seine Augen leicht. Ich bekomme ganz weiche Knie und meine Bauchmuskeln melden sich zum Zweiten Mal innerhalb von wenigen Stunden zum Dienst an.

Außer diesem Blick, der bei mir alles zum Schmelzen bringt, lässt er sich nichts anmerken sondern ist die Ruhe selbst. Als er sich setzt, setzen sich auch alle anderen Teilnehmer. Der Mann, der ihn begleitet hat, sitzt direkt rechts neben ihm. Er ergreift das Wort, indem er uns begrüßt. Seine Stimme ist angenehm und wohlklingend. Er begrüßt uns alle und stellt uns meinen unbekannten Traummann vor. Shamar Shalazar. Inhaber von Shalazar Industries dem unter anderem diverse Beteiligungen an Hotels, Firmen, Airports und Gastronomieketten gehören. Ist mir das peinlich. Ausgerechnet der Chef eines solchen Unternehmens, einem Unternehmen, bei dem ich mich beworben habe, sieht mich am Pool im Bikini. Kann es eigentlich noch schlimmer kommen? Wieso ist dieser Shamar Shalazar eigentlich hier?

Jemand wie er kann doch seine Zeit sicherlich sinnvoller verbringen, als sich höchstpersönlich mit einer Schar Studienabgänger zu beschäftigen. Wenigstens hat mein Unbekannter jetzt einen Namen… Der Mann der neben ihm sitzt und das Wort führt, stellt sich als Raoul Décoste vor.

Während dieser Mister Décoste redet, schweift Shamars Blick immer wieder zu mir herüber. Klar, ich bin ja schließlich die einzige Frau in der Runde, dazu noch blond und er hat mich fast nackt gesehen. Die anderen Teilnehmer mustern mich ebenfalls mehr oder weniger auffällig. Ich komme mir vor wie eine Zirkusattraktion.

Raoul beendet seine Ansprache und übergibt das Wort an Shamar. Wie ich zuvor gelesen habe, ist es in den arabischen Ländern üblich, Vermittler reden zu lassen. Daher hat wohl Raoul die einleitenden Worte gesagt.

Shamar bedankt sich für unsere Anwesenheit und wünscht uns einen angenehmen Aufenthalt. Er erinnert daran, die Verschwiegenheitserklärung zu unterzeichnen, ohne die eine weitere Teilnahme an der Veranstaltung ausgeschlossen sei. Seine Stimme ist tief und wohlklingend mit einem angenehmen Timbre. Sein Englisch ist deutlich amerikanisch und soweit ich erkennen kann, völlig akzentfrei. Es ist mir nicht möglich, meinen Blick abzuwenden und schaue ihn die ganze Zeit an. Seine Lippen sind voll und versprechen Sinnlichkeit pur.

Auf einer Skala von 1 bis 10 würde er mindestens eine 100 bekommen. Jedes Mal wenn sich unsere Blicke treffen, habe ich das Gefühl, als bekäme ich einen elektrischen Schlag. Ich fühle mich angeregt und aufgeregt. Seit Jahren ist es mir nicht mehr so ergangen. Er löst eine ganze Flutwelle an Emotionen in mir aus, die ich fast vergessen hatte. Wenn ich bei Shalazar Industries arbeiten möchte, sollte ich dringendst mein Inneres stählen und diese Emotionen ganz tief unten vergraben.

Ist das nicht verrückt? Jahrelang sind Männer für mich ein absolutes Neutrum und dann entdecke ich die Frau in mir am anderen Ende der Welt, ausgerechnet bei einem potenziellen Arbeitgeber. Wie soll ich denn damit umgehen?

Mein Blick ist auf die Tischplatte gesunken, ich schaue wieder hoch und lande direkt in seinen Augen. Ich habe das Gefühl, dass er bis in mein tiefstes Inneres blickt und ihm nichts verborgen bleibt. Die Zeit scheint einen Moment still zu stehen. Raoul übernimmt die weiteren Ausführungen, ich höre ihn wie aus weiter Ferne, während mir ein wohlig warmer Schauer über meine Haut läuft. Der Blickkontakt zu Shamar ist nicht unterbrochen, mein Mund wird trocken, ich schlucke krampfhaft. Wenn ich nicht schon sitzen würde, würde mir es jetzt die Beine wegziehen. Das Husten eines Teilnehmers unterbricht den Bann.

Raoul lässt über einen Hoteldiener die unterzeichneten Verschwiegenheitserklärungen einsammeln. Der junge Mann in der Hoteluniform kommt nun bei mir vorbei. Schnell unterzeichne ich das Formular und reiche es ihm an. Ich brauche jetzt dringend einen Schluck Wasser und schenke mir mit zittrigen Händen aus einer der Flaschen, die vor uns auf den Tischen stehen, das Glas halbvoll. Der Raum verdunkelt sich und Raoul führt durch eine Firmenpräsentation. Er berichtet über Beteiligungen, Tochterunternehmen, Standorte, Umsatzzahlen, Mitarbeiterzahlen, aktuelle Projekte und den Ablauf der stattfindenden Veranstaltung.

Im Halbdunkel beobachte ich Shamar verstohlen. Er hat sich zurück gelehnt und folgt den Ausführungen von Raoul. Sein Blick geht in die Runde und er schaut sich aufmerksam die einzelnen Teilnehmer an. Mich nicht. Offensichtlich war der lange Blickkontakt nicht passend gewesen, warum sonst sollte er mich jetzt übersehen. Tja, das ist wahrscheinlich schon das erste Fettnäpfchen, in das ich gestolpert bin. Die Präsentation neigt sich dem Ende zu und das Licht geht wieder an. Raoul kündigt nun an, dass ab morgen Nachmittag Einzelinterviews stattfinden werden. Der Tag selber steht bis auf diesen Termin zur freien Verfügung.

Die Interviewkandidaten werden einen entsprechenden Hinweis mit Zeit und Ort erhalten. An-scheinend kommen wir nun zum Ende der offiziellen Veranstaltung. Shamar erhebt sich und kündigt an, dass wir ein gemeinsames Abendessen zu uns nehmen werden. Danach folgt ein kurzer Umtrunk. Auf sein Zeichen hin werden die Türen zu dem Besprechungsraum von dem anwesenden Hoteldiener geöffnet. Draußen wartet bereits eine Reihe von Bediensteten mit vielen Tellern. Jeder erhält eine Vorspeise die aus verschiedenen Salaten besteht.

Zögernd erheben sich die verschiedenen Stimmen und es entwickelt sich eine Grundlautstärke. Mein Nachbar zur Linken kommt aus der Schweiz und stellt sich als Lutz Steinbichl vor. Er erzählt mir in reinstem Schweizerdeutsch von dem Gebaren seines Professors bei diversen Höhlenexkursionen. Er erzählt sehr unterhaltsam und mehr als einmal muss ich herzlich lachen. Derartig kurzweilig unterhalten, merke ich gar nicht, wie die Zeit vergeht und wir schon beim Nachtisch angekommen sind.

Morgen früh um 10 Uhr wird eine Stadtrundfahrt mit dem Besuch eines Basars angeboten. Lutz fragt mich, ob ich Interesse habe, ihn dabei zu begleiten. Gerne stimme ich zu. Während ich die köstliche Eiskreation aus der mein Nachtisch besteht genussvoll von meinem Löffel schlecke, wandert mein Blick unwillkürlich in Richtung Shamar. Erschrocken atme ich ein. Sein Blick ist dunkel. Ist er etwa verärgert? Habe ich schon wieder etwas falsch gemacht? Was es auch ist, ich habe keine Ahnung und ich möchte es auch gar nicht wissen.

Ich wende mich wieder Lutz zu und genieße meine Eiscreme. Sollte ich hier tatsächlich ein Jobangebot bekommen, werde ich in einem Unternehmen dieser Größenordnung ein kleines Sandkorn unter vielen sein und ganz sicher nicht mehr in Shamar Shalazars Fokus stehen, tröste ich mich. Bei diesem Gedanken macht sich ein leichtes Bedauern in mir breit. Zu gerne würde ich die volle Aufmerksamkeit von Shamar genießen. Ein bisschen träumen darf man ja sicherlich wohl….

Langsam neigt sich das Essen dem Ende zu und die Teller werden abgeräumt. Raoul bittet nun alle, die Plätze zu verlassen und sich im Foyer untereinander zu mischen. Lutz und ich stehen auf und wandern langsam mit den anderen aus dem Raum hinaus. Draußen warten Bedienstete mit Champagnergläsern sowie verschiedenen anderen Getränken auf uns. Das Gedränge ist groß. Einer der Bediensteten steht ein Stückchen abseits, den steuere ich an und nehme mir ein Glas Champagner. Das Glas in den Händen haltend schaue ich mich um. Lutz unterhält sich gerade mit Raoul und zwei anderen Männern, die weiter links von mir gesessen haben. Ich bin unschlüssig, zu welchem Grüppchen ich mich gesellen soll. Doch bevor ich mich entscheiden kann, werde ich von hinten angesprochen:

»Miss Buchholz?«

Ich erkenne ihn an seiner Stimme, noch bevor ich mich umdrehe. Es ist Shamar. Unbemerkt ist er von hinten an mich herangetreten. Er steht dicht hinter mir, so dass ich, als ich mich umdrehe einen kleinen Schritt zurückweiche.

»Mister Shalazar.« Antworte ich. Er riecht so gut. Männlich, markant und sein After Shave hat eine angenehm hölzerne und samtige Kopfnote. Für einen Moment schließe ich die Augen und genieße seinen Duft. Dann schaue ich ihn wieder an. Seine Augen sind dunkel und schicken mir einen wohlig warmen Schauer über meinen Rücken und weiter in die Beine.

»Bitte, sagen Sie doch Shamar zu mir.« Antwortet er lächelnd auf meine Begrüßung und geht mit seinen Worten direkt in eine weniger förmliche Anrede über. Selbstbewusst und attraktiv steht er vor mir. Ich merke, wie sich eine leichte Röte über mein Dekolleté und mein Gesicht zur Stirn hin ausbreitet. Hoffentlich sieht er das nicht, denke ich. Hallo liebes Selbstbewusstsein, jetzt wäre ein guter Zeitpunkt sich zu zeigen….

»Okay, dann … Shamar«, antworte ich etwas gedehnt und lasse den Namen laut ausgesprochen auf meiner Zunge zergehen.

»Ich … ich heiße Luna-Marie.«

»Aahh, Luna … die Mondgöttin.«

Er lächelt auf mich herab und mustert mich, als würde er mich zum ersten Mal richtig wahrnehmen.

»Welch für ein schöner Name, er passt sehr gut zu Ihnen.«

Seine Fingerspitzen berühren meinen freien Arm am Ellenbogen und er dirigiert mich ein wenig abseits der

Gruppe. Seine Berührung löst in mir das Gefühl aus, einen Stromschlag zu erhalten. Es kribbelt durch und durch. Nicht schmerzhaft, sondern angenehm und wärmend. Das Kribbeln fließt durch mich bis in den Mittelpunkt meiner Weiblichkeit.

Sehr angenehm und doch verwirrend. Dummerweise scheint diese Reaktion einen negativen Einfluss auf mein Sprechvermögen und meine Beinmuskulatur zu haben: Meine Beine fühlen sich wie weiches Wachs an und mehr als Anstarren ist an Kommunikation für mich gerade nicht möglich. Mittlerweile sind die anderen nicht mehr zu sehen, nur noch die Unterhaltungen, die geführt werden, bilden ein leises Hintergrundgeräusch welches aus dem Gang schallt, den wir gerade entlanggegangen sind. Unsere Schritte verlangsamen sich. Dann steht er entspannt vor mir und setzt die Unterhaltung fort:

»Gefällt es Ihnen hier?«

»Ich bin überwältigt.«, antworte ich schließlich. Mondgöttin... eine sehr romantische Auslegung meines Namens. Mir gefällt, dass er mich Mondgöttin genannt hat. Ich fühle mich verpflichtet, weiterzureden.

»Alles hier ist großzügig dimensioniert, das Zimmer ist riesig und bietet einen wunderbaren Blick über das Meer. Ich muss mich bei Ihnen bedanken, es ist ein einmaliges und wunderschönes Erlebnis, hier sein zu dürfen!«

»Ich freue mich, dass es Ihnen gefällt.«

Er lächelt mich an und zeigt dabei seine weißen Zähne. Ich muss zu ihm hochschauen. Möglicherweise ist meine Schätzung seiner Körpergröße doch etwas zu klein ausgefallen. Er sieht so groß aus. Ich weiß gar nicht, was ich reden soll, irgendwie fallen mir keine Worte ein. Doch Shamar scheint im Gegenteil zu mir darum nicht verlegen zu sein.

»Wie kommt es, dass Sie Geologie studiert haben? Haben Sie einen speziellen Bezug zu diesem Bereich?«

Das ist ein unverfängliches Thema. Darüber kann ich

reden.

»Mein Vater war Geologe. Seitdem ich laufen kann, hatte er mich mitgenommen und mir die Schätze der Erde gezeigt. Er wurde nie müde, mir die Geschichte eines Steins zu erklären, den ich gefunden hatte, er brachte mir Landschaftsformen wie Gebirge oder Wüsten näher, sogar die Geschichte des Meeres und was sie mit der Geologie zu tun hat, vermittelte er mir. Einfach alles.«

Vor meinen Augen tauchen ganz viele Erinnerungen auf, in denen ich mit meinem Vater unterwegs war. An der Nordsee, wo er mir die Entstehung des Bernsteins erklärt hat, oder damals im Urlaub auf Teneriffa, als wir uns die Vulkanlandschaft angeschaut hatten. Das war eine wunderschöne und unbeschwerte Zeit.

»Das muss sehr schön gewesen sein, schon so früh ein Hobby für sich zu entdecken und es dann später als Beruf zu wählen.«, antwortet Shamar, während ich einen Schluck von meinem Champagner nehme.

»Ja, das war es. Mein Vater war ein ganz besonderer Mensch, der die gleiche Leidenschaft für die Geologie hatte, wie ich jetzt.«

»Sie sprechen von Ihrem Vater in der Vergangenheit. Was macht er jetzt?«

Interessiert beobachtet er mich, während vor meinem geistigen Auge der Tag auftaucht, als meine Oma mich von der Schule abholte und mir so schonend wie möglich beibrachte, dass meine Eltern bei einem schweren Verkehrsunfall ihr Leben verloren hatten.

»Meine Eltern starben bei einem Verkehrsunfall als ich 14 Jahre alt war. Danach zog ich zu meiner Großmutter.«

Ehrliche Betroffenheit liegt auf Shamars Gesicht.

»Das tut mir sehr leid. Mir war nicht bekannt, dass Sie Ihre Eltern verloren haben. Sonst hätte ich nicht danach gefragt!«

Natürlich wusste er das nicht, so etwas schreibt man ja auch nicht in eine Bewerbung herein.

»Ist nicht schlimm«, antworte ich leise »Sie konnten das

ja nicht wissen.«

»Trotzdem haben Sie sich in das Studium gestürzt und wie ich selber sehen konnte, mit ausgezeichnetem Erfolg.«

»Ähmm, danke.«, sage ich. Lob ist etwas, mit dem ich genauso schlecht umgehen kann, wie mit attraktiven Männern und Shamar im Speziellen. »Das habe ich meiner Oma zu verdanken, sie hat mich gefördert und mir geholfen so gut es ging.«

»Das muss eine starke Frau sein. Den Verlust seines eigenen Kindes hinzunehmen und die Verantwortung für ein heranwachsendes Kind auf sich zu nehmen, ist eine Leistung auf die sie stolz sein kann.«

Ich nicke zu seinen Worten und trinke aus Verlegenheit schnell noch einen Schluck von meinem Champagner. Gott sei Dank habe ich vorher gegessen, sonst würde mir der Alkohol blitzschnell zu Kopf steigen. Nachdenklich schaut mich Shamar an.

»Wie flexibel sind Sie denn, wenn es um ein Stellenangebot geht? Auch wenn mein Unternehmen weltweit vertreten ist, könnte Ihnen ja ein Angebot in einem anderen Land oder gar einem anderen Kontinent unterbreitet werden.« Setzt Shamar das Gespräch fort.

Ich schlucke trocken. Wenn ich ihm jetzt sage, dass ich völlig alleine bin, könnte er das bestimmt falsch verstehen. Ich möchte ja schließlich nicht auf der Mitleidsschiene reiten. Dann hole ich tief Luft und antworte ihm.

»Nein, nein, Sie brauchen sich darüber keine Gedanken machen. Ich bin in der Lage, überall auf der Welt zu arbeiten.«

»Also keine familiären Bindungen, oder eine Beziehung, die Sie einschränken könnte?«

Du meine Güte denke ich, der will es aber genau wissen und irgendwie scheint ihm die Antwort nach dem Beziehungsstatus besonders wichtig zu sein. Er wirkt angespannt.

»Nein, keine familiären Bindungen. Meine Großmutter ist im vergangenen Jahr verstorben und eine Beziehung gibt es nicht.« Dann platze ich noch mit: »Sie brauchen sich also keinerlei Sorgen machen«, heraus. Wenn ich mich nicht täusche, scheint ihn meine Auskunft zu beruhigen, denn er lehnt sich etwas entspannter zurück. Shamar vermittelt den Eindruck eines Jägers auf mich. Wenn ich eine Beziehung hätte, würde ihn das, glaube ich, nicht sonderlich abschrecken sondern nur ein kleines Hindernis auf seinem Weg darstellen.

»Wissen Sie eigentlich, wie hübsch Sie sind?«

Mit ernstem Gesicht steht Shamar vor mir. Das ist jetzt wieder eindeutig ein Thema, wo ich mich auf ziemlich dünnem Eis bewege. Er macht mich total verlegen und auf der anderen Seite auch wütend.

»Ist mein Aussehen denn so wichtig? Ich dachte, wir unterhalten uns über mein Studium und meine Bewerbung.«

In seinen Augen blitzt es. Ich kann die Reaktion nicht deuten.

»Sie sind hier, weil ich das so möchte. Ich möchte Sie näher kennenlernen und sehr viel mehr Zeit mit Ihnen verbringen.«

Er lehnt sich vor und stützt seine Hände rechts und links von mir an die Wand. Fast erschrocken schaue ich ihn an. Shamar, dunkel, geheimnisvoll und ein personifiziertes erotisches Versprechen, will mehr Zeit mit mir verbringen. Das muss ein Missverständnis sein. Es kann eigentlich nur ein Missverständnis sein. Seine Arme bilden einen lebendigen Käfig um mich, sein Gesicht ist nur wenige Zentimeter von meinem entfernt. Allerhöchste Zeit, um Rückgrat zu beweisen und sich nicht von ihm einschüchtern zu lassen.

»Wir hatten doch noch gar kein Interview. Woher wollen Sie denn jetzt schon wissen, dass wir mehr Zeit miteinander verbringen werden?« Mit Absicht lenke ich das Gespräch auf meine eingereichte Bewerbung. Ein Mann wie er will garantiert nur ein Spielzeug, das er benutzt und anschließend gelangweilt zur Seite legt. Das möchte ich definitiv nicht sein. Auch wenn er mir sprichwörtlich die Füße wegzieht, habe ich nicht vor, direkt auf seine Avancen wunschgemäß zu reagieren. Er schließt die Augen und atmet tief ein. Dann schaut er mich an, seine Augen glühen förmlich und plötzlich scheint es mir, als wäre seine Ruhe und Gelassenheit nur aufgesetzt, als würde es heftig in ihm brodeln.

»Ich will dich, Luna.«

Unverhohlene Begierde ist mit seinen Worten plötzlich greifbar geworden.

»Ich will dich unter mir spüren, dich verwöhnen, dich küssen, dich besitzen! Und glaube mir meine Schöne, das werde ich!«

Mittlerweile habe ich wohl die Farbe einer reifen Tomate angenommen. Der Mann ist atemberaubend und sehr von sich überzeugt. Auch wenn ich bei der bloßen Vorstellung ihm nahe zu kommen schon feucht werde und sich vor lauter Vorfreude meine inneren Muskeln schon wieder melden, geht mir das eindeutig zu schnell.

»Dazu gehören immer noch zwei – Mister Shalazar ähhm Shamar. Ich bin kein zur Jagd freigegebenes Wild.« Je mehr ich über seine Worte nachdenke, umso wütender werde ich. Shamar lächelt und entblößt seine weißen Zähne ich scheine ihn überhaupt nicht mit meiner Aussage beeindruckt zu haben.

»Luna, ich würde dich nie als Wild bezeichnen. Doch ich werde dich jagen und du wirst mich da-rum bitten, dich zur Strecke zu bringen!« Das war keine Drohung sondern ein Versprechen, eines, bei dem mir ganz weich in den Knien wird.

Es sieht so aus, als hat meine Antwort seinen Jagdinstinkt geweckt. Ganz wohl ist mir bei der Sache nicht, denn insgeheim weiß ich, dass ich eine leichte Beute für ihn bin, weil ich ihm ja schon auf dem halben Weg entgegenkommen würde. Trotzdem habe ich nicht vor, kleinbeizugeben.

»Wie ich schon sagte, Shamar, kann das ein sehr

einseitiges Spiel werden.«

Ich nehme seinen rechten Arm hoch, tauche darunter hinweg und stürze den restlichen Inhalt meines Glases auf einen Zug hinunter. Dann stelle ich das Glas auf dem kleinen Tisch neben mir ab und laufe hoch erhobenen Hauptes in Richtung Aufzüge. Shamars Blicke bohren sich in meinen Rücken. Geradezu physisch spüre ich die Hitze, die davon ausgeht. Gott sei Dank öffnen sich die Aufzugtüren in dem Moment, als ich den Knopf drücke. Erst nachdem sie sich hinter mir geschlossen haben, fühle ich mich sicher.

4

Was, um Himmels Willen, war das denn? So eine unverblümte Anmache ist mir in meinem ganzen Leben noch nicht passiert. Ich schwanke zwischen Entrüstung und Verzückung. Shamar, einer der reichsten Männer der Welt, will mich. Ja, diese Ansage passt zu ihm. Auf dem Weg zu meinem Zimmer lächle ich in mich hinein. Drinnen angekommen, schlüpfe ich aus meinem Kleid und den Schuhen.

Obwohl ich erst vor vier Stunden geduscht habe, stecke ich mir die Haare hoch und lasse mich erneut in meiner Luxusdusche verwöhnen, um mich hinterher in den flauschigen Bademantel zu kuscheln, der in meinem begehbaren Kleiderschrank unter einer Plastikfolie geschützt auf mich gewartet hat.

Aus der Minibar nehme ich mir ein Fläschchen Wasser und setze mich zusammen mit meinem Handy aufs Bett. Schnell tippe ich eine Nachricht an Susanne ein:

‚Hallo Susanne, hier ist alles überwältigend.
Habe Shamar Shalazar kennen gelernt.
Er ist höllisch attraktiv und ein wirklich beeindruckender Mann! DaD Luna‘

Dann drücke ich auf Senden. Die SMS ist raus und ich kann mir schon im Geiste Susannes Gesicht vorstellen, wenn sie die SMS liest. Suse kennt mich, wenn ich so etwas schreibe, weiß sie, dass bei alles in Aufruhr ist.

Ich mache es mir auf dem riesigen Bett bequem und zappe mit der Fernbedienung durch die Fernsehprogramme. Als es plötzlich an der Türe klopft, zucke ich erschreckt zusammen. Schnell ziehe ich den Bademantel noch mal enger um mich und mache den Gürtel fest. Durch den Türspion werfe ich einen Blick nach draußen. Dort sehe ich Blumen, einen großen Strauß Blumen, sonst nichts. Langsam öffne ich die Türe einen Spalt weit.

»Ja bitte?«, frage ich.

»Blumen für Miss Buchholz« ertönt die Stimme einer jungen Dame. Sie steht in der schicken Hoteluniform vor mir und hält einen wunderschönen Blumenstrauß mit zarten pastellrosa farbigen Blüten in ihren Armen. Die Blumen duften einzigartig. Tief atme ich den Duft ein. Ich nehme den Strauß entgegen und trage ihn in mein Zimmer. Wenigstens hat die junge Frau gleich an eine Vase gedacht, sonst hätte ich gar nicht gewusst, wo ich den Strauß lassen sollte. Als ich den Strauß in die Vase stelle, räuspert sie sich.

Oh Mist, jetzt habe ich schon wieder vergessen, Trinkgeld zu geben.

»Einen Augenblick bitte.« Ich gehe zum Nachttisch, auf dem meine Geldbörse liegt.

»Miss Buchholz, ähm nein, darauf warte ich nicht. Ich brauche eine Antwort Miss.«

»Eine Antwort?« Erstaunt schießen meine

Augenbrauen in die Höhe.

»Ja, Miss, es ist eine Karte beigelegt und der Herr möchte eine Antwort haben.«

Ich lasse die Geldbörse liegen und gehe zum Blumenstrauß. Tatsächlich, mitten in den Blüten steckt eine Karte.

Sie sind das bezauberndste Wesen, das mir je begegnet ist.
Bitte schenken Sie mir die Ehre, Sie Morgen Mittag zum Essen ausführen zu dürfen.
Shamar

Wow, Shamar kann auch romantisch sein. Wie hübsch. Vorsichtig streichle ich über die Blütenblätter und nehme noch einen Atemzug von dem Duft.

»Miss?«, fragend wendet sich die Angestellte an mich. Mir fällt ein, dass ich ja Morgen an der Stadtrundfahrt teilnehmen möchte und mich bereits mit Lutz dafür verabredet habe. Bis zum Mittagessen werde ich garantiert nicht wieder zurück sein. Es ist schade, aber ich habe bereits eine andere Verabredung.

»Bitte richten Sie Mister Shalazar meinen Dank für die wunderschönen Blumen aus. Doch leider kann ich seine Einladung nicht annehmen, ich bin bereits verabredet.«

Die junge Frau nickt mir zu, dreht sich um und zieht die Zimmertüre leise hinter sich zu. Das wird Shamar ganz sicher nicht passen, denke ich. Die Blumen stelle ich auf den halbhohen Schrank gegenüber von meinem Bett. So kann ich sie die ganze Zeit sehen. Sie duften so exotisch, dass ich nochmal einen tiefen Atemzug davon nehme. Dann hänge ich den Bademantel auf den Haken an der Badezimmertüre und lege mich wieder ins Bett. Nachdem ich den Fernseher ausgeschaltet und das Licht gelöscht habe, bietet sich mir vom Bett aus ein atemberaubendes Panorama mit funkelnden Lichtern in allen Farben.

Es ist so schön, dass ich mich aufrichte und noch eine

Weile bewundernd im Bett sitzen bleibe. Ich denke an Shamar und muss lächeln. Das Spiel hat begonnen. Zwar bin ich in diesen Dingen unerfahren, aber bereit, es zu spielen. Allen schönen Gedanken zum Trotz fordert der lange Tag mit den vielen Eindrücken seinen Tribut. Es dauert nicht lange, dann bin ich so müde, dass ich fast im Sitzen einschlafe. Lächelnd kuschle mich bequem auf eine Seite liegend in mein Bett und schließe die Augen.

»Miss Miss, nur zwanzig Euro, wollen kaufen?« Mit Lutz und einer Gruppe von 20 anderen Teilnehmern unserer Veranstaltung, laufe ich über den Basar in Dubai. Kaum zu glauben, dass es hinter der hochmodernen Fassade einen so schönen und bunten Basar gibt. Dort kann man Gewürze kaufen, die als große Bilder kunstvoll gestaltet wurden. Sie stellen die unterschiedlichsten Motive dar. An der nächsten Ecke werden Stoffe angeboten und einen Stand weiter gibt es kleine Schmuckstücke, die in Silber gefasst sind.

Dort befinden sich bunte Ringe und Armreifen aus verschieden farbigen Halbedelsteinen in der Auslage. An dem nächsten Stand entdecke ich ein Seidentuch in zarten Grüntönen. Die Farbe ist unterschiedlich verlaufen und bietet alle Schattierungen von Smaragdgrün. Das ist exakt die Farbe, die Susanne mit ihrem mahagonifarbendigen Haar stehen würde. Ich liebäugle mit dem Tuch und der Händler wittert seine Verkaufschance. Er lädt Lutz und mich ein, gemeinsam mit ihm einen Chai zu trinken.

Der Tee wird in kleinen bauchigen Gläsern serviert und schmeckt sehr aromatisch. Ich süße ihn mit zwei kleinen Löffeln Zucker, der dazu angeboten wird. Der Händler preist seine Ware an und hofft, mich vielleicht noch zu dem einen oder anderen Teil seiner Auslage überreden zu können. Eigentlich ist der von mir ausgesuchte Schal seine 20 Euro wert, allerdings wird von mir erwartet, dass ich den Preis verhandele.

Zögernd beginne ich die Verkaufsverhandlungen.

»Ich gebe Ihnen 10 Euro für den Schal.« Sage ich.

Der Händler hebt entrüstet seine Arme

»Ich muss meine Familie ernähren. Das ist viel zu wenig. Schauen Sie bitte, ganz gute Qualität. 17 Euro ist guter Preis.«

Das ist er zweifellos, dennoch sind nur drei Euro sehr wenig. Laut Reiseführer wird von mir erwartet, einen größeren Preisnachlass auszuhandeln. Ich biete ihm jetzt 12 Euro an. Wieder hebt der Händler die Hände und spricht davon, dass seine Kinder wegen mir Hunger leiden müssten. Er bietet mir jetzt allerdings 15 Euro als Preis an. Während seiner Ausführungen zieht ein verführerischer Duft von etwas Gebackenem in meine Nase. Augenblicklich bekomme ich Hunger.

»Was riecht denn da so lecker?«

Das muss ich unbedingt probieren. Neugierig recke ich den Kopf in die Richtung aus der es so appetitanregend duftet.

»Ich gebe Ihnen 15 Euro. Dafür bekomme ich das Tuch und etwas von dem was so verheißungsvoll duftet.«

Der Händler freut sich und strahlt über das ganze Gesicht. Er hält mir seine rechte Hand hin, ich schlage ein und der Handel ist perfekt. Während mein Tuch in Seidenpapier gewickelt und in eine Plastiktüte gesteckt wird, besorgt ein kleiner Junge mir diverse Köstlichkeiten. Lutz möchte nichts davon essen. Also nasche und probiere ich alleine. Mit meinem Tuch im Gepäck und den leckeren Sachen auf der Hand wandern Lutz und ich geruhsam durch die restlichen Gassen des Basars.

Ein Stückchen hinter uns sehe ich einen dunkel gekleideten Mann, der mir bereits vorher schon aufgefallen ist. Er scheint uns zu beobachten. Wenn wir stehen bleiben, bleibt auch er stehen.

»Lutz, ich glaube wir werden verfolgt.«, formuliere ich meinen Verdacht.

»Wie kommst du denn darauf?«, sagt er und dreht sich dabei um. »Meinst du den dunkel gekleideten Mann dort hinten links bei den Korbwaren?«

»Ja genau. Den habe ich schon vorhin gesehen, als ich das Tuch gekauft habe. Jetzt ist er wieder da.«

»Luna mache dir mal keine Sorgen, ich bin ja bei dir. Es kann dir nichts passieren.« Er grinst mich an wie ein großer Bruder. Wahrscheinlich denkt er, ich wäre ein bisschen überdreht. Ich beschließe, die Gestalt hinter uns einfach zu ignorieren und laufe mit Lutz weiter durch die Gassen. Am Ende kommen wir an einen großen Platz, an dem so etwas wie eine Gaststätte mit kleinen niedrigen Tischen, im Schatten unter einer Veranda ist. Wir entscheiden uns, dort noch etwas zu trinken und ein wenig zu verschnaufen. Von unserem Beschatter ist nichts mehr zu sehen. Wahrscheinlich bin ich einfach ein wenig paranoid.

Es ist bereits nach 16.00 Uhr, als wir in Richtung Hotel aufbrechen. Wir nehmen uns ein Taxi und lassen uns bis vor dem Hoteleingang bringen. Wir steigen aus und Lutz übernimmt freundlicherweise die Rechnung. Dann laufen wir gemeinsam auf den Eingang des Hotels zu.

»Magst du noch eine Runde schwimmen gehen?«, fragt mich Lutz in der Hotelhalle.

Ich bin geschafft von der Wärme und den vielen Eindrücken des Tages. Eigentlich möchte ich jetzt nichts anderes machen als duschen und mich ein klein wenig ausruhen.

»Lutz, nein, das ist lieb, aber ich muss mich jetzt erst mal ein wenig ausruhen. Wahrscheinlich sind die anderen schon lange wieder zurück und tummeln sich am Pool. Ich brauche eine kleine Auszeit.« Entschuldigend schaue ich Lutz an.

»Natürlich Luna, ist kein Problem. Dann ruhe dich mal ein wenig aus, das Abendessen ist schließlich schon in Sicht!« Er grinst von oben auf mich herab und ich kann ihm seine Vorfreude, gleich in den kühlen Pool zu springen, förmlich ansehen.

»Ich sehe schon, du wirst gleich den ganzen Pool

unsicher machen«, grinse ich zurück. »Dann sieh mal zu, dass du keine Minute versäumst. Viel Spaß Lutz ... und bis später.«

Oben angekommen gehe ich erst mal ins Bad um zu duschen. Meine kleinen Fläschchen aus der Pflegeserie sind komplett aufgefüllt und frische, flauschige Handtücher warten auf mich. Ich stelle mich unter die Dusche und schäume mich ein. Binnen Sekunden umhüllt mich ein cremiger Schaum, der genauso herrlich duftet wie meine Blumen von gestern Abend. Kaum dass ich an den Strauß denke, gehen meine Gedanken auf Wanderschaft.

Den ganzen Tag habe ich mich erfolgreich abgelenkt, doch jetzt muss ich wieder an ihn denken. Ob Shamar sauer auf mich ist? Ich habe nichts mehr von ihm gehört und eine Nachricht ist auch nicht eingegangen. Doch zum Grübeln bin ich viel zu müde. Mit einem Handtuch um meine nassen Haare geschlungen, lege ich mich ins Bett und schlafe ein, bevor ich das Gefühl habe, dass mein zweiter Fuß ebenfalls im Bett angekommen ist.

Es ist dunkel im Zimmer, die bunten Lichter aus meiner Umgebung zeichnen ein verschlungenes Muster an meiner Zimmerdecke. Mein Bauch schmerzt und von den heftigen Bauchkrämpfen bin ich aufgewacht. Es fühlt sich an, als würde sich mein Darm ineinander verknoten. Außerdem ist mir speiübel. Ich muss dringend zur Toilette.

Kaum schlage ich die Bettdecke zur Seite fange ich augenblicklich an, furchtbar zu frieren. Das Zimmer kommt mir vor wie ein Eisschrank. Auch das Badezimmer ist nicht wärmer. Stöhnend und am ganzen Körper zitternd, hocke ich auf der Toilette und erleichtere mich. Mein Bauch gluckert und tobt, meine Eingeweide knoten sich noch ein wenig enger, so als würde eine unsichtbare Hand an beiden Enden den Knoten unlösbar stramm ziehen. Kaum habe ich das Gefühl, meinen Darm endlich entleert zu haben, rumpelt es heftig in meinem Magen.

Ich drücke auf die Spültaste und das Wasser rauscht mit meinen Hinterlassenschaften davon. Plötzlich fließt mir der Speichel in großen Mengen in den Mund. Ich schlucke ihn hinunter. Ein schwerer Fehler, denn jetzt bewegt sich der Speichel zusammen mit meinem restlichen Mageninhalt nahezu explosionsartig nach oben. Ich kann mich gerade eben noch auf die Knie vor der Toilettenschüssel werfen, als es auch schon losgeht. Mit der gleichen Heftigkeit mit der sich mein Darm entleerte, schließt sich nun der Magen an. Alleine die Nähe der Toilettenschüssel löst bei mir noch einen zusätzlichen Brechreiz aus.

Immer wieder muss ich mich übergeben. Als alles ausgestanden ist, schleppe ich mich mit zittrigen Beinen zum Waschbecken und wasche mir Hände und Gesicht. Dann spüle ich mir vorsichtig den Mund aus. Auf dem Rückweg zum Bett nehme ich mir den Bademantel, den ich in gewohnter Manier fest um mich schlinge und mich wieder ins Bett lege. Mir ist sterbensübel. Meinem Bauch nach zu urteilen, war das erst der Anfang. Ich wünschte Susanne wäre hier, sie wüsste, wie ich ganz schnell wieder auf die Beine komme.

Während ich krumm wie ein Fragezeichen im Bett liege, fällt mir ein, dass im Reiseführer davor gewarnt wurde, außerhalb des Hotels oder guten Restaurants zu essen. Der europäische Organismus ist weder auf die Gewürze noch auf die Fette eingestellt und reagiert oft empfindlich darauf, wenn man dennoch die einheimische Kost probiert. Ich bin so blöd, schimpfe ich mit mir. Doch es hilft nicht. In meinem Bauch rumpelt es schon wieder so heftig, dass ich mich erneut auf den Weg ins Badezimmer mache.

Mehrmals hintereinander muss ich dort hin und jedes Mal sinke ich danach völlig erschöpft ins Bett. Ich weiß nicht, wie viel Zeit vergangen ist. Langsam färbt sich der Himmel wieder hell. Fast die ganze Nacht habe ich auf der Toilette verbracht. Inzwischen bin ich völlig fertig. Durst quält mich, doch ich kann nichts bei mir behalten. Ich ziehe den Vorhang zu und schließe den Tag so gut es geht aus. Dann krieche ich zurück ins Bett und falle in einen unruhigen Schlaf.

Nachmittags wiederholt sich die Prozedur von Durchfall und Erbrechen. Da kann doch nichts mehr drin sein, was mein Körper noch loswerden muss. Wieder dämmere ich hinweg. Die Sonne ist bereits untergegangen als es an meiner Zimmertüre klopft.

»Luna? ….« Kleine Pause. Horchen. »Luna öffne die Tür! …. Luna, hörst du mich?« Die Stimme wird lauter und ungeduldiger, das Klopfen entwickelt sich zu einem Hämmern. Wahrscheinlich vermisst mich Lutz zum Abendessen. Ich muss ihm kurz Bescheid geben, dass das heute nichts mit Essen wird. Den Bademantel eng um mich geschlungen und mit dem Gürtel festgezurrt, erhebe ich mich zitternd und schwankend von meinem Bett. Gerade als ich die Türe öffne, klopft es wieder.

Vor der Tür steht niemand geringeres als Shamar Shalazar. Die Worte, die er eben noch sagen wollte, bleiben ihm förmlich im Halse stecken. Oder sagt er doch was? Ich weiß es nicht. Alles dreht sich auf einmal um mich und Millionen bunter Lichtpunkte tanzen immer schneller einen Kreis, dem ich nicht mehr folgen kann.

Ich bekomme nicht mehr mit, dass meine Beine unter mir nachgeben und ich Shamar grußlos vor die Füße sacke. Das nächste woran ich mich erinnere ist, dass Shamar seine Arme um mich geschlungen hat und mich, als ob ich nichts wiegen würde, zum Aufzug trägt. Wir sind alleine in einem Aufzug und die Fahrt geht nach oben. Lange nach oben.

Während der ganzen Zeit hänge ich stöhnend und schwerfällig wie ein Sack Kartoffeln, in seinen Armen. Irgendwann endet die Fahrt und die Türen öffnen sich inmitten eines großen Wohn-zimmers. Oh Gott, ich muss schon wirklich richtig fertig sein, wenn ich den Hotelflur für ein Wohnzimmer halte. Shamar geht nach rechts und steigt eine breite Treppe hoch. Oben ist noch ein Flur, von dem mehrere Türen abgehen.

Eine dieser Türen öffnet er und betritt ein Schlafzimmer, welches noch größer aussieht, als das Zimmer, in dem ich untergebracht bin. Verwirrung breitet sich in mir aus. Hilfe, wo bin ich? Sanft legt mich Shamar auf ein großes Bett und deckt mich zu. Dann greift er zu seinem Mobiltelefon und spricht leise mit großer Schnelligkeit in arabischer Sprache mit jemandem am anderen Ende der Leitung. Dann setzt er sich neben mich auf den Bettrand und streichelt mir über den Kopf und meine Haare. Schon wieder sammelt sich Speichel in meinem Mund und ich muss mich dringend übergeben. In meiner Not halte ich würgend die Hand vor meinem Mund. Ohne zu zögern, nimmt mich Shamar wieder auf die Arme und trägt mich in ein Badezimmer, welches direkt von dem Schlafzimmer abgeht.

Er setzt mich vorsichtig vor der Toilette ab und öffnet den Deckel und die Brille. In der Zwischenzeit sinke ich ganz langsam auf meine Knie und umarme kraftlos die Keramik. Shamar hält meine Haare aus dem Gesicht, während ich mich übergebe. Oh Gott ist das peinlich. Und ich dachte schon, der tiefste Punkt aller Peinlichkeiten wäre erreicht. Es geht noch schlimmer …

»Bitte lass mich alleine, das ist so furchtbar peinlich!«, stöhne ich ihm entgegen.

»Glaubst du wirklich, dass mich so etwas abschreckt? Nein mein Engel, das wird schon wieder.«

Er hält mich die ganze Zeit fest und reibt mit einer Hand beruhigend über meinen Rücken. Als ich fertig bin, hilft er mir beim Aufstehen und setzt mich auf den Rand der Badewanne.

»Schön hier sitzenbleiben Luna. Ich hole eben einen Waschlappen und ein Handtuch.« Im Handumdrehen hat er beides zur Hand und wäscht den Waschlappen im warmen Wasser aus. Mit dem warmen, nassen

Waschlappen reinigt er ganz sanft mein Gesicht und trocknet es danach ab.

Er wiederholt den Vorgang mit meinen Händen. Dabei kann ich Shamar still beobachten, ohne dass er das mit bekommt. Jetzt registriere ich auch, dass er seine Dishdashah nicht trägt, sondern mit einer dunklen Hose und einem Polohemd bekleidet ist. Seine Haare sind tiefschwarz, kurz geschnitten, jedoch lang genug, um mit den Händen hereingreifen zu können. Sein Nacken ist glatt und ausrasiert, die Ohren sind zu sehen. Ich mag es, wenn seine Haare so herrlich verwuschelt sind wie jetzt. Ich hebe meine Hände und lasse sie in seine Haare gleiten.

»Schön.« Seufze ich.

Er schaut mich ernst und mit dunklen Augen an. Er hat so schöne feingemeißelte Augenbrauen die mich total entzücken. Die Wimpern sind lang und seidig. Manch eine Frau würde für solche Wimpern morden. Seine Augen sind dunkel aber weder braun noch schwarz. Sie wirken wie flüssiges, dunkles Perlmutt. In seinen Augen spiegelt sich eine unendliche Bandbreite an Emotionen. Jetzt sieht er ganz ernst und ein wenig traurig aus.

»Bist du fertig mit Betrachten, Luna?«, beendet er meinen Augenspaziergang.

Schon wieder peinlich berührt, werde ich rot – zumindest fühlt es sich so an.

»Fürs Erste ja, denke ich.« Leise murmle ich die Antwort.

»Du gehörst jetzt wieder ins Bett, mein Engel. Komm, keine Widerworte.« Energisch greift er um meinen Rücken und unter meine Achseln. Er ist so kräftig, dass ich das Gefühl habe über dem Boden zu schweben.

Schweißgebadet lege ich mich ins Bett. Da klopft es leise an der Tür. Ein Butler in voller Livree wendet sich leise an Shamar:

»Dr. Aziz ist da, Sir.«

Shamar nickt ihm zu. »Er soll herein kommen.«

Er hat einen Arzt bestellt? Hier hin? Für mich? Oh je,

ich möchte von Susanne geheilt werden und nicht von einem Arzt, den ich nicht kenne.

»Muss das sein?« Frage ich mit dünner Stimme.

»Wärest du besser zurecht, würdest du mich nicht ernsthaft fragen. Bitte lasse dich von ihm untersuchen und dir helfen, damit du bald wieder gesund bist. Einverstanden?«

»Okay.« Antworte ich matt.

Ehe ich mich versehe, bin ich mit Dr. Aziz allein. Er ist ein schmächtiger Mann mit grauen kurzen Haaren und einer filigranen Brille. Er untersucht mich gewissenhaft. Horcht den Bauch ab, klopft darauf herum, lässt sich meine Zunge zeigen, er prüft den Zustand meiner Haut am Unterarm und misst Blutdruck und Puls. Schließlich fragt er mich, was ich gegessen habe und wann ich das letzte Mal etwas getrunken habe. Dann schaut er mich an und erklärt mir, dass ich dehydriert sei und dringend eine Infusion benötige, um meinen Elektrolythaushalt wieder auszugleichen.

Ferner will er mir noch eine Spritze geben. Er fragt mich, ob ich damit einverstanden bin. Glücklich bin ich nicht, aber ich bin einverstanden, denn ich möchte unbedingt so schnell wie möglich wieder gesund sein und in mein Zimmer zurückkehren. Er bittet mich um einen kleinen Augenblick Geduld, während er das Zimmer verlässt. Ich höre ihn vor der Tür mit Shamar reden, verstehe aber nicht, was gesagt wird. Dann öffnet sich die Türe und beide Männer betreten den Raum. Der Doktor geht auf seine Tasche zu, die er auf dem kleinen Tischchen abgestellt hat. Shamar tritt an mein Bett heran und setzt sich auf die Bettkannte.

»Stört es dich, wenn ich bei dir bleibe?«

Ich empfinde seine Anwesenheit als tröstend. Seine Hände umfangen meine linke Hand und streicheln sie sanft. Sie sind warm und kraftvoll. Die Finger an seiner Hand sind lang und gepflegt. Alles an ihm strömt Kraft und Dynamik aus.

»Nein, das ist in Ordnung«, beruhige ich ihn, froh, dass ich nicht alleine bin. Ich kann mich an ihm nicht satt sehen und versinke in seinen Augen, die dunkel und geheimnisvoll schimmern.

»Ich dachte deine Augen sind blau«, unterbricht er meine Gedanken. »Jetzt schimmern sie dunkelgrün.«

»Sind sie auch«, murmle ich.

»Sind sie was mein Engel, blau oder grün?«

Ich schaue dem Arzt zu, der mit seinen Vorbereitungen beschäftigt ist. »Meine Augen sind blau, doch wenn es mir nicht gut geht oder ich aufgewühlt bin, werden sie dunkler und sehen grün aus.«

»Eine richtige kleine Mondgöttin.« Belustigt lächelt er mich an. »Bald geht es dir wieder besser, ganz bestimmt!« Vorsichtig streicht er mir mit einer Hand die Haare aus dem Gesicht. Er ist so lieb zu mir. Gar nicht überheblich, einfach nur lieb und besorgt. Das passt gar nicht zu dem Mann, den ich kennengelernt habe.

»Es tut mir leid, dass ich solche Umstände bereite. Ich muss wohl etwas Falsches gegessen haben.« Mir ist meine Dummheit, außerhalb der Hotelküche oder von Restaurants etwas gegessen zu haben, total peinlich. Und dass, obwohl ich es besser hätte wissen müssen. So blöd kann man doch eigentlich nicht sein.

»Schhhh, mein Engel, mach dir keine Sorgen. Jetzt bist du bei mir und alles wird gut!« Er streichelt mir mit seiner Hand durch die Haare. Es ist schön, seine Nähe zu spüren.

Ich schließe kurz meine Augen, die partout nicht offen bleiben wollen. Als der Butler mit einem Kleiderständer auf Rollen ins Zimmer kommt, bin ich wieder wach. Ich wundere mich, was dieses Ding hier soll. Wahrscheinlich sieht man mir meine Gedanken an, denn Shamar erklärt: »Wir brauchen eine Möglichkeit deine Infusionslösung aufzuhängen, Luna.«

Tatsächlich hängt Dr. Aziz einen Plastikbeutel mit einer durchsichtigen Flüssigkeit darin, an den Kleiderhaken. Am Beutel befestigt er ein Infusionsbesteck, welches er mit der

Lösung aus dem Beutel füllt.

Dann tritt er an mein Bett heran. Er schlingt einen Gummischlauch um meinen rechten Arm und zieht in fest zu. Sofort schwellen meine Venen an. Er desinfiziert großzügig meinen Handrücken und packt eine kleine Nadel mit grünen Flügeln aus. Schnell und routiniert sticht er in eine meiner Venen. Blut fließt in den kleinen Schlauch, der an der Kanüle befestigt ist. Vorsichtig löst er den Gummischlauch und fixiert mit ein paar Pflasterstreifen die Kanüle. Dann verbindet er den Infusionsschlauch mit dem kleinen Schlauch an der Nadel. Mit schnellen Tropfen läuft nun die Infusionslösung in meinen Körper. Dann zieht er eine Ampulle hervor und zieht den Inhalt in einer Spritze auf. Argwöhnisch betrachte ich das Ganze.

»Wofür ist das?«, frage ich den Arzt.

Dr. Aziz lächelt mich freundlich an. »Das ist gegen die Bauchkrämpfe und die Übelkeit. Ich lasse Ihnen gleich noch ein wenig Tee bringen, den sie ganz langsam und in kleinen Schlückchen trinken sollten. Es wird nicht lange dauern bis Sie spüren, dass es Ihnen wieder viel, viel besser geht.« Mit diesen Worten injiziert er den Inhalt der Ampulle in den Infusionsbeutel und räumt seine Arbeitsutensilien sowie die Verpackungen zusammen.

Er verstaut alles in seiner Tasche und wendet sich mir wieder zu.

»Ich schaue morgen Vormittag nochmal nach Ihnen. Die Infusion wird vorher durchgelaufen sein. Sie können die Nadel danach herausziehen. Ich lasse Ihnen hier noch ein paar Tupfer und Pflaster da. Sollte vorher noch etwas Ungewöhnliches sein, sagen Sie mir bitte Bescheid.« Er nickt uns beiden kurz zu, dreht sich dann um und verlässt das Zimmer.

Der Butler kommt mit einem Glas Tee zurück und stellt es neben meinem Bett auf den Nachttisch.

»Kannst du dich aufsetzen?« Shamar schaut mich prüfend an.

Ich möchte mir nicht noch mehr Blöße geben und nicke ihm zu. »Ja, das sollte funktionieren.«

»Warte, ich helfe dir. So, erst hinsetzen. Achtung, nicht die rechte Hand benutzen.« Er zieht mich ein wenig hoch, so dass ich frei in dem großen Bett sitze. Anschließend stellt er die Kissen am Kopfteil des Bettes auf und hilft mir, ein Stückchen höher zu rutschen und mich dagegen zu lehnen. Als ich richtig sitze und die Decken um mich herum festgesteckt sind, reicht er mir das Teeglas an. Der Tee duftet aromatisch nach Kräutern. Vorsichtig nehme ich ein winziges Schlückchen. Er ist heiß und rinnt mir angenehm warm die Kehle herunter in den Magen.

»Und, was sagt dein Magen? Kannst du den Tee bei dir behalten?« Forschend betrachtet Shamar mich.

In der Tat reagiert mein Bauch äußerst gelassen auf den Tee.

Erstaunt schaue ich auf. »Das ist ein Wunder, ich glaube der Tee bleibt drin.« Erleichtert nehme ich mit geschlossenen Augen einen weiteren kleinen Schluck. Währenddessen tropft die Infusion mitsamt dem Medikament in schneller Geschwindigkeit.

»Danke, dass du dich um mich gekümmert hast.«, sage ich zwischen den einzelnen Schlucken.

»Ach Kleines, als du nicht auf meine Nachrichten reagiert und dein Zimmer seit gestern Nachmittag nicht mehr verlassen hast, habe ich mir ernsthaft Sorgen gemacht. Hätte ich geahnt, dass es dir so schlecht geht, dann wäre ich schon viel eher gekommen.« Er sitzt neben mir und streicht wiedermal eine widerspenstige Haarsträhne aus meinem Gesicht.

»Als du dann die Türe geöffnet hast, bleich wie ein Gespenst, und vor meinen Augen zusammengebrochen bist, habe ich es zutiefst bereut, nicht schon früher bei dir gewesen zu sein.«

»Oh.« Ist alles, was ich rausbekomme. Ich wusste ja gar nicht, dass er mich derartig unter Beobachtung hatte. Ich erinnere mich an den dunkel gekleideten Mann auf dem

Basar, der Lutz und mich verfolgt hat. Woher sollte er sonst wissen, wann ich wieder im Hotel war.

»Du hast mich beobachten lassen …. Wusstest du deshalb, wann ich wieder zurück war? Aber warum denn?« Das war Frage und Feststellung zugleich.

Er grinst ein richtiges Jungenlächeln und sieht dabei zum Anbeißen aus. Ich kann ihm nicht böse sein.

»Der Zimmerservice richtete mir aus, dass du dich zwar über meine Blumen gefreut hast, jedoch meine Einladung zurückgewiesen hättest. Man sagte mir, du seist anderweitig verabredet. Daher wollte ich wissen, wer mir da in die Quere gekommen war. Ich sah dich mit einer Gruppe aus den Teilnehmern in einen Bus einsteigen und habe einen meiner Leute auf dich angesetzt.« Er hat nicht die Spur eines schlechten Gewissens sondern strahlt eine Selbstverständlichkeit aus, die ihm angeboren zu sein scheint.

»Ich habe ihn auf dem Basar gesehen und dachte schon, ich würde an Verfolgungswahn leiden.«

Er schüttelt den Kopf. »Glaube mir, ich bekomme selten Absagen und eine von dir zu erhalten, war nicht gerade das, was ich mir vorgestellt habe. Ich wollte wissen, wem du den Vorzug gibst.«

Lutz taucht vor meinem inneren Auge auf. Aber da war ja nichts, weswegen er sich Gedanken machen müsste. Mir geht es schon etwas besser und ich werde mutig.

»Was hast du dir denn vorgestellt?«, frage ich leise und versuche, ihn aus der Reserve zu locken.

Überrascht von meiner direkten Frage atmet Shamar kurz und tief ein, lehnt sich ein wenig zurück und schaut mich ernst an.

»Ich wollte dich sehen und mit dir sprechen. Unser Zusammentreffen vorgestern war sehr kurz und du bist sofort verschwunden. Jetzt wo du endlich hier bist, möchte ich dich kennenlernen und mehr von dir erfahren. Seit ich dein Bild gesehen habe, konnte ich es nicht abwarten, dir endlich persönlich zu begegnen.«

»Du hast ein Bild von mir gesehen? Wo denn?« Ich bin verwirrt, denn ich wüsste nicht, dass ich irgendwo ein öffentliches Profil habe oder vielleicht in der Zeitung war.

»Erinnerst du dich an deine Bewerbung, die du vor zwei Monaten an meine Firma gesendet hast?«

Ich nicke und trinke weiter an meinem Tee.

»Die Personalabteilung wandte sich an mich, weil du aus der Masse der Bewerber herausstachst. Sowohl deine Leistungen und Fachgebiete im Studium, als auch die Tatsache, dass du zwei Studiensemester überschlagen hast und das noch als Frau in einer Männerdomäne, haben meine Personalchefin schwer beeindruckt. Sie kam mit deinen Unterlagen zu mir und fragte mich, ob du jemand wärest, den wir in unser Förderprogramm aufnehmen könnten.«

Er nimmt mir das inzwischen geleerte Teeglas ab. »Möchtest du noch einen Tee?«

»Ja gerne, er ist köstlich!« Der Tee ist wirklich lecker und er bekommt mir gut. Shamar drückt auf einen Schalter neben meinem Bett. Fast sofort klopft es an der Tür, die dann geöffnet wird. Der Butler betritt den Raum und schaut uns fragend an.

»Sie wünschen bitte?«

Shamar nimmt das Teeglas zusammen mit dem kleinen Tellerchen auf dem es gestanden hat und reicht es dem Buttler an.

»Bitte bringen Sie Miss Buchholz noch einen Tee, Matthew.« Mit einem »Sofort Sire.« Und einer kleinen Verbeugung zieht er sich zurück.

Ich habe noch nie einen Butler gesehen. So etwas kenne ich nur aus dem Film. Gerne hätte ich Shamar gefragt, ob ein Butler dazu gehört, wenn man so eine feudale Wohnung im Burj al Arab mietet. Doch ich möchte das Thema nicht wechseln.

»Dann war meine Einladung hier hin gar kein Ergebnis meiner Leistung? Auch nicht irgendeiner Auslosung? Sondern du hast mich ganz gezielt hierhin eingeladen?«

Zwei Mal Kopf schütteln und einmal Nicken ist die Antwort. »Du bist wegen deiner Leistung hier. Die ist jedoch noch vor dem Ergebnis, dass du unter den fünfzig besten Absolventen bist, aufgefallen. Das mit der Auslosung stimmt nicht. Das war Absicht. Und deine Einladung hierhin war ganz gezielt.«

»Überfällst du Frauen, die dich interessieren immer so?« Stirnrunzelnd mustere ich ihn.

Er lächelt amüsiert.

»Bislang hat mich niemand derartig interessiert wie du. Ich musste dich einfach kennenlernen. Dass du dich gleich beim ersten Kontakt in einem Bikini präsentierst, hätte ich natürlich nicht zu träumen gewagt. Du hast mich völlig durcheinander gebracht.«

»Ach und darum die Anmache am Abend?« Die Worte sind draußen, ehe ich sie mir verkneifen kann.

»Das war wirklich nicht sehr diplomatisch von mir Luna, aber es ändert nichts an dem, was ich will. Nämlich dich.«

Wieder klopft es an der Tür und der Butler bringt ein neues Glas Tee, welches er vorsichtig auf dem linken Nachtschrank abstellt.

»Vielen Dank, das ist sehr nett von Ihnen.« Bedanke ich mich.

Er schaut mich freundlich an und sagt: »sehr gerne Miss Buchholz. Bitte zögern Sie nicht, nach mir zu läuten, wenn Sie irgendwas benötigen sollten.«

Dann dreht er sich um und verlässt den Raum so geräuschlos, wie er ihn betreten hat. Shamar greift zu dem Teeglas und reicht es mir an. Vorsichtig ergreife ich es und fange wieder an, es mit langsamen und kleinen Schlucken zu leeren.

»Was ist das für ein Tee?« Möchte ich wissen.

»Das ist ein einheimisches Mittel gegen einen verstimmten Magen. In der Regel ist es ganz gut, gesundheitliche Probleme, die auf lokalen Gegebenheiten beruhen, auch mit lokalen Mitteln zu bekämpfen. Der Tee ist eine Mischung aus verschiedenen Gewürzen und Süßholz. Schmeckt er dir?«

Diesmal bin ich diejenige, die zur Antwort nickt. Ich blase über die dampfende Oberfläche des Tees um ihn ein wenig abzukühlen. Mir geht es immer besser. Nach den vielen Stunden in denen ich auf der Toilette gesessen oder mich darin übergeben habe ist das nun Erholung pur. Die Stimmung zwischen uns ist seltsam kribbelnd. Mit einem mir fast fremden Mann sitze ich in einem riesigen Bett in dessen Luxussuite. Es knistert zwischen uns und das, obwohl ich wahrscheinlich ein Bild des Jammers abgebe. Zwischen uns liegt eine Spannung, die greifbar ist. Shamar hält sich komplett damit zurück, irgendwelche Andeutungen zu machen oder mich zu bedrängen. Anscheinend hat Shamar zwei Seiten. Die, die er jetzt zeigt ist mir deutlich lieber. Mein Bauch entspannt sich und dadurch werde auch ich gelöster. Shamars warme Hände, die meine linke Hand und manchmal auch ein wenig am Arm entlang streicheln, beruhigen mich.

»Dann habe ich kein Interview mit dir?« Möchte ich wissen. Schließlich bin ich ja hier, um mich gegen die Konkurrenz für einen Job durchzusetzen.

»Möchtest du denn ein Interview?«

»Würdest du mir denn einen Job geben? Oder bin ich zu reinen Selbstzwecken hier?«

Shamar scheint die Frage nicht weiter zu beeindrucken. »Welchen Job möchtest du denn in meinem Unternehmen haben?«

Ehrlich gesagt weiß ich das nicht. Ich weiß auch gar nicht, ob es so eine gute Idee ist, in seinem Unternehmen zu arbeiten. Denn wenn sich wirklich etwas entwickeln sollte – und Shamar macht auf mich den Eindruck, dass das in Kürze eine Tatsache ist - dann ist es sicherlich nicht klug, mit dem Boss ein Verhältnis zu haben.

»Woher soll ich denn wissen, was ich bei dir machen kann?« Ein verschmitztes Lächeln umspielt seine Lippen und verändert sein Gesicht in das eines Jungen, der gerade höllischen Spaß hat.

»Süße, ich wüsste eine ganze Reihe von Dingen die du bei mir, mit mir und ich mit dir machen könnte. Aber erst mal solltest du wieder gesund werden!«

Ich merke, wie mir die Röte in die Wangen steigt. »Das habe ich nicht gemeint!« Begehre ich auf.

»Trink deinen Tee, Luna.« Er geht über meinen Einwand hinweg. Ein leises Geräusch aus Richtung des Infusionsbeutels lässt und beide in diese Richtung schauen. Der Beutel ist leer.

»Zeit für Doktorspielchen, Süße.«, sagt er und grinst dabei mit diebischer Freude, als er meinen entsetzten Gesichtsausdruck sieht.

»Das meinst du doch jetzt nicht ernst – oder?« Ächze ich und kann mein Entsetzen kaum verbergen.

»Soll ich dich jetzt von der Nadel befreien oder möchtest du die Nacht damit verbringen, mein Engel?«

Mit einer Nadel im Handrücken zu schlafen gehört definitiv nicht zu den Dingen, die ich gerne mache.

»Da du ja erste Erfahrungen als Krankenpfleger gesammelt hast, kannst du die Nadel gerne herausholen.« Erlaube ich ihm großzügig.

Shamar steht auf und geht um das Bett herum. Es ist seltsam, doch kaum dass er aufgestanden ist, fehlt mir seine Wärme. Er dreht das Stellrädchen des Infusionsschlauches zu. Dann holt er die Tupfer, die der Doktor auf dem Nachtschrank hinterlegt hat, und setzt sich auf die rechte Bettkannte.

»Bereit, Miss Buchholz?«

Jetzt bin ich mit dem Grinsen dran.

»Bereit, wenn Sie es sind, Mister Shalazar.«

Das ist sein Stichwort und Shamar schreitet zur Tat. Vorsichtig löst er die Pflasterstreifen. Er macht das so sanft, dass nichts ziept oder weh tut. Als er damit fertig ist, nimmt er die Tupfer und hält sie über die Einstichstelle. Mit der anderen Hand zieht er die Nadel heraus und drückt die Tupfer fest auf meinen Handrücken.

Ich bleibe nicht untätig und versuche mit meiner linken Hand das Drücken auf die Tupfer zu übernehmen. Dabei berühren wir uns erneut. Es ist, als würde elektrische Energie zwischen uns fließen. Fast erwarte ich irgendwelche Miniblitze zu sehen. Offensichtlich ist es Shamar ähnlich ergangen. Seine Stimme ist rau, als er wieder spricht.

»Das wär's, mein Engel. War doch gar nicht so schlimm – oder?«

Auch ich muss mich räuspern, meine Stimme ist gleichermaßen belegt. Was, um Himmelswillen, war das denn? Shamar steht auf und wickelt den Schlauch über den Kleiderständer. Dann greift er zu einem Pflaster und klebt es, nachdem er sich davon überzeugt hat, dass ich nicht mehr blute, auf die Punktionsstelle.

»Das haben Sie aber hochprofessionell gemacht Mister Shalazar. Vielleicht sollten Sie über eine Karriere im medizinischen Bereich nachdenken. Bei Ihrem Talent könnten Sie es noch weit bringen.«

Er grinst mich wie ein Junge an.

»Ich werde es mir noch überlegen, aber nur wenn du meine einzige Patientin bist!« In seinen Augen blitzt der Schalk und sein Lächeln steckt an.

Plötzlich muss ich herzhaft gähnen. »Wie spät ist es eigentlich?«

Shamar wirft einen kurzen Blick auf seine Armbanduhr. Eine große Uhr, die zu seinem eleganten Aussehen passt.

»Gleich halb Eins. Zeit zum Schlafen!«

»Aber vorher muss ich nochmal ins Bad.«

Denn meine Blase meldet mächtigen Entleerungsbedarf an. Sofort springt Shamar auf um mir zu helfen und streckt die Arme aus um mich hochzuziehen. Langsam stehe ich aus dem Bett auf. Der Bademantel, den ich die ganze Zeit anhatte, fällt auseinander und bleibt auf dem Bett liegen. Darunter trage ich ein blaues Satinhemdchen mit Spaghettiträgern. Wir stehen dicht voreinander. Seine Präsenz hüllt mich genauso ein wie seine Wärme. Sofort richten sich meine Brustwarzen auf und drücken sich auffällig und vorwitzig durch den dünnen Stoff.

Ich kann meine Reaktion auf seine Nähe nicht verbergen. Sein maskuliner Geruch steigt mir in die Nase. Schlagartig weiten sich seine Pupillen, offensichtlich geht es ihm genauso und dass, obwohl ich im Moment so unattraktiv wie nur möglich bin.

»Schaffst du das alleine?« Fragt er mich halblaut mit rauer Stimme.

Ich fange an zu zittern, nicht vor Schwäche sondern durch seine Nähe und das Gefühl, dass dadurch tief in mir aufsteigt.

»Ich denke, das kriege ich hin«, antworte ich und schiebe mich an ihm vorbei in Richtung Bade-zimmer. Ich ziehe die Tür hinter mir zu und schließe Shamar aus. Das Badezimmer ist bei weitem prächtiger als das, welches ich in meinem Zimmer habe. Alles ist in Blau und Gold gehalten. Eine Badewanne ist in einem kleinen Podest eingelassen und lädt zum Verweilen und Träumen ein. Die Dusche hat genug Platz für zwei und anstelle eines Waschbeckens sind dort zwei große Waschbecken vor einem riesigen indirekt beleuchteten Spiegel.

Ich erleichtere mich auf der Toilette, dankbar, dass mein Bauch endlich Ruhe gibt. Als ich mir die Hände wasche, fällt mir die Zahnbürste nebst Zahnpasta ins Auge. Beides steht verpackt in einem Fach neben dem Waschbecken. Gleich darauf putze ich mir die Zähne und wasche mir mein Gesicht. Jetzt fühle mich wieder einigermaßen frisch. Ich lege das Handtuch zur Seite, streiche mir die Haare aus dem Gesicht und gehe zurück in das Schlafzimmer.

Shamar hat sich auf der Bettkante niedergelassen und erhebt sich, als ich wieder ins Zimmer komme.

»Alles in Ordnung Luna?«

Besorgt kommt er auf mich zu.

»Ja, danke. Alles in Ordnung. Ich habe mich nur noch kurz etwas frisch gemacht.«

Schon fast ein wenig schuldbewusst, weil ich einen Moment länger gebraucht habe, wende ich meinen Blick ab auf den Fußboden.

»Du solltest dich jetzt hinlegen und ein wenig schlafen, das waren anstrengende Stunden für dich«

Er steht direkt vor mir und umfasst mit seinen warmen Händen meine Oberarme. Sofort knistert es und mir läuft ein wohliger Schauer den Rücken hinunter.

»Das werde ich.«

Leichte Röte steigt mir in die Wangen.

»Vielen Dank, dass du für mich da warst.« Ich schaue ihn direkt von unten mit zurückgelegtem Kopf an.

Langsam bewegen sich seine Hände von meinen Armen über die Schultern und meinen Hals nach oben und legen sich um mein Gesicht. Sein Blick taucht in meinem, ich rieche seinen Atem, spüre, wie er plötzlich schneller atmet. Seine Augen schimmern dunkel und ehe ich mich versehe, liegen seine Lippen auf meinen. Ganz sanft und liebevoll küsst er mich. Ein herrliches Gefühl! Es ist ein unschuldiger und sehr zärtlicher Kuss, der endet, kaum dass ich meine Hände angehoben und an seine Hüften gelegt habe. Seine Lippen sind weich und die nachwachsenden Barthaare kitzeln ein wenig. Meine Welt fängt an, sich zu drehen.

Meine Hände liegen noch an seinen Hüften und ich öffne meine Augen, die ich während unseres Kusses geschlossen hatte. Noch einmal küsst er zärtlich meine Lippen. Ich bin ganz zittrig und außer Atem. Auch Shamar atmet heftiger.

»Danke für den Gute-Nachtkuss.«

Ich genieße seine Nähe und meine Stimme klingt ein wenig belegt.

Noch immer in halber Umarmung versunken antwortet er: »Ich habe zu danken, Luna. Verzeih mir, doch ich kann einfach nicht meine Finger von dir lassen.«

Meine Hände wandern von seiner Hüfte zu seinem Rücken, während er mich ein wenig fester in seine Arme schließt. Mit einem kleinen Laut des Wohlbefindens lege ich meine Wange an seine Brust und lausche mit geschlossenen Augen seinem kraftvollen Herzschlag.

»Hoffentlich kann ich jetzt noch schlafen.« Seufze ich.

»Süße, das wirst du. Ich lasse dich jetzt alleine, damit du Ruhe findest.« Er zieht sich einen Schritt zurück und eine Lücke entsteht zwischen uns. Wieder habe ich das Gefühl, geradezu physisch einen Verlust zu erleiden. Ich drehe mich um und gehe zum Bett. Shamar begleitet mich und wartet, bis ich mich hingelegt habe. Dann deckt er mich zu. Leidenschaft glimmt noch immer in seinen Augen.

»Ich werde von dir träumen, mein Engel«, sagt er, während er mir sanft über meine Wangen streicht.

»Schlaf gut Shamar …. Und nochmals vielen Dank. Morgen ziehe ich wieder zurück in mein Zimmer.«

Shamar knippst eine kleine Bettleuchte an.

»Wie ich schon sagte, ich kümmere mich gerne um dich. Und wegen deines Zimmers können wir Morgen miteinander reden. Jetzt schläfst du erst mal.«

Beim Hinausgehen löscht er das Licht an der Decke und ich bin alleine. Ich bin so entsetzlich müde und muss dringend schlafen, darum mache ich die Bettleuchte aus und drehe mich auf die Seite. Als ich die Augen schließe, sehe ich Shamar vor mir, wie er im Badezimmer vor mir kniete und meine Hände und mein Gesicht wusch. Mit seinem Lächeln, das mich begleitet, schlafe ich ein.

5

Als ich aufwache scheint die Sonne schon hell ins Zimmer. Erst weiß ich gar nicht wo ich bin. Dann fällt mir alles wieder ein. Meine Krankheit, der Arzt, Shamar. Dieses Zimmer ist noch größer als jenes, in dem ich vorher untergebracht war. Links von mir sind auch hier bodentiefe Fenster, die mit schweren Vorhängen bis auf einen Abstand von einem halben Meter zugezogen sind. Ich stehe auf und schiebe sie komplett zur Seite.

Meine Fenster bieten mir einen Blick auf einen kleinen Privatpool, der sich eine Etage unter mir befindet. Den Pool umgeben dicke Glaswände, die vor den kühlen Winden in dieser Höhe schützen. Mehrere Liegen und Sonnenschirme sind um den Pool herum drapiert. Ich befinde mich hier deutlich höher, als ich vorher untergebracht war. Dunkel erinnere ich mich an eine Treppe, die mich Shamar hochgetragen hat, bevor ich in dieses Zimmer kam.

Ich drehe mich um und sehe einen Schreibtisch mit einem großen und bequem aussehenden Stuhl davor. Auf dem Schreibtisch steht eine Uhr. Sie hat die Form eines Flugzeuges. Anstelle des Propellers befindet sich zwischen den Flügeln das Ziffernblatt. Es ist fast genau neun Uhr.

Zwischen der Tür nach draußen und dem Schreibtisch ist eine gemütliche Sitzecke mich einem Zweiersofa und zwei Sesseln. In der Mitte befindet sich ein niedriger Tisch, auf dem der Arzt gestern seine Tasche abgestellt hat.

Ich höre Wasser platschen und gehe wieder ans Fenster. Von oben kann ich sehen, wie Shamar mit schnellen Schwimmzügen das Becken durchmisst. Er trägt schwarze Badeshorts und aus meinem Blickwinkel habe ich eine Panoramaansicht seines Körpers. Er ist muskulös, jedoch dabei schlank. Breite Schultern münden in einen schön definierten Rücken, dessen Muskelspiel beim Anblick der Schwimmbewegungen mein Herz höher schlagen lässt. Seine Haut hat den Farbton von bronzefarbenem Gold. Nachdem Shamar zwei weitere Runden geschwommen hat und ich seine Rückseite ungehindert bestaunen kann, verlässt er den Pool über eine kleine Treppe.

Auf einer Liege unmittelbar neben ihm liegt ein schwarzes Handtuch. Er greift danach und beginnt sich abzutrocknen. Dabei dreht er sich um und ein Blick auf seine Vorderseite belohnt mein Warten. Seine Brust ist glatt, zwei dunkle Brustwarzen sind fest zusammen gezogen, als ob das Wasser sehr kalt gewesen wäre. Die Wassertropfen perlen ihm von den Brustmuskeln den Oberkörper entlang nach unten. Mein Blick folgt dem Wasser. Vom Bauchnabel zieht sich eine dünne Haarlinie nach unten in seine Shorts, die ihm nur knapp auf der Hüfte liegen. Wassertropfen glitzern über einem Sixpack, welches seinem Besitzer sicherlich viel Arbeit gekostet haben muss.

Auch die Beine sind muskulös, jedoch nicht zu austrainiert. Was für ein Anblick am frühen Morgen. Shamar muss doch bewusst sein, dass ich ihn sehen kann. Möglicherweise ist das ja Absicht? Also mir gefällt was ich sehe. Ich trete einen Schritt zurück, um von ihm nicht sofort gesehen zu werden. Tatsächlich schaut er nach oben.

Ich hoffe, er sieht nicht, wie ich ihm gerade neugierig zuschaue. Sein Blick verweilt nicht lange in meiner Richtung. Er legt sich das Handtuch über die Schulter, schlüpft in schwarze Badelatschen und verlässt den Poolbereich. Dummerweise damit auch leider mein Blickfeld. Schnell husche ich ins Bad und dusche mich. Auch hier sind die Miniaturen der Pflegeserie, die ich unten in meinem Badezimmer benutzt habe. In den von dem Hotel zur Verfügung gestellten Übernachtungsutensilien, die seitlich in einem Fach stehen, befindet sich sogar eine Bürste. Ich beschließe, mich erst mal ausgiebig zu duschen, die Haare zu waschen und zu föhnen, bevor ich mich aus dem Zimmer heraustraue.

Eine gute Dreiviertelstunde später bin ich wieder die Luna, die ich noch vor 48 Stunden war. Mein Bauch ist ruhig, ich bin frisch geduscht, habe gut geschlafen und ich fühle mich wie neu geboren. Nur eines ist anders. Shamar geht mir nicht aus dem Kopf. Zuvor konnte ich mich ablenken, das gelingt mir dank des Kusses heute Nacht, inzwischen nicht mehr. Der Kuss war so sinnlich und doch unschuldig. Was steckt wohl dahinter? Eine simple Gefühlsaufwallung oder mehr?

Da hilft nur eines: Ihm entgegentreten. Dumm nur, dass ich außer meinem Nachthemd nur noch meinen Bademantel habe. Nicht gerade die passende Bekleidung für eine Begegnung mit Shamar. Leise öffne ich die Türe von meinem Schlafzimmer und befinde mich in einem großzügigen Flur, der halbrund geschwungen ist. In der Mitte führt eine breite Treppe ins darunter gelegene Geschoss. Da ich barfuß unterwegs bin, sind meine Schritte nicht hören, lediglich auf den glatten Flächen und auf der Treppe hinterlassen meine nackten Füße ein leises Platschen. Unten angekommen sehe ich den Butler – ich glaube Matthew heißt er.

Er arrangiert ein Blumengesteck in dem gigantischsten Wohnzimmer, das ich je gesehen habe. Es muss sicherlich doppelt so groß sein, wie meine gesamte Wohnung daheim. Als er mich kommen hört, schaut er auf und unterbricht seine Tätigkeit.

»Guten Morgen, Miss Buchholz«, lächelt er, »wie geht es Ihnen heute Morgen? Sie sehen jetzt viel besser aus als gestern Abend.«

»Guten Morgen, Mister ähm Matthew. Danke der Nachfrage, ja, mir geht es wieder gut.« Ich bewundere seine vornehme Ausstrahlung.

»Nur Matthew Miss Buchholz, das ist völlig ausreichend. Ich freue mich zu hören, dass es Ihnen wieder gut geht.«

Ich trete näher und gleite mit meiner Hand über die glatt polierten Stuhlrücken, die wie eine Garde Soldaten an einem langen, ebenso glänzend polierten Tisch stehen.

»Matthew, können Sie mir sagen, wo ich Mister Shalazar finde? Außerdem brauche ich etwas zum Anziehen, ich müsste dringend in mein Zimmer.«

Bedauernd schüttelt Matthew den Kopf.

»Miss Buchholz, es tut mir leid, aber Mister Shalazar ist vor fünfzehn Minuten gegangen. Möchten Sie ihn anrufen oder soll ich ihm etwas ausrichten?«

Dumm gelaufen denke ich, jetzt ist Shamar weg und ich bin mit Matthew alleine in diesem Luxusbunker.

»Nein danke Matthew. Hat er gesagt, wann er wiederkommt?«

»Nein Miss Buchholz, das hat er leider nicht gesagt. Aber Sie können ihn jederzeit anrufen, ich kann Ihnen die Mobilnummer sofort geben.«

Anrufen, denke ich mir, ist einfach nicht das Gleiche wie ein persönliches Gespräch – und das hätte ich viel lieber geführt. Andererseits brauche ich Shamar dann auch nicht nur mit einem Bademantel bekleidet gegenübertreten. Daran erinnert, dass ich nicht allzu viel anhabe, zupfe ich mir den dicken Schalkragen in meinen Ausschnitt, um mich ein wenig mehr zu bedecken.

»Matthew, wie komme ich denn jetzt an meine Kleidung?«

Wieder lächelt mich Matthew an.

»Das ist gar kein Problem Miss Buchholz. Wenn Sie einen Augenblick warten können, lasse ich Ihnen gleich alles auf Ihr Zimmer bringen.«

»Ähm, wie das denn? Ich habe doch mein Zimmer ganz woanders und meinen Zimmerschlüssel habe ich nicht dabei.«

»Es ist bereits alles arrangiert Miss Buchholz. Mister Shalazar hat angeordnet, dass ihr gesamtes Gepäck aus Ihrem Hotelzimmer entfernt und in Ihr neues Zimmer gebracht wird. Das alte Zimmer ist bereits gekündigt, Sie brauchen sich um nichts mehr kümmern.«

Das ist jetzt etwas viel für mich. Ich ziehe einen Stuhl aus der Reihe heraus und muss mich erst mal setzen. »Sha... ähm Mister Shalazar hat mein Zimmer gekündigt und jemanden beauftragt, meine persönlichen Sachen einzupacken und in mein neues Zimmer zu bringen?« Wiederhole ich fragend das soeben von Matthew Gesagte.

Matthew nickt dazu.

»Jemand Fremdes wühlt in meinen Sachen herum?«

Matthew bemüht sich, mich zu beruhigen. »Sie brauchen sich wirklich keine Sorgen zu machen, die Person, die damit beauftragt worden ist, ist absolut vertrauenswürdig.«

»Darum geht es nicht Matthew. Ich mag es einfach nicht, wenn Fremde in meinen Sachen herumwühlen.« Dann fällt mir ein, dass der Doktor nochmal vorbei kommen wollte. »Wissen Sie wann Doktor Aziz kommt? Er sagte, dass er heute Morgen nochmal nach mir sehen wollte.«

»Der Arzt kommt, wann immer Sie ihn sehen wollen, Miss Buchholz. Soll ich ihn jetzt anrufen?« Das ist vermutlich die beste Idee. »Ja, das wäre sehr nett, Matthew. Ich warte dann oben auf ihn. Dankeschön.«

Mein Magen knurrt laut und vernehmlich. »Ähhm Matthew, wissen Sie, wo ich ein Frühstück her bekomme? Ich habe einen Riesenhunger.« Sofort ist das Lächeln auf

Matthews Gesicht wieder da.

»Das lasse ich Ihnen gerne zubereiten. Haben Sie irgendwelche Wünsche?« Frühstück hier oben?. Wünsche habe ich, aber bezweifle, ob ich die in den Vereinigten Arabischen Emiraten erfüllt bekomme. Trotzdem versuche ich es. »Ich hätte gerne Tee und Croissants und Grießbrei«, füge ich schnell noch hintendran.

»Sehr gerne Miss Buchholz. Darf ich servieren, wenn die Visite beendet ist?«

Was, denn kein Stirnrunzeln, kein ‚Das geht nicht'?

»Das wäre wirklich prima Matthew. Vielen Dank. Dann gehe ich mal zurück in mein Zimmer.« Ich stehe auf und gehe den gleichen Weg wieder zurück, den ich wenige Minuten zuvor herunter gekommen bin.

Der Arzt ist sehr zufrieden und erlaubt mir, wieder zu essen. Nur was Leichtes sollte es für heute sein. Und ich muss viel trinken. Beides wird mir nicht allzu schwer fallen. Denn das von mir gewünschte Frühstück geht klar als magenfreundlich durch. Immer noch im Bademantel, laufe ich nun langsam wieder die Stufen hinab, um mein Frühstück zu mir zu nehmen. Tatsächlich, der Tisch ist gedeckt mit Croissants und einer Schale mit dampfendem Grießbrei. Beides schmeckt köstlich. Da ich Matthew nicht gesagt hatte, welchen Tee ich wollte, ist eine ganze Batterie an Teesorten aufgebaut, aus denen ich wählen darf. Es geht nichts über eine gescheite Ostfriesenmischung, die ich am allerliebsten trinke. Heiß mit zwei Löffeln braunen Zucker und ein paar Tropfen Milch.

Schließlich bin ich rundherum gesättigt. Matthew ist wieder ins Zimmer getreten und wartet unauffällig darauf, ob ich weitere Wünsche äußere.

Das Schweigen ist mir irgendwie unangenehm. Was soll ich bloß mit ihm reden? Also frage ich ihn einfach etwas, am besten über sich selbst. »Darf ich Sie etwas fragen Matthew?«

Er nähert sich und nickt zustimmend.

»Was möchten Sie denn wissen, Miss Buchholz?«

Derartig ermutigt fange ich an: »Ist Matthew Ihr Vorname oder Ihr Nachnahme?«

Er tritt ein wenig näher heran um mich bei seiner Antwort anschauen zu können. »Matthew ist mein Vorname Miss Buchholz. Mein vollständiger Name ist Matthew O'Brien.« Ihm ist nicht anzumerken, ob ich ihm mit meiner Frage zu nahe getreten bin.

Daher frage ich einfach weiter.

»Matthew, wenn es nicht zu indiskret ist würde ich gerne wissen, was Sie in die Emirate verschlagen hat.«

Da zuckt doch tatsächlich der Ansatz eines Lächelns auf seinem Gesicht. »Ich begleite Mister Shalazar Miss Buchholz.«

Ich bestreiche mein Croissant mit einem Hauch von Butter. »Matthew, ich habe mich noch nie mit einem Butler unterhalten und ich bin schrecklich neugierig. Darf ich Sie noch etwas fragen?«

Er nickt und lächelt jetzt über sein ganzes Gesicht. »Ich dachte, Sie wären hier im Hotel angestellt. Wenn Sie Mister Shalazar begleiten, von wo aus haben Sie ihn denn begleitet und warum?«

»Nun, Miss Buchholz, Mister Shalazar wohnt für gewöhnlich in seinem Haus in den Woodlands, das ist in der Nähe von Houston, in Texas. Wenn er länger auf Reisen ist, dann begleite ich ihn.«

»Kennen Sie sich denn hier aus? Ich meine, das muss doch auch alles fremd für Sie sein?«

Matthew schüttelt lächelnd den Kopf. Ich finde es schön zu sehen, dass er ein wenig aus sich herauskommt. »Nein, ich kenne mich hier sehr gut aus. Mister Shalazar hat diese Suite vor geraumer Zeit gekauft und residiert hier mehrmals im Jahr. Der Butler, der normalerweise als Serviceleistung des Hotels zur Verfügung gestellt wird, ist von Mister Shalazar nicht gewünscht. Er zieht es vor, mich auf diesen Reisen mitzunehmen.«

Ich beende mein Frühstück und Matthew tritt an mich heran. »War alles zu Ihrer Zufriedenheit, Miss Buchholz?«

Ich bin es gar nicht gewohnt, bedient zu werden. Doch das Frühstück war richtig lecker und das sollte Matthew wissen. Ich bedanke mich noch einmal bei ihm und lobe das Frühstück. In der Zwischenzeit, so sagt er mir, wurden meine Sachen alle in mein neues Zimmer gebracht. Davon habe ich gar nichts mit bekommen. Ich danke ihm nochmal und laufe ein weiteres Mal die breite Treppe hinauf in mein Zimmer. Tatsächlich. Alles ist da, meine Kleidung befindet sich fein säuberlich aufgehängt und gefaltet in den Schränken. Sogar Shamars Blumenstrauß wurde mitgebracht und steht jetzt auf dem Couchtisch.

Schnell schlüpfe ich in ein hellblaues Strandkleid und dazu passende Sandalen. Dann gehe ich wieder herunter in die untere Etage. Hinter der Treppe ist der Ausgang zum Pool. Ich schiebe die Türe ein wenig zur Seite und betrete den Außenbereich. Trotz der Höhe ist es hier weder windig noch kalt. Anscheinend sind die Glaswände, die den Außenbereich umgeben, dafür verantwortlich. Die Sonne scheint warm von oben herab und ich setze mich auf eine der dort stehenden Liegen.

Durch die Höhe hat man das Gefühl, an einem Pool mitten im Himmel zu liegen. Das ist tausend Mal besser, als der Pool unten im Erdgeschoss. Unter dem Sonnenschirm ist es angenehm schattig. Trotzdem lullt mich die Wärme ein. Irgendwann fallen mir die Augen zu. Als ich wieder wach werde, habe ich Gesellschaft. Shamar ist da. Er trägt wieder eine schwarze Hose und dazu ein Poloshirt. Lässig steht er neben meiner Liege mit einem Glas Coke in der Hand.

»Wie geht es dir, Luna?«, fragt er mich lächelnd.

Ich setze mich auf und kann meine Freude über seine Anwesenheit nicht verbergen.

»Hallo Shamar, danke, mir geht es viel besser. Ich bin wieder komplett hergestellt. Das habe ich wohl dir zu verdanken.«

»Das war reiner Selbstnutz von mir.« Mit einem fast verlegenen Lächeln setzt er sich auf die Liege neben mir.

»So konnte ich dich schnell in meine Nähe bringen.«

Mir fällt mein Umzug ein. »War es denn notwendig, gleich mein Zimmer zu kündigen und meine Sachen alle hierhin bringen zu lassen? Ich will nicht unhöflich sein, aber es gefällt mir nicht, wenn über mich bestimmt wird und fremde Personen in meinen Sachen wühlen.«

»Fehlt dir irgendwas, ist etwas zerbrochen oder sonst irgendwie nicht in Ordnung?« Fragt er mich ernst.

»Oh, nein, nein es ist alles in Ordnung, aber ist das nicht irgendwie unpassend? Außerdem habe ich das Gefühl als wäre ich überrumpelt worden, das geht mir zu schnell.«

»Und mir geht es zu langsam, mein Engel.«

»Du weichst vom Thema ab, Shamar. Ich fühle mich nicht selbstbestimmt, wenn du so über mich verfügst. Das Eine hat doch nichts mit dem Anderen zu tun.«

Shamar greift zu seinem Getränk und nimmt einen Schluck.

»Du magst mich also gar nicht?«

Ich setze mich auf meiner Liege auf und drehe mich zu ihm um. »Das meine ich doch nicht«, ich greife zu seinem Getränk und nehme auch einen Schluck davon. Es ist eine eisgekühlte Coke, genau richtig.

»Also magst du mich doch?« Er grinst mich an.

»Du bist anscheinend ein Meister darin, andere zu manipulieren – oder?«

»Nur wenn ich damit ein Ziel verfolge, das sich lohnt.«

»Und ich lohne mich?«

»Mein Engel, für dich würde ich alles tun, um dich an meine Seite und in mein Bett zu bekommen.«

Ich atme tief durch. »Man kann ja vieles über dich erzählen, aber um den heißen Brei redest du nicht herum.«

»Warum auch, Luna, ich sehe dich und ich weiß, dir geht es genauso.«

Das man mir meine Empfindungen so deutlich ansieht ist mir unangenehm. Ich hätte sie gerne für mich behalten. Doch der Umstand, dass man mir alles an der Nasenspitze ablesen kann, begleitet mich schon ein Leben lang. Jeder in meiner Umgebung liest in mir, wie in einem offenen Buch.

»Weißt du eigentlich, dass man sich beim Gedankenlesen auch mal irren kann?« Ich stehe langsam auf, bereit einen Rückzug anzutreten und spüre seine Präsenz geradezu körperlich. Das Schlimme ist, mein Körper verrät mich. Er hat Recht mit dem was er sagt. Doch mein Kopf versucht die ganze Zeit auf dem Boden der Tatsachen zu bleiben.

»Ich irre mich nicht, Luna.«

Ich drehe mich um und will der Situation entfliehen. Doch mit einem langen schnellen Schritt ist er bei mir und hält mich am Ellenbogen fest.

»Einer der Vorteile, dass du hier bist, ist, dass du mir nicht mehr so schnell davonlaufen kannst.« Mit diesen Worten dreht er mich um und wir stehen plötzlich eng aneinandergeschmiegt voreinander.

Sofort reagiert mein Körper auf ihn. Meine Brustwarzen werden hart und richten sich auf. Shamars Hände umfassen mich. Eine Hand liegt auf meinem Rücken, die andere streichelt sanft meinen Nacken. Beide senden warme und erotische Impulse in meinen ganzen Körper. Er ist fast einen Kopf größer als ich und ich muss zu ihm hochschauen. In diesem Moment beugt er sich runter und küsst mich.

Erst liegen seine Lippen sanft und warm auf meinen. Dann teilt er meine Lippen und seine Zunge dringt in meinen Mund. Er schmeckt so frisch und lecker. Seine Zunge spielt mit meiner und ich komme ihm mit meiner entgegen. Wie von selbst umschließen meine Arme ihn und ich lasse meine Hände an seinem Rücken hochwandern. Shamar stöhnt tief und sexy. Dieses Geräusch bringt in mir eine ganze erotische Gefühlslawine ins Rollen.

Unser Kuss wird immer intensiver. Shamar spielt mit mir und ich spiele willig mit. Meine inneren Bauchmuskeln spannen sich an. Nie hätte ich eine solche Reaktion für möglich gehalten. Nach meinem verunglückten ersten Mal habe ich komplett die Finger vom anderen Geschlecht gelassen. Bis jetzt. Shamar streichelt mich. Seine Hände gleiten über meine Oberarme zur Taille und über meinen Busen wieder zurück zu meinem Kopf. Ich vergrabe meine Hände in seine schwarzen Haare und wühle darin. Seine Haare sind herrlich weich und griffig. Wie von selbst rutschen meine Hände tiefer und tiefer, bis sie auf seinem Po liegen. Dann presse ich ihn noch dichter an mich. Mist, er hat ja so Recht. Ich will ihn genauso, wie er mich will. Ich spüre seinen Penis als große harte Ausbuchtung in seiner Hose an meinem Bauch. Dass er so auf mich reagiert macht mich noch mehr an.

»Oh mein Engel, ich begehre dich so sehr!«

Stöhnt er auf. Küsse bedecken mein Gesicht, meinen Hals und mein Dekolletee. Ich rieche seinen männlichen Duft und eine schwache Spur seines Duschgels. Meine Hände wandern selbständig über seinen Körper. Unter meinen Handflächen fühle ich seine Muskelstränge am Rücken. Es ist, als wäre ein großer Stein in mir ins Rollen gekommen, der mit verheerender Kraft in die Tiefe poltert. Ich verliere mich in seinem Kuss und seinen Zärtlichkeiten. Plötzlich ist der Reißverschluss meines Kleides geöffnet und seine Hand befindet sich auf meinem Rücken.

»Nein, nicht, bitte!« Stoße ich heiser unter seinen Liebkosungen hervor.

»Was ist los?« Er berührt mich mit beiden Händen an meinen Armen und bringt einen kleinen Abstand zwischen uns.

»Shamar, ich kann nicht. Das geht mir eindeutig zu schnell. Außerdem sind wir nicht alleine. Jeden Augenblick kann Matthew auftauchen. Bitte, nicht.«

Seine Augen sind dunkel wie glänzende Obsidiane. Er atmet schwer. Doch er respektiert meinen Wunsch.

»Matthew wird uns nicht stören Luna. So was würde ihn seinen Job kosten und das weiß er.«

Ich stehe vor ihm und habe meinen Blick gesenkt. Ich komme mir so kindisch vor. »Shamar, ich weiß nicht, was ich sagen soll.« Ich bin total verlegen und Röte breitet sich auf meinem Gesicht aus.

»Schhhh Luna. Ich bin derjenige, der dich gerade überfallen hat. Vergib mir meine Ungeduld. Doch wenn ich dich sehe, sind alle Regeln außer Kraft gesetzt und ich möchte nur noch eines: nämlich dich!«

Ich schaue wieder hoch und blicke ihn an. Er gibt sich die Schuld? Na so was. Ich habe doch schließlich auch mitgemacht. Oder kann man einseitig küssen…?

»Es tut mir Leid, wirklich, ich bin nicht so ... erfahren. Ich möchte, aber irgendwie kann ich nicht.«

Shamars Reaktion kann ich nicht einschätzen. Er atmet tief durch und schließt kurz seine Augen.

»Ich werde dich zu nichts drängen, was du nicht möchtest. Du bist hier völlig sicher. Wenn es sein muss, auch vor mir. Das verspreche ich dir!«

Ich sehe ihn an, wie viel ihn das kostet. Er ist sichtlich angespannt.

»Ich begehre dich wie ich noch nie jemanden begehrt habe, Luna. Das mache ich, seitdem ich das Bild von dir gesehen habe. Ich habe so lange auf dich gewartet. Doch ich will verdammt sein, wenn ich es selber durch meine Ungeduld kaputt mache.«

Erleichterung durchrieselt mich. »Ich danke dir Shamar.« Jetzt verkleinere ich den Abstand und küsse ihn ganz zart auf den Mund. Dann drehe ich mich um und bitte ihn, den Reißverschluss, wieder zu schließen. Langsam und mit ständigem Hautkontakt seiner warmen Finger zieht er mir den Reißverschluss wieder hoch. Oben angekommen küsst er mich liebevoll in meinen Nacken und zieht mich an sich, so dass ich mit meinem Rücken an seiner Brust lande. Er schlingt seine Arme um mich und legt seine Wange an meinen Kopf.

»Du bist mein, Luna.«

Dann dreht er sich um und verlässt den Außenbereich.

6

Ich stehe noch einen Moment verwirrt da, bevor ich mich wieder auf die Liege zurücksinken lasse. Shamar ist anscheinend nicht der Typ Mann, der leicht aufgibt, sonst hätte er nie das erreichen können, was er sich als Firmenimperium aufgebaut hat. Auch wenn ich es vor mir selber nicht eingestehen möchte, existiert unbestreitbar eine große Anziehungskraft zwischen uns. Und da kommt mein Problem zum Tragen. Ich habe kaum Erfahrung. Eine um genau zu sein. Wie erkläre ich ihm, dass ich noch Jungfrau bin aber doch schon mit einem Mann geschlafen habe? Als ob das nicht alles schon peinlich genug wäre, habe ich null Erfahrungen und ich bin mir sicher, dass das bei Shamar deutlich anders der Fall ist.

Die Türe hinter mir öffnet sich und Matthew tritt heraus. »Kann ich irgendwas für Sie tun, Miss Buchholz? Möchten Sie etwas essen oder trinken?« Sein Gesicht ist völlig ausdruckslos und lässt nicht den geringsten Schluss darauf zu, dass er möglicherweise irgendetwas mitbekommen hat.

»Ich hätte gerne noch ein wenig Wasser ohne Kohlensäure Matthew.« Wenige Minuten später sitze ich immer noch vor mich hin grübelnd auf der Liege, als

Matthew mit dem Wasser eintrifft. Er nimmt es von seinem Tablett und stellt es auf ein Tischchen neben meiner Liege.

»Miss Buchholz, falls Sie Interesse haben, ein wenig auszuspannen, dann steht Ihnen der hiesige Wellnessbereich uneingeschränkt zur Verfügung. Sie brauchen nur zu sagen, was Sie haben möchten.«

»Ist das eine Einladung Matthew?«

»Von Mister Shalazar. Er meinte, dass Sie vielleicht Interesse an Entspannung haben könnten. Es steht Ihnen eine persönliche Beraterin zur Verfügung.«

Das ist keine schlechte Idee, denke ich. Bislang habe ich den Luxus einer Spa Behandlung erst wenige Male erlebt. Susannes Eltern hatten mir den einen oder anderen Aufenthalt zusammen mit Susanne geschenkt. Die Aussicht, mich hier verwöhnen zu lassen ist verlockend und mit einer Beraterin merkt man sicherlich nicht, dass ich relativ unerfahren bin. Ich möchte mich bei Shamar wenigstens bedanken, auch wenn ich ihm dann wieder gegenüberstehe.

»Wo ist Mister Shalazar?« Vielleicht kann ich ihn noch erreichen.

»Er hat die Suite vor 10 Minuten verlassen Miss Buchholz.«

»Könnten Sie mir seine Telefonnummer geben, wäre das möglich?« Frage ich. Sofort händigt mir Matthew Shamars Telefonnummer aus. Ich nehme den kleinen Zettel, den Matthew wahrscheinlich seit dem Frühstück mit sich herum getragen hat, an mich und laufe in mein Zimmer. Mein Mobiltelefon liegt auf dem Nachtschrank. Eine SMS von Susanne ist in der Zwischenzeit eingegangen. Doch erst speichere ich Shamars Telefonnummer ab. Dann tippe ich ihm eine Nachricht.

‚Danke fürs Wohlfühlprogramm - Luna‘

Das ist alles. Umgehend kommt seine Antwort.

‚Gerne – lass dich verwöhnen.
Ich wäre gerne dabei ;)‘

Das kann ich mir lebhaft vorstellen, denke ich und scrolle weiter zu Susannes SMS. Sie hatte zwei Tage Nachtdienst und meine SMS erst jetzt gelesen. Ob interessant = Sexy sei möchte sie wissen. Ich antworte ihr mit:

‚Ja, und so was von‘

Und bringe die SMS auf den Weg. Während ich mir ein paar Sachen für das Spa herauslege, klingelt mein Telefon. Susanne ist dran.

»Hey Kleine, hat es dich tatsächlich erwischt?«

Ich setze mich aufs Bett um mit ihr in Ruhe zu telefonieren.

„Hey Suse, wie schön dich zu hören. Ja, ich glaube, mich hat's erwischt.«

»Na endlich, das wurde aber auch mal Zeit. Und wie ist er,... erzähl…«

Ich hole tief Luft und lasse die letzten Stunden Revue passieren.

»Er ist groß und sportlich, frech, sexy, zärtlich und kann unglaublich küssen.«

»Dann bist du ihm ja schon näher gekommen…«

»Ja, sehr nahe. Ich hatte mir den Magen verdorben und Shamar hat mich aus meinem Zimmer in seine Suite entführt. Da bin ich jetzt noch.«

»Scheint so, als würde er nichts anbrennen lassen…« spaßt Susanne am anderen Ende.

»Eigentlich würde ich es eher mit zielstrebig bezeichnen. Er hat die ganze Reise eingefädelt, um mich kennenzulernen. Und er hat mir ziemlich unverblümt gesagt, dass er mich will.«

Eine kleine Pause entsteht.

»Und willst du ihn?«

»Ich glaube ja. Aber ich weiß nicht, wie ich es ihm beibringen soll. Du weißt schon wegen damals.«

Ich höre Susanne durchatmen.

»Am besten ist es sicherlich, es ihm so schnell wie möglich zu erzählen. Wenn für dich klar ist, dass du deine selbstgewählte Enthaltsamkeit aufgeben möchtest, dann sag es ihm. Wenn er dich mag, wird er damit umgehen können.«

»Und wenn nicht?«

»Dann wäre er es nicht wert.«

Für Susanne ist das alles ganz einfach. Immer gerade heraus. Nach meinem Reinfall damals, habe ich an niemandem mehr Interesse gehabt und mich furchtbar für das, was passiert war, geschämt. Aber Susanne hat Recht, ich muss es ihm sagen.

»Ach Suse. Manchmal wünsche ich mir, ich wäre du. Dir fällt so was mit Sicherheit viel leichter als mir.«

Susanne lacht.

»Jetzt überschätze mich bitte nicht, Luna. Ich habe schließlich nicht so ein Arschloch als Freund gehabt und musste mit einer solchen Erfahrung, wie du sie gemacht hast, zurechtkommen. Fass dir ein Herz und rede mit ihm. Es ist völlig egal ob er reich oder arm ist. Wenn er kein Verständnis für dich hat, ist er nicht der Richtige. Und wenn das der Fall sein sollte, dann werden dir alle weiteren Entscheidungen klarer und leichter fallen, als du dir das jetzt vorstellen kannst.«

Jetzt lächle ich. »Was würde ich nur ohne dich machen, Suse?«

»Alles, nur ohne mich. So, und jetzt sieh zu, dass du die Fronten klärst.«

»Jawohl, stets zu Diensten Madame!« Scherze ich zurück. »Ich vermisse dich.«

»Ich dich nicht, ich habe Hölle viel zu tun und muss mich gleichzeitig auf meine Prüfung nächste Woche vorbereiten.«

Oh je, über meinen eigenen Kram habe ich ganz

vergessen, dass Susanne im größten Stress steht und ihr Medizinstudium abschließt. Zwei Prüfungen noch, dann ist sie durch. Die Erste ist nächste Woche.

»Hab ich verstanden, Suse. Danke, dass du Zeit für mich hattest. Ich melde mich zwischendurch wieder und halte dich auf dem Laufenden. Du brauchst dich aber nicht zu melden. Keine Verpflichtung. Kümmere dich um dich selbst. Ich werde an dich denken!«

»Kein Problem, Kleine, das weiß ich doch. Bis bald.«

»Bis bald, Suse, mach's gut!«

Ich beende das Gespräch und lege mein Telefon zur Seite. Ich vermisse Susanne wirklich. Sie ist wie eine Schwester für mich. Ich muss einen Schlachtplan entwerfen. Das kann ich am besten, wenn ich Ruhe und Zeit habe. Also nichts wie ab ins Spa. Als ich das Zimmer verlasse, kommt mir Matthew auf dem Flur entgegen.

»Sagen Sie, Matthew, wo kann ich mich denn für einen Spa-Besuch anmelden?« Er bleibt stehen und erklärt mir, dass ich mit dem Privataufzug nur nach unten fahren bräuchte, ich würde dort erwartet. Alles andere könnte ich so arrangieren, wie ich es wolle. Einen Freibrief für eines der teuersten Spa's der Welt und dann noch ohne Voranmeldung. Das kann ja heiter werden, sinniere ich, die Rechnung für diesen Luxus dürfte astronomisch werden.

»Okay.«, sage ich vorsichtig. »Und wie komme ich hier raus und wieder herein?«

Matthew nickt »Sesam öffne dich.« Dabei hält er mir eine schwarze Plastikkarte hin. »Damit kommen Sie überall hin. Mister Shalazar bat mich, Ihnen diese Karte zu geben.«

»Also kein Gefängnis?«

Matthew zieht die Augenbrauen hoch »Wo denken Sie hin, Miss Buchholz.«

Offensichtlich habe ich bei meinen Worten zu ernst ausgesehen. »Das war ein Scherz, Matthew!« So-fort entspannt er sich wieder.

»Verzeihen Sie, Miss Buchholz, ich hatte das falsch

verstanden. Kommen Sie bitte mit, ich zeige Ihnen den Weg.« Er geht voran und schreitet würdevoll die Treppe hinab, geht an dem glänzenden Esstisch vorbei und kommt in einen geräumigen Flur. Auf der gegenüber liegenden Seite befindet sich eine Doppeltür, neben der ein Schalter angebracht ist. Er drückt auf den Schalter, der sofort zu leuchten beginnt. Wenige Sekunden später öffnen sich die Türen mit einem leisen Zischen. Der Aufzug ist geräumig und komplett verspiegelt. Ich kann in jeder Etage aussteigen, jedoch die Suite nur mit der Schlüsselkarte betreten. Sobald diese in den Schlitz gesteckt wird, ist der Aufzug für alle Etagen gesperrt, so dass niemand ihn anfordern kann. Matthew drückt den untersten Knopf und wünscht mir viel Spaß. Er tritt zurück und schon schließen sich die Türen.

Die Fahrt herunter dauert nicht lange. Als sich die Türen öffnen, steht eine Dame vor mir, sie ist ganz in Gold und Weiß gekleidet und ist wunderschön. Freundlich lächelt sie mich an und bittet mich, ihr zu folgen. Ich sehe zwar, dass der Spa Bereich auch von hier ausgeschildert ist, jedoch brauche ich in ihrer Begleitung nicht zu suchen. Nach wenigen Minuten haben wir unser Ziel erreicht.

»Willkommen im Assawan-Spa« sagt sie lächelnd. »Wissen Sie schon, was Sie möchten, oder benötigen Sie eine Beratung?«

Da ich lieber eine Beratung haben möchte, werde ich in einen Raum geführt, der eine kleine Sitz-gruppe beherbergt. Meine Begleiterin von vorhin setzt sich zu mir und bringt mir ein Wasser, welches sie als Getränkewunsch vorab erfragt hat. Dann stellt sie mir den Katalog des Spa's vor.

Ich entscheide mich für ein Himmlisches Hand und Fuß Ritual, eine entspannende Ganzkörper-Wellnessmassage und eine Gesichtsbehandlung. Mit diesem Programm bin ich den ganzen Nachmittag ausgebucht. Ich erhalte eine eigene Umkleidekabine mit Schrank, die ich mit meiner Schlüsselkarte aus der Suite verschließen kann. In der Umkleidekabine warten schon bequeme Badeschuhe sowie ein weißer, flauschiger Bademantel auf mich. Der Unterschied zu den Bademänteln auf den Zimmern besteht darin, dass hinten auf dem Rücken noch eine goldene Krone gestickt ist.

Ich fühle mich ... königlich. Wieder einmal wie in 1001 Nacht. Dieses Wellnessprogramm wird mehr kosten, als ich es mir jemals leisten kann, Gott sei Dank muss ich das nicht selber bezahlen. Die nächsten Stunden vergehen im Flug. Ich werde geknetet, gecremt, mit warmen Öl verwöhnt und entspannt.

Ich fühle mich wie neugeboren. Einfach unglaublich. Zwischendurch gehe ich ein kleines Ründchen in dem Pool schwimmen. Er ist blau gefliest mit einer sternförmigen Intarsien Arbeit auf dem Boden. Das Bassin wird indirekt angestrahlt und der Eindruck, sich in einer anderen Welt zu befinden, setzt sich auch hier fort. Viel zu schnell ist mein Wohlfühlprogramm beendet.

Den Vorsatz, mir eine Strategie zurecht zulegen, wie ich Shamar von meinem ‚Ersten Mal' erzählen konnte, habe ich dank der ganzen Ablenkung nicht umgesetzt. Während der letzten Stunden habe ich wirklich an nichts gedacht. An gar nichts. Dafür bin ich jetzt komplett entspannt. Was auch immer passieren wird, es wird nicht geplant sein. Ich denke an Susannes Worte, dass kein Mann es wert wäre, wenn er sich an mir oder meinem Hintergrund stört. Das ist einfach gesagt, da ich aber auf dem besten Weg bin, mich in Shamar zu verlieben, mache ich mir trotzdem Gedanken. Was ist, wenn er mich ablehnt? Ich schüttle innerlich den Kopf. Ich habe den ganzen Nachmittag unglaublich professionelle Entspannung genossen, das sollte ich mir nicht zerstören, indem ich mir unnötig Gedanken mache.

Die junge Dame, die mich hierher begleitet hat wartet im Empfangsbereich des Spas auf mich. Ich werde wieder zu dem Aufzug zurückbegleitet. Die Dame ist sehr nett. Gerne würde ich ihr einTrinkgeld geben, doch das scheint gar nicht gewünscht zu sein. Lachend schüttelt sie den Kopf. Ich stecke die Karte in den Schlitz, den mir Matthew vorhin gezeigt hat. Mit dem gewohnten leisen Zischen schließen sich die Türen wieder. Der Aufzug setzt sich sofort in Bewegung. Wenig später öffnen sich die Türen des Aufzuges und ich befinde ich mich wieder im Flur der Suite.

Obwohl mein Zimmer nun hier in dieser Suite ist, überfällt mich eine gewisse Befangenheit, durch die Räume zu marschieren. Vorsichtig öffne ich die Türe zum Wohnraum und fast sofort erscheint Matthew.

»Miss Buchholz, Sie sind wieder zurück. Hat es Ihnen gefallen?«

Gefallen ist nicht der richtige Ausdruck für das, was ich in den letzten Stunden erlebt habe.

»Es war überwältigend. Ein Traum.«

Ein kleines Lächeln kommt und geht auf Matthews Gesicht. »Mister Shalazar lässt fragen, ob er Sie zum Essen ins Al Mahara einladen darf.«

Ich hatte bei meinem Einzug in mein altes Zimmer, in der Hotelbroschüre von dem Restaurant Al Mahara gelesen. Es ist ein Restaurant in einem gigantischen Aquarium. Ich hätte es mir gerne einmal angesehen, doch angesichts der Einstiegspreise für das Essen, habe ich mich ganz schnell von dem Gedanken verabschiedet.

»Ja, das würde ich sehr gerne Matthew.«

»In diesem Fall bittet Sie Mister Shalazar sich für 19.00 Uhr einzurichten.«

Bis dahin ist noch eine gute Stunde Zeit. Die wird ausreichen, um meine Haare wieder zu richten.

»Ja, das schaffe ich, danke, Matthew.«

Er zieht sich wieder zurück und ich steige dieses Mal langsam aber innerlich beschwingt die Treppe hoch. Oben angelangt, begebe ich mich in mein Badezimmer, dusche mich und wasche mir die Haare. Sie sind von den Öl- und Pflegeprodukten ganz platt geworden. Trotz der Dusche haften die Pflegeprodukte an meiner Haut. Sie ist samtig und geschmeidig. Ich mag es, wie sie sich jetzt anfühlt. Nach dem Duschen föhne ich mir die Haare. Auch sie fallen anders als sonst. Lang und lockig fließen sie über meinen Rücken.

Wenn ich schon eine solche Einladung habe und mit einem Mann wie Shamar essen gehe, möchte ich mich für ihn so schön wie möglich machen. Daher schminke mich ein bisschen stärker, indem ich mit Kajal und Lidschatten meine dunklen Augen betone. Auf meinen Lippen kommt nur ein wenig Gloss. Als ich aus dem Badezimmer heraus komme, finde ich auf dem Bett ein wunderschönes Kleid aus nachtblauer Seide vor. Es passt hervorragend zu meiner Augenfarbe. Passende Dessous liegen daneben. Wow. Ich bleibe staunend vor dem Ensemble stehen. Im Badezimmer habe ich nichts gehört und jetzt liegen die schönsten Sachen vor mir.

Ich lege den Bademantel ab und schlüpfe als erstes in Slip und BH. Beides passt wie angegossen. Nachtblaue Spitze umrahmt meinen Busen und setzt ihn optimal in Szene. Der Slip ist ein String aus gleichem Material. Beides schmiegt sich weich und bequem an meine Rundungen an. Als nächstes kommt das Kleid an die Reihe. Ich halte es vor einem Spiegel hoch um es darin anzuschauen. Die Farbe passt zu mir.

Es ist umwerfend. Dunkelblau mit einem spitzen tiefen Ausschnitt vorne und hinten. Die Hälften werden hinten von einem Strassbändchen mit einem saphirfarbenen Anhänger, der einige Zentimeter am Rücken hinunter baumelt, zusammengehalten. Vorsichtig probiere ich es an.

Wie schon bei den Dessous passt auch das Kleid wie maßgeschneidert. Neben dem Bett stehen passende Schuhe in der Farbe des Kleides. Wie nicht anders zu erwarten, schmiegen sie sich bequem an meine Füße. Als ich wieder vor den Spiegel trete erkenne ich mich selbst nicht mehr wieder.

Das soll ich sein? Schießt mir durch den Kopf. Ich bin

mir ganz fremd und doch bin ich unverkennbar ich selbst. Da durch meine langen Haare das auffällige Strassband nicht mehr zu sehen ist, nehme ich meine Haare hoch und stecke mir die Haare locker auf dem Hinterkopf fest. Dann zupfe ich noch einige Haarsträhnen heraus.

Ich habe zwei Ohrstecker von Swarovski in Seesternform in meinem Gepäck. Die nehme ich heraus und befestige sie an meinen Ohrläppchen. Mehr Schmuck habe ich nicht mit auf die Reise genommen. Viel mehr Schmuck besitze ich nicht.

Ein letzter Blick in den Spiegel und dann mache ich mich auf den Weg. An der Treppe angekommen, sehe ich Shamar unten stehen.

Er trägt einen dunkelblauen, farblich passenden Anzug und ein weißes Hemd. Eine Krawatte in der Farbe seines Anzuges lässt die Kleidung sehr förmlich aussehen. Schwarze glänzende Schuhe und am Arm eine riesige silberne Armbanduhr, die mit einem wunderschönen nachtblauen Ziffernblatt glänzt. Meine Schritte stocken und für einen Augenblick bleibe ich stehen.

Er ist höllisch attraktiv und ich weiß, dass es nur eine Frage der Zeit ist, wann wir beide miteinander schlafen werden. Shamar strahlt mich an und kommt mir entgegen. Er hebt meinen rechten Arm und lässt mich einmal um meine eigene Achse drehen.

»Mein Engel« Offensichtlich gefällt ihm, was er sieht.

»Das sind deine Geschenke.«

»Und sie stehen dir ausgezeichnet.«

»Ich danke dir. Alles ist wunderschön. So ein schönes Kleid habe ich noch nie getragen.«

Sanft küsst er mich auf den Mund. Ein Schauer läuft mir über den Rücken. Doch sofort zieht er sich zurück und fährt mit der Zunge über seine Lippen, auf denen jetzt etwas von meinem Lipgloss zu sehen ist.

»Hmmmh Erdbeere.« Lächelt er. »Sollen wir gehen? Bist du bereit?«

Natürlich bin ich bereit. Ich fühle mich wie eine

Prinzessin; irgendjemand sollte mich kneifen, damit ich weiß, dass ich nicht träume. Shamar schenkt mir seine ganze Aufmerksamkeit. Er legt seine Hand hinten auf meinen Rücken. Seine Wärme strömt sofort durch das Kleid und schickt schon wieder einen wohligen Schauer über meine Haut.

Er geleitet mich zum Flur und drückt auf den Knopf neben der Aufzugtür. Während wir vor dem Aufzug stehen, streicht er mir sanft mit dem Rücken seiner Finger über meine Wange. Ich schließe die Augen. Als ich sie wieder öffne, schaut mich Shamar mit dunklen Augen an.

»Das wird ein harter Abend für mich werden.«, sagt er heiser. Als ob nur er von diesem Bann betroffen ist, denke ich. Während unserer Fahrt im Aufzug hält er die ganze Zeit seinen Arm um mich geschlungen.

In einem der Geschosse verlassen wir den Aufzug und gehen ein Stück den Gang entlang. Am Ende befindet sich ein weiterer Aufzug, mit dem wir unsere Reise nach unten fortsetzen. Nicht ein einziges Mal unterbricht Shamar den Körperkontakt. Unten angekommen, werden wir von einem Hoteldiener in Empfang genommen. Dieser führt uns zu einem stilisierten Miniatur-U-Boot, in welchem wir Platz nehmen.

Damit fahren wir durch einen, in Blau strahlenden Tunnel aus Glas. Ringsherum ist Wasser, welches durch das Licht in einem unglaublichen Blau strahlt. Durch die Scheinwerfer werden Fische angezogen, die in wellenförmigen Bewegungen auf uns zu schwimmen und dann abdrehen. Einige von ihnen schwimmen gemächlich davon, andere eher hektisch.

Ich sitze direkt neben Shamar. Sein Arm ist wie zuvor um mich geschlungen, doch jetzt lasse ich mich gegen ihn sinken, um das Spektakel um mich herum noch ein wenig besser sehen zu können. Die Angst vor Nähe, die ich lange Zeit mit mir herumgetragen habe und die mich von Beziehungen abgehalten hat, ist wie weggeblasen. Ich liebe es, seinen Körper an meinem Körper zu spüren. Seinen

Geruch zu riechen, sein Atmen zu spüren und im Moment atmet Shamar ziemlich heftig. Offensichtlich lässt ihn meine Nähe auch nicht unberührt. Er streichelt mir über die Arme.

»Ist dir kalt, mein Engel?« Tatsächlich ist es hier im Tunnel kühler, aber mit Shamar an meiner Seite, der so viel Hitze ausstrahlt, bin ich weit davon entfernt, kalt zu sein.

»Nein, mir ist überhaupt nicht kalt. Du bist herrlich warm.«

Ich könnte ewig mit ihm hier sitzen. Das sage ich ihm natürlich nicht. Der Tunnel macht eine Linkskurve und dann sind wir da. Shamar steigt als erstes aus und hilft mir aus unserem Gefährt hinaus. Wir stehen am Eingang des Restaurants. Während Shamar mit dem Angestellten spricht, der am Eingang mit irgendwelchen Listen hantiert, staune ich stumm, denn ein Blick in den Raum offenbart kleine Tische, die sich in Nischen schmiegen.

Das gesamte Restaurant scheint eine Luftblase in einem riesigen Aquarium zu sein. Leise Musik und gedämpfte Geräusche ergeben eine fast unwirkliche Atmosphäre. Wir setzen uns wieder in Bewegung und der Empfangschef geht uns voran. Wir durchqueren das Restaurant und werden in einen separaten Raum geführt.

Ein Tisch, der mit üppigen Blumen dekoriert und mit Besteck, Gläsern und Tellern bestückt ist, erwartet uns. Shamar geleitet mich zu meinem Platz und rückt mir beim Hinsetzen den Stuhl zurecht, bevor er selber Platz nimmt. Der Empfangschef hat sich zurückgezogen und einem Kellner Platz gemacht, der sich unauffällig in unserem Raum zu schaffen macht.

»Shamar, das ist einfach traumhaft hier.« Hauche ich fast ehrfürchtig.

Er greift nach meiner Hand und hält sie fest.

»Du warst noch nie hier.« Das ist keine Frage sondern

eine Feststellung.

»In meiner Welt war bislang der Besuch eines italienischen Restaurants ein Highlight. So was wie hier habe ich noch nie gesehen. Das ist eine komplett andere Welt für mich.«

»Ja, es ist wirklich außergewöhnlich hier. Aber nicht nur die Umgebung, sondern auch das Essen sind hier bemerkenswert.«

»Meinst du, dass ich schon wieder alles essen darf? Gestern bin ich doch noch ganz krank gewesen.«

»Mach dir keine Gedanken Luna, wir suchen uns etwas Leichtes heraus, was du auch vertragen wirst.«

Das beruhigt mich, denn ich hatte mir schon Gedanken gemacht, was ich essen könnte, ohne dass ich erneut Probleme bekomme. Mit diesem Stichwort nähert sich der Kellner und fragt nach unserem Getränkewunsch. Wir entscheiden uns für ein schwachperlendes Mineralwasser mit einem Spritzer Zitrone.

Dann reicht der Kellner uns eine Speisekarte, die sowohl in arabischer als auch in englischer Sprache verfasst ist. Obwohl ich die letzten Jahre meines Studiums fast komplett in Englisch absolviert habe, ist mir der eine oder andere Begriff auf der Speisekarte nicht geläufig.

Shamar scheint damit keine Probleme zu haben. Er spricht Englisch genauso gut wie Arabisch. In dieser Umgebung ist das sicherlich optimal. Was ich ohne Probleme verstehen kann, sind die Preise die hinter den einzelnen Speisen stehen.

Die zwar in Dirham, der arabischen Währung angegeben sind, aber grob überschlagen in Euro, handelt es sich um astronomische Summen. Shamar lebt in einer ganz anderen Welt als ich; ich möchte nicht wissen, was alleine seine Suite gekostet hat, die er hier bewohnt.

In der ***wir*** im Moment wohnen, korrigiere ich mich.

Ich blättere durch die Speisekarte hindurch und weiß ehrlich gesagt nicht so recht, was ich wählen soll. Shamar beobachtet mich eine Weile und versucht mir zu helfen.

»Soll ich für uns wählen?«

»Gerne.« Antworte ich ihm, denn ich habe keine Ahnung was ich wählen soll. Der Ober kommt mit unserem Wasser zum Tisch zurück. Shamars Bestellung ist kurz. Eigentlich höre ich nur einen Satz

»A Taste of Al Mahara inklusive Weinbegleitung.«

Was ist denn das? Frage ich mich und blättere in der Karte wieder ein Stückchen vor.

Dann sehe ich es:

A Taste of Al Mahara

Amuse Bouche

Pochierte Tsarskaya Austern

Handverlesende gebratene Jacobsmuscheln

Gerösteter Baby Kürbis gefüllt mit Kürbiscremesüppchen

Königskrabben aus Alaska und Ravioli a la Foie Gras

Pochierter Kabeljau in aromatisierter Kokosnussmilch

Baba Exotic

Karamellisierter Haselnuss Dessertkuchen

»Ähmm, das ist etwas Leichtes?« Zweifelnd schaue ich auf die Speisekarte und sehe im Geiste schon Unmengen von Essen auf dem Tisch stehen.

»Luna, du brauchst nur das essen, was du magst. Was du nicht magst, lässt du einfach stehen.«

»Das sieht aber sehr viel aus, ich weiß gar nicht ob ich so viel essen kann.«

Shamar grinst und greift über den Tisch hinweg meine Hand. »Du hast in den letzten Tagen doch kaum etwas gegessen. Warte ab, es schmeckt köstlich hier und du wirst bestimmt noch ordentlich Appetit entwickeln.«

Er sollte Recht behalten. Gang um Gang wird elegant auf Tellern serviert, die mit Hauben bedeckt sind. Jeweils zwei Kellner heben zur selben Zeit die Hauben ab, damit wir gleichzeitig unsere Köstlichkeiten sehen und genießen können. Die Portionen sind nicht groß aber erlesen. Immer wieder genieße ich den Geschmack mit geschlossenen Augen, während Shamar mich dabei amüsiert beobachtet.

»Bist du häufiger hier?« Frage ich ihn. Ich weiß so wenig von ihm und hoffe, jetzt endlich ein wenig mehr zu erfahren. Shamar tupft sich mit der Serviette den Mund ab und greift zu einem Glas Wein.

»Oha, das Verhör beginnt also?« Er lehnt sich ein wenig zurück und betrachtet mich. Sein Blick verrät nichts. Ich nicke ihm bestätigend zu.

»Ja, ich bin geschäftlich häufiger hier.« Beantwortet er meine Frage.

»Das heißt also, dass du sonst woanders lebst ...«

»Luna, das ist keine Frage. Los, noch mal.« Er nimmt noch einen Schluck Wein.

»Okay«, sage ich gedehnt und formuliere um: »Wo wohnst du, wenn du nicht die Welt bereist?«

»Ich habe ein Anwesen in der Nähe von Houston / Texas.«

Na klar, da hätte ich auch drauf kommen können. Matthew hatte mir davon erzählt. Außerdem befindet sich in Houston der Hauptsitz seines Unternehmens. Dass hatte Raoul auch in seiner Präsentation so erwähnt. Dort waren Niederlassungen überall auf der Welt benannt worden. New York, Dallas, Paris, Dubai, Perth, Tokio und London. Wahrscheinlich habe ich gerade nur einen Teil der Filialen parat. Da war noch so viel mehr.

»Bist du Amerikaner?«

»Ich wurde in Amerika geboren und besitze die amerikanische Staatsbürgerschaft. Da mein Vater jedoch abgesehen von seinem Studium in England und bis zu seiner Heirat hier in den Emiraten gelebt hat, bin ich ein Kind zweier Welten. Aufgewachsen in den Staaten, jedoch mit arabischen Wurzeln.«

Ich spieße einen der köstlichen Käsegnocchi, die als Beilage zum Babykürbis gereicht werden, auf, vergesse aber, ihn in meinen Mund zu stecken.

»Vergiss das Essen nicht, Luna.«

Schnell stecke ich die wahrscheinlich teuersten Gnocchi der Welt in meinen Mund.

»Bitte erzähl mir mehr, hast du Geschwister, leben deine Eltern noch?«

Trotz des Redens, ist Shamar eher mit seinen Gnocchi fertig, als ich.

»Meine Eltern leben beide noch, allerdings nicht in meiner Nähe, sondern etwas nördlicher in der Nähe von Dallas. Mein Vater ist 56 Jahre alt, meine Mutter ist 6 Jahre jünger. Die beiden haben drei Kinder, außer mir noch einen Jungen und ein Mädchen. Beide sind jünger als ich. Mein Bruder ist wie mein Vater in der Baubranche tätig. Seine Spezialität sind ausgefallene Hotelbauten. Wenn ich auf Reisen bin, dann wohne ich schon mal in dem einen oder anderen von ihm erbauten Hotel. Er ist sehr geschickt in dem was er macht. Meine Schwester studiert Architektur und wird wohl auch irgendwann im Familienbetrieb arbeiten.«

Inzwischen sind auch meine Gnocchi aufgegessen. So langsam füllt sich mein Bauch be-ängstigend.

»Und du fällst ganz aus dem Rahmen, weil du ins Ölgeschäft gegangen bist. Ist dein Vater nicht enttäuscht?«

»Nein Luna, meine Eltern haben uns Kinder bei der Berufswahl nicht beeinflusst. Das brauchten sie auch nicht, da sich alles von alleine gefunden hat. Allerdings begrüßt es mein Vater sehr, dass keines der Kinder einen Beruf ohne Studium ergriffen hat. Das Ölgeschäft ist quasi eine Familientradition, daher ist er sicherlich nicht enttäuscht, ganz im Gegenteil. Denn durch die Heirat meines Vaters mit einer Französin, schied er automatisch aus dem Führungsbereich und dem Machtbereich seines Bruders, einem Emir, aus. Mein Vater entschloss sich damals, zusammen mit Zoé, meiner Mutter, in die Staaten auszuwandern. Er gründete dort ein Baugeschäft und war sehr schnell, sehr erfolgreich. Er erhielt in kürzester Zeit die amerikanische Staatsbürgerschaft. Der Bruch mit seiner saudischen Familie, hat ihn jedoch immer sehr geschmerzt. Er hat versucht, sich durch mich, den Wurzeln seiner Herkunft wieder anzunähern.«

Der nächste Gang wird serviert und eine erlesene kleine Portion Königskrabben mit Foie Gras Ravioli werden unter den hochgezogenen Hauben sichtbar. Ich probiere von beidem ein wenig, doch ich bin schon zu satt um die Portion komplett zu essen. Stattdessen frage ich lieber weiter.

»Und welchem Land fühlst du dich eher verbunden? Das ist doch sicherlich manchmal verwirrend, oder nicht?«

Shamar isst in Ruhe das zarte Fleisch der Königskrabbe und trinkt einen Schluck von dem Wein, der dazu gereicht wird. Ein Chardonnay Vintner's Reserve aus Kalifornien. Der Wein passt hervorragend zu dem Essen. Doch so langsam steigt er mir zu Kopf und wir sind noch lange nicht am Ende unseres Dinners.

»Ich bin ein Kind zweier Welten«, fährt er fort »erzogen mit arabischen Werten und arabischen Bräuchen in einer Welt, die amerikanisch geprägt ist. Alle meine Schulkameraden waren Amerikaner. Daher betrachte ich mich als eine Mischung aus beidem.« Die Teller werden von dem Kellner lautlos abgeräumt. »Ich habe Geologie studiert, wie du. Mein Fokus des Studiums lag im Bereich Forschungsmethoden in der Petrologie – Magmatite und Metamorphite.«

Bei dem Thema kenne ich mich aus. »Mein Schwerpunkt ist der Bereich Geowissenschaft und zwar aktuelle Themen auf den Gebieten der experimentellen Petrologie und Analytik.«

Shamar erhebt sein Glas und stößt mit mir an.

»Ich weiß, Luna.«

Natürlich weiß er dass, schließlich hat er ja meine Bewerbungsunterlagen. Da steht ja mein halbes Leben drin. »Verzeih mir, dass war unhöflich von mir. Schließlich habe ich im Gegensatz zu dir einen Wissensvorsprung.« Er stellt das Glas wieder ab.

»Schon während meines Studiums habe ich als Berater gearbeitet, bevor ich mich dann selbständig gemacht habe. Ich habe eine Reihe richtiger Entscheidungen getroffen, die mich in unglaublich kurzer Zeit, ziemlich vermögend gemacht haben. So kamen dann Stück für Stück die anderen Beteiligungen dazu. Und ich bin noch lange nicht fertig.«

Bei dem Grinsen, das seine Worte untermalt, habe ich das Gefühl, dass er den letzten Teil des Satzes nicht nur auf sein Geschäft bezieht. Ich wechsle das Thema.

»Was ist eigentlich mit den anderen Teilnehmern die mit mir angereist sind?«

»Warum?« Sein Blick ist alarmiert.

»Naja, ich habe niemanden mehr aus unserer Gruppe im Hotel gesehen.«

»Vermisst du irgendjemand Spezielles, vielleicht den Mann, mit dem du auf dem Basar warst?« Schlagartig ist er reserviert und sein Gesicht lässt auf nichts deuten oder schließen. Da bin ich wohl ins Fettnäpfchen getreten. Huch, ist er etwa eifersüchtig?

»Nein, Shamar, ich vermisse niemanden. Doch ich

gehöre zu der Gruppe und man wird mich sicherlich vermissen.«

»Die Teilnehmer wurden darüber informiert, dass du erkrankt bist. Deine Begleitung auf dem Basar, Lutz, hat Raoul nach deinem Verbleib gefragt. Offensichtlich hat er sich Sorgen um dich gemacht.«

Ich nehme noch einen Schluck von dem köstlichen Rotwein, der zu dem nächsten Gang gereicht wird. Ich hatte mich schon gewundert, dass niemand nach mir gefragt hat. Aber das erklärt sich ja jetzt von selbst.

»Wie ist denn das weitere Vorgehen? Stoße ich wieder zur Gruppe dazu?«

Shamar holt tief Luft und schüttelt den Kopf. »Nein, du wirst nicht zu den anderen Teilnehmern zurückkehren. Die Veranstaltung ist für die Teilnehmer heute beendet worden. Sie ging von vornherein nur über drei Tage. Raoul und ich haben heute die letzten Interviews geführt.«

Das Baba Exotic wird serviert. Doch ich kann mich nicht an der Frucht und Farbkomposition erfreuen.

»Moment mal, Shamar. Ich habe doch eine Einladung erhalten, die über eine Woche ging mit einer Option auf eine einwöchige Verlängerung.«

Shamar nickt und nimmt eines der köstlichen Fruchtstücke. »Ja, das ist richtig. So sollte deine Einladung auch aussehen. Die anderen sind nur für drei Tage eingeladen worden.«

Ich atme die Luft aus, die ich die ganze Zeit über angehalten habe.

»Dann war nicht nur meine Teilnahme, sondern alles andere auch schon vorgeplant?«

»Ja, das ist richtig. Luna, vergiss nicht zu essen.« Schnell schiebe ich weitere Fruchtstückchen in meinen Mund.

»Woher wusstest du denn, dass ich hierbleiben würde und wir uns kennenlernen?«

Und Schwupps, das breite, Große-Jungenlächeln kommt wieder heraus.

»Darüber habe ich mir keine Sorgen gemacht. Irgendwas wäre mir da ganz bestimmt eingefallen. Und als du mir krank die Tür geöffnet hast, habe ich die Gelegenheit direkt beim Schopfe ergriffen.«

»Schäm dich, Shamar.«, sage ich ihm leise. Muss aber trotzdem dabei lächeln, was die Schärfe aus meinen Worten nimmt.

Shamar umfasst meine linke Hand, die auf dem Tisch liegt. Er spielt damit und schaut mich an. Ich versinke in seinen Augen und kann kaum noch schlucken.

»Das Schicksal hat es gut gefügt.« Er streichelt meine Hand und spricht weiter, »lass uns das Beste daraus machen.«

»Ja.«, hauche ich.

7

Wortlos beschließen wir, den letzten Gang ausfallen zu lassen. Shamar steht auf und kommt auf meine Tischseite. Dann hilft er mir galant beim Aufstehen. Wir verlassen den Raum, während Shamar seine Hand auf meinen Rücken legt und damit jedem seinen Besitzanspruch signalisiert. Unser Weg zurück ins Hotel und seiner Suite verläuft schweigend.

Jeder Austausch von Zärtlichkeiten in der Öffentlichkeit ist in arabischen Ländern verpönt. Deshalb wundert mich seine Zurückhaltung nicht. Endlich sind wir an dem Aufzug angekommen. Nachdem sich die Türen hinter uns geschlossen haben und der Lift an Fahrt aufnimmt, legt Shamar einen kleinen schwarzen Schalter links auf dem Bedienfeld um. Sofort hält der Lift an.

»Endlich.«, sagt er mit rauer Stimme. Mein Verlangen nach ihm, hält mit seinem Stand. Wie ausgehungert stürzen wir aufeinander zu. Unsere Lippen prallen aufeinander. Keine Spur von sanften Küssen; fordernd und gierig erobert er meinen Mund. Köstliche Schwäche breitet sich in mir aus. Ich erwidere seinen Kuss mit aller Leidenschaft. Seine Hände, die vorher seitlich an meinem Kopf waren, wandern runter zu meinem Hintern. Er streicht über den dünnen Seidenstoff und kann meinen winzigen Slip fühlen.

»Du trägst die Wäsche, die ich dir besorgt habe?«

Ich bin atemlos von seiner Leidenschaft und kann nur ein leises »Ja« an seinen Lippen hauchen. Durch den Seidenstoff hindurch, lässt er seine Finger unter den Rand des Slips an der Hüfte rutschen. Dann wandern seine Hände über meinen Bauch nach oben und verweilen an meinem Busen.

Mit einer geschickten Bewegung schiebt Shamar den Stoff beiseite und spielt mit seinen Fingern an meiner Brustwarze. Gleichzeitig spüre ich seinen Schaft prall und hart an meinem Bauch. Meine inneren Muskeln ziehen sich vor lauter Vorfreude gierig zusammen.

Dann hebt er mich hoch, so dass ich mit geöffneten Beinen an seinem Bauch oberhalb seiner mächtigen Erektion positioniert bin. Ich lehne mit dem Rücken an der Aufzugswand, meine Beine umschließen ihn und überkreuzen sich auf seinem Rücken. Er schiebt die Spitze meines BHs zur Seite, nimmt erneut meine Brüste und fängt an, meine Brustwarzen mit seinem Mund zu liebkosen. Er saugt und knabbert daran.

Ich vergehe förmlich vor lauter Lust. Es ist, als würde ich von innen schmelzen. Meine Vagina pulsiert in dem heftigen Verlangen. In diesem Moment erlebe ich meinen ersten Orgasmus mit einem Mann. Wie eine Naturgewalt schießt eine heiße Welle von meiner inneren Mitte, über meinen Kitzler, durch meinen Körper. Mein Orgasmus ist mit keinem zu vergleichen, den ich mir in der Vergangenheit schon mal selber beschert hatte. Dieser hier ist so mächtig, dass ich froh bin, von Shamar gehalten zu werden. Ich höre ein endloses Stöhnen und stelle fest, dass es von mir kommt. Völlig selbstvergessen und aufgelöst in meiner Lust. Dann öffne ich die Augen und treffe auf flüssiges Perlmutt. Shamar atmet heftig, als wäre er soeben einen Marathon gelaufen.

»Oh mein Engel, du bist so heiß.« Stöhnt er an meinen Lippen. Dann küsst er mich wieder und stellt mich langsam wieder auf meine Füße.

»So sehr ich auch in dir sein möchte Luna, aber hier ist nicht der richtige Ort für unser erstes Mal. Den Fahrstuhl heben wir uns für ein anderes Mal auf ...«

Er legt den kleinen schwarzen Schalter wieder um und der Aufzug setzt sich wieder in Bewegung. Im Spiegel kann ich mich sehen. Meine Lippen sind geschwollen, die Augen sind groß und glänzen, mein Gesicht ist gerötet und mein Kleid ein wenig derangiert. Schnell und fast ein wenig verlegen, versuche ich, mich wieder herzurichten. Diese Express Lifte sind so schnell, dass ich kaum die Möglichkeit dazu habe, mein Aussehen zu korrigieren. Kaum oben angekommen, nimmt mich Shamar auf den Arm. Er durchquert den Flur, dann das Wohnzimmer und wendet sich nach rechts. Matthew taucht vor uns auf, er öffnet und schließt seinen Mund wortlos.

»Matthew, für heute brauchen wir Sie nicht mehr. Gute Nacht.«

Völlig ungerührt, ohne auch nur einen Gesichtsmuskel unpassend zu verziehen, wünscht uns Matthew eine gute Nacht und zieht sich zurück. Shamar setzt den Weg mit mir auf seinen Armen in Richtung Schlafzimmer fort.

Unterwegs verliere ich einen Schuh, der polternd zu Boden fällt. Geschickt öffnet Shamar eine große weiße Tür und schaltet mit mir auf dem Arm das Licht ein. Sofort wird ein riesiges rundes Bett in einen sanften Lichtschein gehüllt. Er durchmisst den Raum mit wenigen Schritten. Bevor er mich sanft auf das Bett legt, streife ich meinen verbliebenen zweiten Schuh ab. Inzwischen ist ein Teil meiner Leidenschaft verflogen und macht einem nagendem Gefühl Platz. Ich muss es ihm sagen. Vorher sagen. Der Zeitpunkt dafür könnte, glaube ich, nicht ungünstiger sein. Vorsichtig setze ich mich auf und versuche dabei mein wunderschönes Kleid nicht zu knittern. Shamar steht am Fußende des Bettes und löst seine Krawatte, während er zeitgleich seine Schuhe abstreift. Sein Blick ist dunkel und voller Leidenschaft. Er fixiert mich. Ich weiß genau, was jetzt kommen soll. Sollte. Verbessere ich mich.

»Shamar, es tut mir leid, aber wir müssen dringend miteinander reden.«

»Doch nicht jetzt Prinzessin ….« Das Sakko ist ausgezogen und er knöpft gerade sein Hemd auf. Die Vorfreude ist ihm mehr als deutlich nicht nur ins Gesicht geschrieben.

»Doch, müssen wir. Jetzt.« Seine Bewegungen werden langsamer.

»Das ist nicht dein Ernst!« Seine Hände sacken an der Seite herab.

»Doch Shamar, das ist mein voller Ernst.« Es brennt in meinen Augen und ich blinzle.

Langsam lässt er sich in Anzughose und aufgeknöpftem Hemd auf das Bett an meine Seite sinken. Er nimmt meine Hände und schaut mich an.

»Was ist Luna? Bin ich zu schnell, oder habe ich dir irgendwie wehgetan?«

Ich schüttle den Kopf. »Nein, nichts dergleichen. Ich … ich muss dir noch was über mich erzählen.« Stottere ich heraus.

»Mein Engel, ich bin ganz Ohr.« Shamar sitzt neben mir, er hat meine Hände losgelassen um mich nicht einzuengen. Er sieht ernst aus.

Verzweifelt versuche ich die richtigen Worte zu finden. Meine Augen brennen und es kostet Mühe, meine Tränen zurückzuhalten. Herrgott, warum ist das so schwer, das ist doch alles nicht meine Schuld gewesen, verfluche ich mich.

»Was ich dir jetzt erzähle, fällt mir sehr schwer. Bitte höre mir einfach nur zu. Wenn du mich dann nicht mehr sehen möchtest, werde ich das akzeptieren und morgen abreisen und aus deinem Leben verschwinden.«

Shamar atmet tief durch.

»Luna, ich kann mir nicht vorstellen, dass es irgendetwas gibt, was mich dazu bewegen könnte, dich von mir fort zu schicken.« Er nickt mir auffordernd zu.

Mit einem tiefen Atemzug fange ich an, meine Geschichte zu erzählen.

»Ich war 17 Jahre alt, als ich mich in einen Jungen in der Parallelklasse während unseres Abiturjahrganges verguckt habe. Ich fand ihn nett und mochte ihn. Er gab mir das Gefühl, attraktiv und begehrenswert zu sein. Wir haben uns einige Male verabredet und für das Abitur auch zusammen gelernt. Dabei haben wir uns das eine oder andere Mal geküsst. Doch im ganzen Abiturstress, ist nicht mehr passiert. Bis zu dem Tag, als wir die letzte Klausur geschrieben hatten. Wir waren alle total aufgedreht und haben uns tierisch darüber gefreut, dass der ganze Prüfungsstress nun hinter uns liegt.

Das war ein Tag irgendwann Anfang Mai. Die Eltern eines Klassenkameraden waren verreist und wir hatten dort sturmfreie Bude. Wir machten mit der Klasse dort eine Party. Tranken Alkohol, hörten Musik und blödelten so rum. Peter war auch dabei. Irgend-wann, fasste mich Peter an den Händen und zog mich hoch.

Wir gingen einen Stock höher in das Elternschlafzimmer von meinem Klassenkameraden. Die ganze Zeit kicherte ich herum und fand es herrlich aufregend, heimlich dieses fremde Schlafzimmer zu betreten. Peter schloss dann die Türe und drehte den Schlüssel herum. Er sagte, wir sollten doch ungestört sein. Dann warf er die Bettdecken auf den Boden und zog mich aufs Bett.«

Meine Augen brennen immer mehr. Eine Träne rollt mir langsam über die Wange und bildet einen Tropfen an meinem Kinn, bevor sie auf mein Kleid hinab fällt. Shamar schluckt heftig und wischt mir mit seinem Handrücken vorsichtig über die Wange, sagt aber nichts. Stockend hole ich Luft und erzähle weiter.

»Wir küssten uns und lagen auf dem Bett. Irgendwann war ich nackt. Peter auch. Wieso das auf einmal so war, weiß ich nicht mehr. Jedenfalls wollte Peter mit mir schlafen. Ich war neugierig auf das erste Mal und der

Alkohol verlieh mir den Mut den ich nüchtern nie gehabt hätte. Ich machte mit.

Dann fragte mich Peter, ob ich verhüten würde. Ich hatte mich damals mit dem Thema überhaupt nicht beschäftigt. Natürlich habe ich nicht verhütet. Peter war wütend, weil er nun für die Verhütung sorgen musste. Er durchwühlte die beiden Nachtschränke, die dort am Bett standen, in der Hoffnung dort ein Kondom zu finden. Natürlich war dort kein Kondom. Er fand Gleitcreme, die die Mutter meines Klassenkameraden in ihrem Nachtschrank hatte.

Er schaute mich an und sagte dann, Luna, heute wirst du entjungfert, aber nicht so, wie du denkst. Ich hatte ja keine Ahnung, was er damit meinte. Er gab eine ordentliche Portion Gleitcreme in seine Hand und umschloss dann damit seinen Penis. Den cremte er damit ein. Ich hatte bis zu diesem Tag noch nie einen nackten Mann gesehen. Ich schaute ihm zu, wie er sich selber mit der eingecremten Hand massierte.

Es dauerte gar nicht lang, bis das er mich anschaute und sagte, dass es jetzt losgehe. Ich sollte mich auf den Bauch legen, er würde es mir jetzt besorgen. Ich hatte keine Ahnung was jetzt kommen würde und legte mich auf den Bauch. Dann spürte ich seine Hand, die mich unten herum mit der Creme bestrich. Ich dachte, das gehört dazu. Schließlich war es mein erstes Mal. Dann rückte Peter von hinten an mich heran und drückte meine Beine auseinander. Das nächste was ich spürte war, das er versuchte seinen Penis in meinen Po einzuführen.

Er war eingecremt, ich auch. Nichts stand ihm im Weg. Er hat seine Arme um mich gedrückt und gleichzeitig sein Glied mit einem heftigen Ruck in mich hineingepresst. Es tat furchtbar weh. Ich dachte es zerreißt mich. Ich sagte ihm, er solle damit aufhören und versuchte ihn abzuschütteln. Doch das schien ihn erst recht anzumachen. Er stützte sich mit seinen Armen auf mich und fixierte mich unter ihm. Ich konnte mich nicht rühren.

Gleichzeitig rammte er sich immer wieder in mich hinein. Es tat so weh, dass ich geschrien habe. Er drückte meinen Kopf in die Matratze und so konnte mich niemand hören. Es kam mir vor wie eine Ewigkeit aus purem Schmerz, bis er sich aus mir zurückzog.

Ich weinte vor Schmerz und Scham. Als nächstes sah ich Peter, der sich wieder angezogen hatte und mir eine der Decken die auf dem Boden lagen, über warf. War doch ganz nett, Luna, sagte er, bevor er die Zimmertüre aufschloss und mich allein ließ.«

Inzwischen strömen meine Tränen haltlos über mein Gesicht. Shamar ist immer noch still und hört mir mit ernstem Gesicht zu.

»Ich weiß nicht, wie lange ich dort gelegen habe. Irgendwann bin ich aufgestanden, habe meine Klamotten eingesammelt und mich im Badezimmer der Familie geduscht. Dann habe ich mich angezogen und bin mitten in der Nacht nach Hause gelaufen. Ich habe keinem von meinem Erlebnis erzählt, außer meiner besten Freundin Susanne. Seitdem habe ich keinen Mann mehr angeschaut oder auch nur irgendeinen Gedanken an Sex oder gar eine Beziehung verschwendet.« Bis du kamst, füge ich in Gedanken dazu.

»Hast du diesen Peter nochmal gesehen?«

»Als wir unser Abiturzeugnis bekamen, lief er mir über den Weg. Ich habe mich furchtbar vor ihm geschämt. Er hat nur gegrinst und ist dann weitergegangen. Danach habe ich ihn nie wiedergesehen und das ist auch gut so.«

Shamar ist inzwischen aufgestanden und um das Bett herumgelaufen. Dann setzt er sich ins Bett hinein und nimmt mich in die Arme. Mein Kopf landet auf seiner Brust, die so wunderbar nach ihm duftet. Meine Tränen und meine Wimperntusche hinterlassen schwarze Flecken auf dem offenen Hemd und auf seiner Haut. Er hält mich ganz fest und streichelt mir mit einer Hand beruhigend über den Rücken. »Schhhh« flüstert er ganz leise. Und nochmal »Schhhh«.

»Du hast die ganze Zeit diese Last mit dir herumgetragen. Warum hast du dir denn keine professionelle Hilfe bei einem Psychotherapeuten gesucht? Das hätte dir sicherlich geholfen, besser damit fertig zu werden. Außerdem nennt man ein solches Vorgehen, ganz klar eine Vergewaltigung. Du hättest ihn anzeigen können.«

Seine Stimme ist belegt und zeigt, dass ihn das Thema mitnimmt.

»Ich konnte nicht. Es ging einfach nicht. Wie hätte ich das beweisen sollen? Niemand hätte mir geglaubt. Und einem fremden Menschen davon erzählen, dass konnte ich nicht. Susanne weiß es … und jetzt du.«

Inzwischen habe ich mich so weit gefasst, dass ich ihn wieder ansehen kann.

»Soll ich ... möchtest du, dass ich gehe?«

Angstvoll schaue ich ihn an. Ich empfinde so viel für ihn und habe eine Riesenangst, dass er sich von mir abgestoßen fühlt.

»Mein Engel, wie könnte ich dich jemals loslassen. Was dir widerfahren ist, ist widerwärtig und schlimm. Es hat dich viele Jahre in deinem Leben verfolgt und du hast dir damit selber im Weg gestanden. Der einzige Fehler ist, dass du dir keine Hilfe gesucht hast, um dein Trauma zu überwinden. Ich fühle mich geehrt und auch beschämt, dass du dich mir so vertrauensvoll geöffnet hast.«

Ich kann seinem Blick nicht mehr standhalten und schaue auf den Boden. Wieder umarmt er mich und streichelt mir meinen Rücken. Oh Gott, ist das gut. Ich höre seinen ruhigen und stetigen Herzschlag, spüre seine Wärme vorn an meiner Brust und die seiner Hände auf meinem Rücken.

»Wir werden nichts überstürzen, Luna. Nichts geschieht, wenn du es nicht möchtest.«

Ich nicke an seiner Brust.

»Das ist es ja, ich möchte es so sehr, aber ich habe einfach Angst.«

Er atmet scharf ein.

»Wie bitte?«

»Shamar, ich möchte es. Ich möchte mit dir schlafen. Ich weiß, dass es mit dir anders sein wird!«

Er schaut mich an. Seine Augen sind wieder ganz dunkel geworden und ich sehe überdeutlich seine Leidenschaft darin.

»Luna, ich wäre überglücklich …. Aber jetzt wäre der falsche Zeitpunkt. Du bist aufgewühlt und hast geweint. Komm Süße, schlüpf aus deinem Kleid und lege dich zu mir. Uns wird nichts weglaufen.«

Schüchtern lächle ich ihn an. Verquollen, mit Mascara verschmiert und triefender Nase - ein Bild des Jammers.

»Komm, ich helfe dir.«

Shamar ist aufgestanden und streckt mir seine Hand entgegen. Ich ergreife sie und stehe ebenfalls auf. Sanft zieht er den Reißverschluss meines Kleides auf. Es fällt zu einem Hauch von Nichts an meinen Füßen zusammen. Ich steige heraus und bücke mich, um es hochzunehmen und auf einen der Stühle zu legen. Shamar dreht sich um und gibt mir eines seiner T-Shirts aus seiner Kommode an.

Ich greife nach dem T-Shirt und verschwinde in seinem Badezimmer. Alles ist genauso ein-gerichtet wie bei mir. Nur dass seine Pflegeprodukte hier untergebracht sind. Doch auch hier gibt es die Übernachtungsutensilien des Hotels, so brauche ich fürs Zähneputzen nicht in mein Zimmer. Ich gehe zur Toilette, wasche mich kurz, putze mir die Zähne und schlüpfe aus dem BH heraus und in sein T-Shirt hinein.

Es ist mir viel zu groß, schwarz und hat einen Aufdruck mit einem verschlungenen SI – Shalazar Industries – auf dem Rücken. Es reicht mir bis auf die Oberschenkel. Schüchtern verlasse ich das Bad. Inzwischen ist Shamar nur mit Boxershorts bekleidet. Auf dem Nachtschrank stehen kleine Plastikfläschchen mit Wasser.

»Falls du heute Nacht Durst haben solltest. Leg dich

schon mal ins Bett, ich bin gleich bei dir.«

Während ich mich in dieses riesige Bett kuschle, geht Shamar ins Bad. Wenige Minuten später kommt er wieder zurück. Dann schlüpft er zu mir ins Bett. Er gibt mir einen zärtlichen Kuss auf die Lippen und legt seinen Arm unter meinen Nacken. Ich drehe mich auf die Seite und lege meinen Kopf auf seine Brust Durch das T-Shirt spüre ich seine warme Haut und lausche Shamars ruhigem Herzschlag.

»Schlaf jetzt, mein Engel« flüstert er leise in die Nacht. Ich liege im Dunkeln und lausche seinen regelmäßigen Atemzügen. Irgendwann fallen mir die Augen zu und ich schlafe ein.

Am nächsten Morgen werde ich wach und bin allein. Es ist hell draußen und ich vermute, das Shamar bereits seinen Geschäften nachgeht. Ich gehe ins Bad und nehme mir dort den Bademantel, der noch verpackt an der Türe hängt. Darin wickle ich mich ein und sammle in dem Schlafzimmer meine Hinterlassenschaften ein. BH, das Kleid, ein Schuh…. Ich öffne die Türe zum Wohnzimmer und finde den anderen Schuh direkt vor mir. Der große Tisch ist noch teilweise eingedeckt. Offensichtlich hat Shamar bereits gefrühstückt. Matthew stellt gerade einen frischen Teller, Besteck und eine Tasse auf den Tisch.

»Guten Morgen Miss Buchholz. Wie geht es Ihnen heute?«

Ich bleibe am Tisch stehen. »Guten Morgen, Matthew, vielen Dank, mir geht es sehr gut. Ich hoffe Ihnen auch?« Ich habe keine Ahnung, fragt man einen Butler so etwas? Matthew scheint sich zu freuen. Er strahlt mich an.

»Danke der Nachfrage, Miss Buchholz, mir geht es auch gut. Möchten Sie frühstücken?«

»Ja, das würde ich sehr gerne. Könnte ich vielleicht nochmal so leckere Croissants haben wie gestern? Ich würde mich nur gerne duschen, bevor ich mich an den Tisch setze. Kann ich auch in einer halben Stunde frühstücken?«

»Miss Buchholz, Sie können jederzeit frühstücken, wann immer Sie wollen. Das Frühstück wird in 30 Minuten bereit sein, wenn es Ihnen Recht ist. Ach, und diesen Umschlag hat Mister Shalazar für Sie dagelassen.«

Mit diesen Worten reicht er mir einen cremefarbenen Umschlag. Ich nehme ihn entgegen, um ihn gleich oben in meinem Zimmer zu lesen.

»Vielen Dank Matthew – ich beeile mich!« Dann gehe ich zur Treppe und laufe zwei Stufen auf einmal nehmend nach oben. Oben auf dem Gang öffne ich bereits den Umschlag, zwei Herzschläge später, von innen an meiner Zimmertür gelehnt, falte ich den Inhalt auseinander.

Chérie,
leider musste ich dich heute Morgen schon verlassen. Ein Termin, der sich nicht verschieben ließ. Dein Vertrauen ehrt mich. Ich werde es nicht enttäuschen. Bitte halte dich gegen 12 Uhr bereit, wir verreisen. Packe nur das Nötigste für zwei Tage ein. Am Montag sind wir wieder hier.
Shamar

Plötzlich beginnt mein Herz zu rasen. Wir verreisen. Wohin denn? Warum? Was hat er vor? Naja, Letzteres kann ich mir selber beantworten, schließlich hatte ich ihm gestern Abend unmissverständlich zu verstehen gegeben, dass ich ihn genauso will wie er mich.

Ich verschwinde also ins Bad, dusche mich und entferne meine nachgewachsenen Haarstoppeln. Achseln, Beine und mein Schritt sind anschließend glatt und weich wie ein Kinderpopo. Was auch immer kommt, ich bin bereit! Ich ziehe mir etwas Bequemes über und laufe die Treppe herunter zum frisch gedeckten Frühstückstisch. Trotz des üppigen Abendessens gestern entwickle ich einen gesunden Appetit und verspeise neben zwei Croissants mit Butter und Marmelade auch noch einen

Apfel und eine Banane. Dann gehe ich wieder nach oben und lege ein paar Sachen für das Wochenende heraus. Mein weißes Kleid, eine Cargohose und T-Shirts.

Meine Urlaubsgarderobe ist recht überschaubar, schließlich musste ich auf das Koffergewicht achten. Nachdem alles verpackt ist, habe ich noch ein Stündchen Zeit und beschließe daher, mich noch ein wenig an dem genialen Pool zu sonnen. Die Zeit vergeht wie im Flug.

Während ich in einem mitgebrachten Buch lese, höre ich, wie die Schiebetüre geöffnet wird. Shamar ist wieder da. Er ist noch hochoffiziell mit seiner Dishdashah und der traditionellen Kopfbedeckung bekleidet. Darin sieht er unnahbar aus. Er kommt auf mich zu.

»Luna« ist alles, was er sagt. Er rafft den Kaftan vorne ein wenig zusammen um in die Knie zu gehen. Dann küsst er mich. »Du bist früh dran, Shamar.« Grinse ich an seinen Lippen. Schließlich löst er sich von mir.

»Ich konnte es nicht erwarten, mit dir ins Wochenende zu starten, Chérie.«

»Wo geht denn die Reise hin?« Möchte ich wissen.

»Das ist ein Geheimnis, du wirst schon sehen. Ich bin mir sicher, dass es dir gefallen wird.« Er steht auf und reicht mir die Hand, um mir das Aufstehen von der Liege zu erleichtern.

»Ich bin doch schon sooo gespannt. Kannst du mir nicht einen kleinen Tipp geben?«

Er nimmt mich lachend in den Arm und gibt mir einen schnellen Kuss.

»Na gut, es geht in die Wüste – aber mehr verrate ich wirklich nicht.« Dann lacht er noch mehr, weil er sich über meinen verdutzten Gesichtsausdruck amüsiert.

»Komm schon, zieh dich um und nimm deine Sachen. Es geht gleich los.«

Während ich das zweite Mal an diesem Tag die Treppe hoch sprinte, steht Shamar unten und beobachtet mich amüsiert. Dann dreht er sich um und verschwindet in seinem eigenen Schlafzimmer. Ich wechsle meinen Bikini gegen meine Unterwäsche, und verstaue den winzigen Zweiteiler in meinem Reisegepäck. Dann schlüpfe ich in eine dunkle Jeans und T-Shirt. Die Haare binde ich mir zu einem Pferdeschwanz und schiebe mir die Sonnenbrille auf den Kopf, um die Haare vorne ein wenig zurück zu halten. Zum Schluss schlüpfe ich in meine Sneakers und schon bin ich fertig.

Ich greife meine Tasche und mache mich auf den Weg ins untere Geschoss. Von Matthew ist nichts zu sehen. Ich hätte mich gerne von ihm übers Wochenende verabschiedet. Shamar kommt aus seinem Schlafzimmer und trägt eine kleine Reisetasche lässig über den Rücken gelegt. Genauso locker ist er gekleidet. Schwarze Jeans und ein Poloshirt, welches ebenfalls schwarz ist und ein buntes Abzeichen auf dem linken Arm hat. Wow, er sieht umwerfend aus. Dann ergreift er meine Reisetasche und nimmt beide Taschen in eine Hand. Stirnrunzelnd schaut er schaut mich an und mustert meine Sonnenbrille.

»Hast du noch eine andere Sonnenbrille? Die, die du hast, ist zu klein. Du brauchst einen besseren Sonnenschutz für deine Augen.«

»Nein, habe ich nicht, bislang reichte meine Sonnenbrille immer aus.« Fragend schaue ich ihn an. »Wieso reicht meine denn nicht?«

Shamar blickt auf mich herab, zieht mir vorsichtig die Sonnenbrille aus meinem Haar und legt sie auf den Tisch.

»Hier ist die Sonne stärker und heller, als es bei dir in Deutschland der Fall ist. Daher brauchst du eine Sonnenbrille, die die Augen weitreichend abdeckt und auch seitlich schützt. Ähnlich wie beim Skifahren.«

Ich komme mir ziemlich unbedarft vor, weil ich nicht selber darauf gekommen bin.

»Und jetzt«, möchte ich wissen, »fahren wir jetzt doch nicht?«

Offensichtlich erheitert ihn meine Frage, denn er grinst mich breit an. »Chérie, das ist überhaupt kein Problem. Wir machen einfach einen kleinen Umweg über die kleine

Ladenzone unten im Hotel. Da werden wir sicherlich etwas bekommen.« Er gibt mir einen Klapps auf den Po: »Auf geht's«.

Ich drücke auf den Aufzugsknopf und wir beide warten auf das Öffnen der Lifttüren. Während wir dort stehen, tritt er dicht von hinten an mich heran. Gleichzeitig lehne ich mich ein Stück zurück. Unsere Körper berühren sich. Er legt seinen freien Arm um mich und küsst mich in den Nacken. Gott ist das schön!

Keine zwanzig Minuten später bin ich stolze Besitzerin einer sündhaft teuren Sonnenbrille von Prada. Damit sehe ich zwar irgendwie aus wie Puck die Stubenfliege, doch das Teil steht mir überraschend gut und erfüllt überdies die kritischen Anforderungen Shamars. Anstelle meiner alten Sonnenbrille, ist sie nun in meine Haare geschoben und wartet dort auf ihren Einsatz. Jetzt geht es mit dem Aufzug nach oben. Dort angekommen, öffnen sich die Türen in einem völlig verglasten Raum. Wir befinden uns in der Nähe der Aussichtsplattform des Burj al Arab's. Hier oben habe ich das Gefühl, als würde der Boden ein wenig schwanken. Schnell taste ich nach Shamars freier Hand.

»Alles in Ordnung?« Fragt er mich.

Ich nicke. »Ist nur ein bisschen hoch hier.«

Er grinst und setzt sich seine Sonnenbrille auf.

»Und es wird noch höher ... Komm, Chérie.«

Er zieht mich mit sich. Wir laufen noch ein paar Stufen hoch und erreichen schließlich eine riesige runde Plattform, auf der ein Hubschrauber steht. Oha, das wird eine Premiere für mich; ich bin noch nie in einem Hubschrauber geflogen. Neben dem Hubschrauber steht ein Mann, der uns die Türen aufhält. Vorne im Hubschrauber sitzt der Pilot. Er hat Kopfhörer auf und trägt eine tiefschwarze Sonnenbrille. Ein Mikrofon ragt aus seinem Kopfhörer heraus und endet vor seinem Mund.

Meine Hände sind vor Aufregung ganz feucht geworden. Shamar reicht dem Mann, der uns dic Türen aufhält, die beiden Reisetaschen, die dieser in einer Klappe hinter unseren Sitzen verstaut. Shamar hilft mir unterdessen beim Einsteigen.

Der Helikopter hat Platz für sechs Personen. Wir setzen uns auf die Sitze im hinteren Bereich. Geschickt hilft mir Shamar beim Schließen der Sicherheitsgurte. Anders als im Auto kommen die Gurte über meine Schultern, seitlich und einer sogar von unten. Sie treffen sich in der Mitte und werden dort zusammengesteckt. Schnell setze ich meine neue Sonnenbrille auf bevor mir Shamar ein Headset anreicht, so eines, wie es auch der Pilot trägt. Schließlich setzt er sich neben mich, befestigt seinen Gurt und schiebt sich sein Headset über den Kopf.

»Kannst du mich hören?«

Höre ich seine Stimme klar über die Kopfhörer.

»Ja, laut und deutlich.«

Nicke ich ihm zu und schaue ihn dabei an.

Dann höre ich ihn wieder.

»Ok, Sie können starten.«

Das war offensichtlich nicht für mich bestimmt, sondern für den Piloten. Wir reden alle über eine Funkfrequenz. Der Mann, der draußen steht, überprüft, ob alle Türen richtig verschlossen sind und gibt dem Piloten ein Zeichen. Daumen hoch. Der Pilot antwortet mit dem gleichen Zeichen. In meinem Kopfhörer erklingt die Stimme des Piloten, er holt sich von irgendwoher eine Freigabe. Die wird erteilt. Sofort startet er die Motoren des Helikopters. Mit einem Pfeifen erwachen die Flügel zum Leben. Erst drehen sie langsam und dann immer schneller. Ich greife nach Shamars Hand. Im Moment habe ich richtig Angst. Er schaut mich aufmunternd an.

»Hab‘ keine Angst, schau dich um, die Aussicht ist großartig.«

Mit einem Ruck hebt der Helikopter ab, steigt gemächlich in die Höhe und fliegt dann seitlich am Hotel vorbei. Du meine Güte, ich kann fast senkrecht nach unten schauen. Das ist was ganz anderes als in einem

Flieger zu sitzen. Ich rücke an Shamar heran, soweit meine Gurte das zulassen. Beruhigend legt er seinen Arm um mich.

»Genieß den Flug, mein Engel!« Höre ich seine Stimme ganz nah in meinem Ohr. Ich nicke nur, sprechen kann ich im Moment nicht. Der Ausblick ist überwältigend. Es ist als wären einem Flügel gewachsen und man fliege in niedriger Höhe über die Hotels und die Dächer der Häuser. Niemand scheint sich an uns zu stören, obwohl der Helikopter einen ziemlichen Lärm macht. Wir umrunden das Zentrum von Dubai und fliegen dann ins Landesinnere.

Unmittelbar nach den letzten Häusern fängt die Wüste an. Bis zum Horizont erstrecken sich endlose Sandwellen. Wir fliegen weiter über goldene Dünen. Nach einiger Zeit taucht unter uns eine große, weitläufige Hotelanlage auf. Ich kann einen Platz mit einem großen H darauf erkennen. Der Hubschrauber verliert an Höhe und setzt schließlich butterweich auf.

Wir sind da! Kaum haben wir den Boden berührt, als Shamar erst sich und dann mich vom Sicherheitsgurt und dem Headset befreit. Die Türe wird von außen geöffnet. Etwas abseits steht ein Elektroauto so wie die auf den Golfplätzen, in das unsere Taschen gelegt werden.

Shamar wechselt noch ein paar Worte mit dem Piloten bevor wir in dem Auto sitzen und weiter kutschiert werden. Der Komplex ist groß und weitläufig. Einzelne kleine Gebäude liegen verstreut auf dem Gelände. Vor einem der Gebäude hält das Auto. Der Fahrer öffnet die Tür eines Appartements, welches fast noch größer erscheint, als die Suite im Burj al Arab.

»Wo sind wir hier?«, frage ich Shamar erstaunt.

»Das ist das Hotel meines Bruders Nadim. Gefällt es dir?« Die Aussicht ist gigantisch, ich habe einen Panoramablick über die Wüste. Die ganze Raumgestaltung ist offen. Es gibt eine weitläufige Terrasse mit Sonnensegeln und einem großen, nicht einsehbaren

Privatpool. Auf den mag Shamar offensichtlich nicht verzichten.

»Ich bin beeindruckt. Wirklich. Es ist toll hier.« Ich drehe mich zu ihm um. Gerade steckt er die Schlüsselkarte ein und der Fahrer lässt uns allein.

»Schön, dass es dir gefällt, wir werden nämlich wieder hierhin zurückkommen.« Er grinst mich wieder auf seine jungenhafte Art an und erklärt mir, dass wir immer noch nicht in unserem finalen Zielort sind.

»Kannst du eigentlich reiten?«

Ja, natürlich kann ich reiten. Wie Zigtausend andere Mädchen habe ich viel Zeit auf den Pferdehöfen in meiner Umgebung zugebracht. Allerdings ist das jetzt fast zehn Jahre her. »Doch«, antworte ich ihm, »reiten kann ich, ich habe es nur lange nicht mehr gemacht. Wahrscheinlich bin ich ein wenig eingerostet.«

»Das ist wie Fahrradfahren, man verlernt es nicht! Möchtest du dich noch frisch machen oder sollen wir gleich weiter?« Ich brauche einen kurzen Gang auf die Toilette, dann können wir los. Als ich fertig bin, wartet Shamar bereits mit einer Kopfbedeckung auf mich. Er selbst hat so etwas wie ein langes Tuch um die Stirn und den Hinterkopf geschlungen. Ich nehme meine Haare hoch und geschickt wickelt mir Shamar meinen Sonnenschutz um den Kopf, dann reicht er mir ein langärmeliges weites Shirt

»Hier, damit du dich nicht verbrennst.« Ich schaue ihn unsicher an, weil ich mir vorkomme, als wäre ich von einem anderen Stern.

»Was ist mit unserem Gepäck?«

»Das lassen wir hier, das brauchen wir dort nicht.«

Ich werde immer neugieriger. Wo sollten wir auch unsere Reisetaschen auf einem Pferd lassen. Ich folge ihm nach draußen. Dort steht immer noch das kleine Elektroauto vor der Tür. Wir setzen uns wieder hinten auf die Bank und die Fahrt geht los.

Wir biegen ein paarmal ab und bleiben schließlich vor

einem Stall mit einer Koppel stehen. Kaum sind wir da werden zwei Pferde aus dem Gebäude herausgeführt. Es sind Araber, ein hellgrauer Schimmel und ein dunkles, fast schwarzes Pferd. Beide sehen im Gegensatz zu den Reitpferden in Deutschland zierlich und klein aus. Sie sind wunderschön. Das Fell glänzt in der Sonne und das Maul ist seidenweich. Ich kann nicht widerstehen und strecke die Hand aus, um die beiden zu streicheln. Shamar schaut mir lächelnd zu.

Dann wird's ernst: Shamar hilft mir auf das dunklere der beiden Pferde. Als ich oben bin, bin ich ganz froh, dass die Tiere nicht so riesig sind. Irgendwie habe ich das aus meiner Kindheit etwas anders in Erinnerung. Ich nehme die Zügel in die Hand und warte, bis sich Shamar in den Sattel geschwungen hat. Klar, ganz lässig macht er das, was Anderes hätte ich auch nicht erwartet. Unsere Reise geht weiter. Gott sei Dank reagiert mein Pferd auf die Hilfen und Kommandos, die ich ihm gebe.

Shamar trägt einen Rucksack auf seinem Rücken. Darin sind Getränke und ein Satellitentelefon. In gemächlichem Schritttempo geht es weiter. Bald liegt das Hotel ziemlich weit hinter uns.

Hoffentlich kennt sich Shamar aus, denn eine Wüstenwanderung ohne Orientierung wird sicherlich kein Vergnügen sein. Die Pferde laufen nebeneinander her und Shamar nutzt die Gelegenheit, um mir einiges über die Wüste zu erzählen. Er deutet in verschiedene Himmelsrichtungen und zählt dabei diverse Gegenden auf. Einige davon sind Scheichtümer. Obwohl es fast Ende September ist, sticht die Sonne ganz schön heftig. Ich bin froh, dass ich eingemummelt bin, denn sonst sähe ich bald aus wie ein gekochter Hummer.

Zwischendurch machen wir Pause und trinken etwas. Irgendwann taucht am Horizont ein schwarzer Fleck auf. Da wir uns nicht davon wegbewegen, scheint das unser Ziel zu sein. Tatsächlich, je näher wir kommen, entwickelt sich der schwarze Fleck zu einer kleinen Ansammlung von

Beduinenzelten.

Niemand ist zu sehen, außer uns und unseren Pferden sind wir vollkommen alleine. Wir sind in der Rub' al-Khali-Wüste, über uns spannt sich der blaue Himmel, die Sonne hat den halben Weg zum Horizont überschritten und es herrscht absolute Stille. So habe ich Stille bisher noch nie wahrgenommen. Shamar springt gelenkig von seinem Pferd herunter und hilft dann mir beim Absteigen.

Ganz so gewöhnt ans Reiten bin ich nicht, denn als ich wieder festen Boden unter den Füßen habe, knicken mir erst die Knie ein. Das ist aber nur ganz kurz und sofort wieder vorbei. Shamar führt die beiden Pferde in einen luftigen Unterstand, dann versorgt er die Tiere, indem er ihnen die Sättel und das Zaumzeug abnimmt und ihnen Futter aus einem bereit hängenden Futtersack in einen Trog schüttet. Zum Schluss entleert er zwei große Kanister Wasser in eine Tränke.

Außer diesem Unterstand gibt es noch ein großes rundes Zelt und ein kleineres, eher rechteckiges, daneben. Zuerst gehen wir in das kleinere der beiden Zelte. Es ist ein Toiletten und Duschzelt. Eine richtig kleine Toilette, ähnlich wie beim Camping, und eine Dusche befinden sich darin. Shamar erklärt mir, dass verschiedene Wasserbeutel oben auf dem Zeltdach angebracht und miteinander verbunden sind, der Inhalt erwärmt sich in der Sonne. Für die Nachtzeit gibt es eine Therme, die über Gas funktioniert.

Wir haben zwar keine Dusche wie im Hotelzimmer, aber einem Zelt mitten in der Wüste warm zu duschen, ist, glaube ich, der Luxus schlechthin.

Dann gehen wir rüber in das große Zelt. Das sieht innendrin noch geräumiger aus, als es von außen wirkt. Es gibt durchscheinende Stoffwände, die verschiedene Bereiche voneinander trennen. Der Wohnbereich ist mit bunten Teppichen und vielen großen und kleinen Kissen ausgelegt. Hier gibt es auch einen niedrigen, aus Korb geflochtenen, Tisch. Auf der anderen Seite stehen diverse

Truhen und im rückwärtigen Teil des Zeltes befindet sich das Schlafzimmer. Es ist luftig und beinhaltet tatsächlich ein richtiges Bett.

Ich hätte mir eher ein Bett ähnlich eines Lagers vorgestellt, nicht aber ein klassisches Bett mit einem Metallgitter an Kopf- und Fußende. Wie hat er das alles bloß hierher bekommen? Er muss eine ganze Armee von Hilfskräften beschäftigt haben, um in der kurzen Zeit das alles herbeizuschaffen und aufzubauen.

»Möchtest du dich frisch machen, während ich uns etwas zu trinken einschenke?«, dreht sich Shamar zu mir um.

Da ich nichts an Kleidern zum Wechseln habe, zögere ich. Dieser Mann hat an alles gedacht, denn er geht auf eine Truhe zu und zieht diverse Kleidungsstücke heraus.

»Hier sind verschiedene Sachen, die du anziehen kannst, wenn du möchtest. Schau dich einfach in Ruhe um.« Lächelnd richtet er sich aus der Hocke wieder auf und schaut mir dabei zu, wie ich die Kleidung mustere.

Ich entscheide mich für eine lockere weitgeschnittene Hose aus einem dünnen Baumwollstoff die mit einem weichen Baumwollbündchen unter dem Knie endet. Dazu ein passendes Oberteil in gleicher Farbe. Es ist ebenfalls leicht und luftig gearbeitet.

Schnell husche ich in das Badezelt und entledige mich meiner Sachen. Das Wasser aus unserer Behelfsdusche ist angenehm warm. Ich lasse mich einmal nassrieseln, drehe das Wasser ab und schäume mich ein. Danach lasse ich das Wasser wieder laufen und wasche mich ab. Schließlich schlüpfe ich abgetrocknet und eingecremt in meine Leihklamotten. Sie sind neu und frisch gewaschen. Mich würde es nicht wundern, wenn sie den Weg hierher genauso gefunden haben wie das blaue Kleid. Als ich aus dem „Badezimmer“ komme hat Shamar draußen vor dem Zelt eine Decke und viele Kissen hingelegt.

Er reicht mir ein Glas Wasser und ich merke, wie durstig ich eigentlich bin. Shamar bittet mich, es mir gemütlich zu machen und verschwindet ebenfalls in unserem Badezelt. Alleine mit meinem Glas Wasser in der Hand setze ich mich auf die Decke und lehne mich in die Kissen.

8

Die Sonne hat inzwischen etwas an Kraft verloren und brennt nicht mehr so heiß. Versonnen schaue ich in die Landschaft. Mitten in der Wüste sehen die Dünen viel größer aus, als sie vom Flugzeug aus scheinen. Jetzt werfen sie lange Schatten in die Landschaft.

Shamar gesellt sich zu mir. Ich kuschle mich mit meinem Rücken an seine Brust. Gemeinsam genießen wir das Naturschauspiel der untergehenden Sonne. Sie strahlt jetzt die Dünen in glühendem Rot an und es sieht so aus, als würden sie glühen und leuchten. Die Sonne sinkt unglaublich schnell herunter auf den Horizont. Sie scheint dabei noch größer zu werden. Man kann dabei zusehen, wie die Sonne im Sand versinkt.

Ein letztes Nachglühen noch, dann ist es dunkel.

Da es um uns herum keine anderen Lichtquellen gibt, lösen die Sterne den Sonnenuntergang als Naturschauspiel ab. Wie ein Zelt aus Diamanten glitzern sie in unterschiedlicher Größe über uns. Ich versuche einige Sternbilder zu erkennen, doch ich finde nicht einmal den großen Wagen. Wahrscheinlich liegt es daran, dass ich so weit von Deutschland weg bin.

Trotz Shamars stetiger Wärme wird mir langsam kühl.

Wir gehen ins Zelt und Shamar fragt mich, ob ich etwas essen möchte. Auf mein Nicken hin öffnet er verschiedene Truhen und hantiert mit Tellern und Besteck. Es gibt auch ein paar Kühlboxen, aus deren Inhalt er ein einfaches Abendessen aus Fladenbrot und Salat sowie eine Flasche Wein zaubert und es mit zwei Gläsern auf unseren niedrigen Couchtisch platziert.

Wir sitzen im Schein von zwei kleinen Lampen und essen, prosten uns zu und tauschen innige Blicke. Ich schmelze vor lauter Romantik ganz dahin. Nach dem Essen strecken wir uns auf den Kissen aus. Wir haben die ganze Zeit nicht viel geredet. Jetzt liegen wir beieinander und wie von selbst finden sich unsere Lippen. Ich küsse ihn. Inzwischen bin ich mutiger geworden und ergreife die Initiative. Bereitwillig öffnet er seine Lippen um meiner Zunge Einlass zu gewähren.

Ich spiele mit seiner Zunge, so wie er es mit mir gemacht hat, knabbere an seiner Unterlippe und setze kleine Küsse auf seine Wange, dann nehme ich ein Ohrläppchen zwischen die Lippen und knabbere vorsichtig mit den Zähnen daran. Er holt scharf Luft und greift mit seiner Hand um mich. Ehe ich mich versehe, liege ich auf dem Rücken.

Er kniet sich hin und zieht mir das Hemd über den Kopf. Sein eigenes Hemd folgt danach. Dann ist er wieder bei mir. Diesmal ist er derjenige, der meine Lippen teilt. Ich stöhne, während seine Zunge mit meiner spielt und daran entlang fährt. Gleichzeitig sind seine Hände überall. Sie streicheln meinen Busen, meinen Bauch, die Taille und Arme. Gleich danach folgt sein Mund, der eine Spur in gleicher Reihenfolge über mich hinwegzieht. Das fühlt sich so gut an! Er stützt sich auf seine Unterarme und schaut mir in die Augen. Ich lese in seinen die glühende Leidenschaft die in ihm tobt, ungezähmte Wildheit und eine Spur Verletzlichkeit.

Ich schließe meine Augen und küsse ihn erneut, meine Hände gleiten über seine warme samtige Haut und seinen straffen Muskeln. Shamar fühlt sich genauso toll an, wie er aussieht. Ich bin rettungslos verloren. Oh Gott, sein Duft und seine Nähe machen mich unwahrscheinlich an. Ich will mehr!

Shamar scheint meinen unausgesprochenen Gedanken zu verstehen. Er steht auf, zieht mich mit ihm hoch. Dann nimmt er mich auf den Arm und trägt mich zum Bett herüber. Dort legt er mich ganz sanft ab. Sein Penis zeichnet sich deutlich unter seiner Hose ab. Eher interessiert als ängstlich betrachte ich ihn.

»Nichts passiert, wenn du nicht willst, mein Engel.« Flüstert er mit rauer Stimme.

Ich liege vor ihm, halb nackt, erwartungsvoll, erregt und voller Neugier. Keine Spur von Angst oder Unwohlsein.

»Ich vertraue dir.«, flüstere ich mit ebenso rauer Stimme zurück und strecke meine Arme nach ihm aus. Doch er lässt sich nicht zu mir hinziehen. Er kniet in Hüfthöhe auf dem Bett und küsst meinen Bauch. Danach meinen Nabel, dann tiefer und noch tiefer. Ich könnte platzen vor lauter Erregung und winde mich hin und her, instinktiv nach Erlösung suchend.

Er fährt mit den Fingern unter dem Bund meiner Hose und schiebt sie langsam nach unten. Bereitwillig helfe ich ihm dabei. Dann liege ich nackt vor ihm. Shamar steht kurz auf, und zieht seine Hose ebenfalls aus. Sie fällt achtlos zu Boden. Sofort senkt sich die Matratze unter seinem Gewicht. Ich sehe seinen Penis. Groß und schwer ragt er vor seinem flachen Bauch auf. Die Eichel glänzt fast lila der Schaft ist glatt und von Adern durchzogen. Sein Schamhaar ist gekürzt und bietet einen herrlichen Zugang zu seinen empfindlichen Stellen. Die dünne Haarlinie, die ich schon an ihm beim Abtrocknen nach dem Schwimmen, gesehen habe, mündet in seinem Schamhaar. Seine Bauchmuskeln zeigen sich, als er sich auf mich zubewegt. Ich möchte ihn berühren, überall.

Shamar kommt zu mir. Er küsst mit zärtlichen kleinen

Küssen den Weg hoch zu meinem Mund. Ich stöhne und kann kaum ruhig liegen. Dann treffen sich unsere Münder in einem weiteren langen und leidenschaftlichen Kuss. Er streichelt meine Brüste, zupft sanft an meinen Brustwarzen und rollt sie ein wenig zwischen seinen Fingern. Mir wird ganz heiß und meine Muskeln ziehen sich zusammen. Er wandert an meinem Körper nach unten. Dann schaut er hoch, versichert sich mit einem zärtlichen Blick meines Einverständnisses und versenkt seinen Kopf in meiner Mitte.

Wie von selbst öffnen sich meine Schenkel und geben ihm bereitwillig Zugang. Wie gut, dass ich meine Haare auch dort entfernt habe! Das werde ich zukünftig beibehalten, denn das was Shamar gerade mit meinem Kitzler anstellt, macht mich geradezu süchtig. Ich spüre seine Zunge, die meine kleine Lustperle umrundet und leckt. Gleichzeitig gleitet sein Atem warm und feucht über mein hochsensibles Fleisch. Seine warmen Hände streicheln meinen Bauch, meinen Po und meine Brüste. Gleichzeitig dringt seine Zunge in mich ein. Er stöhnt direkt an meiner Scheide.

»Chérie, du schmeckst so gut.«

Er lässt einen Finger in mich hineingleiten und bewegt ihn langsam rein und raus. Gleichzeitig wendet er sich wieder meinem Kitzler zu. Das was vorher langsam und fast spielerisch begann, gewinnt nun an Intensität. Sein Mund saugt und seine Zunge macht winzige Bewegungen. Das bringt das Fass zum Überlaufen. Mit einem langgestreckten und nicht enden wollenden Schrei komme ich.

Mein Unterleib zuckt, alles, angefangen von meiner Scheide, bis zu meinen inneren Muskeln, zieht sich immer wieder zusammen. Eine gigantische Welle aus Wärme und Kribbeln entlädt sich in mir. Ich bin atemlos. Langsam und geschmeidig wie ein Raubtier nähert sich Shamar wieder meinem Gesicht. Er küsst mich und ich schmecke zum ersten Mal mein eigenes weibliches Aroma. In der Tat schmecke ich nicht unangenehm. Ein wenig zitronig und cremig. Sein Glied liegt dick und schwer auf meiner Hüfte, während wir uns küssen. Ich fühle mich herrlich, aber ich möchte mehr.

Vor allem möchte ich, dass Shamar genauso viel Vergnügen findet, wie ich soeben erlebt habe. Ich drehe mich auf die Seite, so dass wir uns gegenüberliegen. Mit meiner freien Hand fahre durch seine Haare. Das lässt ihn genussvoll die Augen schließen. Ich setze mich ein wenig auf und drücke ihn an der Schulter nach hinten. Nackt liegt er auf dem Rücken vor mir und lässt es zu, dass ich seinen Körper erkunde.

Ich gleite mit meinen Händen über seine starke, breite Brust und küsse die Haut, die sich über seine Muskeln spannt. Mit den Fingern folge ich seinen Rippen und male Kreise auf seinen Bauch. Dann nehme ich seinen Penis in die Hand. Er ist groß und schwer. Ein Tropfen glitzert oben auf dem Spalt in seiner Eichel.

Ohne darüber weiter nachzudenken, gleite ich mit der Zunge darüber ich denke mir nichts dabei, schließlich hat er mich soeben auch mit dem Mund verwöhnt. Shamar zieht in dem Moment, in dem meine Zunge ihn berührt, scharf die Luft ein. Sicherlich gefällt ihm das, vermute ich. Er schmeckt würzig und männlich. Meine Finger erkunden ihn weiter. Die Haut seines Schwanzes ist samtig und glatt. Prall wölbt sich die Eichel direkt über seinem Schaft. Eine Vorhaut hat er nicht. Wahrscheinlich ist er als Kind beschnitten worden, wie das in vielen südlichen Ländern Sitte ist.

Das muss ziemlich wehgetan haben, denke ich. In dem Gedanken, was ihm wiederfahren ist, küsse ich seinen Penis nochmal. Dieses Mal zuckt er und ein weiterer Tropfen erscheint. Mit meinem Finger verreibe ich den Tropfen spielerisch über seine Eichel, bevor ich ihn von dort ablutsche. Shamar richtet sich auf, zieht mich wieder hoch und küsst mich.

Er erhebt sich kurz von unserem Bett, holt etwas aus

einer der Truhen und kehrt wieder zurück. Ich rücke ein Stück zur Seite, als er sich an das Kopfende des Bettes setzt. Er hat eine Handvoll Kondome dabei.

»Weißt du, wie man damit umgeht?«

Ich schüttle den Kopf. Woher soll ich das wissen. Theoretisch ja, aber praktisch habe ich davon keine Ahnung. Dann öffnet er eines der Tütchen und holt das Gummi heraus und streift das Gummi über seinen Penis, der aufrecht vor seinem Bauch steht. Als nächstes holt er Stoffstreifen und ein kleines Messer hervor.

»Was soll das werden, wenn das fertig ist?« Frage ich ihn erstaunt über das Zubehör, welches ich definitiv nicht beim Sex erwartet hätte.

»Damit«, mein Engel, »wirst du mich hier an dem Bett festbinden. Das Messer dient dazu, mich loszuschneiden.«

Ich schaue ihn mit großen Augen an.

»Was soll das bedeuten, Shamar?« Er legt das Messer neben das Bett und reicht mir die Stoffstreifen.

»Ich will, dass du die volle Kontrolle über das hast, was hier geschieht. Ich begehre dich so sehr und möchte nicht, dass ich dich in irgendeiner Art und Weise überrumpeln könnte. So hast du alles in deiner Hand.«

Er gibt die Kontrolle komplett in meine Hände. Sein Blick ist fest und zärtlich auf mich gerichtet. So wie er mich anschaut habe ich nicht das Gefühl, dass dieser Teil verhandelbar ist. Also nicke ich langsam und befestige die Bänder vorsichtig an seinen Handgelenken. Shamar rutscht herunter, so dass er in einer liegenden Position ist. Ich beuge mich über ihn und befestige nacheinander die Bänder an den Gitterstäben. Dann küsse ich ihn, streichle ihn mit meinen Händen und fahre an seinem ganzen Körper entlang. Nie hätte ich gedacht, dass mich ein Anblick wie dieser derartig erregen kann. Ich berühre seinen Penis, der durch das Kondom unbequem eingepackt aussieht. Dann seine Hoden. Hart und fest liegen sie vor mir. Schweiß Tröpfchen bilden sich auf Shamars Stirn und er atmet heftig.

»Rück höher mein Engel, damit ich dich verwöhnen kann.«

Seinen Worten folgend rücke ich ein Stück höher und biete ihm meine Vagina erneut seinen Lippen an. Seine Zunge gleitet in mich. Ich knie über seinem Gesicht und halte mich oben am Rand des Gitters fest.

»Du bist so nass mein Engel und so bereit«, stöhnt er. Sein Stöhnen wirkt wie ein Brandbeschleuniger auf mich. Unruhig rutsche ich mit meiner intimsten Stelle über seinem Mund. Seine Zunge findet meinen Kitzler und verwöhnt ihn sofort. Ich kann mich kaum aufrecht halten, denn als sich ein weiterer Orgasmus mit Macht und Gewalt in mir aufbaut, zittere ich am ganzen Körper. Mit ein paar weiteren schnellen Bewegungen seiner Zunge explodiere ich. Meine Knie zittern. Ich bin so bereit wie ich es nur sein kann, um mit ihm zu schlafen.

Meine Hände lösen sich von dem Gitter und ich bewege mich Stück für Stück nach unten bis ich seinen Penis an meinem Eingang fühlen kann. Mit einer Hand halte ich ihn fest, und richte mich ein wenig auf um ihn direkt vor meinem Eingang zu positionieren. Wenn ich mich jetzt herablasse, ist es geschehen. Sein Glied sieht so groß vor meinem schmalen Spalt aus. Fragend schaue ich ihn an.

»Das funktioniert bestimmt nicht. Du bist zu groß für mich.«

Shamar schluckt und sein Adamsapfel bewegt sich dabei.

»Chérie, vertrau mir. Das passt. So wie ich mich ausdehne, so dehnst auch du dich. Beim ersten Mal tut es weh, aber danach nicht mehr.«

Shamar atmet jetzt abgehackt, die Stoffstreifen haben sich deutlich in seine Handgelenke gedrückt, seine Augen sind schwarz und ein feiner Schweißfilm liegt auf seiner Brust. Er ist am Rande seiner Beherrschung.

Ihn so zu sehen gibt mir den Rest. Ich schließe die Augen und setze mich mit einem Ruck und der ganzen

Kraft meines Körpergewichtes auf ihn. Es reißt in mir und ich kann einen Schmerzlaut nicht unterdrücken. Obwohl ich nass von meinem Orgasmus bin habe ich das Gefühl, ihn nicht aufnehmen zu können. Auch wenn es weh tut, nehme ich noch einen zweiten Anlauf, dann füllt mich Shamar unwiderruflich und komplett aus. Es tut immer noch weh und ich bleibe einen Moment still auf ihm sitzen.

Ich schaue ihn wieder an. Seine Augen sind geschlossen, die Adern an seinem Hals geschwollen und seine Hände sind in dem Gitter verkrallt.

»Bitte binde mich los, mein Engel. Bitte.« Stöhnt er laut. Ich will ihn auf keinen Fall länger leiden lassen und greife nach dem Messer. Die Knoten hätte ich jetzt eh nicht mehr lösen können, sie haben sich fest zugezogen. Schnell ist der Stoff durchtrennt. Als er frei ist, werfe ich das Messer zur Seite. Er richtet sich auf, ich sitze auf ihm und habe ihn in mir.

»Tut es sehr weh?« Fragt er mich.

Inzwischen hat der Schmerz nachgelassen, doch das Gefühl, extrem ausgefüllt zu sein, ist geblieben.

»Nein, es geht schon wieder«, antworte ich ihm. »Du bist nur sehr groß.«

Shamar lächelt mich an. »Das ist wohl wahr, mein Engel, aber das wird besser werden.«

Mit diesen Worten küsst er mich und hält mich umschlungen auf seinem Schoß fest.

Langsam fängt er an, sich in mir zu bewegen. Ganz vorsichtig gleitet er vor und zurück. Ganz schmerzfrei ist das für mich nicht, trotzdem baut sich erneut Erregung in mir auf und ich passe mich seinen Bewegungen an. Er gleitet mit seinem Schwanz immer wieder in mich hinein und berührt im Inneren einen Punkt, der mich langsam aber sicher zu einem weiteren Orgasmus treibt. Schließlich bewegt er sich immer schneller und ich mich mit ihm. Mein Limit ist erreicht und ich komme zum dritten Mal an diesem Abend. Dieses Mal ist er in mir und meine

Muskeln ziehen sich um ihn zusammen.

»Ich komme, Chérie«, stöhnt er laut und seine Bewegungen werden noch schneller. Es ist, als wäre sein Schwanz noch ein wenig größer geworden. Er hält einen winzigen Moment inne und pumpt dann in mehreren langen Stößen in mich hinein. Keuchend und Schweiß bedeckt lassen wir uns auf das Bett fallen. Zärtlich streicheln seine Hände meinen ganzen Körper und folgen meinen Kontouren. Die Enden der Stoffstreifen kitzeln auf meiner Haut. Nach einer Weile zieht sich Shamar vorsichtig aus mir zurück und streift sein Kondom ab. Er verknotet es und legt es bei seite.

»Wie geht es dir?« Shamar beugt sich mit einem forschenden Blick über mich.

»Ich bin wund, aber köstlich wund«, antworte ich ihm lächelnd.

»Dann geht es dir gut?«

»Ja. Das war atemberaubend und sehr lieb von dir Shamar, dich mir so anzubieten. So etwas hätte ich nie zu träumen gewagt.«

Er nimmt mich in den Arm und wir liegen eine Weile ineinander verschlungen auf dem Bett. Dann küsst mich Shamar, greift nach seinem benutzten Kondom und geht in das Badezelt. Als er zurückkommt hat er einen Waschlappen der mit warmen Wasser getränkt ist und ein Handtuch dabei. Damit säubert er mich langsam und zärtlich.

Etwas Blut ist mir an den Innenseiten meiner Beine gelaufen und als ich mich ein wenig zur Seite drehe, sehe ich, dass mein Blut auch einen Flecken auf dem Laken hinterlassen hat. Gewissenhaft entfernt Shamar die Spuren meiner Entjungferung und trocknet mich wieder ab. Er legt alles bei Seite und klettert zu mir ins Bett.

Dann breitet er die Decken über und aus und kuschelt sich an mich. Eingelullt von seiner Wärme schlafe ich trotz der ungewohnten Umgebung schnell ein.

Meine Nacht ist kurz aber erholsam. Ein angenehmes

Wundsein hat sich zwischen meinen Beinen eingestellt. Shamar liegt neben mir und schläft noch. Leise ziehe ich mir was über und laufe zu unserer Nasszelle. Das Wasser ist zwar noch nicht richtig warm, das macht mir jedoch nichts aus. Ich habe das Gefühl, von innen zu glühen. Nach dem Duschen trockne ich mich notdürftig ab, wickle mich in ein Handtuch und mache mich wieder zurück auf den Weg in unser Zelt. Shamar liegt schlafend auf dem Rücken, nur seine Blöße ist von der Decke verborgen. Vorsichtig lasse ich mich zurück in unser Bett gleiten und setze mich neben ihn. Er ist wunderschön.

Bewundernd schaue ich ihn an und kann mich einfach nicht satt sehen. Sein nachtschwarzes Haar ist strubbelig und ragt ihm in die Stirn. Lange Wimpern liegen auf bronzefarbenen Wangen mit hohen Wangenknochen. Seine sinnlichen Lippen sind leicht geöffnet, eine Hand liegt über seinem Kopf, die andere auf seinem Bauch. An beiden Handgelenken ist noch ein roter Streifen zu sehen, an denen die Stoffbänder gestern ihre Spuren hinterlassen haben. Bei jedem seiner Atemzüge hebt sich verführerisch seine Brust und der Bauch bewegt sich mit. Sein Lust Pfad wandert verführerisch unter den Bettzipfel, der ihn noch bedeckt. Aus einem Einfall heraus, drücke ich meine feuchten Haare zusammen und lasse ein paar Wassertropfen auf seine Brust und seinen Bauch tropfen. Kaum berührt das Wasser seine Haut, zuckt Shamar zusammen und öffnet die Augen.

»Guten Morgen, mein Engel, so früh schon wach?«, begrüßt er mich.

Ich beuge mich hinunter und küsse seine Brust. Dieser Mann ist mein persönliches Suchtmittel. Seine Blicke folgen mir und der Schlaf wird in seinem Blick von Leidenschaft verdrängt. Deutlich sichtbar erwacht sein bester Freund zum Leben. Ein weiterer Kuss von mir auf seinem Bauch folgt, während mir sein Schwanz entgegenwächst. Mutig strecke ich meine Hand nach ihm aus und ergreife seine samtene Härte.

»Wie ich sehe, bist du jetzt auch wach«, grinse ich ihn an.

»Wo ist eigentlich mein scheuer Engel geblieben?«, flüstert er heiser, während ich mich weiterhin mit seinem Schwanz beschäftige. Eine dunkle Linie zieht sich auf seiner Unterseite in Richtung seiner Hoden. Glatt und ohne Übergang mündet die Haut seiner Eichel in seinen Schaft. Ich kann nicht widerstehen und gleite mit meiner Zunge von seinen Hoden die Linie entlang bis zu seiner Eichel. Sein Schwanz zuckt.

Ich streichle über seine Oberschenkel und weiter über die Innenseite seiner Schenkel. Shamar stöhnt leise. Es macht mich unglaublich an, zu sehen, wie er auf meine Berührungen reagiert. Als ich seine Hoden in die Hand nehme und sie vorsichtig streichle, unterbricht er mich.

»Das reicht Chérie«, knurrt er und zieht mich runter zu ihm. Wir berühren uns in der gesamten Körperlänge. Seine Wärme verbrennt mich. Mit einem Ruck dreht er mich um. Nun liege ich wie zuvor er, mit dem Rücken in den Kissen. Er stützt sich auf und beginnt, mein Ohr zu liebkosen. Mit der Zunge spielt er ganz leicht an meinem Ohrläppchen. Wohlige Schauer laufen mir den Rücken hinunter und in mir erwacht mehr als nur der bereits vorhandene Appetit auf ihn. Er saugt an meinen Brüsten und ich fange an, mich unruhig zu bewegen. Unbeirrt setzt er seine Liebkosungen fort.

»Bitte«, flehe ich, »bitte komm zu mir.«

»Gleich mein Herz, ich will dich noch ein wenig verwöhnen.«

Mit diesen Worten nimmt er meine Brustwarze in den Mund und beginnt sie vorsichtig mit seinen Zähnen zu bearbeiten. Anscheinend gibt es da eine automatische Verbindung zu meinen inneren Muskeln, die sich ruckartig und aufs Köstlichste zusammen ziehen. Gleichzeitig spüre ich einen Finger, der sich langsam den Weg in mein Innerstes bahnt.

»Du bist so heiß und nass Chérie.« Mit dem Daumen berührt er leicht wie eine Feder meinen Kitzler. Die ersten Vorboten meines Orgasmus rollen über mich hinweg und ich stöhne lautstark. Shamar unterbricht sein Spiel mit mir und beugt sich am Bett hinunter, greift ein kleines Tütchen und zieht ein Kondom hervor. Vorsichtig streift er sich das Gummi über. Ich betrachte ihn dabei und bin immer noch erstaunt, dass unsere Anatomie zusammenpasst, denn bei den Ausmaßen fällt es mir immer noch schwer zu glauben, dass er in mich eindringen kann.

»Wir sollten schauen, dass du bald die Pille nimmst, mein Engel. Kondome sind nur eine Zwischenlösung, denn ich will dich ganz und gar spüren.« Er lässt sich auf mich sinken und ich spüre sein Gewicht und seine Kraft. Ich küsse seinen Hals und folge mit den Händen seinen Muskelsträngen auf dem Rücken. Schwer liegt sein Penis auf meinem Schambein und seine Hoden streicheln meine Vulva. Alleine diese winzigen Bewegungen reichen aus, um meinen Orgasmus wieder in Gang zu setzen. Ich kann nicht still liegen, bewege mein Becken und stöhne. Dann spüre ich seinen Schwanz an meinem Eingang.

Ich öffne mich für ihn soweit ich kann, um ihm das Eindringen zu erleichtern. Er küsst mich und teilt meine Lippen, oben und unten. Während er ganz langsam in mich hinein gleitet, spielt seine Zunge mit meiner. Es ist tatsächlich nicht so einfach, denn ich muss mich erst an seine Größe gewöhnen.

»Du bist so eng und heiß«, flüstert er mit belegter Stimme. Sein Atem ist mein Atem. Wir küssen uns leidenschaftlich, während er weiter in mich eindringt, sich ein wenig zurückzieht und wieder eindringt. Der Druck in meinem Inneren nimmt zu, Shamar füllt mich vollständig aus. Dann steigert er das Tempo. Jetzt lässt sich mein Orgasmus nicht mehr zurückhalten. Vor meinen Augen explodieren tausend Farben und Wellen von Kontraktionen ziehen sich durch meinen Unterleib. Dazwischen Shamar, der in mich stößt und dabei sein

Tempo und den Winkel seines Eindringens verändert. Irgendwann höre ich mich selber schreien. Mein Orgasmus ebbt langsam ab und auch Shamar wird langsamer.

Keiner meiner Muskeln möchte zum Dienst antreten, kraftlos wie ein neugeborenes Baby genieße ich seine Bewegungen in mir und die köstliche Reibung seiner Haut auf meiner. Shamar kniet sich nun zwischen meine Beine und nimmt meine Unterschenkel rechts und links auf seine Schulter. Er ist noch nicht gekommen und ich sehe, dass er in die Schlussgerade einbiegen will. Sein Blick ist so wunderbar, dunkel, leidenschaftlich und geil.

Mit meinen Beinen über seinen Schultern, dringt er noch weiter in mich ein. Mein Fleisch ist weich und weitet sich willig. Ich kann ihn ganz in mich aufnehmen. Und dann legt er los. Erst langsam, dann immer schneller stößt er in mich. Seine Hoden klatschen jedes Mal dabei an meinem Damm und senden köstliche kleine Impulse an meine hochsensible Zone. Sein Schwanz wird härter und das Tempo steigert sich noch. Wie gestern, hält er einmal kurz inne, um dann lautstöhnend mit langen festen Stößen zum Orgasmus zu kommen. Dieser Anblick reicht für mich aus, um einen weiteren, allerdings kleineren Orgasmus zu erleben. Schwer atmend lässt sich Shamar neben mich fallen.

Was für ein Tagesbeginn, daran könnte ich mich wirklich gewöhnen. Wir liegen noch eine ganze Weile beieinander, küssen und streicheln uns und mögen gar nicht aufstehen. Schließlich gewinnt die Natur die Oberhand. Während ich mich nochmal frisch mache, werkelt Shamar im Zelt herum. Kaum bin ich fertig, erwartet er mich auf unserem Kuschelplatz vor dem Zelt ein kleiner Tisch mit Fladenbrot, verschiedenen Beilagen und seitlich daneben ein Stövchen auf dem schwarzer Tee vor sich hin dampft. Dann verschwindet Shamar in unserem kleinen Zelt. Die Sonne scheint noch nicht mit ganzer Kraft und der noch kühle Wind aus den Dünen macht den Aufenthalt angenehm.

Es ist ein einfaches Frühstück, welches wir beide genießen. Dabei erzählt mir Shamar, dass wir nach unserem Rückkehr ins Hotel noch den ganzen restlichen Tag dort verweilen. Morgen soll ich ihn zu einem Polospiel begleiten und am Montag werden wir ins Burj al Arab zurückkehren. Montag ist auch meine erste Woche um. Drei Wochen Urlaub habe ich von meiner Firma genehmigt bekommen. Nur noch maximal zwei Wochen mit ihm zu haben, stimmt mich traurig. Trotzdem, egal wie lange unser Zusammensein auch immer dauern mag, ich bereue nichts. Im Gegenteil, ich würde es wieder machen!

Irgendwann sind wir mit dem Essen fertig. Während Shamar die Pferde sattelt und ihnen das Zaumzeug anlegt, räume ich in der Zwischenzeit unseren Tisch ab und stelle alles in das Zelt. Ich bin bedrückt, denn meine Rückreise nach Deutschland und die damit verbundene Trennung von Shamar stehen wie drohendes Unheil im Hintergrund meiner Gedanken. Es dauert ein wenig, bis ich mich wieder gefangen habe.

»Wie sieht es aus Luna, möchtest du lieber fahren oder mit den Pferden zurückreiten?«

Shamar betritt das Zelt. Gott sei Dank bemerkt er nichts von meiner Stimmungsschwankung. Fahren ist mir eindeutig zu unromantisch, denn ich möchte noch ein bisschen Zeit mit ihm alleine verbringen.

Ich entscheide mich fürs Reiten. Nachdem wir unsere Köpfe bedeckt und unsere Haut durch weite leichte Kleidung geschützt haben, verschließt Shamar das Zelt. Er schnallt sich den Rucksack den er auf dem Ritt hierhin schon getragen hat, wieder auf den Rücken und hilft mir aufs Pferd. Dann schwingt er sich auf sein eigenes Tier. Mit einem letzten Blick auf unser Liebeslager setze ich mich in Bewegung.

Der Weg zurück ist zwar genauso lang, jedoch brauche ich ein paar Pausen mehr. Der Sex heute Morgen ist nicht gerade kompatibel mit einem Sattel. Ich rutsche unbequem hin und her und mache mittlerweile mein Pferd unruhig.

»Tut es dir weh?« Shamar schaut mich prüfend an.

»Nicht richtig, es ist nur unangenehm.« Vielleicht hätten wir uns heute Morgen nicht lieben sollen.

»Es dauert nicht mehr lange Chérie. Aber warte mal, vielleicht hilft dir das.«

Er stellt sich im Sattel auf, nimmt seinen Rucksack ab und zieht sein Hemd aus.

»Hier, leg dir das darunter, vielleicht ist es dann besser.« Dankbar nehme ich das Kleidungsstück entgegen und falte es mir zu Recht. Dann lege ich es mir so gut es geht auf den Sattel. Tatsächlich stellt sich eine gewisse Erleichterung ein. Nebeneinander und händehaltend reiten wir weiter zu unserem Hotel. Es dauert wirklich nicht lange, bis der Gebäudekomplex vor uns auftaucht. Die beiden Pferde scheinen den heimischen Stall zu wittern und schlagen einen schnelleren Schritt ein. Kurz darauf laufen wir in die Anlage ein.

Unser Appartement ist herrlich kühl. Die Tür fällt hinter uns ins Schloss. Wir lassen unsere Sachen einfach fallen und schauen uns an.

»Raus in den Pool?«, sagen wir beide gleichzeitig. Nach unserer Wüstensafari brauchen wir beide eine Erfrischung. Wir schlüpfen aus den Klamotten und rein in die Badesachen. Es ist fast wie ein Wettkampf, wer als Erster in dem kühlen Nass landet. Shamar gewinnt und springt mit einem eleganten Kopfsprung hinein. Ich muss noch mein Oberteil anlegen und dann hüpfe auch ich in unseren Pool. Er ist von dichten Büschen umgeben und von außen nicht einsehbar. Wir albern herum, bespritzen uns gegenseitig mit Wasser, necken uns, ziehen uns gegenseitig an den Füßen um den Anderen zum Untertauchen zu bringen.

Es ist herrlich. Ich genieße unsere Zweisamkeit in vollen Zügen. Alles worauf ich jahrelang verzichtet habe, bekomme ich jetzt im Übermaß und sauge all das Schöne auf, wie ein trockener Schwamm das Wasser. Nachdem wir uns in dem flüssigen Nass abgekühlt haben, legen wir uns auf die Liegen am Pool. Zwischendurch steht Shamar auf und holt uns etwas zu trinken. Friedvolle Ruhe legt sich über uns. Wir dösen im Halbschatten, cremen uns gegenseitig ein und genießen einander. Später am Nachmittag schwimmen wir wieder in unserem Privatpool. Abends sitzen wir nach einem gemeinsamen Abendessen in unserem Appartement hintereinander auf einer Sonnenliege und bestaunen das Schauspiel des Sonnenunterganges. Ich lehne mich mit meinem Rücken an seine Brust. Wir trinken aus einem Weinglas von dem köstlichen Wein, den wir zum Abendessen hatten. Erst als es kühler wird, gehen wir zurück ins Haus.

Shamar muss noch ein paar Telefonate führen, und ich habe Zeit, mich mit meinem Handy zu beschäftigen. Susanne hat sich gemeldet und fragt mich, wie denn der Stand der Dinge ist. Ich schreibe eine SMS an sie:

> *‚Hallo Suse, es war einfach traumhaft. Ich habe mich total verliebt. Alles ist wunderschön. Hoffe dir geht es gut. Was macht die Prüfungsvorbereitung‘*

Die Antwort kommt postwendend.

> *‚Hallo Kleine, hört sich gut an. Genieße es, genieße ihn und lass es dir gut gehen. Prüfungen sind anstrengend. Brauche auch Urlaub‘*

Ich muss lächeln. Ja, genau das habe ich auch beschlossen. Ich möchte alles genießen, wer weiß was kommt und wohin alles führt. Shamar sehe ich an, dass ihn das alles ebenfalls nicht unberührt lässt. Im Moment ist es traumhaft schön und ich möchte mir die verbleibenden Tage nicht mit den Gedanken, was kommen kann oder möglicherweise auch kommen wird, kaputt machen. Ich hoffe einfach ganz fest darauf, dass sich unsere Wege nicht trennen werden.

Barfuß stehe ich vor dem großen Panoramafenster und schaue über die Silhouette der dunklen Wüste. Wie gestern Abend auch, funkeln die Sterne um die Wette. Ich lege mein Handy beiseite und suche Shamar. Er ist dem Arbeitszimmer des Appartements. Sein Laptop ist aufgeklappt und er telefoniert immer noch. Er sieht ungeduldig und mürrisch aus.

»Raoul, ich brauche die Unterlagen ... was hat er dazu gesagt? ... Bis wann ... ja gut, morgen früh. ... In Ordnung ... Bis dann.«

»Was ist los«, frage ich ihn als das Gespräch beendet ist.

»Es geht um ein neues Bohrprojekt im Golf von Mexiko. Ich habe ein zweites Gutachten angefordert und es ist noch nicht da. Ende des Monats stehen hier Entscheidungen an, bis dahin muss ich alles gesichtet haben.«

Ich trete um ihn herum und massiere ihm ein wenig den Nacken. Er legt den Kopf zurück und schaut mich an.

»Müde, mein Engel?« Ich nicke. Tatsächlich macht sich der Schlafmangel, die viele Sonne dazu noch der Wein und das Abendessen bemerkbar. Ich bin hundemüde.

»Dann komm, wir gehen ins Bett.« Er klappt mit einer Hand seinen Laptop zu und nimmt mich an die Hand. Gemeinsam gehen wir zu dem großen Schlafzimmer, welches wir am Nachmittag aus den drei vorhandenen Schlafräumen ausgewählt haben. Ich schlüpfe in ein dünnes Nachthemd und lege mich zu ihm.

Wir liegen auf der Seite, er liegt hinter mir. Sanft streichelt mir Shamar mit der Hand über meinen Oberarm und küsst mich in den Nacken. Das Nachthemd ist ein wenig hochgerutscht und nun liegt sein Penis direkt an meiner Po-Falte. Sein bester Freund scheint überhaupt nicht müde zu sein, denn er wölbt sich mit halber Härte gegen mich. Ich reibe mit meiner Kehrseite an seinem

Schwanz und rechne ganz fest damit, dass Shamar die Einladung annimmt.

Er küsst mich auf mein Ohr und flüstert: »Heute Abend nicht mein Engel, du musst dich erst mal erholen. Dafür haben wir immer noch Zeit.«

Recht hat er, aber gewollt hätte ich trotzdem. Lächelnd kuschle ich mich enger an ihn und nach kurzer Zeit höre ich seine regelmäßigen Atemzüge, die mir zeigen, dass er bereits eingeschlafen ist. Ich lausche seinem Atem und schlafe wenig später ebenfalls ein.

9

Am nächsten Morgen ist Shamar eher wach als ich. Von Streicheleinheiten geweckt, öffne ich die Augen und schaue direkt in seinen Perlmuttblick. Was für ein schöner Anblick am Morgen. »Kaffee oder Tee«, will er wissen. »Milchkaffee« Murmle ich noch ein wenig verschlafen. Anstatt sich von mir fortzubewegen, um einen Milchkaffee zu besorgen, werden Shamars Liebkosungen intensiver.

Wir lieben uns an diesem Morgen mit einer langsamen Zärtlichkeit, die mein Herz förmlich über-fließen lässt. Dieses Mal treibt mich Shamar zu drei Orgasmen, die meine Beine in Gummi verwandeln. Auch Shamar kommt zwei Mal, einmal auf meinem Bauch und das andere Mal mit Kondom in mir. Ich dachte immer, dass bei Männern nach einem Orgasmus erst mal Schluss ist, doch Shamar belehrt mich eines Besseren.

Er bleibt deutlich steif auch nachdem er auf meinem Bauch ejakuliert hat. Ihm dabei zuzusehen, wie er sich aus mir zurückzieht und sich selber zum Orgasmus bringt, beschert mir an diesem Morgen selber ein freudiges Zucken meiner inneren Muskeln.

Vor einer Woche war ich noch eine verkorkste Jungfrau und heute komme ich mir vor, wie eine Femme fatale. Wie sich die Zeiten ändern und das sogar ziemlich schnell. Während ich ihn postkoitaler Lethargie im Bett verweile, hat sich Shamar ans Telefon begeben und Frühstück für uns bestellt. Gerade als ich mich aufraffen will um zu duschen, kommt er mit einem riesigen Frühstückstablett an dem sich kleine Aufstellfüße befinden, herein.

Es gibt Milchkaffee, Honig, frische Croissants, frisches Fladenbrot, Eier, Marmelade, Tee und gepressten Orangensaft. Wir machen es uns im Bett an dem kleinen Tisch gemütlich und frühstücken in aller Ruhe. Danach zieht es mich unweigerlich unter die Dusche. Während ich im Bad beschäftigt bin, vertieft sich Shamar wieder in seinen Rechner. In einen Hotelmorgenmantel gehüllt und frisch geduscht, erwische ich ihn telefonierend in dem Arbeitszimmer. Die Daten auf die er gewartet hat, sind anscheinend eingetroffen. Sie liegen als ausgedrucktes Exemplar auf seinem Schreibtisch.

»Darf ich?«, frage ich ihn leise um ihn beim Telefonieren nicht zu stören. Er nickt. Also setze ich mich gegenüber in die Sitzgruppe und fange an zu lesen. Es ist ein langes Gutachten über die Bodenbeschaffenheit in dem Bohrgebiet, welches Shamar sich sichern möchte. Es gibt Angaben über die Dicke und die Beschaffenheit der einzelnen Gesteinsschichten. So wie ich das verstehe, sind die Bohrungen auf einen Salzdom gestoßen und von Bohrungen in dem Gebiet wird abgeraten. Es sind zahlreiche Grafiken hinterlegt.

Shamar hat inzwischen sein Telefonat beendet und schaut mir beim Lesen zu. Dann steht er auf, küsst mich in den Nacken und geht ins Bad. Während er sich duscht, lese ich das Gutachten weiter durch. Das Wasser hört auf zu rauschen und Shamar kommt nur mit einem Handtuch bekleidet aus dem Bad. Sein Glückspfad verschwindet in dem verführerisch tief umgeschlungenen Handtuch. Oh Gott, ich könnte jedes der noch anhaftenden Wasser Tröpfchen abschlecken.

»Du bist ja immer noch nicht angezogen Chérie.« Belustigt schaut er mich an, während er mit einem zweiten Handtuch seine Haare trocken rubbelt.

Das habe ich bei der Durchsicht meiner Lektüre völlig vergessen. Schnell lege ich die Blätter zur Seite und stehe auf.

»Hoppla, hab ich völlig vergessen Shamar, ich bin sofort fertig.« Mit einem Augenaufschlag in seine Richtung laufe ich ins Schlafzimmer und ziehe mir mein weißes Kleid an. Shamar tritt hinter mich, um mir den Reißverschluss des Kleides hochzuziehen. Seine Finger hinterlassen ein wohliges Kribbeln auf meiner Haut. Er trägt eine dunkle Hose und ein Polo-Shirt. Nach einem kurzen Blick in den Spiegel schlüpfe ich in meine Sandalen und bin bereit für das, was Shamar für heute geplant hat.

Er greift zum Telefon und gibt einige Anweisungen durch. Dann geht es los. Draußen wartet das Elektroauto, welches uns nach vorn in Richtung Hotellobby bringt. Ein großer, schwarzer Geländewagen mit schwarz getönten Scheiben steht direkt vor dem Eingang. Shamar geht vor und öffnet mir die hintere Tür auf der Beifahrerseite. Ich steige ein und rücke direkt weiter durch, um für ihn Platz zu machen. Am Steuer sitzt ein Mann in einer Chauffeuruniform. Er dreht sich um und begrüßt uns beide. Es ist Ahmad, der mich schon vom Flughafen abgeholt und zum Hotel gefahren hat.

»Dein Fahrer?« Frage ich. Shamar küsst mich auf die Wange und antwortet:

»Ahmad ist einer der Fahrer meines Onkels. Wenn ich hier bin, arbeitet er für mich. Das ist aus Sicherheitsgründen besser so.«

»Wieso«, will ich wissen, »ist es hier denn so gefährlich?«

Er schaut mich von der Seite an und reagiert unerwartet ernst.

»Luna, Leute wie ich unterliegen der ständigen Gefahr, Ziel von Entführungen oder sonstigen Attacken zu werden. Dieses Risiko wird dadurch minimiert, wenn man sein Personal so wenig wie möglich wechselt. Deshalb greife ich auf Ahmad zurück, der meinem Onkel seit Jahren beste Dienste leistet.«

Aha, denke ich.

»Deswegen hast du Matthew mitgebracht?« Er nickt.

»Richtig, mein Engel, Matthew ist mit mir hierher geflogen. Er leitet den Hausstand in meinem Haus in den Woodlands. Matthew und seine Frau kümmern sich dort um alles.

»Matthew ist verheiratet?«

Warum habe ich nie über so etwas nachgedacht?

»Ja, warum denn nicht. Seine Frau hilft ihm und kümmert sich in der Hauptsache um das Essen. Die beiden sind perfekt.«

»Ist denn dein Haus so groß, dass du so viel Personal brauchst?« Für mich ist das irgendwie nicht vorstellbar, wie ein einzelner Mensch so viel Personal benötigt. Andererseits kann ich mir auch nicht vorstellen, dass Shamar selber Hand anlegt, um beispielsweise einzukaufen, den Garten zu beackern oder zu kochen. So ist das wohl, wenn man viel Geld hat. Ich fühle mich ein wenig eingeschüchtert, denn die Tatsache, dass Shamar so reich ist, hatte ich trotz unseres Aufenthaltes in den teuren Hotels verdrängt. Ehrlich gesagt ist es mir sogar egal, über wie viel Geld Shamar verfügt. Mir geht es in erster Linie um ihn.

»Hey...« Er legt einen Finger unter mein Kinn, »ist alles in Ordnung?«

Ich schaue zu ihm hoch. »Jaja, ich habe gerade nur daran gedacht, dass ich komplett vergessen habe, mit wem ich zu tun habe und wie vermögend du bist.«

Er küsst mich auf die Stirn und ich genieße die Berührung seiner warmen Lippen. Dabei atme ich den Duft seines Duschgels ein. Was für eine köstliche Mischung.

»Und jetzt magst du mich nicht mehr?“ Fragt er

spöttisch.

»So ein Quatsch, dein Geld ist mir total egal. Du hast ein echtes Luxusproblem. Mir war das alles nur nicht so bewusst, und die Sache mit deinem Geld habe ich komplett verdrängt. Schließlich hatte ich ja anderes zu tun.«

Bei meinem letzten Satz grinse ich ihn frech an. Dafür drückt er meine Hand und wir halten einander fest.

Wir sind vielleicht eine halbe Stunde unterwegs, als wir zu einer großen, grün angelegten Freifläche kommen. Ahmad hält an und lässt uns am Eingang aussteigen. Sofort brennt die Sonne unbarmherzig auf uns herab. Während Ahmad mit dem Auto weg fährt, laufe ich neben Shamar weiter in Richtung Freifläche. Dort stehen bereits viele Leute und Shamar wird freundlich von verschiedenen Männern begrüßt.

Einige von ihnen sind traditionell gekleidet. Gerne hätte ich Shamar berührt und den Körperkontakt wieder hergestellt. Doch die vielen Leute, gerade die in der traditionellen Kleidung, lassen mich meine ausgestreckte Hand wieder zurückziehen.

Ich seufze und beschließe, das Beste daraus zu machen. Immerhin bin ich an Shamars Seite und nicht von dem Ereignis ausgeschlossen. Ich schaue mich ein wenig um. Eine große Rasenfläche von knapp 300 x 200 Metern die auf der langen Seite von kurzen braunen dort von hölzern aussehenden Pollern begrenzt. Es gibt eine Mittellinie und mehrere Linien auf beiden Seiten. Die kurzen Seiten sind mit einer weißen Linie im Rasen begrenzt, in deren Mitte zwei hohe aus Korb geflochtene Stäbe ein Tor darstellen. Ich höre Pferde wiehern. Das kommt aus der Richtung hinter dem linken Tor. Langsam laufen wir alle auf die gegenüberliegende Seite des Spielfeldes. Dort befindet sich eine Tribüne, die mit ihrem leichten Dach vor der Sonne schützt. Vor der Tribüne sind einzelne Tische mit Sonnenschirmen aufgebaut und eifrige Helfer eilen mit schnellen Schritten zwischen den Tischen hin und her, um die Anwesenden mit Getränken zu versorgen. Shamar erklärt mir ein wenig das Spiel.

»Es gibt zwei Mannschaften, die aus jeweils vier Spielern bestehen. Es gibt zwei Schiedsrichter und einen Oberschiedsrichter. Sie sind so wie die Spieler auf Pferden unterwegs. Es gibt insgesamt zwischen 4 und 8 Zeiteinheiten, die jeweils 7 Minuten dauern. Nach jedem erzielten Treffer stellen sich die Mannschaften zum sogenannten Line up, in der Reihenfolge ihrer Spielposition, in der Mitte des Spielfeldes auf. Die Spielrichtung ändert sich jedes Mal nach einem erzielten Treffer.«

»Was ist denn mit den Pferden, werden die nicht getroffen?«

»Der Schutz der Pferde wird über alles gestellt. Alle Aktionen, die ein Tier gefährden könnten, sind verboten. So dürfen die Pferde auch nicht in zwei aufeinander folgenden Zeiteinheiten eingesetzt werden. Deshalb reist jeder Spieler mit zwei Pferden an. Außerdem führt jede Aktion, die ein Tier gefährden könnte, sofort zu einer Unterbrechung.«

Wir stehen unter einem der Sonnenschirme und ich trinke von dem Wasser, welches uns gerade gebracht wurde. Ich sehe einen der Spieler über das Feld in unsere Richtung laufen. Er bleibt tatsächlich bei uns stehen, grüßt mich freundlich und umarmt Shamar. Die beiden scheinen sich zu kennen und reden in arabischer Sprache mit einander. Dann wendet sich der Spieler zu mir und stellt sich mir vor.

»Hallo, tut mir leid, dass ich mich nicht vorgestellt habe. Mein Name ist Moustafa, Shamar und ich waren gemeinsam in England im Internat. Hin und wieder sehen wir uns hier.«

Ich reiche ihm meine Hand.

»Moustafa, schön Sie kennenzulernen. Mein Name ist Luna-Marie Buchholz, ich komme aus Deutschland und ich habe noch nie ein Polospiel zu Pferd gesehen.«

Moustafa lacht mich genauso herzlich an wie Shamar.

»Ich habe meinen alten Freund gerade gebeten, für einen Spieler unserer Mannschaft einzuspringen, der sich an der Schulter verletzt hat. Aber Shamar möchte Sie nicht alleine lassen.«

Überrascht schaue ich Shamar an. »Du spielst das auch?«

»Ja, schon seit vielen Jahren.« Sein Blick gleitet kurz über den Platz, bevor er zu uns zu-rückkommt.

»Das ist die Untertreibung des Jahres«, grinst Moustafa, »jede Mannschaft kann sich glücklich schätzen, Shamar bei sich zu haben. Er hat ein Handicap von 6 oder 7. Was ist, machst du mit?«

Shamar schaut mich an. Ich will nicht, dass er wegen mir auf irgendetwas verzichtet. Außerdem habe ich den Eindruck, dass ich mich hier auch alleine zu Recht finde.

»Geh nur«, lächle ich ihn an, »ich schaue dir von hier aus zu. Tu mir nur einen Gefallen und passe auf dich auf.«

Die Freude, die bei meinen Worten in seinem Gesicht aufleuchtet zeigt mir, dass das die Antwort war, die er sich erhofft hat. Er ergreift meine Hand, drückt sie und führt sie an seine Lippen. Das öffentliche Bekenntnis seiner Zuneigung zu mir, lässt mich tief einatmen. Ich freue mich.

»Jeder Treffer ist für dich!«

Raunt er mir noch zu, bevor er von Moustafa weggezogen wird. Beide Männer winken mir noch kurz zu und verschwinden über dem Spielfeld in die Richtung aus der Moustafa auf uns zu marschiert ist. Das Spiel soll in 15 Minuten beginnen. Also bewaffne ich mich mit meinem Getränk und suche mir ein schattiges Plätzchen auf der Tribüne. Zwei weitere Frauen setzen sich zu mir. Sie mustern mich neugierig, sprechen aber nicht mit mir. Mich stört das nicht, denn gespannt warte ich auf den Beginn des Spiels. Pünktlich zum Spielbeginn ertönt ein Zeichen.

Elf Reiter kommen auf ihren Pferden auf das Spielfeld. Drei von ihnen sind deutlich als Schieds-richter zu erkennen. Einer bewegt sich mit den Spielern auf das Spielfeld, die zwei anderen bewegen sich zu je einer Längslinie des Spielfeldes.

Die Spieler der beiden Mannschaften reiten auf ihren Pferden grüßend an der Tribüne entlang. Die ganze Zeit versuche ich, Shamar unter den Reitern auszumachen. Ich bin mir nicht sicher, ob ich ihn gefunden habe, aber der Spieler der, weißen Mannschaft mit der 1 auf dem Rücken sieht etwas größer aus als die anderen Spieler.

Tatsächlich, das ist Shamar. Er hat mich auf der Tribüne entdeckt, grüßend hebt er seine Hand an die Stirn. Er sieht so heiß aus. Ich grüße genauso zurück und strahle ihn an. Am liebsten würde ich auf ihn zeigen und allen sagen, ‚das ist meiner'. Aber natürlich mache ich das nicht.

Shamar sitzt auf dem Pferd, als wäre er damit verwachsen. Mit seinen Beinen und der Zügelhaltung in seiner linken Hand steuert er das Tempo und die Richtung seines Pferdes. In der rechten Hand hält er den Schläger. Shamar ist in seinem Element. Als hätte er sein Leben lang nichts anderes gemacht, dreht und wendet er das Tier und bewegt sich locker im Sattel. Es ist eine Freude, ihm dabei zuzuschauen. Sein Pferd ist braun, seine Mähne und der Schweif sind zusammen gebunden, was dem Tier ein unglückliches Aussehen verleiht. Alle Tiere – so auch seines - tragen einen Schutz an den Läufen. Mit atemberaubender Geschwindigkeit prescht Shamar vor und treibt den Ball voran.

Der Spieler mit der Nummer 4 der gegnerischen Mannschaft versucht, ihn abzudrängen, ist dabei aber nicht erfolgreich. Mit einem kräftigen Schlag befördert er den Ball ins gegnerische Tor. Im Gegensatz zu dem Torjubel beim Fußball bleiben die Reaktionen hier eher verhalten. Bevor sich die Reiter in der Mitte aufstellen, lenkt Shamar sein Pferd an der Tribüne vorbei und grinst mir zu. Dieses Mal schließt sich ein zweiter Reiter an. Das muss Moustafa sein. Er hat die Nummer 3 auf seinem Rücken. Er grüßt mich so, wie zuvor Shamar und ich winke lachend zurück.

Das Spiel gewinnt an Fahrt und zwei Mal muss es unterbrochen werden. Nach der ersten Zeiteinheit reitet Shamar auf einem anderen Pferd, das farblich ein wenig heller als das erste ist. In der nächsten Zeiteinheit ist Shamar mehrmals in Schwierigkeiten, weil er von einem gegnerischen Spieler abgedrängt wird. Ich beiße mir immer wieder nervös auf meine Unterlippe. Einmal, weil Shamar fast aus dem Sattel gehoben wird und ein anderes Mal, weil ein Schläger gefährlich nahe an seinem Kopf vorbeisaust.

Die Zeiteinheit ist zu Ende und Shamar hat drei weitere Punkte für sein Team und für mich geholt. Wieder werden die Pferde gewechselt. Jetzt ist wieder das dunklere Tier dran. Noch drei weitere Zeiteinheiten werden gespielt. Shamar ist oft inmitten der anderen Spieler, holt aber noch weitere Punkte. Das Signal zum Ende des Spiels ertönt.

Shamars Mannschaft gewinnt mit sieben Punkten Vorsprung. Jetzt sind die einen oder anderen Rufe aus dem Zuschauerbereich zu hören. Die Spieler bedanken sich bei Ihrem Publikum. In einer Reihe ziehen sie grüßend an der Tribüne vorbei, bevor sie das Spielfeld verlassen. Während sich das Publikum von der Tribüne herunter an den Spielfeldrand bewegt, bleibe ich noch ein wenig sitzen. Ich schaue dem allgemeinen Treiben zu.

Bei einem der vorbeilaufenden Kellner bestelle ich nochmal zwei frische Wasser. Während ich da-rauf warte, dass meine Bestellung kommt, sehe ich Shamar über das Spielfeld laufen. Er hat sich wieder umgezogen und trägt die Sachen, die er vorhin auf der Hinfahrt getragen hat.

Sobald er den Spielfeldrand auf der Tribünenseite betritt, wird er von den Leuten umringt, die ihm auf die Schulter klopfen und gratulieren. Lachend nimmt er die Glückwünsche entgegen, sucht aber mit seinen Blicken die Umgebung ab und hört erst damit auf, als er mich sieht. Er wechselt noch ein paar Worte mit den Leuten und geht dann auf mich zu. Rechts und links muss er nochmal die eine oder andere Hand schütteln, doch er arbeitet sich stetig in meine Richtung vor. Meine bestellten Getränke habe ich in der Zwischenzeit erhalten.

Als Shamar bei mir eintrifft, reiche ich ihm sein Getränk an. »Gratulation Shamar. Ich wusste ja nicht, dass du hier ein gefeierter Polospieler bist….«

Er grinst mich an und ich könnte schwören, dass er mich am liebsten geküsst hätte.

»Scheint so, als wäre ich recht begehrt.« Die Doppeldeutigkeit seiner Worte ist klar.

»Stimmt.«, nicke ich, ohne den Blickkontakt zu unterbrechen.

»Hat es dir gefallen?«

Ich setze das Glas aus dem ich gerade trinken wollte, wieder ab.

»Es ist beeindruckend, wie du dich mit dem Pferd bewegst, wie ihr im Team zusammenarbeitet und trotzdem hatte ich einige Male Angst, dass du verletzt wirst. Ist der Sport nicht ein wenig gefährlich?«

»Verletzen kann man sich überall mein Engel, nicht nur hier. Das kommt natürlich immer wieder mal vor. Aber ganz so dramatisch ist das nicht.«

»Wo sind denn die anderen Spieler?« Möchte ich wissen.

»Die sind noch in den Umkleideräumen. Sie duschen noch und ziehen sich dann um. Dann kommen Sie auch herüber. Bestimmt sind sie gleich da.«

»Und du hast nicht geduscht?«

»Stört es dich, ich wollte so schnell wie möglich wieder bei dir sein, nachdem ich dich hier alleine gelassen habe.«

Ich finde es eher verführerisch, seinen Schweiß auf seinem Körper zu wissen. Am liebsten hätte ich ihn jetzt umarmt. Aber das geht leider nicht.

»Mich stört das überhaupt nicht, Shamar. Im Moment könnte ich dir jeden Tropfen einzeln ablecken.« Blitzschnell verdunkeln sich seine Augen vor Leidenschaft.

»Ma Chére, mache mir nicht solche Angebote, ich könnte sie annehmen.«

»Das, mein Liebster ist kein leeres Angebot.«

Informiere ich ihn mit einem Augenaufschlag.

»Hältst du noch ein bisschen durch, mein Engel? Ich würde gerne noch auf die anderen Spieler warten. Dann können wir uns aus dem Staub machen.«

Ich nicke ihm zu. Tatsächlich dauert es nicht mehr lange, bis die anderen Spieler eintreffen. Auch sie werden mit großem Hallo und freundschaftlichen Schulterklopfen begrüßt. Shamar und ich sind jetzt auch auf dem Vorfeld und haben uns unter das Publikum gemischt.

Er stellt mir verschiedene Leute vor, oder erklärt mir das Who is Who auf dem Platz. Ich werde freundlich begrüßt, was sicherlich eher an Shamars Begleitung liegt. Zwei Getränke und etliche Gespräche weiter verständigen wir uns wortlos auf Abreise. Shamar zückt sein Handy und spricht kurz hinein. Ich vermute er bestellt Ahmad ein, um uns abzuholen. Dann nickt er mir zu und wir beide treten den Rückzug an.

»Jetzt wird ordentlich über uns hergezogen.«, sage ich neben ihm laufend.

»Das wird ganz sicherlich der Fall sein. Mich stört das aber nicht, dich etwa?«

»Nein, im Prinzip nicht, ich möchte nur nicht, dass du irgendwelche Schwierigkeiten bekommst.«

Er runzelt die Stirn. »Schwierigkeiten? Welche denn?«

»Woher soll ich das wissen«, sage ich schulterzuckend, »schließlich kenne ich mich mit den Ansichten und Verhaltensweisen hier nicht aus.«

Shamar dreht sich zu mir um und lacht ein jungenhaftes Lächeln. »Wir sind herrlich unanständig. Aber das stört mich nicht, denn es ist unsere Sache.«

Ich drücke seine Hand und entdecke unser Auto vor dem Eingang. Ahmad steht davor und hält uns die hintere Beifahrertüre auf. Ich steige ein und rutsche wieder durch, um Platz für Shamar zu machen. Dann schließt Ahmad die Türe, geht um unser Auto herum und setzt sich ans Lenkrad. Das Auto ist angenehm kühl und die jetzt wieder eingeschaltete Klimaanlage tut ihr Übriges, um die Hitze draußen zu vergessen.

Shamar legt seinen Arm um mich und auf dem Rückweg tauschen wir innige Blicke und Küsse. Durch die dunklen Scheiben sind wir von Zuschauern draußen und vor Ahmad geschützt.

In unserem Appartement angekommen, fallen wir wie ausgehungert übereinander her. Ich kann es kaum erwarten, Shamar in mir zu spüren und er kann es offensichtlich nicht erwarten endlich in mich einzudringen.

Unsere Klamotten hinterlassen eine Spur von der Tür bis zu unserem Schlafzimmer. Wobei die eine oder andere Wand schon genutzt wird. So wie damals im Fahrstuhl lehne ich mit dem Rücken an der Wand und Shamar streichelt mich, küsst meine Brüste und heizt mich immer mehr an. Bis wir zum Bett kommen, sind wir beide so ausgehungert, dass wir uns sofort vereinigen. Shamar zieht ein Kondom über und versenkt sich unmittelbar tief in mir. Seine Fülle in mir und seine Bewegungen bringen mich sofort zum Höhepunkt. Auch er kommt unmittelbar nach mir. Unser Liebesspiel geht weiter. Er zieht sich aus mir zurück.

Obwohl er gerade gekommen ist, ist er noch so steif, dass er sich das nächste Kondom überzieht. Er sitzt aufrecht im Bett und ich nutze die Gelegenheit, um mich mit gespreizten Beinen auf seinem Schwanz und seinem Schoß niederzulassen. Wir schauen uns tief in die Augen. Wir sind einander so nahe. Seine Arme umfangen mich, während sein Oberkörper meine Brüste berührt und meine Brustwarzen reizt.

Ich versenke meine Hände in seinen Haaren und küsse ihn. Während wir uns nun in einem gemächlicheren Tempo bewegen küssen wir uns immer wieder und schauen uns dabei in die Augen. Diese Nähe und Intimität geht mir weit unter die Haut. In seinen Augen lese ich die komplette Bandbreite seiner Emotionen, ich sehe in ihnen die Reaktion auf jede unserer Bewegung. Seine Lust ist meine Lust. Wir versinken ineinander. Zum Schluss münden wir in einem wundervollen langen und tiefen Orgasmus.

Vollkommen befriedigt liegen wir zusammen auf dem Bett und genießen die süße Schwäche, die sich bei uns eingestellt hat. Nach einiger Zeit verziehe ich mich in Richtung Pool, während Shamar noch mit Raoul telefoniert. Faul döse ich in der Nachmittagssonne. Ich bin kurz eingenickt, als ich vom Wasserplatschen und einigen Wassertropfen geweckt werde.

Shamar ist mit seinen Telefonaten durch und in unseren Pool gesprungen. Ich beschließe, ihm Gesellschaft zu leisten und gemeinsam planschen wir unbeschwert herum. Schließlich setzt sich Shamar tropfnass auf den Beckenrand und schaut mir dabei zu, wie ich mich ihm gegenüber am Beckenrand in der Sonne räkele. Ich bin deutlich mutiger geworden. Seine Wölbung in den Badeshorts als Reaktion auf mein Räkeln ist nicht zu übersehen. Ich finde es herrlich, die Macht darüber zu haben, bei ihm solche Reaktionen hervor zu rufen.

Er schaut mir eine Weile zu und sagt mir dann mit rauer Stimme. »Zieh dich aus, ich will dich nackt sehen.«

Da wir völlig ungestört sind und keine fremden Zuschauer befürchten müssen, bin ich gerne dazu bereit – aber nicht, ohne den Einsatz zu erhöhen.

»Wenn ich nackt bin, dann musst du dich auch ausziehen!« Ich schwimme zu ihm herüber und lasse mir von ihm den rückwärtigen Verschluss meines Oberteils öffnen. Damit es nicht sofort herunter fällt, halte ich es vorne mit einer Hand fest, Shamar will mich zurück halten, doch ich entziehe mich ihm und kehre zu meinem Platz zurück. Die Enden meines Oberteils schwimmen lose neben mir auf dem Wasser. Ich streichle meine Brüste und rutsche mit meinen Fingern unterhalb des Stoffes, der meinen Busen verdeckt.

»Na komm schon, was ist mit dir?« Necke ich ihn. Shamar fixiert mich mit einem Blick, der vor Leidenschaft glüht. Mir wird höllisch heiß obwohl ich im kühlen Wasser bin. Ich gebe mein Oberteil langsam frei und lasse es im Wasser treiben. Meine Brustwarzen sind dunkel und hart. Er hat sie genau im Blick. Ich werde immer mutiger und fahre mit meinen Händen darüber und umschließe mit jeder Hand eine Brust. Zwischen den Fingern lasse ich meine harten und spitzen Brustwarzen hindurch schauen. Shamar schluckt, sein Atem geht schneller. Er macht Anstalten ins Wasser zu gleiten und auf mich zu zu schwimmen.

»Bleib da wo du bist«, warne ich ihn und spritze eine Ladung Wasser mit meinen Füßen in seine Richtung, »hier, das kühlt dich vielleicht ab.«

Grinsend wippe ich ein paar Mal auf und ab und lasse dabei das Wasser meine Brüste umspielen. Hmmmh, es fühlt sich herrlich an! Dann greife ich an mein Bikinihöschen. Ein Blick auf Shamar zeigt mir, dass er fast hechelnd, aber leider immer noch angezogen, auf dem Beckenrand sitzt.

»Wenn du mehr sehen möchtest, mein Schatz, dann hast du zu viel an!«

Mit schnellen Hüftbewegungen zieht er sich ohne zu zögern seine Shorts aus und wirft mir das zusammen geknüllte Bündel zu. Sein Schwanz wirkt wie ein Fahnenmast, der auf Beflaggung wartet.

»Weiter«, sagt er atemlos. Ich drehe mich um und zeige ihm meine Kehrseite. Dann ziehe ich mit langsam schlängelnden Bewegungen mein Bikinihöschen aus, drehe mich wieder um und lasse ich mich ins Wasser sinken. Dort plantsche ich und wippe zusammen mit meinen Brüsten auf und nieder immer wieder ins Wasser hinein. Schließlich tauche ich unter und schwimme unter Wasser auf ihn zu. Beim Auftauchen aus dem Wasser befinde ich mich unmittelbar vor ihm. Ich rücke näher und stehe zwischen seinen Beinen. Sein bester Freund ragt dick und geschwollen vor mir auf. Ich greife auf seine geöffneten Oberschenkel und ziehe mich daran hoch, so dass ich ihn kurz auf seinen Mund küssen kann. Währenddessen gleitet sein Schwanz durch das Tal meiner Brüste. Erst nach unten, dann wieder nach oben um direkt vor meinem Mund zu verweilen. Das bringt mich auf eine Idee….

»Gefällt dir das?« Frage ich ihn unschuldig.

»Das meinst du nicht im Ernst, mein Engel, oder sollte ich besser kleine Hexe zu dir sagen? Was machst du nur mit mir? Komm her, ich will in dir sein und zwar sofort!«

Dabei fasst er mich an meine Oberarme. Wieder entziehe ich mich ihm.

»In mir wirst du sein mein Schatz«, schnurre ich, während ich seinen Schwanz bei jedem meiner Worte sanft küsse. Mehrere klare Tropfen erscheinen auf seiner dunkel gefärbten Eichel. Sein Schwanz sieht aus, als wollte er gleich platzen. Ich lasse meine Zunge langsam über seine Eichel fahren.

»Lehn dich zurück und genieße es!« Ich habe zwar keine Ahnung, wie ich das was ich vorhabe, richtig und gut mache, aber bisher läuft es ausgezeichnet. Derartig ermutigt mache ich weiter. Ich lecke über seine Eichel, dann beginnend von seinem Sack an der Außenlinie seines Schwanzes nach oben.

Weitere Lusttropfen erscheinen. Auch sie schlecke ich langsam ab. Dabei lasse ich meine Zunge vorsichtig in seinen Schlitz gleiten. Shamar stöhnt und sein Schwanz zuckt. Also alles richtig, denke ich mir. Dann nehme ich ihn in den Mund. Mit der Zunge fahre ich an seinem Schwanz entlang und ab und zu im Kreis.

Ich variiere die Tiefe und lecke immer wieder über seine Eichel. Shamar keucht. Dann versuche ich seinen Schwanz so weit wie möglich in meinem Mund aufzunehmen. Er stößt hinten im Rachen an und automatisch muss ich würgen. Ich versuche es mit Schluckbewegungen. Das geht und mein Würgereiz ist weg. Ich bin so mit mir und seinem Schwanz beschäftigt, dass ich erst jetzt höre wie er stöhnt.

»Oh Gott, wenn du nicht aufhörst, werde ich gleich in

deinem Mund kommen, oh Luna«, er hört gar nicht auf zu stöhnen, dabei greift mir ins Haar und drückt meinen Kopf mit seinen Fingern, leicht in einen Rhythmus. Den übernehme ich. Mit einem heiseren Schrei ergießt er sich in meinem Mund.

Heiß und cremig läuft mir ein Spritzer seines Samens nach dem anderen den Rachen herunter und ich schlucke jedes Mal alles herunter. Er schmeckt überraschend gut, würzig und männlich. Ich mag seine Essenz. Sein Orgasmus endet und Shamar schaut mich ungläubig an.

»Woher … ich meine wie … du bist unglaublich!!« Shamar derartig sprachlos zu sehen, macht mich richtig stolz. Da steckt offensichtlich mehr Frau und Sexappeal in mir, als ich für möglich gehalten habe.

»Ich habe es einfach versucht und hatte den Eindruck, dass es dir gefällt. Da habe ich weiter gemacht… « langsam lasse ich mich wieder ins Wasser zurückgleiten.

»Mein Engel, das war absolut unglaublich. Du bist unglaublich!«

Mit den Worten lässt auch er sich ins Wasser gleiten, umarmt und küsst mich. Dann tauchen wir beide nach unseren Textilien und legen uns angezogen zum Trocknen wieder in die Sonne. Die Wärme der Sonne durchströmt mich. Das Gefühl, dem Mann, den ich liebe, einen unvergesslichen Orgasmus beschert zu haben lässt mich wie eine Göttin fühlen. Geht es noch besser? Als die Sonne langsam mit einem atemberaubend farbigen Spiel der Dünen untergeht, sitzen wir zusammen auf einer Liege, seine Arme umschlingen mich und mein Rücken liegt an seiner Brust. Morgen fliegen wir zurück.

10

Vor uns taucht das imposante Gebäude des Burj al Arab auf. Wir sind seit ungefähr 30 Minuten unterwegs. Um neun Uhr wartete der Helikopter bereits auf uns, sodass wir uns schon früh aus unserer Wochenendstimmung verabschieden mussten. Die Landeplattform ragt vor uns wie ein riesiger Teller in schwindelerregender Höhe auf. Mit einem eleganten Schwung hält der Pilot darauf zu und landet dort sicher.

Shamar hilft mir aus dem Hubschrauber heraus. Wir winken dem Piloten nochmal kurz zu, während wir mit unseren Taschen in das Gebäude laufen. Kaum hat Shamar sein Mobiltelefon eingeschaltet, als es auch schon klingelt und von den hinterlassenen Nachrichten brummt. Auf dem Weg in unsere Suite telefoniert Shamar mit Raoul. Er scheint es recht eilig zu haben. Wir erreichen die Zugangstür zu seiner Suite. Nach einem kurzen Zücken seiner Zugangskarte öffnet sich die Tür mit einem leisen Klicken. Shamar steuert direkt auf sein Schlafzimmer zu. Ich folge ihm und schaue zu, wie er ein paar Sachen herauslegt, die er anziehen will. Da ich keinerlei Aufgaben vor mir habe, überlege ich, es mir mit meinem Buch auf der Terrasse gemütlich zu machen. Allerdings komme ich mit meinen Gedanken nicht weit.

»Luna, du hast heute um 14.00 Uhr einen Termin mit Raoul zum Interview.« Teilt mir Shamar mit, während er seine Freizeitkleidung gegen einen Anzug tauscht. Ich bin überrascht, dass ich doch noch für einen Job interviewt werden soll.

»Ohh.«

»Ist dir das nicht recht, Luna? Wir können auch einen anderen Termin vereinbaren, oder es auch ganz sein lassen, wenn du möchtest. Ich hatte nur den Eindruck, dass du genauso behandelt werden möchtest, wie die anderen Gruppenteilnehmer.«

Er lässt die Hände sinken, die soeben an seiner Krawatte zu Gange waren und schaut mich fragend an.

»Nein, Shamar, ich bin nur überrascht. Ich hatte nicht mehr damit gerechnet.« Außerdem, denke ich, warum macht ER das nicht. Er kennt mich doch viel besser als Raoul.

»Wir hatten doch am Freitag darüber gesprochen. Außerdem wäre ich für ein Interview einfach zu voreingenommen und nicht objektiv. Raoul freut sich schon auf dich.«, beantwortet Shamar meine gedachte Frage und verblüfft mich erneut.

Mir gelingt ein vages Lächeln. Deswegen bin ich ja hier, ich hatte mich beworben und wollte einen Job. Jetzt einen Rückzieher zu machen, wäre peinlich. Das sähe so aus, als würde ich mich auf meine Beziehung zu Shamar verlassen und kein Interesse mehr an einer Anstellung haben. Nein, ich will dieses Interview. Zumal das auch ein Schritt in die Richtung ist, um in Shamars Nähe bleiben zu können.

»Nein, mache dir keine Gedanken, Shamar. Ich war wirklich nur überrascht. Wo soll das Gespräch stattfinden?«

Er ist fertig angezogen und steht vor mir. Seine Anzughose sitzt sexy auf der Hüfte; in dem Anzug sieht er zum Anknabbern aus. Ich setze mir gedanklich einen Merker, dass ich ihn unbedingt einmal in diesem Outfit verführen muss.

»Hier in der Suite ist ein Arbeitszimmer, dort könntet ihr euch hinsetzen. Matthew wird es dir zeigen.« Er dreht sich zu mir um und umfängt meine Taille.

»Ist das so für dich in Ordnung?«

Ich nicke. »14.00 Uhr hier. Ist gar kein Problem. Soll ich irgendwas vorbereiten oder präsentieren?«

»Nein«, er küsst mich auf dem Mund »nichts, sei einfach nur du selbst. Raoul ist ein Naturtalent als Interviewpartner, du wirst sehen.«

Er vergrößert den Abstand zwischen uns und als wir nacheinander sein Schlafzimmer verlassen, ist Matthew im Wohnzimmer beschäftigt. Shamar instruiert ihn kurz und verabschiedet sich dann von mir. Ein bisschen wehmütig schaue ich ihm nach. Matthew ist mit dem Blumenarrangement auf dem Esstisch beschäftigt. Ich bitte ihn, mir das besagte Arbeitszimmer zu zeigen. Er geht mir voran und öffnet in der unteren Etage - quasi unter meinem Schlafzimmer eine Türe. Dahinter verbirgt sich ein sehr großes Arbeitszimmer mit einem, durch eine Glaswand getrennten Besprechungsraum. An der Wand des Raumes ist ein großer Flachbildschirm angebracht. Außerdem sehe ich einen Beamer und eine Videokonferenzeinrichtung.

Der Raum lässt sich verschließen, sodass man außerhalb von der Besprechung nichts vernehmen kann. Der Schreibtisch ist sehr groß und verfügt über eine eingelassene Tastatur und einem Bildschirm, der auf Anforderung aus dem Schreibtisch hochfährt. Das Büro verfügt über alle Annehmlichkeiten, die man zum Arbeiten braucht. Drucker, Scanner, Fax sind auf dem neuesten Stand und warten mit einer kleinen gelben Standbyleuchte auf ihren Einsatz. Dem Schreibtisch gegenüber befindet sich eine gemütliche Besprechungsecke mit einer Couch und zwei Sesseln. Hier werde ich mich also mit Raoul zusammensetzen. Ich bedanke mich bei Matthew für die kleine Führung und ziehe mich auf mein Zimmer zurück.

Noch habe ich gut zweieinhalb Stunden Zeit bis zu meinem Gespräch. Trotz alledem bin ich aufgeregt. Ich hatte bis heute, außer bei der Versicherung, noch kein Bewerbungsgespräch. Mir ist nicht klar, wie ein solches Gespräch ablaufen wird und das beunruhigt mich ein wenig. Es wäre mir sehr unangenehm, negativ aufzufallen und eine Absage zu erhalten. Ich schaue mir nochmal in Ruhe meine Bewerbung sowie meine anderen Unterlagen an, die ich für eventuelle Präsentationszwecke mitgenommen habe, und versuche, mich auf das Gespräch vorzubereiten.

Kurz nach 13.00 Uhr mache ich mich frisch und ziehe mich um. Mit einer leichten Hose und Bluse bin ich förmlicher gekleidet als zuvor in Jeans und T-Shirt. Damit fühle ich mich ein wenig sicherer. Matthew hatte angefragt, ob ich etwas essen wollte, aber momentan bekomme ich keinen Bissen herunter. Ich trinke nur Wasser und gehe pünktlich auf die Minute die Treppe zum Wohnzimmer herunter und sehe, dass Matthew zeitgleich Raoul hereinlässt. Im Wohnzimmer gehen wir auf einander zu und begrüßen uns.

»Hallo, Miss Buchholz, wir haben uns ja bei der Präsentation am ersten Abend gesehen. Mein Name ist Raoul Décoste. Raoul – wenn sie mögen.«

Ich bin überrascht. Ich hatte mir die Begrüßung ein wenig förmlicher vorgestellt. Das lässt hoffen.

»Hallo Raoul, dann sagen Sie doch bitte Luna zu mir.« Wir reichen uns die Hand.

»Schön, sie endlich kennenzulernen.« Raoul ist etwas kleiner als Shamar, er hat einen athletischen Körper, dunkle Haare und haselnussbraune Augen. Er trägt eine dunkle Stoffhose und ein Hemd ohne Krawatte. Seine braune Hautfarbe verrät, dass er sich gerne an der frischen Luft aufhält. Er macht einen netten, sympathischen Eindruck auf mich. Wie von selbst, lenken wir unsere Schritte in Richtung Arbeitszimmer. Matthew geht uns voraus und öffnet die Tür. Raoul bedeutet mir, ihm voraus zu gehen. Der Tisch im Besprechungszimmer ist mit einem leichten Lunch eingedeckt. Dort nehmen wir Platz.

Matthew rückt mir den Stuhl zurecht und schließt die Tür des Besprechungsraumes sowie des Büros hinter sich. Jetzt bin ich mit Raoul allein und frage mich, wie ich während eines Interviews auch noch Essen soll. Trotz der lockeren Begrüßung bin ich immer noch viel zu aufgeregt. Erstaunlicherweise entwickelt sich gar kein richtiges Interview.

Raoul spricht mich auf Französisch an. Das hatte ich mehrere Jahre in der Schule und diverse Aufenthalte in Frankreich erleichtern mir eine flüssige Konversation.

Wir reden ganz locker von dem Wetter, dem Mittagessen, dem Hotel und kommen dann zu persönlichen Themen. Wir tauschen uns rege aus. Raoul erzählt mir, dass er aus Toronto stammt und daher sowohl Englisch als auch Französisch spricht. Er ist mit 28 Jahren genauso alt wie Shamar, verheiratet und hat eine kleine Tochter von 2 Jahren.

Ich erzähle ihm auch von meiner Familie, von meiner besten Freundin Susanne und von meinem Leben in München. Während unserer Unterhaltung lockere ich mich zunehmend. Raoul kommt mir immer weniger fremd vor. Wir essen, reden und lachen. Nach über einer Stunde – für mich gefühlte 30 Minuten – lehnen wir uns zurück und beschließen, uns in die gemütliche Sitzecke zu begeben, die gegenüber dem Schreibtisch steht. Matthew klopft kurz an und bringt uns Getränke, die er auf den niedrigen Couchtisch stellt. Neben dem Sessel, auf dem sich Raoul setzt, steht eine schwarze Tasche mit Unterlagen.

Die zieht er nun aus seiner Tasche heraus und legt sie vor uns auf dem Tisch. Wir wechseln vom Französischen ins Englische. Oha, denke ich, jetzt wird's ernst. Doch aufgeregt bin ich jetzt nicht mehr. Raoul hat meine Bewerbung mit meinem Lebenslauf vor sich liegen. Dazu weitere Unterlagen, die mir zwar bekannt vorkommen, welche ich aber im Moment nicht zuordnen kann. Da ich ihm gegenüber sitze, kann ich sie auch nicht lesen. Raoul steht auf und rückt seinen Sessel um den Tisch herum neben die Couch. Er lehnt sich in dem Sessel zurück und blättert nochmal kurz durch die Unterlagen, als ob er darin etwas Bestimmtes sucht.

Dann legt er die Blätter auf den Tisch über meine Bewerbung. Jetzt erkenne ich die Unterlagen. Das sind Teile meiner Abschlussklausur und eine Klausur die ich im vorletzten Semester geschrieben habe. Woher hat er bloß diese Unterlagen? Die Frage interessiert mich brennend und ich kann sie nicht zurückhalten. Raoul grinst spitzbübisch und zieht ein wenig die Augenbrauen hoch.

»Als Förderer der Universität ist es leichter an Unterlagen zu kommen. Da werden dann nicht so viele Fragen gestellt. Außerdem versichern wir absolute Vertraulichkeit.«

Ich hätte mir denken können, dass Geld auch diese Wege öffnet. Ob das bei jedem Bewerber hier gemacht wurde? Aber egal, ich habe nichts zu verbergen. Raoul stellt mir Fragen zu den Klausuren und möchte von mir wissen, wie ich meine Antworten begründe. Er fragt sehr dediziert und plötzlich fühle ich mich wieder wie in meinem Hörsaal versetzt. Heimisch. Ich könnte ihm endlos über die unterschiedlichen Fallenarten – den Erdöllagerstätten im Erdreich – an denen der Wanderungsprozess des Erdöls aus dem Muttergestein entlang poröser Gesteinsschichten unterbrochen wurde - referieren. Ich bin in meinem Element. Raoul hört mir sehr interessiert zu. Hier und da stellt er Fragen und macht sich Notizen.

Er möchte wissen, wie ausgeprägt meine IT-Kenntnisse allgemein als auch speziell bei geo-logischer Fachsoftware sind. Ihn interessieren meine Kündigungsfristen bei der Versicherung, meine Bereitschaft dauerhaft außerhalb von Deutschland zu arbeiten und ob irgendetwas in meiner Person gegen die Ausstellung einer Greencard sprechen würde. Raoul ist freundlich und professionell und ich frage mich, warum ich mich im Vorfeld so verrückt gemacht habe. Er wirft einen Blick auf seine Uhr und bemerkt, dass er sich auf den Weg machen müsse, um an einem Meeting teilzunehmen.

Ich schaue auf die Uhr an der Wand im Besprechungsraum und stelle fest, dass Raoul und ich uns fast drei Stunden unterhalten haben. Ob die anderen Bewerber auch so lange interviewt wurden? Das hätten Raoul und Shamar in den wenigen Tagen der Anwesenheit der anderen Teilnehmer kaum bewältigen können. Wir stehen auf und verlassen das Arbeitszimmer und ich begleite Raoul auf dem Weg zum Aufzug. Der Abschied verläuft fast herzlich. Was für ein seltsamer Nachmittag.

Die Aufzugtüren schließen sich hinter Raoul und ich gehe zurück ins Wohnzimmer. Matthew macht einen sehr beschäftigten Eindruck, eine leichte Röte hat sich auf seinem Gesicht breit gemacht.

»Hallo, Matthew, ist alles in Ordnung? Kann ich Ihnen vielleicht helfen?«

Matthew schaut mich erstaunt an.

»Miss Buchholz, aber nein, bemühen Sie sich nicht. Mister Shalazar informierte mich darüber, dass er heute Abend zurück nach Houston fliegt. Die Entscheidung ist ein wenig kurzfristig und ich muss auf die Schnelle die Abreise koordinieren. Das ist alles.«

Mir wird ganz flau.

»Mister Shalazar reist ab?«

Matthew eilt besorgt auf mich zu.

»Miss Buchholz, geht es Ihnen gut? Sie sind ganz blass!«

Ich nicke ihm zu und beruhige ihn, dass es mir gut geht. Ich laufe die Treppe hoch und habe das Bedürfnis, unbedingt allein sein zu müssen.

Meine Gedanken überschlagen sich. Wird heute schon alles vorbei sein? Muss ich heute auch nach Hause fliegen? War das schon alles? Ich muss mir Mühe geben, nicht in

Tränen auszubrechen. Ich greife zu meinem Handy und überlege, ob ich Susanne anrufen soll. Es ist eine Nachricht für mich eingegangen; sie ist von Shamar.

> *‚Chérie, ich muss heute noch nach Houston zurückfliegen. Ich möchte, dass du mich begleitest. Bitte packe deine Sachen zusammen, ich versuche, gegen 18 Uhr da zu sein.‘*

Ein Stein so groß wie der Mount Everest fällt mir vom Herzen. Unter Tränen lächle ich die SMS an. Er nimmt mich mit. Es ist doch noch nicht vorbei. Da mir bis 18.00 Uhr nur noch eine knappe Stunde bleibt, werfe ich meinen Koffer aufs Bett und fange an, alle meine Sachen ordentlich zusammen zu falten und in den Koffer zu legen. Außer einem Blazer, sind kurzer Zeit alle meine Sachen verpackt. Bleibt noch genügend Zeit, um Susanne kurz zu texten:

> *‚Hallo Suse, hoffe deine Prüfungsvorbereitung läuft gut. Fliege heute Abend mit Shamar nach Houston - freu** Melde mich wieder. Halt die Ohren steif. Luna‘*

Mit meinem Koffer an der Hand, meine Handtasche über die Schulter gehängt und meinem Blazer über dem Arm, verlasse ich mein Zimmer. Langsam gehe ich auf die Treppe zu, um meinen Koffer herunter zu tragen. Wie ein geölter Blitz schießt Matthew aus einem der Zimmer auf dem Flur.

»Um Gottes Willen, Miss Buchholz. Lassen Sie bitte den Koffer stehen. Das Gepäck wird abgeholt. Sie brauchen nichts zu tragen. Lassen Sie den Koffer einfach stehen.«

Bei Matthews Auftauchen habe ich den Koffer neben mir auf den Boden gestellt. Jetzt stelle ich ihn an die Wand, bevor Matthew mir ihn abnehmen kann.

»Danke, Matthew. Dann lasse ich den Koffer hier stehen. Reisen Sie auch ab?«

»Ja, Miss Buchholz, mein Flug geht morgen früh.«

»Das heißt wir sehen uns wieder? Das freut mich sehr Matthew, ich würde Sie nämlich vermissen.«, lächle ich ihn freundlich an.

Matthew lächelt zurück und deutet eine kleine Verbeugung an. Habe ich zuviel gesagt?

»Mister Shalazar wird gegen 18.00 Uhr hier eintreffen. Möchten Sie noch eine Kleinigkeit essen?«

Nein, das möchte ich nicht. Matthew hat genug zu tun und ich möchte ihn nicht zusätzlich zur Last fallen, indem ich noch etwas zu essen bestelle. Daher schüttle ich den Kopf und bedanke mich bei ihm.

Ich lasse ihn wieder allein und wende mich der Treppe zu. Unten mache ich es mir gemütlich und warte auf Shamar. Lange brauche ich nicht zu warten, denn kurz nachdem ich mich hingesetzt habe, geht die Tür auf und Shamar betritt den Raum. Er sieht müde aus.

»Hallo, mein Engel«, begrüßt er mich, während er auf mich zugeht »Wie war dein Tag?«

Es ist so schön, ihn zu sehen. Obwohl es nur ein paar Stunden waren, kommt es mir vor wie eine Ewigkeit, dass ich ihn das letzte Mal gesehen habe.

»Aufregend. Schön, dass du da bist, ich habe dich nämlich vermisst!« Wir gehen aufeinander zu und treffen uns auf dem halben Weg. Sofort ist unsere Magie fast greifbar. Seine Hände umfassen mich und seine warmen Lippen liegen auf meinen. Er schmeckt nach Pfefferminz und Kaffee.

»Hast du meine SMS bekommen? Matthew sagte mir, du wärest noch im Gespräch mit Raoul und ich wollte euch zwei nicht stören.«

Ich nicke an seiner Brust. »Ja, habe ich bekommen und mein Koffer steht oben. Matthew weiß Bescheid. Übrigens, das Gespräch mit Raoul war überraschend entspannt, ich hätte mit einem viel stressigeren Gespräch gerechnet.«

Shamar streichelt mir über den Rücken und ich kann hören wie er lächelt.

»Raoul war ganz angetan von dir. Ich glaube, er hat das Gespräch mit dir genossen.«

Es ist so schön, wieder Shamars Nähe zu spüren. Ich küsse ihn nochmal.

»Kann ich denn so ohne Weiteres mit dir mitkommen? Mein Flug muss doch erst umgebucht werden?«

»Nein, Luna, das ist alles schon lange erledigt. Eine meiner Assistentinnen hat sich schon darum gekümmert. Können wir los?«

Wenige Minuten später sitzen wir in einem riesigen, komplett verdunkelten Geländewagen und fahren in Richtung Flughafen. Ahmad sitzt wieder am Steuer. Am Flughafen angekommen fahren wir zu meiner Verwunderung nicht zur Abflughalle, sondern am Gebäude entlang und durch ein Tor, welches sich vielleicht zweihundert Meter hinter dem Terminal in dem hohen Zaun, der das Gelände umfasst, befindet.

Es geht direkt auf das Flugfeld. Ein Mann in Warnweste und Ohrenschützern winkt uns den Weg mit zwei Kellen, die er in den Händen hält. Wir halten direkt auf ein größeres Flugzeug zu. Es ist schneeweiß und hat am Heck die ineinander verschlungenen blauen Buchstaben SI.

»Damit fliegen wir?« Ich hatte tatsächlich gedacht, wir würden mit einer Linienmaschine, vielleicht sogar in der ersten Klasse fliegen. Aber einen Firmenjet habe ich nicht erwartet.

Shamar nickt. »Das ist am einfachsten so.«

Ich bin ja so blauäugig und unbedarft! Ahmad hält direkt neben der Treppe, die zum Flugzeug hoch führt.

Wir gehen die Treppe zum Flugzeug hinauf und oben wartet eine Stewardess auf uns, die uns freundlich begrüßt. Auf ihrem Revers ist ein Namensschild, auf dem Natascha steht. Direkt hinter der Tür ist ein offener Bereich. Dort sind mehrere Sessel mit Tischen. Die Sessel lassen sich zu Liegen umfunktionieren. Weiter nach hinten durch ist ein kleiner Gang, von dem schmale Türen abgehen.

Wir setzen uns in die Sessel und die Stewardess fragt nach, ob wir vor dem Start noch etwas zu trinken haben möchten. Wir bestellen uns ein Wasser. Draußen höre ich ein paar Minuten später Stimmen und Tritte auf den Stufen. Dann betritt Raoul die Kabine. Er kommt in Begleitung eines respekteinflößenden Beamten an Bord der Maschine.

Der Beamte kontrolliert unsere Ausweise und gibt sie uns nacheinander mit einem freundlichen Nicken wieder zurück. Was für ein Service, als Normalsterblicher stellt man sich geduldig in langen Reihen an, um sein Gepäck abzugeben und die Papiere für die Ausreise prüfen zu lassen. Jetzt sitze ich an Bord eines riesigen Privatflugzeuges und brauche mich um nichts zu kümmern. Anstelle von Schlange stehen, kommt der Beamte zu uns. Wie Geld doch die Welt bewegt, denke ich.

Offensichtlich sind wir jetzt komplett, denn nachdem der Beamte die Maschine verlassen hat, wird die Treppe zurückgezogen und die Tür des Flugzeuges verschlossen. Der Kapitän teilt uns über Lautsprecher mit, dass wir die Startgenehmigung erhalten haben und umgehend starten werden. Kaum ist die Durchsage verklungen, setzt sich die Maschine in Bewegung. Raoul und Shamar unterhalten sich ungezwungen, während ich mich ein wenig krampfhaft an den Lehnen festhalte. Fast erwarte ich, dass der Sessel verrutscht. Aus dem Fenster neben mir sehe ich, dass wir an den anderen Maschinen die am Terminal stehen vorbei rollen und wir uns der Startbahn nähern. Obwohl es noch hell ist, sind die Lichter der Landebahn eingeschaltet und leuchten hell. Was mich wohl in Houston erwartet? Shamar schaut zu mir rüber und reicht mir die Hand.

»Keine Angst, Chérie, es ist alles in Ordnung.« Der

Körperkontakt beruhigt mich ein bisschen. Sanft streicheln seine Finger über meine Hand, während wir auf die Startbahn rollen und direkt durchstarten. Die Triebwerke heulen auf und ich werde wesentlich stärker als bei meinem letzten Flug, in meinen Sitz gedrückt. Binnen kürzester Zeit sind wir in der Luft.

Mit einer eleganten Linkskurve lassen wir Dubai hinter uns. Kaum haben wir unsere Flughöhe erreicht, serviert Natascha ein Abendessen. Kleine Brötchen mit Kräuteraufstrich, gedünsteten Lachs auf Gemüse dabei Salat. Es schmeckt mir ausgezeichnet. Nach dem Essen sitzen wir bei einem Whisky zusammen und unterhalten uns, als würden wir uns schon ewig kennen. Das Gespräch nachmittags mit Raoul bildet die Basis für diesen netten und lockeren Umgang miteinander. Schnell kommen Shamar und Raoul auf die Themen des Tagesgeschäftes. Ich schaue aus dem Fenster in den langsam dunkel werdenden Himmel, während ich meinen Gedanken hinterher hänge. Die beiden unterhalten sich und ich werde immer müder. Irgendwann kann ich ein Gähnen nicht unterdrücken.

»Möchtest du schlafen Luna?« Shamar streichelt mir mitfühlend über den Rücken. Ich nicke.

»Entschuldigst du uns einen Augenblick, Raoul?« Shamar steht aus seinem Sessel auf und hilft mir hoch.

Raoul grinst. »Sicher, Shamar, kein Problem. Ich beschäftige mich in der Zwischenzeit mit MacAllister.« Und hebt dabei sein Whiskyglas mit dem bernsteinfarbenen Inhalt an.

Shamar nimmt mich mit in den hinteren Bereich des Flugzeuges. Er öffnet die Tür, die sich gerade aus im Heck befindet. Dahinter ist ein gemütliches Schlafzimmer mit einem großen und bequemen Bett. Ein komplett eingerichtetes Badezimmer geht von dem Raum ab und bietet alles was man braucht. Ein Schlafzimmer im Flugzeug. Ich bin sprachlos vor Erstaunen. Mir wird einmal mehr deutlich, was für eine Welt ich durch Shamar betreten habe. Das alles ist für ihn absolut selbstverständlich. Für mich nicht.

»Leg dich doch schon mal hin und versuche zu schlafen Chérie. Ich muss noch einige Dinge mit Raoul durchsprechen und komme dann später zu dir. Kommst du damit klar?«

»Kein Problem, Shamar. Ich bin hundemüde.« Mit einem zärtlichen Kuss trennt sich Shamar von mir und lässt mich alleine. Ich gehe ins Bad und finde dort alles vor, was ich brauche. Dann schlüpfe ich unter die Bettdecke und drehe mich auf die Seite. Das gleichmäßige Dröhnen der Triebwerke tut sein Übriges, um mich schnell einschlafen zu lassen.

Irgendwann werde ich wach, als Shamar zu mir ins Bett kommt. Ich liege auf der Seite und er schmiegt sich von hinten an mich an. Er schläft, wie in den vergangenen Nächten auch, nackt. Ich spüre seine Wärme an meinem Rücken. Wohlig räkle und strecke ich mich, dabei reibe ich unbewusst meine Kehrseite an seine Vorderseite.

»Wenn du so weitermachst, Chérie, dann werde ich über dich herfallen.« Raunt er mir ins Ohr. Sofort bin ich hellwach. Ich spüre seinen heißen Schwanz hart und unnachgiebig immer intensiver an meinen Pobacken. Jetzt, wo ich einmal wach bin, bin ich gerne bereit, dieses Spiel fortzusetzen.

Ich bewege und reibe mich weiter an ihm. Jetzt allerdings in eindeutiger Absicht. Shamar greift von hinten um mich und umfängt meine Brüste. Seine Hand schlüpft in mein Nachthemd und verwöhnt mich. Stöhnend spüre ich die Feuchtigkeit, die sich in meinem Schritt bildet. Mein Po liegt nackt vor ihm und mein Nachthemd ist ein ganzes Stück hochgerutscht. Sein harter Penis gleitet an meiner Po Falte entlang, während Shamars warmer Atem schneller kommt und meinen Nacken verwöhnt. Es gefällt mir, wenn er so hinter mir liegt. Die Erinnerung mit Peter steigt kurz auf und verblasst so schnell wie sie gekommen ist. Dies ist etwas völlig anderes. Shamar würde mir niemals Gewalt antun oder mir Schmerzen zufügen, da bin ich mir sicher.Shamar dreht sich kurz um und holt ein Kondom aus dem Nachtschrank. Währenddessen entledige ich mich meines Nachthemdes. Ich nehme ihm die Verpackung aus der Hand und entnehme das Kondom. Mit gespreizten Beinen knie ich über ihm und ziehe ihm das Kondom über. Dabei beobachtet er mich im schwachen Schein der Beleuchtung die unter der Kabinentür hervorkommt.

Ich möchte mich auf ihn setzen und ihn in mir aufnehmen, doch Shamar dreht mich um und zieht mich auf die Knie, er drückt meinen Oberkörper nach unten auf die Matratze. Jetzt ragt meine intimste weibliche Stelle schutzlos vor seinen Augen auf.

Seine Zunge leckt mich und er stöhnt tief und kehlig, als er mich schmeckt. »Du bist so feucht und du schmeckst so gut.«, flüstert er. Sofort ist seine Zunge wieder da und verwöhnt mich. Rasend schnell baut sich der Druck in meinem Unterleib auf, ich will nicht ohne ihn in mir kommen, denn ich weiß, dass ich meinen Höhepunkt, wenn er einmal in Gang gesetzt wird, nicht steuern oder stoppen kann.

»Bitte komm zu mir.«, bettle ich.

»Gleich, mein Engel.«

»Bitte, komm … « Ich stöhne und spüre, wie sich mein Orgasmus heftig in mir aufbaut. »Shamar, ich komme gleich und ich will dich in mir haben.«

»Wenn das so ist … sei dein Wunsch mein Befehl.«

Er richtet sich hinter mir auf und sein Schwanz ist direkt an meinem Eingang. Mit einem tiefen und kräftigen Stoß dringt er in mich ein. Ich kann ihn fast nicht so schnell in mir aufnehmen, weil er so groß ist. Er zieht sich kurz zurück und stößt erneut zu. Er füllt mich komplett aus und mein Orgasmus schlägt über mir zusammen. Ich stöhne laut, als sich meine Muskeln fest um ihn schließen.

Auch Shamar stöhnt. »Oh Gott Luna, du bist so eng und heiß.« Während mein Orgasmus langsam abebbt, kommt Shamar in Fahrt. Er greift nach meinen Armen und zieht sie nach hinten. Mein Oberkörper wird auf diesem Weg in Position gehalten. Er bewegt sich unglaublich erotisch und stößt in verschiedenen Winkeln und Stärke in mich. Mal hämmernd und schnell, mal langsam und genießerisch. Ich spüre, wie mein Innerstes erneut anfängt zu pulsieren.

Shamar muss das auch spüren, denn er stöhnt. »Komm noch mal Luna, noch mal, für mich.«

Ich werde von ihm gehalten, während er schnell und fest Besitz von mir ergreift. Ich wusste nicht, dass man auf Kommando kommen kann, aber unmittelbar nach seinen Worten rollt ein weiterer gewaltiger Orgasmus über mich hinweg.

Während sich meine Muskeln zuckend um ihn schließen kommt auch Shamar heftig zum Höhe-punkt. Wir beide sind völlig außer Atem und fallen schlapp auf das Bett zurück. Sex über den Wolken ist atemberaubend. Schlapp und mit rasendem Puls liege ich neben Shamar. Es dauert etwas, bis ich wieder ruhiger atme und dann im Dunklen übers ganze Gesicht grinse. Der Miles High Club hat ein neues Mitglied – mich.

Shamar entsorgt sein Kondom im Bad und kommt wieder zurück ins Bett. Aneinander gekuschelt schlafen wir ein.

Um 4.30 Uhr Ortszeit kommen wir auf dem George Bush Intercontinental Flughafen in Houston an. Nach über 16 Stunden Flugzeit und einer verschlafenen Zwischenlandung, bin ich gefühlt schon knapp vor dem Mittagessen.

Zwischen Houston und Dubai liegen 9 Stunden Zeitunterschied. Natascha hat uns morgens Croissants und Kaffee an unser Bett gebracht. Dieser Luxus bringt mich immer wieder zum Staunen. Da sitze ich mit Shamar hoch über den Wolken, in einem großen Doppelbett in seinem Flugzeug und bekomme ein Frühstück ans Bett serviert, wie ich es mir nicht besser in einem Hotel hätte wünschen können.

Erst viel später verlassen wir unser Schlafzimmer und treffen auf Raoul, der auf seinem Sessel in der Kabine sitzt und Unterlagen studiert. Er hat in einem der anderen Schlafzimmer übernachtet und begrüßt uns freundlich. Falls er uns gehört haben sollte, verrät er das mit keiner Silbe. Bevor wir uns zu Raoul setzen, zeigt mir Shamar das restliche Flugzeug.

Es gibt neben unserem Schlafzimmer noch zwei weitere. Beide ebenfalls mit einem eigenen Bad. Dann den Wohn- und Arbeitsbereich, in dem wir gestern auch gegessen haben und in dem Raoul gerade über seinen Unterlagen sitzt, daneben befindet sich eine Mini-Küche, die sogar inklusive Backofen eingerichtet ist. Zwischen dem Cockpit und der Küche ist der Crewbereich. Auf Langstreckenflügen so wie diesem, ist eine Ersatzcrew mit an Bord, die die andere Mannschaft bei der Zwischenlandung ablöst.

Aus dem Fenster sehe ich den Flughafen, der hell erleuchtet auf meiner Seite auftaucht. Wir sinken die letzten Meter und setzen sanft auf der Landebahn in Houston auf. Die dunkle Skyline von Houston im Hintergrund, rollt das Flugzeug aus und weiter, auf die für uns vorgesehene Parkposition.

Ich habe mich selten um diese Uhrzeit so ausgeschlafen gefühlt. Tatsächlich habe ich über zehn Stunden geschlafen. Auch Shamar und Raoul machen einen ausgeruhten Eindruck. Wahrscheinlich sind die beiden daran gewöhnt, die Nachtruhe über den Wolken zu verbringen. Die Flugzeugtüren öffnen sich.

Im Gegensatz zu Dubai ist es um diese Uhrzeit empfindlich kühl in Houston. Und das, obwohl wir so weit im Süden sind. Neben dem Flugzeug parkt ein großer Mercedes GL 65 AMG Geländewagen. Er ist riesig. Die Scheiben sind verdunkelt, sodass man nicht in das Innere des Fahrzeuges sehen kann.

Ein Mann in einem dunklen Anzug steigt aus und öffnet die uns zugewandte hintere Fahrzeugtür. Er ist etwas älter als Shamar, ich schätze ihn auf ungefähr 40. Raoul und Shamar begrüßen ihn freundschaftlich und reden ihn mit Kieran an.

Shamar stellt mich ihm vor und ich grüße Kieran ebenfalls per Handschlag. Anschließend steige ich hinter Raoul in den Wagen ein. Dunkles Interieur umgibt mich. Die Limousine hat eine durchgehende Rücksitzbank, in die zwei Sitze geformt sind. Davor befinden sich zwei einzelne Sitzplätze, die in der Mitte einen Durchgang bilden und sich, wie ich feststelle, zusammenklappen und auch drehen lassen.

Raoul setzt sich auf einen der beiden einzelnen Sitze, während ich mich neben Shamar auf die Rückbank setze. Eine Reihe von Bedienelementen sind rechts und links angebracht. Kaum sind wir eingestiegen setzt sich der Wagen fast geräuschlos in Bewegung. Wir verlassen das Vorfeld und fahren zu einem separaten Ausgang. Wieder muss ich meinen Reisepass abgeben. Die Einreiseformalitäten dauern nur wenige Minuten, dann habe ich meinen Reisepass wieder zurück. Raoul und Shamar sprechen leise miteinander, während ich auf der Fahrt die vorbeiziehenden Gebäude und die Landschaft betrachte.

Wir fahren in nördliche Richtung und lassen Houston mit den Hochhäusern schnell hinter uns. Irgendwann biegen wir ab und fahren in ein Gebiet, dass sich „The Woodlands“ nennt. Dann geht es nach links und in einem großen, langgestreckten Bogen folgen wir der Straße. Sie ist gesäumt mit riesigen Villen, welche ein wenig abseits der Straße liegen. Um diese Uhrzeit ist in den Häusern noch alles dunkel. Niemand ist zu sehen, nur ein privater Wachdienst kommt uns mit einem Auto entgegen.

Schließlich biegen wir in den Tranquill Path ein. Hier geht es noch einen Schlag exquisiter zu. Wir biegen links ab, ein elektrisches Tor öffnet sich automatisch. Von der

Straße aus ist nichts zu erkennen. Bäume säumen den Weg zum Haus. Dann fahren wir vor ein großes weißes Gebäude das so aussieht, als wären mehrere kleine Häuser an- und ineinander gebaut worden. Es ist riesig. Mehrere kleine Satteldächer und Giebel sind zu sehen. Auf dem kurzgeschnittenen Rasen befinden sich Beete mit in Form geschnittenen Bäumen und Sträuchern.

Vor dem Haus ist ein Rondell, sodass man bequem zurückfahren kann, ohne drehen zu müssen. Die Auffahrt geht am Haus vorbei, wohin sie führt kann ich nicht sehen, da wir im Rondell direkt vor der Haustüre anhalten. Während Shamar und ich den Wagen verlassen, bleibt Raoul sitzen.

»Raoul wohnt hier in der Nähe und Kieran bringt ihn von hier direkt nach Hause.«, erklärt mir Shamar. Ich verabschiede mich von Raoul, der meine Hand mit beiden Händen umfasst und mich breit anlächelt. Ich verlasse den Mercedes hinter Shamar. Draußen angekommen legt er den Arm um mich. Zusammen gehen wir auf die Haustür zu, die sich wie auf Kommando öffnet. Eine Frau im mittleren Alter steht dort. Obwohl es hier noch so früh am Morgen ist, sieht sie frisch und ausgeruht aus.

»Annie«, Shamar schüttelt ihr die Hand und freut sich offensichtlich sie wiederzusehen »Schön, Sie wiederzusehen. Geht es Ihnen gut?«

Annie ist dunkelblond und hat die Haare hinten hochgesteckt. Blaue Augen schauen mich wach und freundlich an. »Annie, das ist Luna. Sie wird hier wohnen.« Stellt Shamar mich vor.

»Luna, das ist Annie, Matthews Frau und gute Seele des Hauses. Egal was du hast, in Annie findest du die richtige Ansprechpartnerin.«

Jetzt reicht mir Annie die Hand und begrüßt mich freundlich. Der Händedruck ist angenehm warm und zupackend. Sie macht auf mich einen sympathischen Eindruck und mein Bauchgefühl sagt mir, dass ich mit ihr sicherlich gut auskommen werde. Mitten in unserem gegenseitigen Begrüßen und Vorstellen knurrt mein Magen mit deutlicher Vehemenz. Shamar und Annie schauen mich beinahe erschrocken an. Ich kann nichts dafür, schließlich ist es in Dubai schon Zeit fürs Mittagessen und ich habe gerade mal ein Frühstück auf.

»Annie, könnten Sie uns etwas zu essen zaubern? Ich glaube Luna kommt um vor Hunger.«

Sie lacht mich herzlich an. »Aber sicher doch, haben Sie einen bestimmten Wunsch?«

»Könnte ich vielleicht etwas Warmes haben?« Frage ich etwas verlegen.

»Kein Problem, Miss Luna. Ich bereite schnell etwas zu. In 15 Minuten ist alles fertig.« Damit dreht sie sich um und entfernt sich.

»Möchtest du in der Zwischenzeit das Haus sehen, Chérie?« Bei der Größe des Hauses würde ich mich nicht wundern, wenn die Besichtigungstour länger als 15 Minuten dauert, aber ich brenne vor Neugier, mir Shamars Zuhause anzusehen.

Ich nicke. »Ja, das würde ich sehr gerne, Shamar.«

Grinsend nimmt er mich an die Hand und beginnt mit der Führung. In den 15 Minuten eilen wir förmlich im Laufschritt durch das Haus. Ich Zähle 6 Schlafzimmer und genauso viele Badezimmer, eine Bibliothek, Wohn- und Essbereich, ein Arbeitszimmer und einen Fitnessraum mit Blick in den Garten, sogar ein orientalisches Dampfbad, welches neben dem Fitnessraum liegt sowie zwei Appartements. Das Größere ist für Matthew und Annie, das Kleinere für Kieran. Die Appartements betreten wir nicht, er zeigt mir den Durchgang zu dem kleinen Treppenhaus von dem die Appartements abgehen.

Hinter dem Haus ist eine riesige Terrasse mit einem großzügigen Pool, der zum Teil überdacht ist. In diesen Breitengraden lohnt sich ein Pool sicherlich mehr, als bei mir daheim, denke ich. Hinter dem Pool fängt der Garten an, dessen Ende aber nicht zu sehen ist, da dichte Büsche den Pool vom übrigen Garten abgrenzen. Alles in dem

Haus ist groß, hell und luftig. Einzig die Bibliothek fällt mit dem gediegenen englischen Stil mit den dunklen Holzschränken aus dem Rahmen. Schwere dunkle Ledersessel laden dort zum Verweilen ein. So habe ich mir immer ein Herrenzimmer vorgestellt. Shamars Schlafzimmer beeindruckt mich am meisten. Ein Bett in Übergröße mit Holzpfosten dominiert den Raum. Halbdurchsichtige bodenlange Vorhänge bewegen sich leise in dem Luftzug, der vom geöffneten Fenster eindringt.

Das Badezimmer ist direkt vom Schlafzimmer aus zugänglich. Eine schneckenförmige Dusche steht als gläserner beleuchteter Raumteiler in der Mitte und trennt das restliche Badezimmer vom Schlafzimmer ab. Vom Bett aus hat man so die Möglichkeit einen Blick auf den Duschenden zu erhaschen. Links von der Dusche ist eine Schiebetür die man zuziehen kann damit das Badezimmer vom Schlafzimmer zu trennen, sollte ein wenig mehr Privatsphäre von Nöten sein.

Es gibt einen begehbaren Kleiderschrank, der Shamars Kleidung beherbergt. Ich konnte mir zuvor nicht vorstellen, wie man so viel Platz nur für ein Schlafzimmer erübrigen kann. Jetzt kann ich das problemlos. Platz ist hier mehr als genug.

Schließlich kehren wir zurück zum Essbereich, wo Annie bereits eingedeckt hat. Wir setzen uns an den Tisch und fast sofort erscheint sie mit einer Platte Rührei, dazu Schinken, Toast, Tomaten und verschiedenen Getränken. Wie auf Kommando meldet sich mein Magen wieder und wir beide greifen mit großem Appetit zu.

»Du isst Schinken?« Frage ich erstaunt.

»Du meinst, es ist Schweinefleisch?«

Kauend nicke ich.

»Das ist kein Schweinefleisch. Alles was du vom Schwein kennst, gibt es auch vom Rind.«

Mir war der etwas unterschiedliche Geschmack aufgefallen, doch ich habe das auf eine mögliche andere

Zubereitungsart geschoben. Jetzt weiß ich, dass es am Rindfleisch liegt. Shamar lässt sein Besteck sinken und hält inne.

»Schmeckt es dir nicht?«

»Mir schmeckt es ausgezeichnet. Ich dachte nur daran, dass du mir erzählt hast, dass du ein Kind zweier Welten bist. Deswegen die Nachfrage.«

Er lächelt belustigt. »Na wenn das so ist, Luna, dann greif ruhig zu.« Nach einiger Zeit lehne ich mich vollkommen gesättigt zurück und genieße den restlichen Kaffee aus meiner Tasse. Shamar ist ebenfalls mit seinem Essen fertig.

»Ich müsste gleich noch ein paar Anrufe machen. Willst du dich noch ein bisschen umschauen?«

»Ja, das würde ich gerne, du warst vorhin so schnell unterwegs, dass ich mir das alles noch mal in Ruhe anschauen möchte.«

Er nickt und steht auf. Mit einem Kuss trennen wir beide uns. Ich kann mir schon denken, dass man in seiner Position viel Arbeit hat und ich möchte ihm garantiert nicht im Wege stehen. Also mache ich mich auf dem Weg und schaue mir die Zimmer nochmal in Ruhe an. Die Schlafzimmer sind alle in der oberen Etage.

Der Flur ist verwinkelt und es gibt mehrere Flügel. An den hellen Wänden hängen diverse Bilder und große Pflanzen stehen in den Winkeln des Flurs. Einige der Schlafzimmer haben sogar einen kleinen Balkon. Die Betten sind mit einer Plastikfolie abgedeckt. Jedes Bad ist großzügig mit Dusche und Badewanne ausgestattet.

Wieder unten angekommen gehe ich in den Fitnessraum. Der ist komplett ausgestattet. Laufband, Fahrrad, Cross-Trainer, die verschiedenen Geräte für Muskeltraining, alles ist da. In einem Schrank liegen frische Handtücher, die man nach Bedarf nutzen kann. Neugierig wandere ich weiter in die Dampfsauna.

Der Raum ist warm aber nicht für ein Dampfbad aufgeheizt. Eine kreisrunde Nische mit Sitzbank aus

Marmor ist direkt vor mir. Rechts daneben ein Podest. Zwei Waschbecken mit Wasserhähnen und mehreren Silberschalen sind in dem Raum. Den Abschluss bildet eine große begehbare Dusche. Auch in diesem Raum gibt es einen Schrank mit Handtüchern und verschiedenen Pflegeutensilien.

Genau wie Shamar, ist das Haus ein Ergebnis aus zwei Welten. Amerikanische Bauweise mit dem Flair des Orients. Ein Haus zum Wohlfühlen. Ich gehe den Weg zurück und gelange in die Küche. Dort ist Annie damit beschäftigt, das Geschirr in die Spülmaschine einzuräumen.

Auch die Küche ist sehr groß und geräumig. Eine Kochinsel mit olympischen Ausmaßen steht in der Mitte. Es gibt eine Theke mit Barhockern, an denen man sich hinsetzen kann. Die große Fensterreihe gibt den Blick auf die Auffahrt frei.

»Hallo, Miss Luna, kann ich irgendwas für Sie tun?« Sie unterbricht das Einräumen und kommt auf mich zu.

»Nein, eigentlich nicht. Ich schaue mich nur im Haus ein wenig um. Es ist wunderschön.«

»Ja, das ist es.« Lächelt sie. »Möchten Sie noch einen Kaffee oder einen Orangensaft?«

»Nein danke, Annie, ich mache mich mal auf die Suche nach Shamar.«

»Sie finden ihn in seinem Arbeitszimmer. Wenn Sie hier rausgehen am Ende des Flures auf der rechten Seite.« Ihre Hände begleiten gestikulierend die Wegbeschreibung.

Ich danke ihr nochmal und mache mich auf den Weg. Tatsächlich sitzt Shamar in seinem Arbeitszimmer am Schreibtisch. Sein Laptop ist aufgeklappt und er tippt gerade etwas ein. Als ich eintrete, winkt er mir zu und bedeutet mir, näher zu kommen.

»Komm her, Chérie, ich schreibe gerade an einer Email.«

Derartig aufgefordert, komme ich näher und schaue mich in dem Zimmer um. Hier dominieren dunkle Farben und Chrom. Ein typisch männliches Zimmer, finde ich. Ich gehe auf ihn zu und trete hinter ihn. Er schreibt immer noch. Während ich seinen gesenkten Kopf von hinten betrachte kann ich nicht widerstehen, meine Hände über seine Schultern, den Nacken in sein Haar gleiten zu lassen.

Zärtlich küsse ich seinen Nacken. Er schließt die Augen und genießt meine Berührungen.

»Egal, die Mail kann warten«, murmelt er und dreht den Stuhl zu mir um. Immer noch stehend stütze ich mich auf seinen Armlehnen auf und küsse ihn auf den Mund. Unter den Armlehnen fühle ich die kleinen Einstelltaster, mit denen die Armlehnen in der Höhe eingestellt werden. Das bringt mich auf eine Idee. Ich drücke auf die beiden Taster und lasse mit einer Bewegung, die Armlehnen ganz nach unten gleiten. Erstaunt zieht Shamar die Augenbrauen hoch.

»Was hast du vor Luna?«

»So komme ich besser an dich ran, mein Schatz«, antworte ich leise an seinen Lippen.

Tatsächlich gelingt mir mein Vorhaben. Indem ich ein Bein über seine Beine schwinge, kann ich mich direkt auf seinen Schoß setzen. Keine 5 Zentimeter liegen zwischen unseren Gesichtern. Daran, dass sich Shamars Augen schlagartig verdunkeln, erkenne ich, dass ihm das offensichtlich gefällt.

Ich mag es, die Initiative zu ergreifen, denn das Zusammensein mit Shamar macht mich süchtig nach mehr. Langsam knöpfe ich sein Hemd auf, während ich ihn weiterhin küsse. Er lässt sich das gerne gefallen und seine Hände verschwinden unter meiner Bluse. Er öffnet meinen BH und verschafft sich von vorn den Zugang zu meinen Brüsten. Sein Mund spielt mit meinen Brustwarzen und seine Zähne knabbern genüsslich an mir herum. Es ist, als gäbe es eine direkte Verbindung von meinen Brustwarzen zu meinen inneren Muskeln, die sich für die nächste Runde schon mal warm machen.

»Was machst du nur mit mir, mein Engel?«, stöhnt er.

»Wonach sieht es denn aus?«, frage ich herausfordernd zurück. Meine Hände streicheln seine nackte Brust unter dem Hemd und meine Finger finden seine harten kleinen Brustwarzen. Mutig kneife ich sie sanft. Er stöhnt und seine Augen werden noch einen Tick dunkler. Mit mir auf dem Schoß steht Shamar aus dem Bürosessel auf. Er positioniert mich ein Stückchen höher auf seine Taille und ich schließe meine Beine fest um ihn. Küssend und lachend trägt er mich, so wie wir gerade sind, die Treppe hoch in sein Schlafzimmer.

Unterwegs befreie ich ihn von seinem Hemd, das irgendwo auf der Treppe landet. Meine Bluse folgt seinem Hemd nur wenige Stufen später. Anschließend folgt mein BH, der auf dem oberen Treppenpfosten landet. Während wir uns küssen betritt er das Schlafzimmer und schließt die Türe hinter uns. Dann lässt er mich auf den Boden hinab. Sobald ich stehe, mache ich mich an seiner Hose zu schaffen. Während ich sie öffne, küsse ich seine glatte braune Brust, unter der die Muskeln sich straff abzeichnen. Mein Mund findet seine Brustwarzen. Ich nehme sie zwischen meinen Zähnen und erhöhe sanft den Druck dazwischen. Shamar zieht die Luft scharf ein.

»Süße, du bist echt ein Naturtalent.«, stöhnt er, während er den Kopf zurück wirft.

Ich wandere hoch und bedecke seine Schultern und seinen Hals mit kleinen Küssen und Bissen. Nur ganz leicht, so dass keine Spuren zurückbleiben. Meine Hose liegt genau wie jetzt auch seine, zusammengefallen auf den Füßen. Er hebt mich an und steigt aus seiner Kleidung, die auf dem Boden liegt heraus. Sanft hebt er mich hoch und legt mich auf das riesige Bett. Dann gesellt er sich zu mir. Wir küssen und streicheln uns gegenseitig. Er wandert tiefer und vergräbt seinen Kopf zwischen meinen Schenkeln. Seine Zunge spielt mit meinem Kitzler und gleitet immer wieder sanft und nass darüber. Bei seinem Tempo halte ich das nicht lange aus. Wie ein Tsunami rollt ein heftiger Höhepunkt über mich hinweg. Doch Shamar hat mir noch mehr zu geben. Er leckt die Feuchtigkeit, die sich in meiner Spalte gesammelt hat auf und lässt seine Zunge in mich gleiten. Ich will ihn in mir haben und bewege mich unruhig. Schon ist er wieder bei meinem Kitzler und verwöhnt mich erneut.

»Bitte«, stöhne und keuche ich atemlos, »komm zu mir.«

»Nein mein Engel, das geht nicht.«

Das geht nicht? Wieso nicht?

»Warum, was ist los?« Verwirrt komme ich hoch und stütze mich auf meinen Ellenbogen ab.

Er hört auf, meinen Kitzler zu verwöhnen und kommt zu mir hoch. »Weil ich keine Kondome hier habe. Ich bin auf dich nicht eingerichtet gewesen.«

»Hast du denn nirgendwo eines, vielleicht in einem deiner anderen Schlafzimmer?« Ich bin durcheinander, wieso hat er hier keine Kondome? So ein Mist, ich hätte ihn so gerne in mir gespürt.

Er schüttelt den Kopf.

»Nein, da ist nichts. Du bist die erste Frau hier in meinem Schlafzimmer.«

Was? Das kann ich kaum glauben. Jemand wie Shamar hatte doch sicherlich die eine oder andere Beziehung. Tausend Dinge gehen mir durch den Kopf.

»Eine Premiere für dich?« Frage ich ihn und stütze meinen Kopf auf die Hände. Das bringt mich für einen Moment aus meiner Stimmung.

»So gesehen, ja.« Auch er stützt seinen Kopf auf. So liegen wir beide einander gegenüber in fast identischer Position. Er küsst mich zurück.

»Dann bist du zur Abwechslung auch mal mit den Premieren dran, gut zu wissen, dass ich nicht alleine bin.« Necke ich ihn an seinen Lippen.

Warum auch immer keine Frau vor mir hier war, es tut gut zu wissen, dass ich die Erste bin, die das Bett, sein Bett, mit ihm teilt. Dieser Gedanke beflügelt meine Lust aufs Neue. Ich küsse ihn und lasse meine Hände über seine Haut und seinen Bauch streichen. Mutig wandere ich tiefer. Das Lächeln verschwindet aus Shamars Gesicht und macht dem Ausdruck von Lust Platz. Er will mich genauso wie ich ihn.

Unsere Körper sind ineinander verschlungen und wir streicheln uns gegenseitig. Noch einmal beschert mir Shamar einen wunderbaren langen Orgasmus. Er ist übererregt, sein Penis ist riesig und ragt steil vor mir auf. Die Eichel ist dunkelviolett. Einige klare Tropfen haben sich von seiner Schwanzspitze gelöst und fließen wie Tränen an seinem Schaft entlang.

Sie gehören mir, ich beuge mich vor und lecke jeden einzelnen Tropfen ab. Er stöhnt tief und kehlig, die Augen geschlossen. Es erregt mich nach wie vor jedes Mal, wenn ich sehe, welche Reaktionen ich mit meinem Handeln bei ihm auslöse. Ich fühle mich attraktiv, unwiderstehlich und sexy. Vorsichtig nehme ich seinen Schwanz in den Mund und erkunde mit meiner Zunge seine Spitze und den kleinen Schlitz. Wieder lösen sich einige Tropfen von ihm, die ich aufschlecke. Meine Hand umfasst seinen Schaft damit massiere ich ihn im gleichen Rhythmus, wie ich ihn auch in meinem Mund aufnehme. Erst langsam, dann immer schneller. Seine Hüften bewegen sich rhythmisch mit. Eine dünne Schweißspur hat sich in der Rille zwischen seinen Brustmuskeln gebildet.

Er verliert jegliche Zurückhaltung und stößt tief und zuckend in meinen Mund. Laut aufstöhnend ergießt er sich wenige Augenblicke später. Ich nehme jeden Tropfen den er mir gibt und lasse mich anschließend neben ihn niedersinken. Hektisch atmend liegt er neben mir auf dem Bett und kommt langsam wieder zur Ruhe.

»Du bist unersättlich, Chérie.«, flüstert er mir ins Ohr.

»Du nicht weniger, mein Schatz.«, flüstere ich zurück.

Nach einer Weile stehen wir auf und duschen gemeinsam in der riesigen Dusche. Wir schäumen uns gegenseitig ein, lachen und necken einander. Ich bin seit langer, langer Zeit in meinem Leben rundherum glücklich.

Mir ist klar: Ich habe mich rettungslos und unwiderlegbar in Shamar verliebt. Dass das so ist, ist mir bereits seit unserem ersten Abend nach dem Meeting im Burj al Arab klargeworden. Auch wenn ich ihn damals abgewiesen und jegliches Interesse abgestritten habe, hat er mir vom ersten Augenblick unserer Begegnung gefallen und meine Aufmerksamkeit geweckt. Jetzt fühle ich mich so frei und offen, wie ich es seit Ewigkeiten nicht mehr war.

»Was ist los, du wirkst abwesend.« Shamar betrachtet mich forschend. Ich lasse mein Handtuch, mit dem ich mich abtrockne, sinken. Röte strömt mir ins Gesicht. Ich muss es ihm sagen. Ihm sagen, was ich empfinde. In mir wächst das Gefühl, nicht mehr eine Minute damit leben zu können, es ihm nicht gesagt zu haben.

»Shamar, ich liebe dich« Meine Stimme klingt leise. Ich fühle mich unglaublich verletzlich, was ist, wenn es ihm nicht so geht? Sagt man das überhaupt einfach so? Hätte ich warten müssen? In Situationen wie diesen, wünsche ich mir sehnlichst ein bisschen mehr Erfahrung.

Seine Reaktion auf mein Geständnis ist für mich unerwartet, aber sehr willkommen und erleichtert mich zutiefst.

»Luna! Ich habe mir so sehr gewünscht, dass du so für mich empfindest. Wie soll ich es dir erklären? Ich liebe dich! Ich liebe dich schon, seit dem ich dein Foto gesehen habe. Dass es dir umgekehrt ebenso geht, ist wie Geburtstag und Weihnachten auf einen Tag.«

Shamar steht vor mir. Wir sind beide nackt und halb abgetrocknet. Er umrahmt mit seinen Händen meinen Kopf und küsst mich unendlich zärtlich. Seine Augen sind geschlossen und er hält mich fest, als wollte er mich nie mehr loslassen.

»Ich liebe dich.«, wiederholt er.

Ich nehme seinen Kopf in meine Hände, so wie er das soeben mir mit gemacht hat und schaue ihm in seine dunklen Augen. »Ich werde dich immer lieben.«

Es ist wie ein Schwur, den wir uns gegenseitig leisten.

Nichts, nicht einmal Kleidung steht zwischen uns. Das geht mir richtig unter die Haut. Wir küssen uns erneut und sein bester Freund reckt sich vorwitzig. Wie auf Kommando schauen wir beide darauf, dann wieder gegenseitig in die Augen und müssen lachen.

»Wir sollten schauen, dass wir das Thema Verhütung unbedingt angehen« grinst er mich an, »wenn du nichts dagegen hast, könnte Raouls Frau Mayenne dich untersuchen. Sie ist die leitende Gynäkologin am Memorial Hermann in Houston. Vielleicht kann sie heute nach dir schauen. Was meinst du?«

Mir ist es einerlei, ich kenne ja sowieso niemanden hier. Eine Frau ist mir auf jeden Fall lieber als ein Mann. Daher nicke ich zustimmend. »Ja, gerne.«

»Komm, lass uns anziehen und dann schaue ich mal, ob ich sie erreiche.«

Wir trocknen uns ab und gehen zurück ins Schlafzimmer. In dem begehbaren Kleiderschrank finde ich meine Anziehsachen fein säuberlich aufgehängt und gefaltet. Shamar zieht sich eine Jeans und T-Shirt über und sieht damit zum Anbeißen aus. Ich liebe es, wenn ihm seine schwarzen Haare so sexy über die Stirne fallen und die Haut zwischen Jeans und T-Shirt bei seinen Bewegungen blitzt. Schnell suche ich mir frische Klamotten heraus und ziehe sie über. Währenddessen hat sich Shamar wieder auf den Weg in sein Arbeitszimmer gemacht. Nachdem ich mich angezogen habe, folge ich ihm. Er telefoniert mit Raoul. Ich könnte mich hinsetzen und ihn einfach nur anschauen. Alles an ihm ist … sexy. Er beendet das Gespräch und sagt: »Komm her, Chérie.«

Ich komme zu ihm. Da die Armlehnen immer noch unten sind, setze ich mich wie vorhin, rittlings auf seinen Schoß.

»Mayenne kommt heute Abend gegen 19 Uhr vorbei und wird dich untersuchen. Dann könnt ihr alles Weitere miteinander besprechen.«

»Das ist ja prima, dass das so schnell klappt!«, antworte

ich. Ich bin neugierig auf Raouls Frau, sodass ich mich auf meinen Termin alleine schon deswegen freue.

»Übrigens, Raoul sagte mir, dass er dich gerne in unserem Projektteam zur Erschließung neuer Ressourcen eingliedern möchte.«

Hoppla, das ist ein Jobangebot. Ob ich das nur wegen Shamar bekommen habe, schießt es mir durch den Kopf.

»Oh, danke« ich küsse ihn auf den Mund »habe ich das dir zu verdanken?«

Er lehnt sich zurück und bringt ein wenig Abstand zwischen uns. »Nein, Chérie, dass hast du nur dir alleine zu verdanken. Wie ich schon sagte, bin ich nicht objektiv genug, um dir einen Job anzubieten, der zu dir passt. Deswegen hat sich Raoul mit dir unterhalten. Er sagte mir, dass ihr euch genau über diese Themen sehr eingehend unterhalten habt.«

»Das stimmt. Aber erst später.«

»Ich weiß, Luna. Der erste Teil des Gespräches diente dazu, dass du locker wirst und er dich besser einschätzen kann.«

»… und der zweite Teil, um zu erfahren, wo meine Stärken liegen… «

»Richtig. Wir können dich dort wirklich gut gebrauchen. Und das hat nichts damit zu tun, dass du mit mir zusammen bist.«

Ich runzle meine Stirn ein wenig, weil ich gerade daran denke, was alles für eine Arbeitserlaubnis erforderlich sein wird. »Wie geht es denn jetzt weiter? Ich brauche doch sicherlich eine Arbeitserlaubnis… oder?«

Shamar nickt. »Das wird Raoul mit dir besprechen. Ich nehme dich morgen mit ins Büro. Da kannst du alles in Ruhe angehen.«

»Wow, ich habe einen Job! Ich habe einen richtigen Job! Danke, Shamar!« Ich umarme und küsse ihn. Meine Freude über dieses Angebot kann ich nicht verstecken. Nach der letzten Klausur hatte ich mehrere Bewerbungen versendet. Eine war an Shalazar Industries gegangen, der

Rest an europäische Unternehmen. Zwei Absagen kamen nach kurzer Zeit zusammen mit meinen versendeten Unterlagen wieder zurück. Alle anderen Unternehmen haben nichts von sich hören lassen. Ich glaube Shamar, wenn er sagt, dass es Raouls Entscheidung war, mir einen Job anzubieten. Für Shamar ist es finanziell gesehen sicherlich nicht wichtig, ob ich arbeite oder nicht. Aber für mich ist es wichtig, mein eigenes Geld zu haben, um mir ein Stück Selbständigkeit zu bewahren. Wer hätte gedacht, dass sich die Dinge so entwickeln..

11

»Ich hätte da noch was« Shamar grinst mich bubenhaft an.

»Ja?« Überrascht schießen meine Augenbrauen in die Höhe. Meine ungeteilte Aufmerksamkeit gehört ihm.

»Komm mal mit, ich muss dir was zeigen.« Ich steige von ihm herunter und er zieht mich mit sich, als er auf die Sitzecke zugeht.

»Setz dich Chérie.« Gehorsam setze ich mich in einen Sessel und schaue ihn abwartend an. Er geht zum Sideboard und nimmt einige Kartons, die dort gestanden haben, herunter.

»Das ist für dich. « Mit diesen Worten reicht er mir einen Blackberry Z10 mit Touchscreen an. »Ich weiß dass du ein Mobiltelefon hast, aber das ist für die USA nicht geeignet. Du kannst hier nicht damit telefonieren. Mit dem Gerät,« er nimmt es in die Hand und hält es mir hin, »bist du überall auf der Welt erreichbar. Du kannst damit deine Emails abrufen oder auch ins Internet gehen, ohne irgendwelche Einschränkungen.«

Dass ich mit meinem Telefon hier gar nicht telefonieren kann, hatte ich nicht bedacht. Ich hätte Susanne nicht wie versprochen anrufen oder texten können. Das ist wahnsinnig lieb von ihm. Doch bevor ich noch irgendetwas sagen kann, gibt er mir das nächste Teil an. Es ist ein Ultrabook komplett aus Aluminium. Kühl, leicht und flach liegt es in meinen Händen.

»Das hier ist ebenfalls für dich. Ich habe nicht gesehen, dass du eines dabei hattest und ich wollte sichergehen, dass du jederzeit auf einen Rechner zurückgreifen kannst. Eine Karte ist bereits eingebaut, du brauchst nur auf dieses Symbol zu klicken« er hebt den Deckel des Ultrabooks hoch und es erwacht sofort vollkommen geräuschlos aus seinem Schlaf. Er zeigt mir das Symbol auf dem Desktop des Rechners.

Ich bin hin und weg. Erstens bin ich nicht daran gewöhnt, so viel geschenkt zu bekommen und zweitens hat er meine Bedürfnisse erkannt, noch bevor ich sie formulieren konnte. Ich umarme ihn und weiß nicht, was ich sagen soll. Tränen stehen mir in den Augen. Er sieht sie und küsst sie mir sanft und unendlich liebevoll weg.

»Danke Shamar, ich danke dir! Ich weiß gar nicht, was ich sagen soll ...«.

»Nimm es Luna, ich weiß, du kannst es gebrauchen und ich freue mich, wenn du dich freust!«

Den Nachmittag über beschäftige ich mich mit meinem neuen Equipment. Ich schaue nach meinen Emails, pflege Kontakte und Links in den Rechner und in mein neues Handy ein. Da Deutschland sieben Stunden in der Zeit zurückliegt, warte ich ab, bis ich Susanne wieder anschreibe. Ich teile ihr meine neue Handynummer mit und kündige ihr eine E-Mail an. Ich muss mich einfach irgendwie - und wenn es per Mail ist - mit ihr austauschen.

Kurz vor neun Uhr sitzen wir am nächsten Morgen in dem Mercedes und fahren in Richtung Houston zu Shamars Firmengebäude. Shamar telefoniert und ich sitze daneben und schaue mir die Umgebung an. Gestern Morgen sind wir einen Teil der Wegstrecke vom Flughafen aus entlang gefahren, doch nun geht es in einen anderen

Stadtteil, der ziemlich entgegengesetzt des Flughafens ist. Vor einem großen Gebäude halten wir an.

Kieran öffnet uns die Türen. Das Gebäude glänzt schwarz und Silber in der Morgensonne. Von unten betrachtet, ist es riesig groß. Die Türen aus schwarzem Glas gleiten automatisch zur Seite und wir laufen auf den angenehm klimatisierten Empfangsbereich zu. Hinter dem Tresen sitzen zwei Damen in einem dunkelblauen Kostüm. Sie sehen sehr elegant aus. Unisono sind sie auf Shamar fixiert.

»Guten Morgen, die Damen«, grüßt er die beiden, »ich möchte, dass Sie Miss Buchholz mit allen Zugangskarten versehen. Top Level. Falls Sie Rückfragen haben, wenden Sie sich bitte an Mr. Décoste.«

Beide nicken Shamar diensteifrig zu. Ich werde neugierig beäugt. Mit einem »Danke« entschwindet Shamar in Richtung der Aufzüge. Ich folge ihm, amüsiert darüber, dass den beiden Damen bei Shamars Anblick offenbar genauso wie mir das Wasser im Mund zusammenläuft. Der Unterschied ist, ich darf ihn haben, und die beiden nicht.

Wir fahren in die dreißigste und damit oberste Etage. Im Spiegel des Aufzuges betrachte ich mich verstohlen, wie ich neben ihm stehe. Gott sei Dank hatte ich noch einen Rock mit Bluse und einen passenden Blazer im Gepäck. Ich hätte sonst heute Morgen nichts Passendes zum Anziehen gehabt.

Mein Blick wandert weiter und ich mustere Shamar in dem Spiegel. Er trägt einen dunkelblauen Nadelstreifenanzug, ein weißes Hemd und eine passende blaue Krawatte. Die Hose spannt sich über seine Hüften und ich würde nur zu gerne auf Tuchfühlung mit ihm gehen. Der Anzug wirkt elegant und doch sportlich. Dann denke ich an gestern Abend. Mayenne kam um kurz nach sieben an. Ich fand sie sofort sympathisch. Sie ist klein, zierlich, hat wuschelige kurze braune Haare und kaffeebraune Augen. Während sie mich untersuchte, erzählte Sie mir, dass sie schon ganz gespannt darauf gewesen sei, endlich die Frau kennenzulernen, die Shamar aus der Reserve gelockt hat. Ich sei die erste Frau in Shamars Leben, die sie kennenlernt. Raoul hätte ihr bereits von mir erzählt. Mayenne hat mir dann die Pille verschrieben, die ich ab dem ersten Tag meiner nächsten Monatsblutung einnehmen sollte. Obwohl Mayenne und ich uns erst kennengelernt haben, haben wir uns gestern fast eine Stunde unterhalten. Mayenne und Raoul sind ein tolles Paar und ich finde, sie passen wunderbar zusammen. Sie sind beide furchtbar nett. Zum Abschied haben wir einander sogar umarmt. Heute ist Mittwoch. Für das Wochenende erwarte ich meine Periode. Danach ist das lästige Kondomüberziehen Geschichte. Ich muss grinsen. Schön, dass ich Shamar dann ohne irgendetwas dazwischen spüren kann. Meine inneren Muskeln antworten darauf. Die finden es offensichtlich auch besser.

»Woran denkst du gerade?« Shamar schaut mich im Spiegel des Aufzuges an.

»Daran, dass ich dich bald nicht mehr mit einem Kondom teilen muss.« Gebe ich seinem Spiegelbild zurück.

Er dreht sich zu mir um. Die Augen dunkel und ich weiß genau, woran er jetzt denkt.

»Ich kann es kaum erwarten, dich komplett zu spüren, mein Engel.«

Er küsst mich und ich kann sein After Shave riechen. Ich schließe die Augen und inhaliere seinen Duft. Köstlich! Mit einem kleinen Ruck bleibt der Aufzug stehen. Die Türen öffnen sich mit einem leisten Pling. Vor uns befindet sich erneut ein kleiner Empfangsbereich. Auch hier sitzen zwei Damen. Sie lächeln Shamar und mich gleichermaßen freundlich an.

»Mister Shalazar, schön, dass Sie wieder zurück sind.«

Shamar grüßt freundlich zurück und stellt mich vor. »Corinne, dass ist Miss Luna Marie Buchholz. Sie wird in Kürze unser Team hier verstärken. Bitte kümmern Sie sich darum, dass Miss Buchholz alles bekommt, was sie braucht.« Er wendet sich jetzt mir zu.

»Luna, das ist Corinne Sheffield und dies ist Nancy Cors.« Er nickt in Richtung der anderen Dame.

Nacheinander reiche ich beiden die Hand und begrüße sie. Wir gehen weiter an zwei Besprechungsräumen vorbei und kommen zu seinem Büro. Es ist durch Glasscheiben vom Flur abgetrennt. Drinnen erkenne ich einen großen Schreibtisch mit zwei Stühlen davor. Dann einen Konferenztisch mit acht Stühlen und eine kleine gemütliche Sitzecke. Er öffnet die Türe und lässt mich herein. Neben der Tür ist ein Schalter, den er drückt. Doch anstelle des erwarteten Lichtes verdunkeln sich die Glasscheiben blitzschnell. Jetzt ist es nicht mehr möglich in das Büro herein oder aber herauszuschauen. Er stellt seine Tasche ab und dreht sich zu mir um. Seine Hände legen sich rechts und links neben meinem Kopf an die Glaswand. Dann küsst er mich. Oh ja! Köstliche Schwäche bewegt sich in meinen Beinen aufwärts. Ich könnte ewig so von ihm geküsst werden. Auch wenn wir erst heute Morgen beim Aufwachen miteinander geschlafen haben, so vermisse ich seine Präsenz in mir. So plötzlich, wie er mich geküsst hat, lässt er mich frei und vergrößert den Abstand.

»Chérie, du bist die geborene Verführerin. Du glaubst gar nicht, wie schwer es mir fällt, zur Tagesordnung überzugehen.« Er atmet tief durch und geht um den Schreibtisch herum. Er drückt auf eine Taste an seinem Telefon und hebt den Hörer ab.

»Nancy, bitte sagen Sie Raoul Bescheid, dass wir da sind.« Dann legt er den Hörer wieder auf.

Shamar beobachtet mich, während ich mir sein Büro ansehe. Die Fensterscheiben sind bodentief. Man muss schwindelfrei sein, wenn man sich direkt daran stellt und nach unten schaut. Sein Gebäude ist eines der höchsten in der Umgebung, soweit es für mich erkennbar ist. Im direkten Umfeld sind mehrere hohe Gebäude, in denen fast ausschließlich andere Ölfirmen untergebracht sind.

Die Bauweise ist aufgelockert mit Bäumen und Grünflächen dazwischen. Alles sieht sehr aufgeräumt aus. Auch sein Büro ist, wie das daheim, in schwarz und Chrom gehalten. Der Konferenztisch glänzt mit einer schwarz polierten Oberfläche und die Sitzgruppe in schwarzem Leder, sieht modern und gemütlich aus.

»Raoul wird dich gleich mitnehmen. Um 12.30 Uhr habe ich Lunch für uns bestellt und um 14.00 Uhr kommt Madame Jenkins für dich vorbei.«

»Madame Jenkins?« Ich kann mich an diesen Namen nicht erinnern. »Wer ist das?«

»Madame Jenkins ist die gefragteste und meistgebuchteste Styleberaterin und Personal Shopperin in Houston. Außer deiner Urlaubsgarderobe hast du ja nichts dabei.«

»Ich soll meine Kleidung einkaufen lassen? Du willst mich einkleiden?« Himmel, wo bin ich hingeraten. Ich muss mich offensichtlich nicht nur daran gewöhnen, dass meine Kleidung von jemand anderes gereinigt wird, nein, sie wird auch ausgepackt, umgeräumt und eingeräumt von anderen Menschen. Und jetzt soll ich mir von Jemandem, den ich nie zuvor gesehen habe, meine Garderobe zusammenstellen lassen? Das kann ich mir nicht vorstellen.

»So gesehen ja, Luna. Allerdings ist das nicht ungewöhnlich.«

»Shamar, das mag hier nichts Ungewöhnliches sein. Aber für mich ist es das schon. Ich habe mir meine Kleidung bisher selbst gekauft. Ich kann mir nicht vorstellen, wie jemand anderes meinen Geschmack bei der Auswahl trifft. Außerdem könnte ich mir das, was ich brauche, doch auch selber kaufen.«

»Ich möchte nicht, dass du wegen mir Geld ausgeben musst. Das ist das Mindeste, was ich machen kann und Madame Jenkins ist sehr erfolgreich mit dem, was sie macht. Lass dich einfach überraschen. Du musst nichts nehmen, was dir nicht gefällt und das persönliche Einkaufen ist doch deswegen nicht gestrichen. Du kennst dich doch hier noch gar nicht aus.«

Die Option ist annehmbar. Wenn diese Madame Jenkins mir das Ergebnis ihrer Bemühungen präsentiert und ich das Gefühl habe, darin wie eine aufgemotzte Vogelscheuche auszusehen, kann ich nein sagen. Ich versichere mich sicherheitshalber nochmal.

»Und ich muss wirklich nichts von dem nehmen, was sie für mich aussucht, wenn es mir nicht gefällt?«

»Wenn sie nichts findet, was dir zusagt, was ich persönlich nicht glaube, brauchst du nichts zu nehmen. Das ist ihr Job.«

»Pffff.« Ich lasse mich in den Stuhl gegenüber seines Schreibtisches auf den Stuhl fallen und atme aus. Wenn ich keine Abnahmeverpflichtung habe, dann kann ja eigentlich auch nichts schief gehen. Oder? Frage ich mich. Sicherlich werde ich nicht wie Pippi Langstrumpf herumlaufen müssen, weil eine Madame Jenkins das für modern und angesagt hält. »Okay« Sage ich gedehnt.

»Luna, ich möchte dich doch nur ein wenig verwöhnen. Wird das in Zukunft jedes Mal eine Diskussion auslösen, wenn ich dir etwas Gutes zukommen lassen möchte?«

Ich stütze mich mit den Händen auf seinem Schreibtisch auf. »Shamar, ich will doch nicht undankbar sein. Ich kenne so etwas wie einen persönlichen Einkäufer nicht. Außerdem hätte ich weder das Geld dafür, noch für so viele Klamotten, die so ein Mensch für mich kaufen könnte. Und ich möchte nicht so herumlaufen, wie jemand anderes der mich nicht kennt, meint, dass es angesagt ist.«

»Ich habe mehr als genug Geld, um ein Dutzend solcher Berater rund um die Uhr für dich zu beschäftigen, ohne dass es mir auffallen würde. Bitte nimm es an. Es ist mir eine Freude, dich glücklich zu machen.« Er beugt sich mir entgegen. »Ich bin so froh, dass du hier bist. Ich liebe dich, mein Engel.«

»Und ich liebe dich, Shamar.«

Es klopft an der Tür. Unsere Gesichter, die sich einander genähert hatten, entfernen sich ruckartig voneinander. Raoul tritt ein, nachdem Shamar ihn dazu aufgefordert hat. Er begrüßt uns beide per Handschlag. Dann folge ich ihm in sein Büro. Im Hinausgehen winke ich Shamar noch eine Kusshand zu, bevor ich die Türe hinter mir schließe. Weit müssen wir nicht gehen, denn Raouls Büro ist auf der anderen Seite des Empfangstresens. Es ist nicht so groß, aber genauso schön eingerichtet. Wir setzen und in die Sitzecke und Nancy bringt uns eine Karaffe mit frischem Wasser und zwei Gläser.

»Haben Sie sich gut eingerichtet?« Möchte Raoul wissen. »Danke ja, das habe ich.« Ich nehme das eingeschenkte Glas Wasser von ihm entgegen.

»Shamar hat bereits mit Ihnen gesprochen?« Er lehnt sich zurück und nimmt einen Schluck von seinem Getränk. Sein Blick ruht mit ruhigem Interesse auf mir.

»Ja, das hat er. Ich freue mich sehr darüber, dass ich das Team unterstützen darf. Allerdings weiß ich nur das und sonst nichts weiter.«

Er lächelt mich an und ich lächle zurück. »Also macht Shamar es wieder richtig spannend.« Er lehnt sich vor und sagt verschwörerisch: »Das macht er gerne.« Er zwinkert mit einem Auge, bevor er erneut das Wort ergreift. »Okay, Luna, das Gespräch mit Ihnen war sehr vielversprechend. Unser Projektteam hat eine Stärke von knapp zwanzig Leuten. Die setzen sich ausschließlich mit der fachlichen Bewertung neuer Ressourcen auseinander. In diesem Team wird übrigens auch ein alter Bekannter von Ihnen untergebracht. Sie kennen Herrn Steinbichl noch?«

Ich erinnere mich an meinen Sitznachbarn während der Präsentation und dem gemeinsamen Ausflug in die Altstadt.

»Ja, ich erinnere mich an ihn.« Antworte ich.

Raoul erzählt mir viel über die Arbeitsweise und Aufgaben des Teams und warum er mich darin haben möchte. In der Tat hört sich das für mich so an, als wäre Shamar nicht an der Entscheidungsfindung beteiligt gewesen. Mir fällt ein Steinchen vom Herzen, denn ich möchte keinen Job bekommen, nur weil ich mit dem Firmeninhaber intim bin.

Dann geht er rüber zum Schreibtisch und holt einen kleinen Stapel Papiere hervor. Er teilt den Stapel, so dass eine Hälfte bei ihm bleibt und ich die andere bekomme. Es handelt sich dabei um einen Arbeitsvertrag. Wir gehen die einzelnen Passagen des Vertrages durch. Wo ich Fragen habe, erläutert Raoul mir, was damit gemeint ist. Dann lese ich mein Gehalt und frage mich, ob das wohl ein Druckfehler ist.

Mein Anfangsgehalt beträgt Achtzig Tausend Dollar pro Jahr. Zahlbar in zwölf Beträgen. Am Ende des Jahres kommt noch ein Bonus von maximal Zehntausend Dollar hinzu, falls bestimmte Ziele erreicht wurden. Ich muss schlucken. So viel Geld? Ich räuspere mich kurz und frage Raoul geradeheraus, ob das mit dem aufgeführten Gehalt so richtig sei. Er prüft seine Unterlagen und vergleicht sie mit meinen. Dann nickt er und bestätigt mir die Richtigkeit der Angaben.

»Das ist das ganz normale Einstiegsgehalt für diese Tätigkeit Luna. Wenn Sie weiterlesen, da drüben auf der nächsten Seite«, er deutet auf den ersten Absatz der nächsten Vertragsseite, »dann stellen Sie fest, dass sich die Bezahlung nach einem Jahr und vorausgesetzt, alle sonstigen hier aufgeführten Rahmenbedingungen sind erfüllt, weiter erhöht und zwar … einen Moment … auf Neunzig Tausend Dollar pro Jahr.«

»Entschuldigung Raoul, aber ist das nicht ein überdurchschnittlich hohes Einkommen?«, frage ich ihn.

Meine Frage scheint ihn nicht sonderlich zu wundern.

»Das Einkommen ist in der Tat etwas höher als bei anderen Firmen. Wir wollen überdurchschnittlich motivierte Mitarbeiter. Mitarbeiter, die nicht noch nebenbei arbeiten müssen, sondern ihre ganze Arbeitskraft Shalazar Industries und hier im Speziellen Shalazar Petroleum zur Verfügung stellen können.«

Das leuchtet mir ein. Ich lese und nicke. Unauffällig zwicke ich mir in den Arm – nicht, dass ich das nur träume. Aber nein, das ist kein Traum.

Sobald ich den Arbeitsvertrag unterzeichnet habe, wird Shalazar Industries eine Greencard für mich beantragen. Die Zeit von der Beantragung bis zur Ausstellung – so Raoul – dauert rund zwei Monate.

In der Zwischenzeit darf ich leider noch nicht hier arbeiten. Aber zuschauen und hospitieren. Es greift das normale Urlaubsvisum. Im Urlaub darf ich machen was ich möchte – auch in meiner zukünftigen Abteilung vorbeischauen und mich mit meinen Aufgaben vertraut machen. Raoul gibt mir beide Exemplare des Arbeitsvertrages in einer Hülle, in der ich die Unterlagen verwahren kann und bittet mich, mir das in Ruhe zu überlegen und ihm dann ein unterschriebenes Exemplar zurückzugeben.

Dann nimmt er mich mit und zeigt mir meine neue Abteilung. Ich bin froh, dass Raoul das macht und nicht Shamar. Was wäre das wohl für ein Arbeiten, wenn jeder weiß, dass ich mit dem Chef schlafe. Andererseits, befürchte ich, ist es sicherlich nur eine Frage der Zeit, wann das herauskommen wird.

Trotzdem, einen leichteren Start habe ich ohne irgendwelche Ressentiments meiner Person gegenüber, wenn Raoul mich begleitet. Wir betreten den Projektbereich in der 23. Etage. Abteilungsleiterin ist eine gewisse Brenda Adams.

Mich erwartet ein großer offener Raum mit vielen Schreibtischen, die im Moment allerdings nicht alle besetzt sind. Es gibt Schränke mit Aktenordnern und Unterlagen türmen sich auf den einzelnen Schreibtischen. Es sieht nach Arbeit aus. Raoul geht herum und stellt mich den zukünftigen Kollegen vor.

Das Team besteht hauptsächlich aus Männern. Außer mir sehe ich noch zwei Frauen. Schön, dann ist mein

Geschlecht wenigstens nicht nur durch mich hier vertreten. Alle sind freundlich, schütteln mir die Hand und scherzen. In mir wächst immer mehr Vorfreude auf meinen neuen Arbeitsplatz. Ich winke den Leuten nochmal zu, bevor ich mich mit Raoul wieder auf den Weg zurück mache.

»Ich freue mich schon darauf, hier arbeiten zu können«, sage ich, während wir vor dem Aufzug stehen und darauf warten, dass sich die Türen öffnen.

»Die Freude ist ganz meinerseits Luna. Wir haben jedes Jahr hunderte Bewerber. Die meisten davon haben erstklassige Zensuren. Trotzdem ist es nicht immer leicht, die Personen aus dem Kreis zu finden, die in unsere Firma, in unsere Philosophie und in die Teams hereinpassen. Darum machen wir solche Veranstaltungen wie die, zu der Sie eingeladen wurden.« Die Türen öffnen sich. Der Aufzug ist leer und Raoul drückt den Knopf für die oberste Etage.

»Dann hat die Auswahl meiner Person nichts damit zu tun, wie Shamar und ich zueinander stehen?«

Raoul lächelt mich offen an. »Nein, Luna, das hat es nicht. Sie sind hier, weil Sie einfach gut hierhin passen. Das Eine hat mit dem Anderen nichts zu tun. Darum hat Shamar das Thema komplett mir überlassen.«

Ich schaue ihn gerade heraus und offen an.

»Danke, Raoul, dass Sie mir das so ehrlich gesagt haben. Das bedeutet mir viel.«

»Luna, Shamar und ich kennen uns schon seit vielen Jahren. Wir sind zusammen durch dick und dünn gegangen. Er hat diese Firma aufgebaut und ich bin glücklich, dass ihn dabei unterstützen darf. Shamar ist für mich weniger Arbeitgeber als vielmehr ein Freund. Ich würde weder ihn, noch den Menschen den er offensichtlich sehr mag, anlügen.«

Ich bin verlegen und schaue auf den Boden.

»Danke, Raoul. Ich wusste nicht, dass das für andere so einfach zu erkennen ist.« In Gedanken füge ich hinzu:

‚Weil ich dafür etwas länger gebraucht habe….'

Er lacht. »Für mich schon und Mayenne strahlte über das ganze Gesicht, als wir gestern nach Hause fuhren.«

Die Aufzugtüren gehen auf und wir beide machen uns wieder auf den Weg in Raouls Büro.

»Raoul, eine Bitte hätte ich noch« sage ich, als er die Türe hinter uns schließt.

»Gerne Luna, was kann ich denn für Sie tun?«

»Ich würde Ihnen gerne das Du anbieten.«

Überrascht hält Raoul in seiner Bewegung inne. Er wendet sich mir zu. »Luna, das ist eine nette Idee.« Er nimmt unsere beiden Gläser von vorhin und wir prosten uns einander auf das Du zu.

Es klopft an der Tür. Corinne kommt herein und trägt ein paar Unterlagen mit sich. Sie überreicht mir eine Zutrittskarte, mit der ich mich frei im Unternehmen bewegen kann. Sollte sie darüber erstaunt sein, so lässt sie sich das nicht anmerken. Ich muss ihr den Empfang quittieren. Schnell und unauffällig verlässt sie Raouls Büro wieder. Wie auf Kommando knurrt mein Magen vernehmlich. Ich schaue auf die Uhr und stelle fest, dass es bereits zwanzig nach zwölf ist. Raoul ist meinem Blick gefolgt.

»Lunch mit Shamar?« Fragt er. Ich nicke ihm zu.

Wir stehen auf, ich nehme meine Unterlagen und wir beide machen uns auf den Weg zu Shamars Büro. Die Scheiben zu seinem Büro sind jetzt nicht mehr dunkel und ich sehe, dass er telefoniert. Er nickt mir zu und winkt mich herein.

Raoul scheint andere Pläne zu haben, denn er kommt nicht mit sondern dreht sich um, nachdem er sich von mir verabschiedet hat, und geht den Weg zurück zu seinem Büro. Nachdem er den ganzen Vormittag mit mir verbracht hat, ist wahrscheinlich jede Menge bei ihm liegengeblieben. Ich setze mich auf einen der Besprechungsstühle und lese mir die Unterlagen nochmals durch, während Shamar weiter telefoniert.

Gerade als er den Hörer auflegt klopft es erneut an der Tür. Der Cateringservice steht davor, um unser Lunch zu liefern. Schnell lege ich meine Unterlagen zur Seite und öffne die Tür. Die mir übergebenen Schalen und Behälter verteile ich auf dem Tisch, direkt bei dem schon vorhandenen Geschirr. Endlich beendet Shamar sein Telefonat und setzt sich zu mir an den Tisch. Das Mittagessen verläuft ruhig und ungestört. Kein Telefon kein Klopfen an der Tür – nichts. Das Essen ist köstlich. Zarter Lachs und Salat. Während wir essen, fragt mich Shamar, wie mein Gespräch mit Raoul war. Ich erzähle ihm von dem Vertrag und von dem Besuch in der Abteilung.

»Ich möchte, dass du bis zu deiner Arbeitsaufnahme hier bei mir bleibst, Luna.« Shamar isst die letzten Reste des Salat und greift zu dem knusprigen Weißbrot. »Das würde ich sehr gerne«, lächle ich ihn bedauernd an, »doch ich habe eine Wohnung und einen Job in Deutschland. So gerne ich auch hier bleiben möchte, muss ich dennoch zurück und alles dort regeln. Ich kann nicht einfach wegbleiben oder mich um nichts mehr kümmern.«

»Ich könnte das alles durch meine Leute regeln lassen. Niemand kann dich zwingen, nach Hause zu fliegen und noch bis zum Ende deiner Kündigungszeit zu arbeiten.«

Dass wir uns über diesen Umstand unterhalten müssen, ist mir klar. Ich habe die ganze Zeit schon daran gedacht. Am liebsten hätte ich noch ein wenig mit dem Thema gewartet, weil ich mich selbst erst mal fassen muss, denn eine Trennung – wenn auch nur für einen kleinen Zeitraum – wird mir unendlich schwer fallen.

»Shamar, das weiß ich, und ich weiß dein Angebot auch zu schätzen. Aber ich möchte mich selber darum kümmern. Ich lasse mein ganzes Leben in Deutschland zurück und fange hier ein neues an. Ich habe Freunde, von denen ich mich verabschieden möchte und Verpflichtungen, denen ich nachkommen muss.«

Shamar hört auf zu essen; sein Brot legt er auf den

Teller. »Wir werden uns nicht sehen.«

»Ja, Shamar. Ich mag nicht daran denken, ohne dich nach Deutschland zurückzukehren, um dort meine Zelte hinter mir abzubrechen.« Außerdem, füge ich in Gedanken hinzu, kenne ich ihn ja noch keine zwei Wochen und ich habe keine Ahnung, ob diese kurze Zeit ausreicht, um einen solch radikalen Schnitt zu machen. Wie viel von mir gebe ich auf, wenn ich bei ihm bleibe? Wie wird mein zukünftiges Leben hier aussehen? Und was ist, wenn es zwischen uns nicht klappt? Ok, ich hätte einen Arbeitsvertrag und das Einkommen sollte ausreichen, um mir hier eine Wohnung und vielleicht ein Auto leisten zu können. Doch im Moment ist Houston keine Heimat für mich. Meine Heimat ist Deutschland, ist München.

»Bitte, Luna, überlege es dir nochmal. Ich kann dich über einen so langen Zeitraum nicht begleiten. Wir wären getrennt.« Er schenkt uns beiden ein wenig Wasser nach.

»Ich werde doch nicht monatelang weg bleiben. Aber ich möchte meine Angelegenheiten persönlich regeln. Glaub mir, dass wird mir sicherlich nicht leicht fallen. Wenn alles klappt, bin ich in einem Monat wieder da und vielleicht kannst du mich noch für ein langes Wochenende besuchen kommen?«

Er seufzt. »Ich kann dir das wohl nicht ausreden – oder?«

»Nein, da müssen wir beide durch«, sage ich und versuche den Kloß, der sich in meinem Hals befindet, herunter zu schlucken.

Seine Stimme ist rau geworden.

»Ich werde dich besuchen kommen. Du musst das alles nicht alleine machen.«

»Danke, Shamar. Mir steigen die Tränen hoch, weil mir meine eigene Entscheidung weh tut.«

Auch meine Stimme ist belegt.

»Wann musst du zurück in Deutschland sein?« Er greift meine Hand.

»Ich habe insgesamt drei Wochen Urlaub genommen.

Da der 3. Oktober, ein Feiertag bei uns ist, muss ich am 4. Oktober wieder arbeiten.« Seine warme Hand ist fest und umschließt meine. Sein Daumen reibt auf meinem Handrücken.

»In Ordnung. Corinne wird dir einen Flug buchen, dass du rechtzeitig wieder da bist. Außerdem werde ich mit Raoul und Corinne checken, wann ich zu dir kommen kann.«

Ich trinke schnell einen Schluck, weil mein Kloß im Hals immer dicker wird.

»Das wäre schön.« Mist, jetzt läuft mir doch eine Träne langsam auf der linken Wange herunter. Shamar streichelt mir mit seiner freien Hand über die Wange und wischt die Träne weg.

»Ich respektiere deinen Wunsch, Luna. Auch für mich wird das nicht einfach sein. Ich habe das Gefühl, als hätte ich mein ganzes Leben nach dir gesucht und jetzt, wo ich dich gefunden habe - wo wir einander gefunden haben,« verbessert er sich, »da trennen sich unsere Wege so schnell wieder. Das wird eine Durststrecke für uns beide werden.«

Ich nicke ihm zu, reden kann ich jetzt nicht. Meine Tränen fließen und purzeln in Sturzbächen hinaus.

»Mein kleiner, süßer Engel«, Shamar lächelt traurig, »komm her.« Er zieht mich zu sich heran und auf seinen Schoß. Er nimmt mich in seine Arme und tröstet mich. Seine Hände streicheln über meinen Rücken und er küsst jede einzelne meiner Tränen weg. Das habe ich zuletzt als Kind bei meinen Eltern erlebt. Die Erinnerung daran verstärkt meinen Tränenfluss noch mehr.

»Hey, hey, mein Engel. Was ist denn los?«

»Ni…nichts«, hickse ich, »ich ... ich habe ... du bist einfach so llihieb zu mir.«

Er reicht mir eine der Servietten, die auf dem Tisch liegen. Geräuschvoll schnaufe ich hinein. Er hält mich weiterhin in seinen Armen fest, bis ich mich wieder beruhigt habe. Ich bin an seiner Brust und lausche seinem ruhigen und kräftigen Herzschlag. Das ist der schönste

Platz der Welt für mich. Hier fühle ich mich geborgen. Es tut so gut, in seinen Armen zu sein.

»Geht es wieder?« Seine Stimme ist warm und zärtlich.

»Ja, tut mir leid,« antworte ich, während ich versuche, die Spuren meiner Tränen mit der Serviette zu beseitigen.

»Du kannst dich hier frisch machen.« Er steht auf und geht auf die Wand zu. Für mich nicht sichtbar, ist dort eine Tür eingelassen. Dahinter verborgen befindet sich ein kleines Schlafzimmer sowie ein Badezimmer. Er geht voran und zeigt mir den Weg. Während ich mich im Bad wieder in eine präsentable Form bringe, geht er wieder zurück in sein Büro.

Von allen Spuren befreit, bin ich zehn Minuten später wieder zurück. Nicht, ohne vorher noch einen Blick auf das Schlafzimmer zu werfen. Es ist klein, viel kleiner als in seinem Haus. Das Bett ist geräumig und steht genau gegenüber den bodentiefen Fenstern. Lamellen versperren die Sicht. Dies ist eindeutig kein romantischer Treffpunkt sondern eine zweckmäßige, jedoch angenehme Übernachtungsmöglichkeit, wenn man aus dem Büro nicht nach Hause kommt.

»Madame Jenkins ist eingetroffen.« Shamar schaut mich prüfend an. Oh je, die hatte ich schon ganz vergessen. Nach den Tränen von soeben könnte Madame Jenkins hoffentlich eine gute Ablenkung sein.

»Aha.« Räuspere ich mich, »wo soll ich mich denn mit ihr zusammensetzen. Oder willst du etwa dabei sein?«

Shamar hebt abwehrend die Hände.

»Nein, nein, ich werde nicht dabei sein. Was hältst du davon, wenn du in einen der Besprechungsräume gehst. Das Glas kannst du dort auch verdunkeln. Da hast du Platz und ihr seid unter euch.«

»In Ordnung«, nicke ich und gebe ihm noch einen kleinen Abschiedskuss, bevor ich sein Büro verlasse. Er zwinkert mir zu. »Viel Spaß, Chérie.«

12

Mein Nachmittag gehört Madame Jenkins. Corinne hat uns freundlicherweise den größeren Besprechungsraum gegeben und die Scheiben verdunkelt. Madame Jenkins ist in Begleitung einer ihrer Angestellten.

Beide sind bepackt mit dicken Mappen, Stoffproben, Schreibutensilien, Maßbändern und Zeitschriften. Mir wird schnell klar, dass das kein kurzer Besuch werden wird und straffe mich innerlich für einen Nachmittag mit ihr. Ich hoffe darauf, dass sie keine Ambitionen hegt, mir ihren Geschmack mit Dominanz aufzudrücken. Das Letzte was ich heute möchte ist ein Disput. Mit gemischten Gefühlen setze ich mich über Eck mit Madame Jenkins an den Tisch.

Corinne kommt nochmal herein und stellt uns diverse Getränke auf das Sideboard an der Wand. Dann ist Madame Jenkins voll in ihrem Element und reißt mich wie ein Wirbelwind mit. Sie sprüht vor Ideen, hat ein offenes Wesen und ist überhaupt nicht so, wie ich insgeheim befürchtet hatte. Ich werde von Kopf bis zum Fuß komplett vermessen. Es gibt nicht ein einziges Körperteil von mir, welches nicht in Zentimetern auf dem Papier landet. Dazu kommt eine exakte Bestimmung von

Haarfarbe und Augenfarbe. Die Assistentin schreibt eifrig mit, während Madame Jenkins um mich herumschnattert.

Was folgt, ist eine Typenberatung. Welche Farben und welche Schnitte mir am besten stehen. Langsam muss ich zugeben, dass sie von ihrem Job eine ganze Menge versteht. Sie erklärt mir alles Stück für Stück und unterlegt beispielsweise mit Farbproben, die unterschiedliche Auswirkung auf mein Aussehen. Dann blättern wir gemeinsam in verschiedenen Modejournalen.

Komplette Kollektionen von mir oft unbekannten Designern inklusive Laufstegfotos sind dort aufgeführt. So etwas habe ich noch nie in meinen Händen gehalten. Bislang kannte ich Modezeitschriften in gemischter Form in denen von Schminktipps bis zum Kreuzworträtsel alles vorhanden war. Diese hier sind regelrechte Fachzeitschriften. Wir blättern Seite für Seite durch. Wenn mir etwas besonders gefällt, halten wir inne und sprechen über mögliche Ausgestaltung in Farben und Stoffen.

Hier und dort zeigt Madame Jenkins auch auf diverse Modelle, die ich an mir selbst, nicht vorstellen kann. Wir gehen die komplette Bandbreite jeglicher Bekleidung durch. Von einer eleganten Abendrobe über Business-Kleidung oder verführerische Wäsche. In dem Katalog von Victorias Secrets und Marlies Dekkers bleibe ich hängen. Immer wieder versuche ich mir vorzustellen, wie ich in diesen Kreationen wohl aussehen würde.

Und was für mich noch wichtiger ist, wie Shamar wohl darauf reagiert. Ich habe keine Ahnung wie viel Zeit inzwischen vergangen ist, doch es dämmert draußen bereits und wir stehen noch mitten in einem Chaos aus Papier und Stoff. Ich bin mittlerweile völlig erledigt und muss ein Gähnen unterdrücken. Meine Müdigkeit bleibt auch Madame Jenkins nicht verborgen. Dankbar stimme ich ihrem Vorschlag zu, den Termin zu beenden und irgendwann später gegebenenfalls einen neuen Termin zu vereinbaren. Sie gibt mir ihre Visitenkarte und bietet mir an, sie anzurufen, wenn ich irgendetwas benötige.

Sie kennt offensichtlich nicht nur jeden Designer, sondern auch jedes Geschäft in der Stadt. So bepackt wie die beiden Damen erschienen sind, verlassen sie auch die Räume. Jetzt bin ich gespannt, was ich für ein Chaos angerichtet habe und wie Shamar, der die Rechnung bezahlen muss, darauf reagieren wird. Was für ein verrückter Tag. Langsam gehe ich vom Besprechungsraum wieder rüber zu Shamar. Er sitzt im Schein einer Stehlampe an seinem Schreibtisch und tippt auf seinem Laptop.

»Na, Luna, bist du fertig?« Er schaut von seinem Rechner hoch und mich an.

Ich nicke müde und lasse mich auf einen der beiden Stühle vor seinem Schreibtisch sinken. »Ich habe Madame Jenkins Unrecht getan«, sage ich, während ich mich in dem Stuhl zurücklehne und strecke.

»Sie ist außergewöhnlich.«

Shamar klappt seinen Laptop zusammen.

»Das weiß ich mein, Engel. Dann hat es dir gefallen?«

Ich versuche ein erneutes Gähnen zu verhindern, was mir aber nicht ganz gelingt.

»Ich muss dir ehrlich gestehen, dass ich etwas völlig anderes erwartet habe. Eigentlich eher einen Auftritt nach dem Motto: ‚Ich sage dir, was du tragen sollst und du läufst damit dann herum.‘ Aber weit gefehlt. Sie ist ein Goldstück. Ich hoffe nur, dass du nicht hintenüber fällst, wenn ihre Rechnung und die der Kleider kommt.«

Während ich spreche, packt Shamar seinen Rechner und diverse Unterlagen in eine Tasche.

»Luna, ich bin durchaus in der Lage, diese Rechnungen zu begleichen. Zerbrich dir bitte darüber nicht den Kopf. Hat sie irgendwas gesagt, wann du mit den ersten Entwürfen rechnen kannst?« Er drückt eine Taste auf seinem Telefon und sagt kurz: »Kieran, wir kommen jetzt raus.«

Ich schüttle den Kopf. »Nein, das hat sie nicht. Warum?« Er zieht seine Anzugblazer an und wir verlassen das Büro. Am Empfangstresen sitzt nur noch Corinne, der wir noch einen schönen Abend wünschen und dann mit dem Aufzug herunter fahren.

»Morgen Abend findet eine Abendveranstaltung der Hilfsorganisation „Projects Abroad“ statt. Die Organisation wird durch mich unterstützt. Ich möchte, dass du mich begleitest.«

Der Aufzug gleitet geräuschlos nach unten während wir uns unterhalten. An die Tatsache, dass Shamar sich in Hilfsorganisationen engagiert und damit immer wieder an entsprechenden Veranstaltungen teilnehmen würde, habe ich nicht gedacht. Ich überlege.

»Außer dem blauen Kleid, dass du mir letzte Woche geschenkt hast, habe ich nichts Passendes anzuziehen.«

»Hast du die Telefonnummer von Madame Jenkins?« Die Türen des Aufzuges öffnen sich mit einem leisen Zischen.

Ich nicke. »Ja, sie hat mir ihre Visitenkarte gegeben.« Wir steuern auf den Ausgang zu.

»Ruf sie morgen an. Entweder machst du eine Shopping-Tour mit ihr, oder aber du testest sie ganz einfach und lässt sie dein Outfit beschaffen.«

Draußen vor der Tür steht der Mercedes und Kieran hält uns die hintere Tür auf. Wir steigen in das geräumige Innere des Wagens ein.

»So einfach geht das?«, frage ich ihn. »So einfach geht das« antwortet er.

Shamar fährt die Trennscheibe zu Kieran hoch. Nun sind wir alleine und für niemanden – auch für Kieran nicht – zu sehen. Dann greift er in die Innentasche seines Sakkos und zieht eine kleine Pappschachtel hervor und winkt damit.

»Nachschub mein Engel.« Ich schaue mir die Schachtel genauer an. Es ist eine Packung mit Kondomen.

»Du hast Kieran einkaufen geschickt?«, frage ich entsetzt. Bei der Vorstellung, dass Kieran in irgendeiner Drogerie Kondome für seinen Chef und mich einkauft, wird mir ganz anders.

»Nein, während du heute Nachmittag beschäftigt warst, bin ich einkaufen gegangen. Keine Sorge, Kieran war nicht daran beteiligt.« Er grinst breit. Mein Entsetzen über die Vorstellung, Kieran könnte unsere Kondome eingekauft haben, scheint ihn zu amüsieren. Ich schaue nach vorn und prüfe, ob Kieran unser Gespräch hören kann. Die schwarze Trennscheibe ist hochgefahren.

Meine Müdigkeit ist verflogen. »Kieran kann uns weder hören noch sehen?« Möchte ich sicherheitshalber von ihm wissen.

»Nein, kann er nicht.« Er grinst.

»Kann uns jemand von draußen sehen oder hören?«

»Nein, auch nicht.«

Ich habe plötzlich einen maßlosen Hunger nach ihm.

»Zieh dich aus«, sage ich ihm. Meine Stimme versagt fast. Ich weiß nicht, woher ich den Mut nehme, aber wenn nicht jetzt, muss ich möglicherweise noch länger auf ihn warten.

Und ich will nicht mehr warten. Shamars Lachen verschwindet. Er drückt die Gegensprechanlage.

»Kieran, fahren Sie einfach in der Gegend herum, bis ich mich wieder melde und ich will nicht gestört werden.«

Seine Augen leuchten wie geschmolzenes Perlmutt. Wir schauen uns in die Augen, während wir uns ausziehen. Shamar ist vollends erregt, als er seine Hose abstreift. Eigentlich muss Kieran gar nicht großartig herumfahren, denn das hier, wird mit an Sicherheit grenzender Wahrscheinlichkeit, eine schnelle Nummer werden.

»Willst du deine Neuerwerbung nicht ausprobieren und dir etwas überziehen?« Mit meinem Kinn und meinen Blicken deute ich auf seinem hoch aufgerichteten Penis.

Er zieht seine Augenbrauen hoch. »Da hat es aber jemand sehr eilig.«

»Und du glaubst gar nicht wie sehr.« Ich kann es wirklich kaum noch erwarten.

Er lehnt sich auf dem Rücksitz zurück und reicht mir

die Kondompackung an. Ich reiße die Verpackung auf und entnehme das Kondom. Vorsichtig rolle ich es über seinem Penis ab. Dabei schaut mir Shamar mit angehaltenem Atem zu. Ich bin ganz zittrig vor lauter Vorfreude. Kaum bin ich damit fertig, setze ich mich rittlings auf seine Oberschenkel. Dann rutsche ich bis zu seinem Schwanz hoch.

Genussvoll positioniere ich mich darüber. Meine Scheide ist ganz nass und bereits jetzt schon zucken meine inneren Muskeln in orgasmischer Vorfreude. In einer Bewegung lasse ich ihn in mich hinein gleiten.

Ohne das Vorspiel ist er ungeheuer groß, fast zu groß für mich. Das ist es, was mir seit einer gefühlten Ewigkeit gefehlt hat. Shamar stöhnt laut und seine Hände verkrampfen sich an meiner Taille. Dann bewege ich mich langsam. Unmittelbar mit meinen Bewegungen löse ich meinen Orgasmus aus. Ohne mich beherrschen zu können, bewege ich mich auf ihm, reite ihn wie wild.

Shamar reißt überrascht die Augen auf. Im Moment bin ich völlig mit mir selbst beschäftigt. Egoistisch benutze ich ihn zur Stillung meiner Lust. Langsam ebbt mein Orgasmus ab und ich komme wieder zu Atem. Shamar küsst mich und ich spüre, wie er an meinen Lippen lächelt.

»Ich wusste nicht, wie eilig du es hast, sonst hätte ich es dir schon viel eher besorgt.« Groß und dick ist er in mir.

»In dem Moment, wo du mit der Packung Kondome vor meiner Nase gewunken hast, hat mein Verlangen geradezu Purzelbäume geschlagen. Aber wie du siehst, kann ich damit flexibel umgehen.« Ich grinse ihn herausfordernd an.

Mir ist immer noch glühend heiß, wie im Fieber bewege ich mich weiterhin auf ihm und lasse meine intimste Stelle auf seinem harten Schaft gleiten. Mein Becken rutscht vor und zurück. Schließlich kann ich meinen Drang nicht mehr zurückhalten und nutze seine körperlichen Vorzüge, um einen weiteren Höhepunkt in mir auszulösen. Shamar atmet nahezu hechelnd und konzentriert sich auf mich. Jetzt wo ich ruhiger werde, öffnet er die Augen.

»Fertig, Chérie?« Beschämt über mein rücksichtsloses und schamloses Verhalten, ihn erstens einfach zu benutzen und das zweitens auch noch in aller Öffentlichkeit, schlage ich meinen Blick nieder. Ich spüre, wie mir die Röte in die Wangen kriecht. Ich bringe nur ein Nicken zu stande.

»Dann bin ich jetzt dran, mein Engel.«

»Sorry, dass ich so egoistisch war. Nimm dir was du brauchst!« Kaum habe ich ausgesprochen, fixiert mich Shamar auf seinen Hüften. Er rutscht ein wenig herunter und fängt an, sich unter mir zu bewegen. Sein Blick hält mich fest, während er sich tief in mir vergräbt. Nicht einen Augenblick löst er seinen Blick von mir und ich bin zu gefesselt davon, um meinen Blick von ihm zu lösen. Er bewegt sich langsam, ja genießerisch in mir. Sein harter Penis gleitet immer wieder in mich. Jetzt ist er derjenige, der mich benutzt. Er stößt in mich hinein, bewegt sich, kreist mit seinen Hüften. Völlig entspannt von meinen Orgasmen genieße ich den Blick auf das, was sich mir bietet. Seine Muskeln, die sich rhythmisch anspannen, die Kraft die er so dosiert einsetzt, seinen geradezu hypnotischen Blick – dann wird er schneller. Ich klammere mich an die Haltegriffe im Dach über den Türen. Wenn ich jemals das Wort ficken gehört habe, dann passt es für diese Situation. Schweiß legt sich als feiner Film über Shamars Gesicht und Brust und in mir baut sich ein weiterer Höhepunkt auf. Es zuckt und pulsiert noch schneller als Shamar sich in mir bewegt.

»Ja, mein Engel, ja, komm noch einmal für mich«, stößt er abgehackt hervor. Sein eigener Höhepunkt scheint unmittelbar bevorzustehen. Er wird noch größer und dicker in mir. Dann hält er kurz inne und bewegt sich in langen, festen Zügen in mich hinein. In dem Augenblick, wo er selbst zum Höhepunkt kommt, wirft er seinen Kopf auf die Rückenlehne zurück stöhnt ein langgezogenes

»Jaaaa!« Ich verharre atem- und bewegungslos auf seinem Schoß und lasse mich langsam nach vorne sinken. An seiner Brust komme ich langsam wieder in die Welt zurück. Langsam lösen wir uns voneinander und kichern wie Kinder, während wir unsere Kleidung zusammensuchen und uns wieder anziehen. Als wir fertig sind, gibt Shamar Kieran das Kommando zur Heimfahrt.

Wir müssen schon recht nahe an den Woodlands gewesen sein, denn es dauert nicht lang, bis wir an seinem Haus angekommen sind. Annie hat ein Abendessen für uns zubereitet, welches wir im Esszimmer einnehmen, nachdem wir uns frisch gemacht und uns gemütlich angezogen haben. Matthew ist inzwischen auch eingetroffen. Ihm scheint der lange Flug nichts ausgemacht zu haben, er sieht entspannter aus, als vor unserer Abreise. Ich freue mich, ihn wieder zu sehen.

Annie hat mit dem Kochen eines meiner Lieblingsgerichte getroffen. Denn ich esse für mein Leben gerne Pasta. Es gibt köstliche Spinattortellini in einer Tomatensauce mit geraspeltem Peccorino Käse oben drauf, an denen ich mich mit großem Appetit gütlich tue. Dazu trinken wir italienischen Rotwein, einen Valpolicella. Anschließend machen wir es uns auf der Couch im Wohnzimmer bequem, hören Musik von Lowland, reden und trinken dabei den restlichen Rotwein.

Als ich am nächsten Morgen aufwache, bin ich alleine. Shamar hat mir einen Zettel auf das Kopfkissen gelegt. Darauf ist ein Herz gemalt. Ich lächle, während ich den Zettel in meinen Händen halte. Gleich nachdem ich aus der Dusche bin, kontrolliere ich meinen neuen Blackberry auf dem verschiedene Nachrichten eingegangen sind. Susanne schreibt mir, dass sie heute in die letzte Prüfung geht und ich ihr die Daumen drücken soll. Das mache ich natürlich gerne. Wobei sie jetzt sicherlich noch in den Federn liegt und von ihrer Prüfung träumt. Hoffentlich geht alles gut. Ich wünsche es ihr von Herzen.

Eine E-Mail von Shamar wartet auf mich.

Guten Morgen, Chérie. Ich vermisse dich jetzt schon. Ich liebe dich!
S.

Schnell tippe ich ihm eine Antwort:

Guten Morgen, mein Schatz. Dann lass mich nicht zu lange auf dich warten. Werde mich gleich Madame Jenkins in Verbindung setzen. Küsse dich.
Luna

Um kurz nach neun Uhr rufe ich Madame Jenkins an. Um diese Uhrzeit dürfte sie sicherlich mit ihrer Arbeit anfangen. Sie hebt gleich nach dem zweiten Klingeln ab. Ich erkläre ihr mein Kleiderproblem für die Wohltätigkeitsveranstaltung heute Abend. Sie kennt die Veranstaltung, die, so wie sie sagt, zwei Mal im Jahr stattfindet.

Nachdem ich gestern Nachmittag ihre Professionalität kennenlernen durfte, habe ich beschlossen, das Risiko einzugehen und sie für mich einkaufen zu lassen. Einen besseren Probelauf gibt es nicht. Ich wüsste sowieso nicht, in welches Geschäft ich gehen sollte und einen Einkaufsbummel zusammen mit ihr, stelle ich mir ziemlich stressig vor. Stattdessen ziehe ich es vor, gleich bei Annie in der Küche zu frühstücken.

Sie macht kleine Pfannkuchen, die ich mit Sirup verspeise. Währenddessen stellt sie eine Liste mit Einkäufen zusammen, die sie zusammen mit Matthew besorgen will. Wenn ich schon einmal hier bin, dann möchte ich die Gelegenheit nutzen und mit Annie ein wenig quatschen.

»Annie, darf ich Sie etwas fragen?«

Sie legt den Stift bei Seite.

»Sicherlich Miss Luna, fragen Sie ruhig.«

»Wie lange arbeiten Sie schon für Mister Shalazar?«

»Ich bin seit vier Jahren hier, Miss Luna. Gleich nachdem Mister Shalazar das Haus gekauft hat, haben Matthew und ich hier angefangen.«

»Haben Sie hier eigentlich schon immer gelebt, oder sind Sie mit der Arbeitsaufnahme erst hierhin gezogen?«, frage ich, denn wenn sie erst zu diesem Zeitpunkt hierhin gezogen ist, dann kann ich von ihr vielleicht den einen oder anderen Tipp bekommen, wie ich mich besser zurecht finden kann.

»Wir haben vorher in Dallas gelebt. Dort ist es nicht viel anders als hier. Matthew arbeitete für Mister Shalazars Eltern und als Mister Shalazar ihn fragte, ob Matthew ihn hierhin begleiten würde, gab ich meinen Job als Kindergärtnerin auf. Jetzt führe ich den Haushalt und koche für Mister Shalazar. Kochen ist mein Hobby, das ich jetzt beruflich nutzen kann.« Sie lächelt, als ob sie sich an etwas Schönes erinnert.

»Dann gefällt es Ihnen hier und Sie haben den Schritt nie bereut?« Ich erwidere automatisch in ihr Lächeln.

»Das war die richtige Entscheidung und ich fühle mich hier sehr wohl. Die Arbeit ist sehr angenehm und ich kann mein Hobby mit dem Beruf verbinden. Wo kann man das schon machen?«

Ich nicke zustimmend. Wenn man sein Hobby mit dem Beruf verbinden kann, macht das Arbeiten gleich doppelt so viel Spaß. Matthew kommt in die Küche. Er kommt zu uns und streicht Annie mit dem Handrücken über den Arm.

»Hast du die Liste schon, Liebes?« Er schaut sich um.

Annie schüttelt den Kopf. »Nein, ich bin noch nicht fertig Mat, einen kleinen Augenblick noch. Sie lächelt ihn mit einer liebevollen Zärtlichkeit an, bei der ich mir wünsche, dass ich diese Zuneigung zwischen Shamar und mir, ebenfalls nach ganz vielen Jahren bewahren könnte.

Ich komme mir wie ein Eindringling vor. Mein Frühstück ist beendet und ich möchte die beiden nicht weiter von ihrer Arbeit abhalten.

Annie lächelt mir verschmitzt zu, während ich die Küche verlasse. Da ich keine weiteren Pläne habe, ziehe ich meine Sportklamotten an, stecke mir die Ohrstöpsel meines IPods in die Ohren und verziehe mich in den Raum mit den Sportgeräten. Erst gehe ich auf das Laufband, anschließend das Fahrrad und dann noch ein wenig an den Geräten. Die Geräte sind neu und mit dem Blick in den Garten macht die sportliche Betätigung richtig Spaß.

Seit Wochen habe ich nichts mehr für meine Fitness getan. Im Sommer war es mir zu warm und zu stickig, um in dem Fitnesscenter, bei dem ich mich letztes Jahr angemeldet habe, zu trainieren. Trotz meiner langen Pause bin ich ganz zufrieden mit dem Pensum, was ich hier schaffe. Während ich am Beinstrecker arbeite, breitet sich immer mehr ein dumpfes Ziehen in Bauch und Rücken aus. Meine Periode kommt früher als erwartet. Das wird sicherlich an den kurz hintereinander folgenden Klima- und Zeitumstellungen liegen. Jetzt weiß ich natürlich, warum ich in den letzten Tagen so kaputt war und so nahe am Wasser gebaut hatte. Der einzige Vorteil ist, dass ich schon eher mit der Pille anfangen kann und wir auf die lästigen Kondome verzichten können.

Ich dusche mich nach dem Sport nochmal in aller Ruhe und mache es mir mit meinem angefangenen Buch auf der Terrasse am Pool gemütlich.

Mein Blackberry klingelt und ich zucke erschrocken zusammen. Ich habe mich immer noch nicht an das Gerät gewöhnt. Madame Jenkins ist am Apparat und meldet sich für 15.00 Uhr an. Sie avisiert sich und eine Assistentin. Sie haben vor, mit einer kleinen Auswahl an Kleidung und entsprechendem Zubehör hier vorbei zu kommen. Was bitteschön versteht man unter Zubehör? Ob Madame Jenkins mich erneut überrascht, so wie es ihr gestern gelungen ist? Ich bin wirklich gespannt darauf, was mich gleich erwartet.

Während meiner Wartezeit döse ich noch ein wenig in der Sonne. Erst als ein Schatten auf mich fällt, öffne ich träge meine Augen. Shamar ist wieder zurück. Er trägt wieder einen Anzug, in dem er herrlich sexy aussieht und stellt seinen Aktenkoffer auf eine Liege ab.

»Hallo, Chérie.« Er mustert mich mit seinen dunklen Augen.

Ich stehe von meiner Liege auf und komme auf ihn zu.

»Hallo, Shamar. Wie schön, dass du schon da bist.« Ich küsse ihn auf den Mund und genieße seine Hände die meinen Rücken streicheln.

»Lässt du einkaufen?«, möchte er wissen.

Ich nicke. »Ja, ich möchte gerne wissen, was Madame Jenkins aussucht, damit ich weiß, was mich nach unserer gestrigen Aktion erwartet.« Shamar nickt zustimmend.

»Ach so, ich habe eine gute und eine weniger gute Nachricht für dich.«

»Aha«, Shamar hebt die Augenbrauen »dann schieß mal los.«

»Die gute Nachricht ist, dass ich heute mit der Pille angefangen habe.« Er steht mir weiterhin gegenüber und seine Hände streicheln meinen Rücken.

»Das heißt, du hast heute deine Periode bekommen«, folgert er.

»Und das ist die weniger gute Nachricht«, kläre ich ihn auf.

»Das ist doch kein Problem, mein Engel. Ich gebe zu, dass ich mich in der Vergangenheit mit Dingen in dieser Art nicht habe auseinandersetzen müssen, aber das gehört doch alles mit dazu.«

»Dann können wir aber nicht miteinander schlafen.«

»Und?«

Ich werde rot. »Ich mag nicht drauf verzichten….«

Er küsst mich zärtlich auf den Mund. »Mein Engel, keine Sorgen, es gibt genügend Spielarten, dass du nicht zu kurz kommst.«

Was meint er denn damit? So ein Mist, dass ich so

wenig Erfahrung habe. »Spielarten«, frage ich, »was meinst du damit? Etwa ... ?« Ich spreche es nicht aus, aber er weiß, was ich meine: Analverkehr. Bei dem Gedanken ist mir nicht wohl.

»Das, was du meinst, kann eine schöne Sache sein, wenn man es richtig macht, Chérie. Solltest du jemals den Wunsch danach haben, werde ich ihn dir gerne erfüllen. Aber das meinte ich nicht.« Sein Blick hält mich fest und er taucht damit tief in meine Augen. Mein Hals wird dabei trocken und ich beginne nervös zu schlucken.

»Was denn dann?«, frage ich ihn mir belegter Stimme.

Er grinst mich an. »Lass dich doch einfach überraschen.«

Ich grinse zurück. »Okay, ich nehme das als Versprechen für heute Abend.«

»Meine kleine Raupe Nimmersatt. Ich liebe dich.«

»Und ich liebe dich, Shamar!«

Er schaut auf seine Uhr am Handgelenk. »Für wann erwartest du Madame Jenkins?«

»Sie hat sich für 15.00 Uhr angekündigt. Wieso, willst du mir vielleicht jetzt schon zeigen, was mich heute Abend erwartet?« Ich grinse spitzbübisch.

»Jederzeit, mein Engel, aber das wäre jetzt ein wenig knapp und ich möchte Madame Jenkins nicht im Wohnzimmer warten lassen, bis wir beide miteinander fertig sind. Wenn ich das so richtig sehe, müsste sie jede Minute hier auftauchen.« Er greift nach seiner Aktentasche.

»Dann ziehe ich mir wohl besser etwas über.«

Ich folge ihm ins Haus und Shamar küsst mich kurz auf meine Lippen. Während ich nach oben gehe um mir etwas überzuziehen, macht sich Shamar auf den Weg in sein Arbeitszimmer. Der Einfachheit halber streife ich mir ein leichtes Sommerkleid über.

Ich bin gerade dabei, den Reißverschluss hochzuziehen, da höre ich auch schon einen Wagen vorfahren und kurz darauf die Türglocke schellen. Madame Jenkins ist da

Ich gehe herunter ins Erdgeschoss und sehe mich einem fahrbaren Kleiderständer, mehreren Kartons und zwei Damen gegenüber. Die eine ist Madame Jenkins, die andere kenne ich nicht. Ich werde mit Luftküssen rechts und links von ihr wie eine alte Freundin begrüßt.

Mir liegt so ein Getue nicht, aber wenn es dazu gehört, dann bin ich durchaus in der Lage mitzumachen. Wir gehen nach oben in eines der Gästeschlafzimmer. Matthew und Miss Unbekannt nehmen den Kleiderständer auf dem drei oder vier Kleider hängen und tragen ihn die Treppe hoch.

Danach bringt Matthew die Pakete herein. Ich folge der Prozession und setze mich in dem Gästezimmer auf einen der Sessel. Madame Jenkins wirkt aufgeregt und packt die einzelnen Kleider aus. Drei sind es an der Zahl. Alle drei Kleider sind traumhaft schön und die Entscheidung, welches ich nehmen soll, fällt mir wirklich schwer.

Letztendlich entscheide ich mich für ein schwach rosafarbenes Chiffonkleid mit silbernen und perlmuttfarbigen Applikationen im Oberteil. Es ist bodenlang, tailliert und bietet transparente Durchblicke am Dekolletee ohne jedoch freizügig zu wirken. Es ist perfekt. Nicht zu auffällig, aber mit Stil und Eleganz. Nachdem ich das Kleid ausgesucht habe, folgen Handtasche und Schuhe. Sogar zarte halterlose Strümpfe und passende Dessous sind dabei. Ich probiere alles an und jedes Teil passt wie angegossen. Von mir aus kann Madame Jenkins Luftküsse verteilen bis sie umfällt; das ist wirklich absolute Spitze, was sie in der kurzen Zeit auf die Beine gestellt hat.

Offensichtlich gefällt ihr das Ergebnis auch, denn sie ruft verzückt aus:

»Miss Buchholz, das steht Ihnen ausgezeichnet. Wirklich ausgezeichnet. Ihre Haarfarbe harmoniert wunderbar mit dem Kleid. Ich liebe Ihre Haarfarbe. Nicht immer dieses dunkle Haar sondern wunderbar honigblond. Sie strahlen wie die Sonne selbst.«

Sie ist völlig aus dem Häuschen. Das bin ich auch. Allerdings, wieso dunkles Haar?

»Wieso dunkles Haar, Madame Jenkins?«

Sie läuft tatsächlich rot an und stottert ein wenig. »Das hat nichts zu bedeuten, Miss Buchholz. Die meisten meiner Kundinnen haben dunkle Haare. Ihres ist außergewöhnlich strahlend. Das ist alles.«

Ich habe das Gefühl, dass das nur die halbe Wahrheit ist, aber wenn ich jetzt nachbohre und versuche, irgendwas herauszukriegen wo möglicherweise nichts ist, mache ich mich nur lächerlich. Also frage ich nicht weiter nach. Mit überschwänglichen Luftküssen beenden wir das Abschiedsritual. Die übriggebliebenen Pakete sind verstaut, der Kleiderständer wieder wohlbehalten im Heck des Wagens verankert und ich bin um ein atemberaubendes Kleid reicher. Ich finde Shamar in seinem Arbeitszimmer. Sobald er mich sieht, klappt er seinen Laptop zusammen und zieht mich auf seinem Schoß.

»Na, hast du etwas Schönes gefunden? Hat Madame Jenkins deinen Geschmack getroffen?«

Ich kuschle mich in seine Arme. »Ja, Shamar, Madame Jenkins hat genau das richtige Händchen. Sieht so aus, als würdest du den Abend mit mir verbringen müssen.«

»Oh je, was für eine Last«, stöhnt Shamar in gespieltem Elend.

Mit meinem Finger pieke ich ihn in seinen Bauch. Doch bei seinem Sixpack breche ich mir eher den Finger, als dass ich bei ihm eine Reaktion hervorrufe.

»Fertig für heute?«, frage ich ihn.

»Fertig. Magst du noch eine Runde Schwimmen gehen?« Er schaut mich erwartungsvoll an.

Ich nicke. »Dann nichts wie los.« Wir machen ein Wettrennen die Treppe hoch und ziehen uns die Badesachen an. Dann springen wir in den Pool. Wir schwimmen und toben ausgelassen eine Weile herum. Anschießend liegen wir noch ein wenig in der Sonne und genießen die Wärme. Dann ist es Zeit für ein schnelles, leichtes Abendessen, bevor wir uns für die Abendveranstaltung umziehen.

Mein neues Kleid hängt noch im Gästezimmer. Nach dem Duschen laufe ich rüber und ziehe erst die Dessous, dann die Strümpfe und zuletzt vorsichtig das Kleid an. Ich möchte auf keinen Fall den hauchzarten Stoff beschädigen. Zum Schluss schlüpfe ich in die farblich abgestimmten Pumps. Komplett geschminkt und mit offenen Haaren komme ich die Treppe herunter. Shamar steht unten, er trägt einen schwarzen Smoking der hervorragend zu seinen tiefschwarzen Haaren passt. Er sieht zum Niederknien aus. Als Reaktion auf ihn ziehen sich meine inneren Muskeln zusammen und ein Schauer der Erregung durchfährt mich. Er steht lässig und weltmännisch am Ende der Treppe und beobachtet mich. Seine Augen leuchten.

»Gefällt dir, was du siehst?« Frage ich ihn kokett.

»Oh ja, mein Engel. Du siehst umwerfend aus und wenn wir jetzt nicht losmüssten, würde ich dir das auch sofort zeigen. Du wirst den ehrwürdigen Ladies heute Abend das Fürchten lehren.« Er umarmt mich vorsichtig und küsst mich. Dann hält er mich auf eine Armeslänge von sich weg und beäugt mich kritisch.

»Etwas fehlt noch.«

Hoppla, »Was fehlt denn, habe ich was vergessen?« Mir ist nicht klar, was ich vergessen haben könnte.

»Wie gut, dass ich bereits alles zur Hand habe, was Ihnen fehlt Miss Buchholz.« Er grinst schelmisch und zieht aus seinem Sakko eine kleine Schachtel. Sie ist kunstvoll verpackt. Es ist fast zu schade, die schöne Verpackung beim Öffnen zu zerreißen.

»Ist das für mich?« Unnötigerweise frage ich ihn. Für wen sollte wohl sonst das Geschenk sein? Aber ich bin so überrascht.

Er lächelt und entblößt dabei eine Reihe weißer makelloser Zähne. »Natürlich, Chérie. Ich hoffe nur, es gefällt dir.«

Ich nehme die Packung an mich und entferne die Verpackung. Mit angehaltenem Atem öffne ich das Kästchen. Darin liegen auf schwarzem Samt zwei blütenförmige Ohrringe. Mehrere Diamanten bilden die Blüte, in deren Innerem jeweils ein Brillant eingearbeitet ist. Sie glitzern und funkeln wie verrückt.

»Oh mein Gott. Du bist verrückt Shamar. Sie sind wunderschön. Ich habe noch nie in meinem Leben so schöne Ohrringe gesehen. Ich werd‘ verrückt. Kannst du mir helfen, sie anzulegen?« Ich bin hin und weg. Die Ohrringe müssen sündhaft teuer sein. Noch nie in meinem Leben habe ich so einen teuren Schmuck besessen.

»Freut mich, dass sie dir gefallen«, raunt Shamar an meinem Ohr. Sein warmer Atem streift mich und löst eine wohlige Gänsehaut bei mir aus. Er nimmt den ersten Ohrring aus der Verpackung und steckt ihn vorsichtig an meinem Ohr fest. Dabei senden seine warmen Finger, die mich berühren, den nächsten Schauer über meinem Rücken auf die Reise. Nachdem beide Ohrringe an meinen Ohren hängen, schaue ich mich im Spiegel an. Die Schmuckstücke sind so groß, dass sie meine Ohrläppchen bedecken. Sie glitzern und funkeln und sehen einfach atemberaubend aus.

»Oh mein Gott, Shamar, sie sind traumhaft schön. Aber ich kann so etwas Teures nicht annehmen. Ich werde heute Abend wahrscheinlich die ganze Zeit die Hände an den Ohren halten, aus Angst, ich könnte sie verlieren.«

Shamar lässt sich von mir nicht aus der Ruhe bringen. »Chérie, erstens gehören die Ohrringe, ob du willst oder nicht, jetzt dir, und zweitens, wirst du sie heute Abend bestimmt an deinen Ohren vergessen und nicht mehr daran denken.«

Er küsst mich sanft in den Nacken und lässt seine Finger den Lippen folgen. Ich schließe die Augen und lasse meinen Kopf an seine Schulter zurücksinken. Dann drehe ich mich um und küsse ihn.

»Danke für dein Geschenk. Noch nie habe ich etwas

Schöneres bekommen.«

»Es ist mir stets eine Freude, mein Engel. Dann komm, lass uns den Abend genießen.« Seine Hand liegt locker auf meiner Hüfte während wir das Haus verlassen und in den Mercedes steigen. Kieran fährt uns in die Stadt, die sich als prächtige Kulisse vor dem dunklen Abendhimmel abhebt.

An Shamars Schulter gelehnt, genieße ich den Anblick. Die Landschaft gleitet stumm an uns vorbei und wir bewegen uns mit dem Mercedes fließend im abendlichen Verkehr in Richtung City. Nach einer Dreiviertelstunde halten wir vor einem hell erleuchteten Komplex. Eine große Menschenmenge befindet sich dort. Ich sehe viele Limousinen und noch mehr elegant gekleidete Menschen. Blitzlichter flackern wie ein unendliches Gewitter auf die Menschen.

Herr im Himmel, warum habe ich Shamar nicht gefragt, auf was ich mich da eingelassen habe. Wir reihen uns in die Schlange der vorfahrenden Autos ein.

»Shamar, ist das unser Ziel? Müssen wir hier aussteigen?« Ich bin hochgradig beunruhigt, denn ich habe in meinem ganzen Leben noch nicht mehr als ein Blitzlicht gesehen, wenn ich fotografiert wurde.

Shamar nickt.

»Was wird das hier? Ich habe nicht damit gerechnet, dass hier ein solcher Trubel ist.« Meine Hände werden schweißnass. Ein Kloß macht sich in meiner Kehle breit, den ich einfach nicht herunterschlucken kann. Krampfhaft schlucke ich, jedoch ohne Erfolg.

»Keine Angst, mein Engel. Wir steigen gleich aus. Schaue einfach niemanden an. Dann kann dich das Blitzlicht nicht blenden. Wenn du dich sicher fühlst, schau dich um. Ansonsten bin ich bei dir. Dir wird nichts geschehen. Tut mir leid, dass ich dich nicht vorgewarnt habe, aber das öffentliche Interesse ist so normal für mich wie das Atmen.«

Mehr Zeit bleibt mir nicht. Kieran hält vor dem

Eingang und ein Bediensteter öffnet die Tür. Für einen Moment herrscht Ruhe. Shamar steigt aus und die ersten Blitzlichter leuchten auf. Er hat eine ausdruckslose Maske aufgesetzt und sieht dabei aus, wie ein griechischer Gott. Er hat die Situation komplett unter Kontrolle und ist Ruhe und Selbstsicherheit in einer Person. Elegant reicht er mir die Hand, während ich aus dem Wagen aussteige. Ich schaue ihn an und lächle.

Er hat Recht. Das Blitzlicht, welches die Szene für mich in grelles Licht taucht, blendet mich nicht, solange ich nicht in Richtung der Fotografen schaue. Eine winzige Sekunde lang treffen sich unsere Augen, ein Moment, der sich für mich ausdehnt und mir die Gelassenheit gibt, die ich vorher nicht gespürt habe.

Wir halten einander, seine Hand liegt locker auf meiner Hüfte. Sein Besitzanspruch ist ohne Worte für alle erkennbar. Fragen stürmen auf mich ein, wer ich sei oder wo wir uns kennengelernt haben. Ich reagiere darauf nicht. An Shamars Seite schreite ich auf den Eingang zu und lasse die Fotografen draußen.

Drinnen herrscht Hochbetrieb. Bedienstete hasten zwischen den Menschen, die dort stehen, hindurch. Es gibt eine Garderobe, doch dort hängt nur vereinzelt eine Jacke. Die Dame, die davor sitzt schaut sich interessiert den Trubel an. Shamar wird von vielen Herren und auch Damen begrüßt. Er stellt mir jeden vor und ich werde umgekehrt an dem Abend gefühlt tausend Mal vorgestellt.

Ich habe keine Chance mir die Namen oder die Gesichter zu merken. Irgendwann gelangen wir in einen großen Saal, an dem ein großer, runder Tisch neben dem anderen steht und eingedeckt ist.

Eine Bühne ragt direkt vor uns auf. Shamar und ich sind so platziert, dass wir die Bühne bequem überschauen können, ohne uns verrenken zu müssen. Wir teilen uns den Tisch mit sechs anderen Personen. Anscheinend sind alle aus der Ölbranche, denn es entwickelt sich rasend schnell ein Fachgespräch über Shamars anstehenden

Erwerb eines neuen Fördergebietes.

Die begleitenden Damen sind geschmückt wie Weihnachtsbäume. Zwei der Damen scheinen sich zu kennen und führen ihrerseits diskret eine Unterhaltung, um die Herren nicht zu stören. Es macht mir nichts aus, danebenzusitzen und zuzuschauen. Denn dieser Auflauf an Menschen, die heute Abend mit mir hier sind, um sich an dem Sozialprojekt zu beteiligen, ist unendlich interessant.

Die schönsten Kleider ziehen an mir vorbei und der Schmuck der präsentiert wird, dürfte bei Einigen wohl den Wert eines guten Einfamilienhauses in München haben. Ich denke an Susanne, die jetzt sicherlich mitten in ihren Prüfungen sitzt und Blut und Wasser schwitzt. Ich schicke ein kleines Stoßgebet zum Himmel und hoffe, dass sie alles gut übersteht. Vor Morgen kann ich sie nicht anrufen.

Mit einem Mal legen sich alle Gespräche und die Bühne wird erleuchtet. Ein Mann hält eine Ansprache und kündigt das weitere Programm an. Das Programm ist umfangreich. Über Komik, Akrobatik und Zauberei ist alles dabei. Es ist vorgesehen, dass die Speisen während des Programms serviert werden. Der Conférencier begrüßt einige Gäste so auch Shamar öffentlich von der Bühne. Schließlich kündigt er den ersten Künstler an. Das scheint das Stichwort zu sein, denn sofort strömen in Scharen die Kellner mit den Speisen in den Saal.

Sie balancieren immer mehrere Teller tragend, zwischen den Tischen hin und her. Das Ganze funktioniert nahezu lautlos. Der erste Gang, der serviert wird, ist ein Krabbencocktail mit geröstetem Brot. Die Sauce, in der sich die Krabben befinden, ist mit Knoblauch angemacht und schmeckt herzhaft und sehr lecker. Während wir essen, flüstert mir Shamar immer wieder die eine oder andere Information zu den Künstlern, oder auch zu den Teilnehmern, die um uns herum sitzen, zu. Er kennt viele kleine Anekdoten und manchmal muss ich mehr über seine Witze lachen, als über den Komiker, der auf der Bühne versucht, Politwitz unter das Volk zu bekommen.

Nach den Krabben wird eine Tomatensuppe serviert, die cremig und sehr fruchtig ist. Einem so hohen Anteil an pürierten Tomaten, hatte ich bisher noch in keiner Suppe gegessen. Um uns herum werfen uns die Damen und Herren immer wieder strafende Blicke zu. Sie haben anscheinend gar kein Verständnis dafür, dass wir zwei uns leise unterhalten. Shamar scheint das nicht zu kümmern.

Als nächstes betritt eine Gruppe von leicht bekleideten Frauen die Bühne und die Herren der Schöpfung an unserem Tisch konzentrieren sich auf die attraktiven Damen, die gerade geschickt eine grazile Akrobatik vorführen. Einige vergessen sogar das Essen dabei. Sehr zum Missfallen der jeweiligen Begleiterin. Welche, seltsamerweise, allesamt eine gesetztere Figur haben. Man kann reisen, wohin man will, oder Veranstaltungen jedweden Niveaus besuchen, manche Dinge ändern sich einfach nie. Belustigt über diese Erkenntnis muss ich lächeln.

»Was ist, Chérie« Shamar beobachtet mich von der Seite.

»Ach, nichts« gebe ich unbekümmert zurück »ich habe nur gerade festgestellt, dass sich manche Dinge, egal wo man ist, nicht ändern.«

Er schaut sich um und entdeckt was ich meine. »Das wird dir mit mir nicht passieren, Chérie, du bist alles, was ich möchte.«

Na, wenn das kein Seelenbalsam ist! Ich schwebe auf Wolke sieben. Er drückt meine Hand, um seine Aussage noch zu bekräftigen. Das Hauptgericht wird serviert und anschließend ein Nachtisch aus einer köstlichen Kuchenvariation.

Das Essen vergeht wie im Flug während wir beide den Darbietungen auf der Bühne zuschauen. Der Nachtisch ist lange abgeräumt als der Conférencier nochmals die Bühne betritt. Er kündigt eine Band an, die den Platz auf der

Bühne einnehmen und die anwesenden Gäste mit Livemusik unterhalten soll. Die Jungs sind richtig klasse. Mehr als einmal sind sie vom Original nicht zu unterscheiden. Ich kann nicht ruhig sitzen und wippe immer wieder im Takt mit. Shamar lächelt amüsiert.

»Magst du Tanzen, Luna?« Shamar schaut mich erwartungsvoll an. Ich tanze sehr gerne, aber ich hatte bisher wenig Gelegenheit, Standardtänze zu tanzen. Ich zögere kurz, aber die Vorfreude auf meinen ersten Tanz mit Shamar gewinnt.

»Das würde ich sehr gerne«, antworte ich ihm. Sofort steht Shamar auf und zieht mich an seiner Hand zu sich hoch. Wir sind das erste Paar auf der Tanzfläche und mir wird klar, dass hundert Augenpaare uns beobachten. Vielleicht hätte ich das besser doch nicht machen sollen, denn ich habe plötzlich gewaltige Angst, mich zu verhaspeln und der Lächerlichkeit preiszugeben.

Meine Sorge ist völlig unbegründet, denn Shamar ist so sicher auf der Tanzfläche, als hätte er sein ganzes Leben nichts anderes gemacht. Geschickt führt er mich zu den Klängen der Musik. Nach wenigen Schritten entspanne ich mich immer mehr und kann unseren Tanz so richtig genießen. Mir macht es ungeheuer viel Vergnügen, mich mit ihm auf der Tanzfläche zu bewegen. Vergessen ist die Angst und die Unsicherheit. Meine Welt hat sich nur auf uns beide verkleinert und ich nehme nichts Anderes um uns herum wahr. Shamars Augen leuchten in tiefdunklem Perlmutt.

»Du bist die schönste Frau hier im Saal mein grünäugiger Engel.« Seine Stimme ist leise und ich höre seine versteckte Leidenschaft heraus.

Wir schauen uns an und die Welt um uns herum gehört nicht mehr zu meinem Wahrnehmungskreis. Wir tanzen, als wären wir alleine und nicht in einer Schar hochkarätiger Spendenwilliger unterwegs.

»Du bist so schön, Luna, ich freue mich darauf, mit dir ungestört sein zu können. Hier sind mir zu viele Leute mit denen ich dich teilen muss.« Shamar senkt noch nicht einmal die Stimme bei seinen Worten. Hören kann ihn sowieso niemand, da die Musik alle anderen Geräusche übertönt.

»Mich wundert, dass du den Wunsch nicht schon eher geäußert hast. Also ich habe kein Problem damit, den Saal gegen unser Schlafzimmer zu tauschen ….«

Er grinst mich spitzbübisch an. Offensichtlich gefällt ihm die Vorstellung einer wesentlich intimeren Umgebung zusammen mit mir.

»Miss Buchholz, Sie sind eine äußert scharfsinnige und höchst attraktive Person. Wir gehen nach diesem Tanz.«

»Musst du denn nicht noch was spenden?« Ich bin erstaunt.

»Nein, das ist alles lange erledigt«, antwortet er amüsiert.

»Wie denn das?«

»Als die Anfrage kam, wurde sie zusammen mit der Menüwahl und der Spende beantwortet. Daher dürfen wir gehen, wann wir wollen.« Er grinst vielversprechend.

»Na denn, nichts wie los, mein Herr.« Ich lache laut los. Inzwischen sind wir nicht mehr alleine auf der Tanzfläche. Andere Paare haben sich dazu gesellt und umkreisen uns. Shamar hat sofort sein Handy in der Hand und beordert Kieran zum Ausgang. Wir gehen zum Tisch zurück und verabschieden uns. Auf dem Weg durch die Vorhalle laufen wir noch dem Einen oder Anderen in die Arme, der schnell noch ein paar Sätze mit Shamar tauschen muss. Schließlich stehen wir vor der Tür. Der Bedienstete nickt uns zu. »Sir, Ihr Wagen ist vorgefahren.« Was für eine kluge Maßnahme, denke ich. Wenn draußen noch die vielen Fotografen warten und das Auto nicht da ist, kann das nicht nur lang sondern auch peinlich werden.

Shamar schaut mich fragend an. »Bereit für die Meute?«

Entschlossen schaue ich ihn an. »Yepp. Lass uns gehen.«

Der Bedienstete öffnet uns die Tür und schon geht es

los. Etliche Blitze blenden mich. Ich erinnere mich, nicht direkt in die Kameras zu schauen und konzentriere mich auf das wartende Auto. Das hilft. Shamar geleitet mich elegant und sicher zum Mercedes, an dem die Tür von Kieran geöffnet, auf uns wartet. Wir steigen ein, die Tür schließt sich hinter uns. Sofort ist es ruhig und die Welt draußen ist ausgesperrt. Sobald Kieran eingestiegen ist, kann es losgehen. Shamar legt den Arm um mich und der Wagen setzt sich in Bewegung.

Um diese Uhrzeit ist der Verkehr deutlich geringer, als auf dem Hinweg und wir erreichen schnell Shamars Haus. Matthew hat auf uns gewartet, wie von selbst öffnet sich die Haustüre für uns. Auf dem Weg nach oben machen wir einen Umweg über die Küche. Shamar wirft einen Blick in den Getränkekühlschrank und holt eine Flasche Moet&Chandon Rose Imperial heraus, währenddessen schaue ich in die Schränke, bis ich die passenden Gläser dazu finde.

»Was feiern wir denn«, frage ich.

»Wir feiern deine Anwesenheit hier«, antwortet er ernsthaft.

Ich muss lachen und Shamar stimmt ein. Im Schlafzimmer öffnen wir die Flasche, die er elegant mit einem leisen Zischen entkorkt. Rosa perlt der Champagner in den Gläsern.

»Auf uns mein, Engel.«

»Auf uns mein, Schatz.«

Der Champagner schmeckt köstlich. Nach dem würzigen Essen, bin ich durstig und trinke einige Schlucke mehr. Wir machen es uns auf dem Bett bequem. Shamar hat sich am Kopfteil des Bettes aufgesetzt und ich lehne mich mit dem Rücken an ihn. Das Licht ist bis auf eine kleine, heruntergedimmte Standleuchte aus. Ich schließe die Augen und genieße seine Nähe. Die Wärme seiner Haut dringt durch den dünnen Stoff meines Kleides. Es ist ein wunderschöner ruhiger Augenblick, so ruhig, dass ich zu meinem Leidwesen einschlafe. Ich schlafe so fest, dass ich nicht mitbekomme, wie Shamar mich von meiner Kleidung befreit und mich zudeckt.

13

Am nächsten Morgen werde ich von den Geräuschen seiner Dusche geweckt. Die Sonne scheint ins Zimmer und verspricht einen schönen Tag. Mit einem tief hängenden Handtuch auf den Hüften kommt Shamar ins Schlafzimmer zurück. Sein Glückspfad endet unter dem Handtuch und ich würde es ihm am liebsten abnehmen. Ich bewundere seinen Waschbrettbauch und schaue dem Muskelspiel unter seiner Haut zu, während er sich anzieht. Zu meinem Bedauern muss ich sehen, wie seine breite Brust unter einem T-Shirt und dann weiter unter einem Hemd verschwindet.

»Magst du heute mit mir zu den Stallungen fahren?«, fragt er mich, während er in die Anzughose schlüpft.

»Was für Stallungen denn?«, frage ich zurück.

»Ich habe ein paar Pferde, die ich in Kingwood in einer Stallung untergebracht habe, die mir zusammen mit einem Geschäftspartner gehört.« Er stopft das Hemd in seine Hose und schließt sie.

»Das wusste ich nicht. Gerne. Könnten wir auch ein bisschen ausreiten?«

»Nichts lieber als das, Luna!«, lächelt er mich an. »Allerdings musst du noch ein bisschen warten, denn ich muss leider noch mal ins Büro, es gibt ein Meeting, das ich nicht verschieben konnte. Aber dann können wir los.«

Ich freue mich auf unseren Ausflug und strahle ihn an.

»Wenn du noch einen kleinen Augenblick hast, dann mache ich eben eine Katzenwäsche und frühstücke mit dir.«

Während Shamar nach unten geht, lege ich einen olympiareifen Spurt im Badezimmer hin. Zehn Minuten später sitzen wir im Esszimmer und genießen das gemeinsame Frühstück. Danach fährt er mit Kieran ins Büro.

Ich schlendere zurück ins Schlafzimmer und beende meine hastig begonnene Morgentoilette. Da es sicherlich noch ein wenig dauern wird, bis Shamar zurückkehrt, beschließe ich, mir das Grundstück ein wenig genauer anzusehen. Nachdem ich mir etwas Bequemeres angezogen habe, steige ich die Treppen ins Erdgeschoss herunter. Unten ist niemand zu sehen. Ein paar Geräusche kommen aus der Küche. Da ich ja hier auf dem Grundstück bleibe und mich nicht entferne, verzichte ich auf eine Nachricht und gehe zur Haustüre heraus, um mit zügigen Schritten der Auffahrt, die um das Haus herum geht, zu folgen.

Ich gelange auf die Hausrückseite zu einer großen Garage. Dort steht neben einem schwarz glänzendem Porsche Cayenne noch ein dunkelblauer Audi Q3. Der Mercedes fehlt. Hinter der Garage ist eine Mauer, vor der ordentlich gestutzte Büsche stehen. Dahinter muss der Pool sein, an dem ich gestern gelegen habe. Die Büsche ziehen sich noch ein Stück weiter, bis ich auf eine große Rasenfläche komme. Wie die Büsche, ist auch der Rasen gepflegt und geschnitten. Insgesamt ist das ein sehr großzügiges Grundstück. Ich brauche eine Weile, bis ich alles abgelaufen habe. An der Grundstücksgrenze nach hinten verläuft ein Zaun, der hinter hohen und nicht mehr geschnittenen Büschen verschwindet, die auf der anderen

Seite des Zaunes stehen. Die Rasenfläche davor ist geschnitten und strahlt in saftigem Grün. Der farbliche Gegensatz zu dem tiefblauen wolkenfreien Himmel ist genial. Ich genieße die Luft auf dem kleinen Stückchen Land, wo man nichts außer Vogelzwitschern hören kann. Langsam mache ich mich auf den Weg zurück und schaue mir dabei das Haus von hinten an. Der Pool ist von meiner Position aus nicht zu sehen, sondern nur das obere Stockwerk.

Das Haus sieht von vorne schon groß und eindrucksvoll aus, aber von hinten kann man sehen, wie viel im Laufe der Zeit angebaut und integriert wurde. Alles fügt sich harmonisch zu einander. Ich sehe den Mercedes in der Garage stehen, also ist Shamar wieder da. Von Kieran ist nichts zu sehen. Daher laufe ich die Zufahrt um das Haus herum zum Eingang.

Da ich keinen Schlüssel habe, klingle ich an der Tür. Die wird mir fast sofort geöffnet. Ich schaue in Matthews, Annies und Shamars Gesichter. Irgendwas stimmt nicht.

»Ist was passiert?«, frage ich.

Matthew und Annie verziehen sich sofort und Shamar kommt auf mich zu. Er nimmt mich in die Arme und hält mich so fest, als wollte er mich nicht mehr loslassen.

»Du warst weg und niemand wusste wo du warst. Wir haben schon das ganze Haus nach dir abgesucht und auf deinem Handy angerufen.« Er sieht gestresst aus.

»Ich war doch nur im Garten unterwegs. Ich wollte mir mal alles von außen anschauen, sonst nichts!« Ich verstehe die Welt nicht mehr.

»Als ich zurückkam, warst du nicht da und weder Matthew noch Annie wussten wo du bist, deswegen habe ich mir Sorgen gemacht. Gott sei Dank ist alles in Ordnung.«

»Shamar, ich war doch nur im Garten. Natürlich ist alles in Ordnung. Was soll denn nicht in Ordnung sein?«

Ich kann den ganzen Trubel nicht nachvollziehen. Wo sollte ich wohl hingehen, ohne Tasche und ohne Handy?

»Luna, Leute wie ich sind ständig in der Gefahr, Ziel von Entführungen oder Erpressungen zu werden. Als du so spurlos verschwunden warst, denkt man zwangsläufig an solche Dinge.« Er atmet tief durch und lässt mich los.

»Das wusste ich doch nicht. Außerdem weiß doch niemand, dass ich hier bin. Wer sollte mich mit dir in Verbindung bringen? Aber wenn ich das nächste Mal das Haus verlasse, dann nehme ich mein Handy mit und werde Bescheid sagen.«

Puh, muss ich mich zukünftig ab- und anmelden wie früher als Kind? Als ob mich jemand unbemerkt aus dem Haus entführen könnte. Das ist doch lächerlich! Dieses Sicherheitsdenken kommt mir ein bisschen übertrieben vor. Wenn ich mich jetzt jedes Mal abmelden muss, wenn ich irgendwohin gehe, ist das so, als sollte ich ein Stückchen Mündigkeit abgeben. Begeistert bin ich darüber nicht, andererseits, woher soll ich auch wissen, was man aus Sicherheitsgründen alles machen muss. Zuhause in München hat sich niemand derartig für mich interessiert. Ich habe kein Geld, keinen einflussreichen Namen oder eine wohlhabende Familie. Nichts, was den Neid anderer wecken könnte. Da werde ich mich, ob ich will oder nicht, umstellen müssen.

»Hey, das ist nicht so schlimm wie es sich anhört. Nimm wenigstens dein Handy mit, sodass man dich erreichen kann. In Ordnung?«

»Machst du das auch? Ich meine mit dem Abmelden und Bescheid sagen?«

Er streichelt mir mit den Händen über meine Oberarme.

»Dass meine Leute wissen, wo ich bin, ist ganz natürlich. Man gewöhnt sich einfach daran. Außer-dem bin ich getaggt.«

»Getaggt?« Wiederhole ich verständnislos.

»Getaggt heißt, dass ich in meinem rechten Oberarm einen Chip implantiert habe. Auf dem befinden sich meine medizinischen Daten und er dient dazu, meinen

Aufenthaltsort auf wenige Meter genau zu lokalisieren. Das macht mich für Entführungen uninteressant.«

»Du trägst einen Chip, so wie ein Haustier?« Ich fasse es nicht. Wie kann man das einem Menschen antun? Reichtum schlägt anscheinend abstruse Wurzeln. Wenn man einen Menschen zu seinem Schutz kennzeichnet wie ein Tier, ist es weit gekommen.

»Wer hat dir das angetan?« Das Entsetzen darüber ist mir ins Gesicht geschrieben.

»Das hat mir niemand angetan. Als ich alt genug war, um für mich selbst zu entscheiden, habe ich mich dafür entschieden. Die Codes sind nur den engsten Familienangehörigen wie zum Beispiel den Eltern oder dem Ehepartner bekannt. Viele vermögende Menschen sind getaggt und minimieren dadurch die Gefahr einer Entführung. Verhindern kann man das letztendlich natürlich nicht, weil so ein Chip von einem Entführer aufgespürt und entfernt werden kann. Das ist aber nicht so ohne weiteres möglich. Daher ist das ein sehr guter Schutz.«

Ich kann die Argumente nachvollziehen. Es erschreckt mich, dass Menschen gezwungen sind, sich wie ein Besitzstück registrieren und elektronisch etikettieren zu lassen. Ein Umstand der mir bis heute nicht bewusst war. Würde ich das wollen? Mir einen Chip implantieren lassen um, jederzeit auffindbar zu sein? So etwas kann ich mir für mich gar nicht vorstellen.

»Tut das weh?« So ein Teil muss man doch ständig spüren und überhaupt, wie kommt das dahin. Ich schüttle mich alleine bei der Vorstellung, wie so etwas abläuft.

»Was, das Implementieren oder das Tragen?« Shamar geht mit dem Thema um, als wäre es das Normalste auf der Welt.

»Eigentlich beides.«

»Der Chip ist recht klein und wird quasi als Kapsel mit einer Nadel appliziert. Das geschieht unter örtlicher Betäubung und tut nicht weh. Hinterher dauert es ein paar

Tage, bis man sich daran gewöhnt hat. Danach verschwindet das Fremdkörpergefühl vollständig.«

Es tut mir aufrichtig leid, dass ich alle so sehr in Aufregung versetzt habe. Wenn nicht nur Shamar einen solchen Aufwand betreibt, werden diese Maßnahmen sicherlich begründet sein. Du meine Güte, wie weit wird mich das irgendwann einschränken? Ich habe das Bauchgefühl, dass ich mich mit dem Thema Sicherheit noch intensiver beschäftigen muss.

»Ach, Shamar, ich bedaure, dass ich nicht Bescheid gesagt habe und ich verspreche dir, ich werde ab jetzt immer Bescheid sagen, oder eine Nachricht hinterlassen und ganz bestimmt mein Handy mitnehmen. Okay?«

»Ist vollkommen in Ordnung, mein Engel.« Er lächelt mich an.

»Themenwechsel: Möchtest du sofort los und dann später dort was essen oder lieber jetzt was essen und dann los?«

»Lieber sofort los und dort später etwas essen«, antworte ich.

Shamar wechselt seinen Anzug gegen Jeans und T-Shirt. Annie hat uns ein paar Kleinigkeiten in einer Tasche zusammengestellt. Auf dem Weg nach draußen nimmt Shamar die Tasche mit. Wir gehen um das Haus herum zu den geparkten Fahrzeugen. Er drückt auf die Fernentriegelung und der Porsche Cayenne öffnet sich. Irgendwie bin ich davon ausgegangen, dass Kieran uns fährt.

»Du fährst selbst? Hat Kieran frei?« Frage ich ihn erstaunt. Er hält mir die Tür auf und ich setze mich auf den Beifahrersitz. Shamar geht um den Cayenne herum und steigt ebenfalls ein.

Er dreht den Schlüssel im Zündschloss und der Wagen springt an. Kraftvoll und fast ein wenig aggressiv startet der Motor.

»Ich fahre gerne auch mal selber«, antwortet er, »wenn ich ins Büro muss oder zu solchen Veranstaltungen wie gestern Abend, da greife ich auf Kieran zurück. Aber so wie heute, da fahre ich lieber selbst.«

Der Wagen setzt sich in Bewegung und wir fahren die Auffahrt entlang zur Straße.

»Und wieso brauchst du mehrere Autos? Da steht doch noch ein Audi.«

»Nein, Chérie, der ist für Matthew und Annie. Die beiden müssen immer wieder was Einkaufen oder haben sonstige Besorgungen, für die sie einen Wagen benötigen. Dafür steht der Wagen für sie bereit.« Aha. Das erklärt die Anwesenheit der vielen Autos hinterm Haus. Ich schweige einen Moment.

»Dies ist ein sehr schönes Auto.« bewundernd schaue ich mich in dem Auto um. Das Interieur ist hochwertig.

Die Sitze sind mit schwarzem Leder bezogen, genauso wie das Lenkrad und die Seitenverkleidung. Die Konsole und Einstiegsleisten sind mit Chrom abgesetzt, was hervorragend zu der schwarzen Farbe passt. Die Scheiben sind verdunkelt und ein großes elektrisches Glasdach ermöglicht ein Cabriogefühl. Der Motor blubbert leise mit dem dunklen Geräusch von massenhaft PS und Kubik. Ich bin mir sicher, dass dieses Fahrzeug keine Serienfabrikation ist. Es sieht viel eher so aus wie ein richtiges Männerspielzeug.

Wir fahren in Richtung Interstate 45.

»Gefällt dir der Wagen?« Man hört den Besitzerstolz deutlich heraus.

»Das Auto ist toll. Ich bewundere ihn schon die ganze Zeit. Das ist doch bestimmt kein Fahrzeug aus der Serienfertigung oder?«

Ein Funkeln liegt in seinen Augen. »Chérie, dieses Auto gibt es in dieser Ausführung nur ein einziges Mal.«

Das hatte ich mir schon gedacht. Ich muss innerlich über das Thema Männer und ihre Spielzeuge breit grinsen. Shamar schaut mich von der Seite an, als wäre ihm etwas eingefallen.

»Hmmh, ich nehme an, du beabsichtigst ebenfalls Auto

zu fahren. Gehe ich Recht in dieser Annahme?«

Ich schaue ihn an und kann nicht verhindern, dass mir ein Lächeln auf den Lippen liegt.

»Also wenn ich hier lebe, möchte ich definitiv selbst Autofahren. Daheim habe ich eine sehr gute Anbindung mit dem öffentlichen Personennahverkehr, das war bisher ganz praktisch, weil ich mir bisher kein eigenes Auto leisten konnte. Aber hier ist der Fall ganz anders. Nach dem Intermezzo vorhin, nehme ich an, dass du was dagegen hast, wenn ich mich hier in den Bus setze um beispielweise in die City oder zur Arbeit zu gelangen.«

Wie erwartet fällt ihm bei der Vorstellung, ich könnte mich in einen Bus setzen, um damit meine Ziele zu erreichen, sprichwörtlich das Lachen aus dem Gesicht.

»Du wirst garantiert keinen Fuß in irgendeinen Bus setzen mein Engel. Das geht gar nicht. Du bekommst ein Auto. Hast du einen bestimmten Wunsch?«

»Ja, ein Auto, das ich mir kaufen und leisten kann. Wenn ich zwei oder drei Monate gearbeitet habe, sollte ich mir einen gebrauchten Golf leisten können.« So lange wird er doch sicherlich warten oder mich vielleicht mitnehmen können.

»Süße, ich habe nicht vor, dich hier sozusagen auf dem Trockenen sitzen zu lassen oder zu warten, bis du dir ein gebrauchtes Auto kaufen kannst. Ich werde dir ein Auto besorgen. Jetzt noch mal, was für ein Auto möchtest du haben?«

Na klar, der milliardenschwere Shamar Shalazar redet über einen Autokauf, als wäre das gleichbedeutend mit einer Getränkebestellung.

Wie groß doch der Unterschied zwischen uns ist. Bisher bin ich mit meiner Monatskarte brav mit Bus und Bahn unterwegs gewesen. Ich habe vor einigen Jahren den Führerschein gemacht; meine Oma hatte damals darauf bestanden und das Geld dafür aus dem Nachlass meiner Eltern genommen. Doch ein eigenes Auto habe ich mir bisher nicht leisten können und mir deshalb nie Gedanken darüber gemacht, was ich mir mal für ein Auto kaufen wollte. Puh, seufze ich innerlich. Ich habe ein Luxusproblem….

»Ich habe nie darüber nachgedacht Shamar, weil ich bisher kein Auto gebraucht habe. Wenn ich könnte, hätte ich gerne ein deutsches Auto. Vielleicht einen VW oder einen BMW. Die haben so eine schöne Frontansicht. Automatik sollte er haben und wenn ich die Autos hier so sehe«, ich schaue mich bewusst um und deute auf die Straße, »dann sollte es etwas größer sein. «

Shamar nickt zustimmend. »Richtig, größer ist auch sicherer. Ein guter Aspekt.« Er nickt noch mal deutlich, als würde ihm eine Vision durch den Kopf gehen, die er bestätigt.

Auch wenn Shamar stinkreich ist, habe ich nicht das Verlangen, dass er sofort losrennt und mir mal eben ein Auto kauft. Möglicherweise bin ich, was meine Vorstellung eines Autos angeht, völlig auf dem Holzweg.

»Bitte versprich mir, dass du nicht gleich zum Handy greifst und wenn wir zurückkommen, schon ein Auto auf mich wartet. Das würde mir nämlich eindeutig zu schnell gehen. Ich fange doch sowieso erst im Dezember an, zu arbeiten. Bis dahin kann mich Kieran fahren, wenn er frei ist. Ansonsten kann ich mir doch sicherlich mal den Audi ausleihen oder aber von Matthew und Annie mitgenommen werden. Außerdem, könnte ich erst mal ein paar praktische Erfahrungen, vielleicht mit einem Leihwagen, sammeln. Schließlich bin ich nur selten bisher gefahren und erst recht nicht im Ausland.«

»Okay, Luna, wie du möchtest. Aber du solltest wissen, dass es mir absolut nichts ausmacht, dir ein Auto zu kaufen. Schließlich entführe ich dich praktisch aus deiner gewohnten Umgebung und ich möchte nicht, dass du auf irgendetwas verzichten musst.« Er schaut zu mir rüber und mustert mich.

»Hey, ich verzichte doch auf gar nichts, im Gegenteil. Du beschenkst mich jeden Tag aufs Neue. Ich trage

Kleider, von denen ich in der Vergangenheit nur hätte träumen können. Dank dir habe ich auch noch eine persönliche Stilberaterin und Einkäuferin. Du schenkst mir traumhaften Schmuck. Und das Beste von allem bist du. Ich wäre auch mit dir zusammen, wenn du kein Geld hättest, weil mir dein Geld nämlich vollkommen egal ist.«

Die Gegend gefällt mir. Es ist üppig grün und weitläufig. Nach einiger Zeit halten wir an einem niedrig gestreckten weißen Gebäude, welches von riesigen eingezäunten Wiesen umgeben ist. Mitten dazwischen gibt es sogar einen Platz mit Polomarkierungen.

Auf dem Parkplatz daneben halten wir an und schlendern gemütlich in das erste Stallgebäude. Es ist offen und luftig gebaut. Ein breiter Gang führt in der Mitte durch und auf beiden Seiten befinden sich geräumige Pferdeboxen. Die grob geschätzt die Größe einer Garage haben. Darüber würde sich daheim sicherlich so manch ein Pferd freuen. Sobald wir den Stall betreten, strecken sich uns aus den Boxen neugierig schmale Köpfe mit intelligenten dunklen Augen entgegen. Ich kann nicht anders und gehe direkt auf die Tiere zu.

Meine Hände streicheln den Hals und die Nüstern. Die meisten Tiere ziehen sich wieder zurück, weil ich keinen Leckerbissen dabei habe. Shamar beobachtet mich lächelnd. Die Tiere sind herrlich. Noch nie habe ich so schöne, wohlproportionierte Pferde gesehen. Das Fell glänzt und die Tiere machen auf mich den Eindruck, als würden sie vor Gesundheit strotzen. In diesem Gebäude sind zwanzig Boxen untergebracht und es gibt noch zwei weitere Gebäude der gleichen Größe.

»Sind das alles deine Tiere?«.

Shamar nickt. »Ja, alle Tiere in diesem Stall und fünf weitere Pferde in dem Gebäude nebenan. Die anderen Tiere gehören, bis auf eines, einem Geschäftspartner.«

»Ein einziges Tier ist von einem anderen Besitzer? Ist das ein besonderes Pferd?« Frage ich ihn, während ich die samtene Weichheit der Nüstern eines Pferdes streichle.

»In gewisser Weise schon«, grinst mich Shamar an. »Es gehört Raoul und es ist ein Esel.«

Ich glaube, ich höre nicht richtig. »Raoul hat einen Esel?« Ich lache laut los.

»Vielmehr sein Töchterchen. Sie hat vor zwei Monaten als Glücksfee fungiert und auf einer Wohltätigkeitsveranstaltung Lose gezogen. Das letzte Los war für sie – und das war der Esel.«

»Und jetzt vertreibt der Esel den Pferden die Zeit?«

»Na, seltsamerweise hat er eine beruhigende Wirkung auf die Herde. Das sind alles hochgezüchtete, sensible und daher nervöse Tiere. Unser kleiner grauer Freund hat eine unerschütterliche Ruhe, die sich auf die Pferde überträgt. So gesehen war Chantals Los ein doppelter Glücksgriff.«

Kopfschüttelnd und lachend setzen wir unseren Weg fort. Ein Pferdepfleger kommt uns entgegen und begrüßt uns freundlich. Shamar unterhält sich kurz mit ihm und bittet ihn, zwei der Tiere für uns zu satteln. Dann laufen wir weiter über das Gelände. Die beiden anderen Gebäude sind exakt wie das Erste. Zu beiden Seiten sind die Boxen angeordnet. In dem dritten Gebäude strecken sich jedoch zur Abwechslung nicht nur Pferdeköpfe hervor sondern auch der kleine Esel. Mit lautem ‚IA' werden wir begrüßt. Dazu wirft er den Kopf immer hoch und runter.

»Er will raus«, sagt Shamar. »Er ist sonst mit den anderen Tieren auf der Weide. Und er weiß, dass er gleich wieder herauskommt.«

»Wieso sind die Tiere denn alle in den Ställen? Das Wetter ist doch herrlich. Oder dürfen die nicht draußen bleiben?« Frage ich ihn.

»Doch, sie sind so oft es geht draußen. Heute war der Tierarzt da, der sich die Tiere angeschaut hat. Das ist einfacher, wenn die Tiere in den Boxen sind.«

Zwei weitere Pferdepfleger sind zu sehen. Jeder ist mit einem Tier beschäftigt. Langsam schlendern wir zurück zu dem ersten Gebäude, vor dem jetzt zwei Pferde gesattelt stehen. ‚Flocke' heißt meine Stute, in deren Sattel mir Shamar hilft, bevor er sich selber auf sein Pferd schwingt. Gemächlich setzen wir uns in Bewegung, und verlassen die Stallungen. Dahinter geht ein Feldweg in das offene Gelände. Diesen Weg schlagen wir ein. Nachdem wir die Stallungen hinter uns gelassen haben, treiben wir die Tiere zu einer schnelleren Gangart an. Wir traben auf einer Wiese in Richtung eines kleinen Hügels, der dort am Ende des Feldes zu sehen ist. Herausfordernd schaue ich Shamar an. Mittlerweile habe ich meine Sattelfestigkeit wiedergefunden.

»Na los, fang mich, wenn du kannst.« Ich sehe gerade noch wie seine Augen aufblitzen, bevor Flocke mit einem riesigen Satz nach vorne prescht. Sie ist wie eine lebendige, zusammengepresste Spiralfeder, die sich mit einem heftigen Ruck entfaltet. Sie scheint nur darauf gewartet zu haben, sich zu strecken und zu galoppieren. Hinter mir höre ich Shamar, der mir folgt. Ich gebe meinem Tier mehr Zügel und Flocke schießt gestreckt den Hügel hoch. Oben angekommen nehme ich die Zügel wieder kürzer und halte an. Shamar folgt mir auf dem Fuße.

»Erster!« Rufe ich ihm entgegen. Ich bin außer Atem und in meinem Blut tobt das Adrenalin vom wilden Ritt. Das ist fantastisch!

»Sag mal, warum hast du mir nicht eher gesagt, wie gut du reiten kannst, Luna?« Shamar ist überrascht. »Dann hätten wir letzte Woche nicht im Schleichtempo in die Wüste reiten müssen.«

»Du musst ja nicht alles wissen was ich kann. Das wäre binnen kürzester Zeit langweilig. Außerdem mag ich es, wenn ich dich zur Abwechslung auch mal überraschen kann.«

»Das ist dir wirklich gelungen.« Unsere Pferde tänzeln unruhig. Anscheinend war der kleine Sprint nicht genug. »Wie sieht es aus, kannst du noch?«

Ich muss lachen. »Wir haben doch erst gerade angefangen. Komm, mein Schatz. Lass uns weiter.«

Wir reiten in einem schnellen Galopp auf gleicher Höhe nebeneinander, bis nicht nur unsere beiden Pferde langsam müde werden. Es ist herrlich, sich bei der Wärme den Wind um die Nase wehen zu lassen und die Welt von einem Pferderücken zu genießen. Atemlos halten wir beide irgendwann an und suchen uns ein schattiges Plätzchen zum Rasten.

Wir liegen auf einer Decke unter einem Baum und essen die Sandwiches, die Annie uns mitgegeben hat. Eine solche Idylle habe ich nur in irgendwelchen Filmen gesehen, ich hatte keine Ahnung, dass es die wirklich gibt. Wir liegen im Schatten auf einer Decke, der Bach plätschert vor uns und die beiden Pferde grasen friedlich.

»Sag mal«, beginne ich vorsichtig, »wenn ich aus Deutschland zurückkomme, dann habe ich bestimmt noch zwei oder drei Wochen, in denen ich nicht arbeiten kann. Verstehe mich bitte nicht falsch, aber ich mag nicht die ganze Zeit in deinem Haus sitzen und nichts tun. Gibt es nicht ein Sportstudio in der Stadt, wo ich hin könnte? Oder wo ich vielleicht einen Kurs besuchen kann?«

Ohne Greencard darf ich nichts machen. Also kann meine Untätigkeit unter Umständen sogar noch länger dauern, drei Wochen oder sogar noch länger im Haus herumzusitzen würde mich in den Wahnsinn treiben. Shamar wird sich nicht immer so früh aus seinem Geschäftsleben zurückziehen oder von daheim aus arbeiten können. Ich wäre die meiste Zeit mir selbst überlassen.

»Aber du hast doch zuhause einen komplett eingerichteten Fitnessraum?«

Ich setze mich auf. »Ja, das stimmt schon, aber ich bin dort allein. Ich muss auch mal unter Menschen.«

Shamar schaut mich nachdenklich an. »Natürlich gibt es in der Stadt das eine oder andere Sportstudio, aber wenn du raus möchtest, dann würde ich dir lieber einen Personal Trainer empfehlen.«

»Soso, neben der persönlichen Einkäuferin auch noch

einen persönlichen Trainer. Ist das nicht ein bisschen übertrieben?« Kopfschüttelnd sitze ich neben ihm.

Shamar setzt sich jetzt auch auf. »Luna, das mag dir vielleicht übertrieben vorkommen. Bedingt durch deine Beziehung zu mir, wirst du früher oder später zum Zielobjekt für die Presse, oder für mögliche Erpresser. Wobei die Presse nach der Wohltätigkeitsveranstaltung sicherlich schon sensibilisiert ist. Selbstverständlich kannst du machen was immer du möchtest. Ich wollte dich nur vorwarnen, dass manche Hindernisse auftauchen können, an die du bis jetzt noch nicht gedacht hast.«

Wo er Recht hat, hat er Recht.

»Stimmt .... Daran habe ich wirklich nicht gedacht.« Ich lasse meinen Blick über die herrliche Landschaft schweifen. »Wie soll das dann zukünftig funktionieren? Was rätst du mir?« Ich bin ein wenig frustriert, weil ich das Gefühl habe, irgendwann in einem Käfig zu sitzen und bei dem Gedanken wird mir ganz übel.

»Vielleicht wäre es ja nicht schlecht, wenn du zwei Sachen miteinander verbindest.« Er nimmt meine Hand und ich schaue ihn wieder an.

»Welche zwei Sachen?«

»Zum Einen wäre es sicherlich gut, wenn du dich schützen könntest. Daher wäre ein Selbstverteidigungstraining nicht das Schlechteste. Aus eigener Erfahrung weiß ich, dass dich das ziemlich fordern wird.«

Jetzt wird es interessant. »Machst du denn selber so ein Training?«

»Ja, das ist zwar nicht immer so möglich, aber ich versuche schon, einigermaßen regelmäßig zu trainieren. Wenn du möchtest, rede ich mit meinem Trainer und frage ihn, ob er noch Kapazitäten frei hat, um dich ebenfalls zu trainieren.«

Das gefällt mir. Ich hätte keine Lust gehabt, mich auf irgendein weich gespültes Frauending einzulassen. So ein Training ist bestimmt besser, wenn man direkt mit jemanden übt, der einem potenziellen Angreifer an Masse und Kraft ähnlich ist. Zustimmend nicke ich. Das ist auf jeden Fall schon mal ein Anfang.

»Also abgemacht, ich frage Rick, ob du auch mit ihm trainieren kannst. Wenn du dann immer noch der Meinung bist, in ein Studio gehen zu müssen, dann mache ich mich gerne kundig, welches Studio für deine Bedürfnisse am besten geeignet ist.«

»Das ist völlig in Ordnung.« Erleichtert nicke ich zur Bestätigung. Der erste Schritt ist getan. Ich hatte schon fast mit mehr Widerstand gerechnet.

»Da fällt mir ein, möchtest du dir vielleicht morgen ein wenig Houston anschauen? Es gibt hier ein paar schöne Sachen, die dich vielleicht interessieren.«

Na und ob ich will. Mit Shamar als meinen persönlichen Stadtführer wird das bestimmt herrlich werden.

»Ja, das wäre toll. Hast du schon etwas Bestimmtes, wo wir hinfahren?« Ich kuschle mich wieder an ihn heran und höre ihm zu.

»Ich dachte, wir fahren nach dem Frühstück los. Dich wird sicherlich das größte Einkaufs-zentrum in Houston interessieren. Es gibt zwar noch einige mehr, aber die Galleria ist das größte in Texas und auch eines der zehn größten in den USA. Wenn ich mich nicht irre, müssten dort knapp 400 Geschäfte angesiedelt sein.«

»Du möchtest mit mir einkaufen gehen?«

Ich fasse es nicht. Normalerweise ist es für jeden Mann einfach grauenhaft, seine Freundin oder Frau zu einem Einkaufsbummel zu begleiten. Das muss wahre Liebe sein!

»Bist du sicher, dass du dir das antun möchtest? Ich bin zwar keine große Einkaufsenthusiastin, aber das kann trotzdem langweilig für dich sein.«

»Luna, ich würde es nicht anbieten, wenn ich mir nicht sicher wäre. Außerdem wäre das auch nur ein Teil dessen, was wir uns anschauen könnten. Ich denke da noch an den Waterwall Park oder möchtest du lieber ins Downtown

Aquarium?«

»Was ist denn der Waterwall Park?«

»Der Park ist in Uptown, dort wo auch das Einkaufszentrum ist. In dem Park ist die eigentliche Waterwall. Das ist eine zirka zwanzig Meter hohe Wasserskulptur.«

Wow, eine Wasserskulptur?

»Dann zum Waterwall Park, ich würde die Waterwall sehr gerne sehen.«

»OK, also abgemacht. Morgen erst zur Galleria und dann zum Park.«

Ich freue mich drauf und bin schon gespannt darauf, was mich alles erwartet.

Wir kuscheln uns wieder aneinander und genießen die Ruhe und die Landschaft. Viel zu schnell müssen wir uns wieder auf den Rückweg machen. Dieses Mal lassen wir unsere Pferde in einen leichten Trab fallen. Am Stall angekommen sehe ich, dass die Pferde jetzt draußen auf der Weide stehen. Wir machen die Zügel wieder an dem Haken in der Wand fest und lösen die Sattelgurte. Shamar und der Pferdepfleger von vorhin nehmen jeder einen Sattel und tragen ihn ins Gebäude. Dann kommen die beiden zurück.

Die beiden bringen die Tiere anschließend zu den anderen auf die Weide und nehmen ihnen das Zaumzeug ab. Anschließend setzen wir uns noch ein wenig auf den Zaun, um den Pferden beim Grasen zuzuschauen. Die Sonne steht schon tief am Horizont, bevor wir wieder in dem Cayenne sitzen und uns auf dem Weg zu den Woodlands zurück machen.

Annie hat sich wieder selber übertroffen. Sie hat uns zum Abendessen ein gegrilltes Lachsfilet auf einem Gemüsebett zubereitet und als Nachtisch eine Creme Brulee hervorgezaubert. Dazu trinken wir einen fruchtigen Chardonnay. Sehr viel später, als wir uns ins Schlafzimmer zurückziehen, kann ich es kaum erwarten, Shamar endlich zu berühren. Wie von selbst fangen wir an, uns gegenseitig auszuziehen. Ohne Eile, Stück für Stück. Wir streicheln einander über die entblößte Haut. Zwischendurch trinken wir von dem Chardonnay. Schließlich haben wir nur noch die Unterwäsche an. Ich muss mich frisch machen und verschwinde ins Bad. Als ich zurückkomme, liegt Shamar auf dem Bett, das Glas Wein in der Hand.

»Komm her, Chérie.« Bittet er mich. Bereitwillig komme ich zu ihm ins Bett. »Wie stark ist eigentlich noch deine Periode?«

Ich weiß, was er will. »Da ist kaum etwas. Wahrscheinlich liegt es an der Pille, die ich einnehme.«

»Dann warten wir noch ein bisschen ab und ich verwöhne dich ein wenig.« Er zieht mich zu sich hin. »Entspann dich, mein Engel und genieße es.« Er lächelt mich an.

Ich liege mit dem Kopf auf den Kissen und mit meinen Beinen über seinen. Eines meiner Beine habe ich angezogen. Er drückt es zur Seite. Es liegt nun abgespreizt von mir und ich präsentiere im meine intimste Zone. Seine Hände streicheln und kneten meine Brüste. Dann wandern sie tiefer. Er leckt an seinen Fingerspitzen und gleitet immer wieder über meinen Kitzler. Ich liege vor ihm und fühle mich wie ähnlich einem Musikinstrument, welches gekonnt und liebevoll berührt wird. Er sucht und findet jede Stelle, die mir Lust bereitet. Je mehr die Lust in mir wächst, desto stärker fange ich an, mich vor Lust hin und her zu winden.

»Lieg still, mein Engel. Genieße es, lass dich einfach zurückfallen.« Der Wein tut ein Übriges, dass ich mich in die Kissen zurücksinken lasse und ihm mein Becken entgegenstrecke. Er verwöhnt mich mit sanften und unnachgiebigen Fingerkuppen. Langsam und träge ziehen sich meine Muskeln dort unten zusammen. Eine warme große Welle baut sich in meinem Unterleib auf. Seine Finger gleiten ohne Hast über meinen Kitzler. Und schließlich komme ich. Langsam und intensiv. Dann zieht er mich an seine Brust. Sein Herz schlägt fast so schnell wie meines und er ist selber stark erregt. Ich würde ihn gerne auch befriedigen und verwöhnen so wie er mich gerade verwöhnt hat.

»Und du«, frage ich ihn.

»Keine Sorge, mein Engel. Du warst dran. Ich kann warten.« Er lässt sich nicht davon abbringen und bleibt trotz mehrerer Versuche meinerseits unnachgiebig. Das hat er also als eine der Spielarten gemeint. Also mir gefällt sie definitiv. Wir kuscheln uns aneinander und schlafen irgendwann ein.

14

Der nächste Tag ist bedeckt. Obwohl heute Samstag ist, erledigt Shamar noch einige Anrufe. Mit meiner Einschätzung, dass er nicht immer so viel Zeit für mich erübrigen kann, wie jetzt, habe ich ganz bestimmt nicht verkehrt gelegen. Wenn ich aus Deutschland hierhin zurückkomme, dann würde ich wirklich wahnsinnig werden, den ganzen Tag hier zu sein. Ich bin froh, dass ich mit Shamar darüber gesprochen habe.

Die Stadtbesichtigung heute wird sicherlich nicht die letzte sein, denn Houston ist für meine Begriffe sehr groß und weitläufig, so dass es eine prima Idee ist, sich die Stadt anzuschauen. Während ich auf Shamar warte, schaue ich auf meinen Blackberry.

Zu meiner Freude hat sich Susanne gemeldet. Sie schreibt, dass alles gut gelaufen ist und sie sich jetzt nach einem neuen Job umsehen kann. Stimmt, ich erinnere mich, sie hatte mir erzählt, dass die Klinik in der sie arbeitet, den Arbeitsvertrag automatisch zum Ende des Monats beendet, in dem sie ihren Abschluss erfolgreich ablegt. Leider ist das fast in jedem Beruf und bei sehr vielen Arbeitgebern so üblich. Da sie sich erst nach Abschluss der Prüfungen bewerben kann, und der

September in Kürze zu Ende ist, wird Susanne sich ziemlich zeitig umschauen müssen.

Ich antworte ihr und gratuliere zur bestandenen Prüfung. Das muss gefeiert werden! Wenn ich wieder zurück bin, werden wir das ganz bestimmt nachholen. Dabei fällt mir ein, dass ich, wenn ich erst mal zu Shamar gezogen bin, Susanne nicht mehr so oft sehen kann.

Oh je, das wird mir wirklich schwerfallen. Bislang konnten wir einander treffen, wann immer unser Zeitplan das zugelassen hat. Der Abschied von ihr wird das Einzige sein, was mir richtig Probleme bereiten wird. Ich hoffe darauf, dass wir die Gelegenheit haben, einander häufiger zu besuchen. Das ist zwar kein richtiger Trost aber ein guter Hoffnungsschimmer.

Über die Rufumleitung meines deutschen Mobiltelefons auf den Blackberry sehe ich, dass mein Chef von der Versicherung angerufen hat. Er hat eine Nachricht auf meiner Mailbox hinterlassen, die ich sofort abhöre. Bei seiner Nachricht muss ich grinsen, denn er ist sehr erstaunt, wieso er bei mir auf einer englischsprachigen Nachrichtenbox landet.

Dann redet er aber weiter und bittet mich, falls ich schon wieder daheim bin, mich unbedingt mit ihm in Verbindung zu setzen. Es gibt einen Engpass, den man mit meiner Hilfe bewältigen wolle. Tja, denke ich, Pech gehabt. Ich bin weit weg und die Firma samt Chef auch. Er wird warten müssen, bis ich wieder zurück bin. Mit einem Tastendruck lösche seine Nachricht und lege das Telefon wieder zur Seite.

Dann besuche ich Shamar in seinem Arbeitszimmer. Das Timing ist super, denn er fährt gerade seinen Rechner herunter. Wir können los. Keine zehn Minuten später sitzen wir in seinem Cayenne und fahren in Richtung Uptown. Die Straßen sind ziemlich dicht und auf der Autobahn müssen wir wegen eines Unfalles im Stau ein wenig gedulden. Im Cayenne ist es jedoch sehr angenehm und wir werden von dem uns umgebenden Lärm und den

Gerüchen komplett abgeschirmt.

Es dauert eine gute Stunde, bevor wir das Galleria Einkaufszentrum erreichen. Der Komplex ist von außen betrachtet gigantisch. Rundherum sind großzügige Parkplatzflächen angesiedelt. Nach kurzem Suchen hat Shamar einen freien Parkplatz in der Nähe eines Einganges gefunden. Hand in Hand spazieren wir in das Innere des Einkaufszentrums.

Dort überspannt ein riesiges halbrund gewölbtes Glasdach das gesamte Gebäude. Die dort eingelassenen Glasscheiben lassen sich zum Teil öffnen, was gerade auch der Fall ist. Insgesamt erwarten vier Etagen voller Geschäfte die Einkaufswilligen. Unter dem Erdgeschoss gibt es ein Untergeschoss sowie zwei Obergeschosse. Der gesamte Bereich ist nach innen geöffnet und ermöglicht von der obersten Etage den Blick ganz nach unten. Auf der großen Fläche dort sind einzelne Marktstände untergebracht. Wir schlendern erst im Erdgeschoss an den Schaufenstern entlang und schauen uns die verschiedenen Auslagen an, bevor wir in das nächsthöhere Stockwerk wechseln. Ich entdecke einen Buchladen, in den ich Shamar sofort mit hereinziehe. Dort gibt es eine Ecke nur mit deutschen Büchern. Ich entdecke das neue Buch von Jussi Adler Olsen, welches ich mir schon daheim kaufen wollte. Jetzt ergreife ich die Gelegenheit und das Buch gehört mir.

Shamar, der kein Wort Deutsch spricht, schaut sich den Klappentext an und versucht, ihn laut vorzulesen. Es ist seltsam, ihn in meiner Sprache reden zu hören. Sein englischer Akzent ist übermächtig und manche Worte, die er vorliest, kann ich beim besten Willen nicht verstehen. Ich frage mich, ob mein Englisch sich für Shamar genauso anhört. Darüber, wie gut oder wie schlecht meine Sprachkenntnisse sind, habe ich nie nachgedacht. Bisher habe ich jeden gut verstehen können und musste nur sehr selten mal nachfragen.

»Wie hört sich für dich eigentlich mein Englisch an?«,

setze ich meinen Gedanken sofort in eine Frage um.

»Luna, dein Englisch ist hervorragend und es wird immer besser. Wahrscheinlich fällt dir das selber gar nicht auf, aber wenn man dir zuhört, dann fällt auf, dass du inzwischen deutlich schneller sprichst als am Anfang und in den letzten Tagen gar nicht mehr nachfragst.« Er lacht und hält das Buch in den Händen. »Du meinst weil ich gerade den Text auf dem Umschlag vorgelesen habe?« Ich nicke. »Und deine Aussprache hat sich ebenfalls ein wenig verändert. Am Anfang hattest du eher einen dänischen Akzent, den ich ganz nebenbei bemerkt sehr sexy finde, jetzt ist er etwas schwächer geworden«, fährt er fort.

Ich muss grinsen. Anstelle eines grässlichen deutschen Akzentes, habe ich einen sexy dänischen Akzent wenn ich spreche. Das finde ich wirklich witzig.

Nach einiger Zeit legen wir eine Pause ein und setzen uns in eines der Cafés. Wir ergattern einen etwas zurückliegenden Platz, von dem wir das Treiben um uns herum gut beobachten können. Eine junge, dunkelhaarige Kellnerin kommt, um unsere Bestellung entgegenzunehmen. Sie trägt einen schwarzen Rock und ein T-Shirt mit dem Namensaufdruck des Cafés. Mir ist zwar aufgefallen, dass viele der Frauen, die uns entgegenkommen Shamar regelrecht angegafft haben, aber jetzt mit der Kellnerin ist es das erste Mal, dass ich ungefiltert erlebe, wie Shamar auf andere Frauen wirkt. Den kleinen Vorgeschmack innerhalb seiner Firma mit den beiden Damen unten am Empfang, habe ich nicht in dieser Form wahrgenommen, da er der Chef ist und mir das Verhalten dazu normal vorgekommen war. Jetzt sehe ich, dass die Kellnerin ihre gesamte Aufmerksamkeit auf ihn konzentriert. Während Shamar unsere Bestellung aufgibt, läuft sie komplett rot an. Der Ton verdunkelt sich sogar, während sie sich für die Bestellung bedankt. Mich übersieht sie nach einem schnellen Seitenblick.

Oh je, da werde ich mich sicherlich erst mal dran gewöhnen müssen, das meinem Schatz die Frauen reihenweise nachlaufen. Schließlich erhalten wir unsere Getränke. Shamars Lächeln setzt eine neue Errötungswelle bei der Kleinen frei.

»Ist dir eigentlich deine Wirkung auf Frauen bewusst?« Frage ich ihn, während ich die aufgeschäumte Milch in meinem Kaffee verrühre.

Shamar grinst mich an. »Süße, es gibt Dinge die ich nicht ändern kann. Aber ich kann damit ganz gut leben.« Klar, es gibt bestimmt Schlimmeres im Leben, als vom anderen Geschlecht angehimmelt zu werden. Es mangelt ihm offensichtlich nicht an Selbstbewusstsein. Umso mehr freue ich mich, dass er niemanden einen Blick hinterher wirft sondern nur Augen für mich hat. Nach einer Weile beschließen wir, das Café zu verlassen und ein wenig weiter durch die Galleria zu laufen.

Obwohl die Sonne inzwischen heraus gekommen ist und auf das Glasdach scheint, ist die Luft angenehm temperiert. Ich hätte erwartet, dass die Luft komplett stickig ist, angesichts der vielen Menschen hier. Doch weit gefehlt. Shamar bezahlt unsere Getränke und gibt der Kellnerin ein ordentliches Trinkgeld. Derartig angespornt errötet sie erneut. Ich grinse ihn an. Er grinst zurück und küsst mich und legt den Arm um mich, während wir weiterlaufen.

Vor einer größeren Boutique bleibe ich stehen. In dem Schaufenster ist ein schwarzes Kleid ausgestellt. Es wirkt, als hätte es einen Wickelrock, was jedoch nicht der Fall ist und einer raffinierten Nähtechnik zu verdanken ist. Das Oberteil hat einen tiefen Ausschnitt und sieht ebenfalls so aus, als wäre der Stoff dort übereinander gelappt. An den Schultern und vorne am Oberteil befinden sich Reißverschlüsse. Ich bleibe stehen und stelle mir vor, wie dieses Kleid wohl an mir aussehen würde. Shamar steht neben mir und hat den Blick auch auf das Kleid gerichtet.

»Lass uns rein gehen und du probierst das Kleid an.«

Er zieht mich förmlich in das Geschäft. Sofort stürmt eine Verkäuferin auf uns zu. Sie fragt Shamar, was sie für ihn tun könnte. Wieder einmal stelle ich fest, dass bei einer Frau die Professionalität einfach auf der Strecke bleibt, wenn sie Shamar sieht. Shamar tritt einen Schritt zurück und teilt der Dame mit, dass ich die Hauptperson sei, sie möge mich bitte fragen. Die Verkäuferin schluckt, schaut kurz peinlich berührt –so als ob sie erwischt worden wäre – zu Boden und wendet sich nun an mich.

Blitzschnell mustert sie mich von Kopf bis Fuß und setzt dann ein einstudiertes Lächeln auf.

»Verzeihen Sie, wie kann ich Ihnen weiterhelfen?« Ihr Lächeln klebt im Gesicht fest. So etwas muss man sicherlich lange üben, denke ich.

»Ich interessiere mich für das schwarze Kleid in Ihrem Schaufenster. Hätten Sie das auch in meiner Größe?«

Wieder wandert der Blick der Verkäuferin über mich. Dieses Mal jedoch geschäftstüchtig und neutral.

»In XS?«

Ich nicke. Meine Kleidergröße liegt zwischen 34 und 36, das müsste hier die Größe XS sein.

»Ja, das müssten wir da haben. Einen Moment ich hole es Ihnen.« Sie dreht sich um und eilt davon.

Währenddessen habe ich ein weiteres Kleid entdeckt. Es ist ein cremeweißes Designerkleid. Das Oberteil ist in kleinen waagerechten Falten gelegt und endet unterhalb des Busens. Daran schließen sich zwei geraffte Oberteile an, die ähnlich wie ein Bikini-Oberteil gearbeitet sind. Der Stoff ist hinterlegt, so dass nichts hindurch blinzeln kann. Die Oberteile werden von einem Ring, der um den Hals liegt, gehalten. Das Kleid ist bis weit unter den Schultern rückenfrei und mündet in einen langen, bis auf den Boden reichenden Rock. So wie es gearbeitet ist, hat es einen altgriechischen Stil. Es fehlen nur noch die Armreifen.

Die Verkäuferin nähert sich zusammen mit dem Kleid auf einem Bügel. Sie zeigt es mir und ich nicke zustimmend.

»Ich würde es gerne anprobieren. Wo sind bitte Ihre Umkleidekabinen?«

Sie geht voraus und zeigt mir den Weg, hinter mir läuft Shamar, der mir frech auf den Hintern klapst. Ich drehe mich mit gespieltem Ernst kopfschüttelnd um. Ich mag es, wenn er allen zeigt, wie sehr er auf mich steht. Allerdings soll er sich nur nicht zu sicher fühlen.

»Gleiches Recht für alle Shamar….«

Er grinst spitzbübisch, als würde er sich jetzt schon über eine Attacke von mir freuen.

»So, da wären wir.« Die Verkäuferin bleibt vor einer einzelnen Umkleidekabine stehen. Seitlich davon befindet sich eine Sitzecke mit einem niedrigen Couchtisch. Shamar setzt sich dort hin, während ich mit dem Kleid in die Umkleidekabine gehe.

»Ach übrigens, ich habe da soeben noch ein weißes Kleid gesehen. Es sieht irgendwie griechisch aus.«

Die Verkäuferin nickt. »Ja, ich weiß welches Sie meinen. Das ist von einem Jungdesigner, der noch nicht so bekannt ist. Wir haben nur dieses eine Modell. Es könnte sein, dass es Ihre Größe ist. Ich schaue das gerne für Sie nach.«

»Ja«, antworte ich ihr, »das wäre sehr nett. Vielen Dank.« Die Dame eilt davon.

Inzwischen ist eine zweite Verkäuferin aufgetaucht. Sie fragt Shamar, was er trinken möchte. Ich wundere mich. So einen Service habe ich noch nicht erlebt. Sicherlich bekommt man den in Deutschland in den einschlägigen Geschäften auch, aber für mich ist das neu.

Weder die Umkleidekabine noch der Sitzbereich sind vom Geschäftsraum einsehbar. Ich müsste beim Anprobieren noch nicht einmal den Vorhang zuziehen. Shamar sitzt entspannt in dem gemütlichen Sessel, der rechts neben der Sitzgruppe steht und lässt sich von Verkäuferin Nummer 2 ein Wasser holen. Das hätte ich gerne auch gehabt. Aber leider ist sie schon unterwegs, bevor ich meinen Wunsch äußern kann.

Ich gehe in die Umkleidekabine. Gerade als ich den Vorhang schließen will, geht mir ein Gedanke durch den

Kopf. Wie wäre es, wenn Shamar mir beim Umkleiden zuschaut. Möglicherweise sitzt er dann nicht mehr so entspannt im Sessel. Ich muss innerlich breit grinsen und fange an, mich bei geöffnetem Vorhang bis auf meine Unterwäsche auszuziehen. In Anbetracht unseres Einkaufsbummels habe ich mich in weiser Voraussicht für die Dessous entschieden, die ich von ihm zu dem dunkelblauen Kleid geschenkt bekam. Jetzt hat er die Gelegenheit zu sehen, wie gut mir seine Investition steht. Die Rechnung geht auf, ich sehe es an seinem Blick. Seine Augen werden dunkler und schimmern in dem von mir so geliebten dunklen Perlmutt. Er bekommt gar nicht mit, dass das Glas Wasser von Verkäuferin Nummer zwei auf dem Couchtisch neben ihm abgestellt wird. Die Dame bleibt stehen und starrt mich an.

»Würden Sie mir bitte ebenfalls ein Glas Wasser bringen? Danke.« Äußere ich meinen Wunsch.

Sofort entfernt sich die Dame dienstbeflissen. Ich muss breit grinsen, während ich Shamars Blick in den Spiegel bemerke, wo er meine Hinterseite, die von dem String nicht bedeckt wird, wie ausgehungert betrachtet. Schnell schlüpfe ich mit schlängelnden Bewegungen in das schwarze Kleid hinein. Es passt wie angegossen. Der Ausschnitt vorne ist sehr tief und lässt den freien Blick auf das Tal zwischen meinen Brüsten zu. Wenn ich mich bewege, blitzt die zarte Spitze meines BHs am Rand des Ausschnittes. Das ist definitiv ein Kleid um sich sexy und begehrenswert zu finden. Verkäuferin Nummer Eins kommt mit dem weißen Kleid zurück. Sie wirft einen Blick auf mich und fängt sofort an, die vorzügliche Passform des Kleides zu loben. Ich hätte es gerne zusammen mit passenden Schuhen gesehen.

»Haben Sie eventuell auch passende Schuhe zu dem Kleid?«

Die Verkäuferin schaut einen winzigen Augenblick irritiert, fragt mich nach meiner Schuhgröße und dreht sich zu Kollegin Nummer Zwei um, die soeben mit meinem

Glas Wasser eintrifft. Mit ein paar kurzen Sätzen schickt Verkäuferin Eins, die Nummer Zwei los.

Ich trinke etwas von dem Wasser, während Shamar inzwischen sichtlich erheitert wirkt.

»Ist etwas?«, frage ich ihn. Er grinst und hebt sein Glas deutet ein Zuprosten an.

»Nein, mein Engel, du hast alles perfekt im Griff.« Er nimmt einen Schluck Wasser.

Verkäuferin Nummer zwei kommt atemlos zurück. Ihre perfekt gestylte Frisur ist ein wenig in Unordnung gekommen. In der Hand trägt sie ein Paar hochhackige Sandaletten. Schwarz, mit einem Band um den Fußknöchel und mit dezentem Nietenbesatz. Sie passen nicht nur perfekt an meine Füße, sondern auch zu dem Kleid welches ich trage. Die Wirkung auf Shamar ist unübersehbar, er rutsch unruhig auf seinem Sessel hin und her.

»Und, was meinst du? Ist es nicht ein wenig zu gewagt?« Ich schaue ihn möglichst unschuldig an. In Wirklichkeit sehe ich sowohl das Kleid als auch die Schuhe schon in meinem Kleiderschrank.

»Es ist perfekt, Chérie.« Seine Stimme klingt leicht heiser und ich weiß genau, was das bedeutet. Mein Selbstbewusstsein grinst von einem Ohr zum anderen.

Bevor ich in das andere Kleid schlüpfe, bitte ich Verkäuferin Nummer zwei, die offensichtlich die Rolle des Laufburschen eingenommen hat, auch nach passenden Schuhen für das andere Kleid zu schauen. Wie ich mir schon dachte, läuft sie sofort los. Ich gehe wieder zurück zur Umkleide und schäle mich vorsichtig aus dem Kleid und den Schuhen. Das weiße Kleid muss ohne BH getragen werden. Mich oben ohne vor Fremden zu präsentieren ist mir dann doch ein wenig zu gewagt. Also drehe ich mich um und schlüpfe mit dem Rücken zu Shamar und Verkäuferin Nummer eins in mein Kleid.

Da der Halsreif am Oberteil meines Kleides hinten geschlossen werden muss, bitte ich Shamar, mir behilflich zu sein. Mit schimmernden dunklen Augen kommt er auf mich zu. Er wirkt etwas steif in seinen Bewegungen. Ich pruste hinter vorgehaltener Hand los, als mir die Doppeldeutigkeit meines Gedankens auffällt.

»Was ist so lustig, Chérie?« Seine Finger sind warm und sanft, während sie mich beim Schließen des Reifes berühren. Ein seitlicher Reißverschluss muss auch noch geschlossen werden.

»Ich musste gerade an was denken, Shamar. Das ist alles.«

Ich drehe mich ein wenig zur Seite und bedeute ihm, auch den Reißverschluss zu schließen. Ein Kribbeln, das mir von seinen Fingern ausgehend über die Haut läuft, lässt mich wohlig die Augen schließen. Shamar beugt sich zu mir herunter und küsst mich auf die Schläfe dabei flüstert er mir ins Ohr:

»Wenn du so weitermachst, werde ich den Waterwall Park gegen das nächstgelegene Hotel eintauschen.«

»Ich mache doch nichts Shamar, das ist doch nur ein Anprobieren von zwei Kleidern.« Wieder bemühe ich mich, die Unschuld vom Lande zu sein. Egal was er gerade als Antwort sagen möchte, er kommt nicht dazu, weil Verkäuferin Nummer zwei mit ein paar Sandalen zurückkommt. Sie haben einen kleineren Absatz, sind farblich passend zum Kleid in einem Naturton belassen und werden kreuzweise an den Unterschenkeln bis auf Wadenhöhe gebunden. Da das Kleid etwas länger gearbeitet ist, als ich groß bin, wird dieser Höhenunterschied hervorragend ausgeglichen. Ich betrachte mich im Spiegel. Dieses Kleid betont meinen Busen ohne ihn zu zeigen, die Schultern und der Rücken sind frei. Meine Haut hat einen wunderschönen braunen Farbton angenommen und schimmert in dem Licht des Raumes. Die schmalen Querfalten am Brustkorb lassen mich graziler aussehen als ich in Wirklichkeit bin. Ich habe zwar noch keine Ahnung, wo ich das Kleid tragen kann, aber es hat in mir einen neuen Besitzer gefunden. Shamar fährt sich mit den Händen durch seine Haare und sein Gesicht.

»Wir nehmen alles, packen Sie es ein.« Er steht auf und öffnet den Verschluss an meinem Kleid.

»Zieh dich um Chérie, noch mehr Folter halte ich nicht aus.«

Schnell schlüpfe ich aus meinem Kleid und reiche Verkäuferin Nummer zwei die Kleider und Schuhe an. Dann schlüpfe ich in meine eigenen Klamotten herein und verlasse den exklusiven Umkleideraum. Shamar wartet bereits mit der Verkäuferin eins an der Kasse. Sie tippt die Preise mit langen künstlichen Fingernägeln auf ein Sensordisplay. Anschließend sagt sie: »Das macht dann 2126 Dollar, Sir.«

Mir fällt die Kinnlade herunter. Noch bevor ich einen Mucksер von mir geben kann, zückt Shamar, ohne mit der Wimper zu zucken, seine schwarze Amex Karte. Die Verkäuferin errötet während sie die Karte von ihm entgegennimmt. Shamar grinst mich an. Er sieht, dass ich die Röte der Verkäuferin bemerkt habe. Ja, ich verstehe wortlos, dass er nichts dafür kann, dass Frauen auf ihn so reagieren. Dann reicht sie ihm immer noch errötet die Karte und den Beleg zurück. Währenddessen hat Verkäuferin zwei die erworbenen Kleider und Schuhe verpackt. Sie reicht Shamar mit einem schüchternen Lächeln die beiden Tüten.

15

Wir verlassen das Geschäft und Shamar legt draußen den Arm um mich und drückt mir einen kleinen Kuss auf die Wange.

»Wofür ist denn der«, frage ich ihn.

»Für das Vergnügen, dir zusehen zu dürfen. Am liebsten würde ich dich ohne Umwege gleich hier vernaschen.«

»Shamar, die Kleider und Schuhe sind ein Traum. Ich weiß gar nicht, wie ich dir dafür danken soll. Hätte ich allerdings geahnt, dass die so teuer sind, hätte ich das Geschäft vermutlich nicht betreten, antworte ich, während wir die Ladenzeile weiter entlang schlendern.

»Wie gut, dass du die Preise nicht wusstest. Jedes der Teile ist sein Geld voll und ganz wert und ich freue mich darauf, sie an dir angezogen zu sehen. Noch viel mehr freue ich mich allerdings darauf, sie dir wieder auszuziehen und mit dir zu schlafen.«

»Das ließe sich bestimmt einrichten.«, grinse ich ihn an. Wir passieren die Schaufenster von zwei weiteren Geschäften und treffen auf ein exklusives Schuhgeschäft. Jetzt weiß ich auch woher Verkäuferin Nummer zwei so schnell die Schuhe in meiner Größe her hatte.

»Möchtest du noch weiter einkaufen gehen oder jetzt lieber in Richtung Waterwall Park, mein Engel?«

»Nein, ich habe genug von deinem Geld ausgegeben. Ich würde jetzt lieber an die frische Luft und in den Waterwall Park.«

Wir streben auf den nächsten gläsernen Fahrstuhl zu, der uns ins Erdgeschoss bringen soll. Kurze Zeit später sind wir wieder auf dem Parkplatz und streben in Richtung seines Autos. Meine Einkäufe verstaut Shamar hinten im Kofferraum und wirft die Heckklappe wieder zu.

Die Wolken sind inzwischen weg und die Sonne wärmt kräftig. Genau das richtige Wetter für einen Besuch im Park. Wir brauchen nicht lange zu fahren. Wenige Minuten später sind wir da.

Es ist ein wunderschöner kleiner Park, in dessen Zentrum eine im Halbkreis angelegte, rund 20 Meter hohe Wand ist. Sie ist in regelmäßigen Abständen etwas dicker, sodass diese Stellen wie eine Säule hervor treten. Über dieses Monument stürzen riesige Mengen Wasser in die Tiefe. Die Luft ist erfüllt von feinen Wassertropfen, die sich als Nebel feucht auf Haut und Kleidung legen. In unmittelbarer Nähe ist es sogar richtig kühl. Es ist eine atemberaubende und großartige Kulisse.

Im Hintergrund befinden sich die glänzenden Wolkenkratzer, die sich in den blauen Himmel hinein strecken. Sie umrahmen den Park, der in sattem Grün wie eine Insel dazwischen liegt. Die gesamte Anlage ist penibel gepflegt. Wir spazieren durch Blumenrabatten und von kleinen Büschen gesäumte Wiesen. Von jedem Punkt aus ist die Wasserwand zu sehen. Wir machen ein paar Handyfotos von uns wie normale Touristen.

Unterwegs kaufen wir uns an einem Eisstand ein Eis und laufen schleckend über die breiten Wege. An einer Ecke stehen übergroße Schachfiguren und aus einem Scherz heraus, versuchen wir beide uns an einer Partie Schach. Da ich das Spiel zwar kenne, aber bisher nicht oft gespielt habe, ist das Spiel recht schnell beendet, weil

Shamar mich in wenigen Zügen Schachmatt gesetzt hat.

Zur Belohnung bekommt er von mir einen Siegerkuss. Daran, dass es bereits um sieben Uhr an-fängt, sich abzukühlen und die Sonne sich auf ihren Untergang vorbereitet merkt man, dass auch hier der Herbst kommt. Wahrscheinlich ist es im Sommer richtig heiß hier.

»Hast du Hunger?« Shamar und ich sitzen gemeinsam auf einer Bank und schauen uns das Treiben hier an. Jetzt merke ich erst, dass ich einen leeren Magen habe.

»Ja, jetzt wo du es sagst, stelle ich fest, wie hungrig ich bin.«

»Dann komm.« Er zieht mich von der Bank herunter und wir schlendern gemeinsam aus dem Park heraus. Zwei Straßen weiter kehren wir in ein italienisches Restaurant ein. Schon der leckere Duft von gebackener Pizza und Käse lässt mir schlagartig das Wasser in meinem Mund zusammenlaufen. Wir setzen uns an einen Tisch in einer Nische, von wo man das Restaurant beobachten kann, jedoch selber nicht gesehen wird. Auf den Tischen liegen rot / weiß karierte Decken und überall sind Kerzen angezündet.

Der Ober hält bereits die Speisekarten in seinen Händen, während wir uns gerade erst hinsetzen. Wir bestellen zwei Gläser Rotwein und eine Flasche Wasser für uns. Dann werfen wir einen Blick in die Speisekarte. Für mich ist bereits klar, ich nehme eine Pizza. Sorgfältig studiere ich die einzelnen Pizzen, welcher Belag darauf angeboten wird.

Schließlich entscheide ich mich für eine Pizza mit Salami, Pepperoni, schwarzen Oliven und Schafs-käse. Shamar klappt seine Karte zu und schon steht der Ober wieder vor uns. Er zückt einen kleinen Block auf dem er schwungvoll die Bestellung notiert.

Kurze Zeit später genieße ich meine Pizza und Shamar die Seezunge die er bestellt hat. Ich habe gefühlt schon eine Ewigkeit keine Pizza mehr gegessen und genieße den knusprigen Teig mit dem würzigen Belag. Einfach lecker.

Hinterher gönne ich mir noch ein Dessert.

Auf der Speisekarte habe ich nämlich Zabaglione entdeckt. Und wenn es etwas gibt, an dem ich ganz bestimmt nicht vorbeigehen kann, dann ist das Zabaglione. Während ich sie genussvoll löffle, schaut mir Shamar zu. Er sitzt mir gegenüber und trinkt an seinem doppelten Espresso. Schließlich beenden wir unser Essen. Shamar gibt auch hier ein üppiges Trinkgeld, welches den Kellner dazu verleitet uns noch die Tür aufzuhalten, während wir das Restaurant verlassen.

Händehaltend spazieren Shamar und ich in der Dunkelheit zurück zum Auto. Bis wir dort an-gekommen sind ist es mir kühl geworden. Jetzt ist kaum noch was los auf den Straßen und die Fahrt zu Shamars Haus ist wesentlich kürzer als heute Morgen. Während der Fahrt sprechen wir kaum miteinander, wir sind beide müde.

Meinen Kopf habe ich an seiner Schulter angelehnt und sein rechter Arm umfängt mich.

Zwischendurch nicke ich ein und werde erst wach, als wir anhalten und darauf warten, dass das Tor zu der Auffahrt zur Seite fährt. Die Auffahrt zum Haus ist mit kleinen Leuchten rechts und links schwach beleuchtet. Shamar fährt den Cayenne nach hinten und stellt ihn in der Garage ab. Er holt unsere Einkäufe aus dem Kofferraum und wir gehen um das Haus herum nach vorne. Der Hauseingang ist hell erleuchtet, das Haus selber sieht dunkel und still aus.

»Sind Matthew und Annie nicht da?«, wundere ich mich.

»Nein, die beiden sind an den Wochenenden in der Regel nur sehr eingeschränkt da. Die beiden wollten nach Waco, Annies Schwester besuchen.«

»Dann kommen sie erst Morgen wieder?«

»Nein, ich denke, dass sie schon lange wieder da sind.«

Er greift in die Tasche und zieht einen Schlüssel heraus. Den steckt er in die Haustür und gibt einen Zahlencode auf einem Bedienfeld in der Mauer in Höhe der Türklinke ein. Sofort öffnet sich die schwere Haustür mit einem leisen klicken. Bis auf eine kleine Lampe im Eingangsbereich liegt der restliche Wohnbereich komplett im Dunklen.

Nachdem Shamar die Tür geschlossen hat, steigen wir die Treppen zu unserem Schlafzimmer hinauf. Ich bin hundemüde und lege mich gleich nach dem Gang ins Badezimmer hin. Kurze Zeit folgt mir Shamar. Er legt sich hinter mich und umfasst mich von hinten. Dermaßen eingelullt von seiner Wärme bin ich schnell eingeschlafen.

Die Sonne kitzelt mich wach. Ich liege halb auf Shamar, der nackt und auf dem Rücken liegend die Augen geschlossen hat. Weniger aus Begierde sondern viel mehr in dem Wunsch, ihn zu berühren, lasse ich meine Hand über seine Brust und seinen Bauch gleiten. Am Bauchnabel werde ich gestoppt, weil seine Hand meine Hand bedeckt.

»Guten Morgen, mein Schatz.«, murmle ich

»Guten Morgen, mein Engel.«, murmelt er zurück »schon so früh so aktiv?«

Ich küsse seine Brust und sein herrlich männlicher Geruch steigt mir in die Nase.

Der Gedanke endlich mit ihm schlafen zu können, ohne dass die Gummihaut eines Kondoms zwischen uns ist, ist verlockend. Mir scheint, dass ihm das gerade auch durch den Kopf geht. Unsere Zärtlichkeiten und Küsse werden intensiver und leidenschaftlicher. Er rollt sich auf mich und stützt sich mit seinen Armen ab. Warm drückt mich sein Körper in die Matratze. Während er mich küsst, liegt sein Schwanz heiß und schwer hoch oben zwischen meinen Oberschenkeln. Mit jeder seiner Bewegungen reizt er meinen Kitzler. Seine Hände streicheln und kneten meine Brüste. Ich fahre mit meinen Händen über seine Schultern den Rücken entlang und greife schließlich in seine Pobacken. Dabei stöhnt er genussvoll auf. Er wirft den Kopf in den Nacken um dann anschließend mit seinem Mund auf meine Brüste herabzusinken. Er saugt und knabbert an meinen Brustwarzen. Die innere

Verbindung zu meinen intimsten Muskeln ist hochsensibilisiert und sendet tausend köstliche Signale in meine weibliche Mitte. Ich bin ganz unruhig und reibe meinen Unterleib an ihn. Seine Finger sind an meinem Kitzler und reiben sanft darüber. Erst einen dann zwei Finger lässt er in mich hineingleiten.

»Du bist schon so nass für mich«, stöhnt er.

Sein Schwanz liegt dick und geädert schon erwartungsvoll vor meinem Eingang. Ich will nicht länger warten und ihn ganz und gar in mir spüren. Langsam dringt er in mich ein. Oh Gott, das ist ein Unterschied wie Tag und Nacht. Er ist heiß, ich spüre seine Adern, die sich an seinem Penis entlang ziehen und seine Eichel, die sich dick und heiß den Weg bahnt. Er dehnt mich und füllt mich vollkommen aus.

Was für ein wunderbares Gefühl. Ich bewege mich unter ihm, denn ich kann nicht still liegen und ich versuche, mir schon jetzt zu holen, was er mir noch nicht geben will.

»Geduld, Chérie, du kriegst alles und zwar reichlich.« Mit diesen Worten fängt er an, sich zu bewegen. Er kreist mit seinem Becken. Das macht mich ungeheuer an und ich spüre, wie sich meine Muskeln bereits fester um ihn schließen. Doch er zieht sich zurück, kniet sich vor meinem Eingang hin und legt sich meine Beine auf die Schultern. Dann gleitet er wieder in mich herein und dehnt mich noch mehr.

Es ist fast zu viel. Er bewegt sich vorsichtig und mein Gewebe nimmt ihn willig auf. Seine Finger finden meinen Kitzler. Während er mit stetigem Tempo in mich hineinstößt, streicheln seine Fingerkuppen über meinen Kitzler. Das bringt mich komplett zur Explosion. Mein Höhepunkt rast mit Macht und in rasender Geschwindigkeit über mich hinweg. Mir bleibt nichts anderes übrig als ihn laut aus mir heraus zu schreien. Mir wird nur eine kleine Pause gegönnt. Shamar dreht mich um, so dass ich auf Knien vor ihm bin. Schon ist er wieder in mir. Er stößt hart zu, während er meine Hüften im Takt zu ihm hin bewegt. Dieses Mal berührt er einen Punkt in mir, der durch das Stoßen seines Schwanzes einen weiteren Höhepunkt in mir auslöst. Dieser Orgasmus ist anders, irgendwie lokaler, nur auf meine Vagina beschränkt. Ich stöhne immer wieder und kann gar nicht damit aufhören. Wieder zieht er sich auch mir zurück. Jetzt setzt er sich mit dem Rücken an das Kopfteil und zieht mich auf seinem Schoß.

Ich sitze auf ihm, wie vorgestern in dem Sattel. Ich brauche mich nicht viel zu bewegen um meinem überreiztem Inneren das Kommando für einen weiteren Orgasmus zu geben. Danach bin ich einfach fix und fertig. Ich habe weiche Beine, mir ist leicht schwindelig und meine intime weibliche Zone zuckt unkontrolliert.

Shamar ist noch nicht gekommen. Er küsst mich und dreht mich wieder um in unsere Anfangsposition. Ich liege auf dem Rücken, zu kaputt um mich noch irgendwie zu bewegen. Meine Beine liegen wieder auf seinen Schultern und ich frage mich, wieso die da oben bleiben, wo ich doch nur noch Gummi in den Knochen habe.

»Alles in Ordnung, mein Engel?«

Shamar schaut mich mit vor Leidenschaft fast schwarzen Augen an. Ich nicke und schließe meine Augen wieder. Und dann werde ich von ihm genommen. Richtig genommen. Meine Unterschenkel fest auf seinen Schultern verankert, hält er mich an meinen Unterarmen fest und hämmert in mich hinein. Das Tempo ist atemberaubend. Ich reiße meine Augen auf, denn ich kann kaum glauben, dass nach unserem langen und intensiven Sex mit meinen Höhepunkten auch nur noch ein kleines bisschen Kraft in ihm sein kann. Doch er zeigt mir gerade, wie sehr ich mich irre. Er stößt so schnell in mich, dass seine Hoden gegen meinen Hintereingang klatschen. Das ist erregend. Wer hätte das gedacht. Trotz meiner Erregung bin ich zu schlapp um mich noch irgendwie rühren zu können und so wie mich Shamar hält, wäre das sowieso nicht möglich.

Schweißtropfen bilden sich auf seinem Oberkörper und laufen zwischen seinen Brustmuskeln herunter. Sein Mund ist halb geöffnet und sein dunkler Blick ist auf mich gerichtet. Dann verharrt er kurz und bewegt sich laut aufstöhnend mit langsamen kräftigen Stößen. Heiß ergießt er sich immer wieder in mir. Ermattet sinkt er zu mir auf die Matratze. Es dauert eine ganze Weile, bis wir zwei uns wieder bewegen.

»Und ich dachte schon, du wirst niemals müde«, murmle ich matt an seiner Brust.

Seine Brust wackelt unter seinem Lachen. »Macht dir das was aus?«

»Nein«, antworte ich, »ich brauche nur ein bisschen mehr Kondition. Das ist alles.«

»Die kommt von ganz alleine, mein Engel.« Er küsst mich auf meine Haare. Wir entwinden unsere Glieder und Shamar geht ins Bad. Nachdem auch ich geduscht und angezogen bin, frühstücken wir gemeinsam..

Annie hat Croissants besorgt, die ich in meinen Milchkaffee tunke und dann genüsslich verspeise. Während wir zwei unser Frühstück genießen, klingelt das Telefon.

Kurze Zeit später kommt Matthew ins Zimmer und beugt sich zu Shamar:

»Mister Shalazar, Ihr Vater ist am Telefon und wünscht, Sie zu sprechen.«

Shamar nickt.

»Ich hätte es mir denken können. Bitte legen Sie das Gespräch in mein Arbeitszimmer, Matthew.«

Er schiebt seinen Stuhl zurück und entschuldigt sich. Dann eilt er in Richtung Arbeitszimmer davon.

Was hätte er sich denken können, frage ich mich. Shamar bleibt fast eine halbe Stunde weg. Ich beende alleine das Frühstück und warte auf ihn. Endlich kommt er aus seinem Arbeitszimmer. Er ist blass und sein Mund ist zu einer grimmigen Linie verkrampft.

»Was ist passiert, Shamar?«

Ich laufe auf ihn zu und nehme ihn in die Arme. Ihn so zu sehen, beunruhigt mich zutiefst.

»Ist etwas mit deinen Eltern? Kann ich dir irgendwie helfen, was kann ich machen?«

Ich habe das Bedürfnis ihm zu helfen, was immer es auch ist, was ihn bedrückt, aber ich weiß nicht wie. Abwesend streicht er mit seinen Händen über meinen Rücken.

»Luna, ich muss in einer dringenden Familienangelegenheit nach Dallas.«

Seine Stimme klingt wie mit einem Reibeisen gebürstet. Was hat ihn bloß so sehr aus der Fassung gebracht? Nicht dass möglicherweise etwas mit seinen Eltern passiert ist.

»Was ist passiert, Shamar?« Wiederhole ich meine Frage.

Er schüttelt den Kopf.

»Ich kann darüber im Moment nicht reden, Luna. Bitte.«

Gequält schaut er mich an, fast so als sei ich die Ursache für seinen Kummer. Himmel, wenn er doch nur etwas sagen würde. Ich fühle mich absolut machtlos.

»Ich muss unbedingt eine Angelegenheit klären, die keinen Aufschub mehr zulässt. Bitte habe ein wenig Geduld und mach dir keine Sorgen.«

»Dafür ist es jetzt ein bisschen spät. So wie du aussiehst, ist das Problem ernst. Natürlich mache ich mir Sorgen.«

»Ich fliege gleich los und werde entweder heute Abend spät, ansonsten morgen Vormittag wieder zurück sein. Lass uns danach reden.« Immer noch klingt seine Stimme rau.

Die Vorstellung, die Nacht unter Umständen alleine ohne ihn verbringen zu müssen und das in einer solchen Situation, zieht mich total runter. Er atmet tief durch, rauft sich durch die Haare und geht in unser Schlafzimmer herauf. Ich bleibe unten im Esszimmer und schaue blind aus dem Fenster. Einige Minuten später höre ich ihn die Treppe herunter kommen. Er ist komplett angezogen und abfahrbereit.

»Rufst du mich an?« Ich möchte, dass er mit mir in Verbindung bleibt, denn die Angst vor dem, was in der Luft liegt ist fast greifbar für mich.

Er schaut mich ernst an und nickt.

»Ja, ich melde mich wenn ich in Dallas angekommen bin. Wahrscheinlich in ungefähr 2 Stunden.«

»Wie kommst du denn so schnell nach Dallas?« Selbst wenn er mit seinem Firmenjet unterwegs ist, dauert es doch etwas bis die Crew zusammengetrommelt und an Bord ist.

»Ich habe einen Helikopter am West Houston Airport stehen. Damit fliege ich rüber.«

»Selber?«

»Ja!«

»Dann pass doppelt gut auf dich auf. Du bist abgelenkt.«

Ich höre mich schon an wie meine Oma. Aber immerhin gelingt Shamar ein schmales Lächeln. Er geht und küsst mich zum Abschied mit verzweifelter Zärtlichkeit.

»Ich liebe dich, Chérie!« Keine Spur mehr von der ausgelassenen Fröhlichkeit von heute morgen.

»Und ich liebe dich, Shamar!« Die Sorge in meiner Stimme lässt sie belegt klingen.

Wenn ich doch nur wüsste, was mit seinem Vater los ist. Ich würde ihm so gerne helfen. Mit einem letzten Blick verschwindet er durch die Tür. Ich bleibe draußen stehen und warte, bis sein Porsche vorbeikommt. Er winkt mir zu und ich hebe schüchtern meine Hand, dann gehe ich wieder ins Haus.

Annie räumt gerade den Tisch ab und schaut mich mitfühlend an.

»Annie, haben Sie vielleicht eine Ahnung, was mit Shamars Vater nicht in Ordnung sein könnte?«, frage ich sie in der Hoffnung von ihr vielleicht einen Tipp zu bekommen. Schließlich kennt sie seinen Vater und die Familie schon seit Jahren. Die Wahrscheinlichkeit müsste groß sein, dass Annie mir ein paar Informationen geben kann, sodass ich etwas ruhiger werde.

Annie schüttelt bedauernd ihren Kopf.

»Nein, Miss Luna, ich habe leider keine Ahnung. Vielleicht weiß mein Mann mehr, er hat das Gespräch entgegengenommen. Er ist im Haus unterwegs, bestimmt kommt er gleich.«

Sie geht mit dem Geschirr in die Küche. Ich habe das Bedürfnis, mich dort aufzuhalten, wo Shamar und ich zuletzt unbeschwert und glücklich gewesen sind. Möglicherweise hat das ja eine tröstende Wirkung auf mich. Auf dem Weg ins Schlafzimmer laufe ich Matthew in die Arme. Auch ihn frage ich ob er eventuell eine Idee hat, was passiert sein könnte. Er schüttelt vorsichtig den Kopf und meint:

»Miss Buchholz, ich weiß es wirklich nicht. Aber vielleicht hat das was mit dem Artikel im Houston Chronicle zu tun.«

Da war ein Artikel in der Zeitung? Ja, natürlich, die Wohltätigkeitsveranstaltung! Es waren ja genügend Fotografen da. Warum sollte dann nicht auch ein Artikel in der Zeitung stehen.

»Haben Sie die Zeitung noch, Matthew?« Ich sende ein Stoßgebet zum Himmel und hoffe darauf, dass ich einen Blick in diese Zeitung werden kann.

Matthew nickt.

»Ich bringe Sie Ihnen gleich hoch, Miss Buchholz.«

Ich gehe in unser Schlafzimmer und lasse mich auf das von unserem Sex zerwühlte Bett sinken. Wenige Minuten später klopft es. Matthew bringt mir die Zeitung und reicht sie mir an. Ich stopfe mir die Kissen in den Rücken und fange an, die Zeitung aufmerksam von vorne nach hinten durchzublättern. Weiter hinten werde ich fündig. Ein Bild von Shamar und mir auf dem Weg zu der

Wohltätigkeitsveranstaltung. Wir stehen vor dem Gebäude. Shamar hält mich im Arm und ich lache ihn an. Dann eine Vergrößerung des Bildausschnittes von seiner Hand auf meiner Hüfte.

> Texas begehrtester Junggeselle bald unter der Haube?
>
> Shamar Shalazar, Texas begehrtester Junggeselle wurde gestern Abend in Begleitung einer unbekannten Schönheit gesichtet. Wenn man den Beobachtern Glauben schenken darf, ist es etwas Ernstes. Ein Insider berichtete, die beiden seien den ganzen Abend unzertrennlich gewesen und wären sehr verliebt mit einander umgegangen.

Ich war noch nie in der Zeitung und das Bild von uns beiden zeigt uns als verliebtes, glückliches Paar. Gemischte Gefühle machen sich in mir breit.

Einerseits konnte ich mir denken, dass bei dem Blitzlichtgewitter wir den Weg in die Boulevard-presse finden. Den Teil sehe ich gelassen. Andererseits weiß ich nicht, auf was ich mich eingelassen habe. Muss ich jetzt aufpassen, wenn ich unterwegs bin, dass mich niemand erkennt oder mich ablichtet?

Ich lege die Zeitung beiseite und greife einem inneren Impuls gehorchend zu meinem Laptop. Ich rufe mir Google auf und mache eine Stichwortsuche mit Shamar Shalazar. Sofort erscheinen hunderte von Seiten und Artikeln. Ich enge die Suche um den Begriff Freundin ein und wechsle ich die Ansicht auf Bilder.

Was ich dort sehe, lässt mich in ungläubigem Erstaunen erstarren. Ich sehe Shamar mit zig anderen Frauen. Allesamt dunkelhaarig. Zwar habe ich nicht gedacht, die einzige Frau in seinem Leben zu sein, schließlich muss er die Erfahrungen, die er hat, ja irgendwo gesammelt haben, aber ich habe nicht mit so vielen Frauen gerechnet. Auf allen Bildern ist ein strahlendes Paar zu sehen, mal beim Verlassen eines Restaurants, oder bei einer Veranstaltung, im Theater und und und. Die Liste sieht für mich unendlich lang aus.

Langsam formt sich in meinem Kopf die Frage ob ich auch nur eine von vielen bin. Meine Gedanken überschlagen sich. Eifersucht macht sich wie eine hässliche Geschwulst in mir breit. Automatisch stelle ich mir Shamar mit den anderen Frauen vor. Wie er sie küsst, sie berührt und der Gedanke, dass sie das Gleiche miteinander geteilt haben, wie ich mit ihm, tut mir beinahe körperlich weh.

Angst steigt in mir hoch, einfach nur eine von den Frauen zu sein, die irgendwann unter den vielen Bildern bei Google auftauchen. Mir fällt die Bemerkung von Madame Jenkins ein: ‚immer nur dunkelhaarige Frauen'. Offensichtlich bin ich nicht die erste, für die Shamar Kleidung bei Madame Jenkins geordert hat.

Um ein Ende dieser Gedanken zu finden, muss ich mich unbedingt ablenken und einen klaren Kopf zu bekommen. Bewegung ist in der Vergangenheit immer ein gutes Mittel gewesen, um mich vom Stress abzulenken. Mit ein paar Klicks fahre ich den Rechner herunter und schlüpfe in meine Sportsachen. Auf dem Weg in den Fitnessraum treffe ich in der Küche auf Annie. Sie schaut mich fragend an, sagt aber nichts. Wahrscheinlich denkt sie sich ihren Teil. Ich nehme mir eine Flasche Wasser aus dem Kühlschrank und setze meinen Weg fort. Das Laufband ist meine erste Anlaufstelle, danach folgt der Ergometer. Beide Geräte nutze ich, bis ich schweißnass und völlig ausgepowert bin.

Inzwischen bin ich tatsächlich ruhiger geworden. Schließlich kann ich nicht ernsthaft erwarten, dass Shamar bis zu unserer Begegnung wie ein Eremit gelebt hat. Er ist reich, er sieht höllisch gut aus und die Frauen liegen ihm in Scharen zu Füßen, wie ich selber feststellen konnte. Seine Erfahrung im Bett hat mich schließlich immer wieder in ungeahnte Höhen getrieben. Dass er die irgendwoher haben musste, bedeutet, dass es diverse Vorgängerinnen gab.

Darüber habe ich vorher nicht nachgedacht, weil es mich schlichtweg nicht interessiert hat. Warum sollte ich mir also jetzt den Kopf zerbrechen? Jetzt ist jetzt. Einzig die Frage, warum möglicherweise dieser Artikel etwas mit dem Anruf seines Vaters zu tun hat, kann ich mir selber nicht beantworten.

Mein Handy brummt. Eine SMS von Shamar ist angekommen.

‚Bin in Dallas angekommen. Ich liebe dich! S.'

Das ist zwar kein Anruf aber immerhin hat er sich bei mir gemeldet. Wir lieben uns. Ist das denn nicht das Wichtigste? Was soll schon geschehen, wenn wir uns lieben. Der Gedanke ist wie heilender Balsam für meine aufgewühlten Gedanken. Wesentlich ruhiger gehe ich wieder nach oben und dusche mich.

Dann ziehe ich mir etwas Gemütliches an und mache es mir mit meinem Buch, Handy und Laptop auf der Terrasse bequem. Wenn ich schon die Zeit bis Shamars Rückkehr vertrödeln muss, dann kann ich endlich mein Buch zu Ende lesen und Susanne schreiben. Mit dem Buch fange ich an. Irgendwann betritt Annie die Terrasse und möchte wissen, ob ich etwas zu essen haben möchte. Hunger habe ich allerdings nicht.

Die ganze Aufregung hat mir den Appetit verschlagen. Ich nehme nur etwas zu Trinken und lese weiter. Gerade als ich mit dem letzten Kapitel beginne, kommt Annie wieder heraus. Sie macht einen gestressten Eindruck auf mich und ich frage mich, was sie so aus der Ruhe bringt.

»Miss Buchholz, es ist Besuch für Sie angekommen.« Sie klingt gehetzt.

»Besuch?« Ich bin erstaunt, denn ich kenne doch

niemanden hier und keiner, der bislang geknüpften Kontakte, wäre so eng, dass ich einen Besuch erwarten würde.

»Wer ist es denn, Annie, ich erwarte niemanden.«

Annie ist es sichtlich unangenehm.

»Es ist Miss Sabah Quidesh, Miss Buchholz.«

»Ich kenne keine Sabah Quidesh, Annie. Wer ist das?«, möchte ich von ihr wissen.

»Miss Buchholz, das kann ich Ihnen nicht erklären; ich glaube, dass muss Miss Quidesh wohl selber machen.« Es ist Annie sichtlich unangenehm in der Situation. Ich lege mein Buch zur Seite und stehe von meiner Liege auf. Annie geht mir voran und ich folge ihr in das Wohnzimmer. Am Fenster steht eine Frau mit langen dunklen Haaren. Bei meinem Eintreten dreht sie sich um und kommt auf mich zu. Annie zieht sich umgehend zurück, sodass ich mit der unbekannten Frau alleine bin.

»Hallo, mein Name ist Sabah Quidesh. Bitte entschuldigen Sie meinen unangekündigten Besuch hier.«

Sie streckt ihre Hand aus, die ich automatisch ergreife.

»Hallo, Miss Quidesh, mein Name ist Luna-Marie Buchholz. Was führt Sie hierher?« Sie lächelt mich an, ohne dass ihr Lächeln die Augen erreicht. Ich mustere sie unauffällig. Sie ist teuer und elegant gekleidet, hat lange, lockige, tiefschwarze Haare, ihre Augen sind ebenfalls schwarz - ich kann die Pupille von der Iris nicht unterscheiden - ihre Lippen sind voll und sinnlich. Ich schätze sie ungefähr in meinem Alter und im Gegensatz zu mir, ist sie von geradezu märchenhafter Schönheit. Sie trägt ein intensives Parfüm, Patchouli von L'Artisan. Ein Duft, der sehr teuer und ebenso prägnant ist. Er verschlägt mir in der Intensität, wie sie ihn trägt, fast den Atem. Sie bewegt sich in Shamars Wohnzimmer, als würde sie es gut kennen und so wie Annie reagiert hat, kennt Annie Sabah ebenfalls.

»Sagen Sie doch einfach Sabah zu mir.« Wieder lächelt sie mich an.

»Sabah, dann sagen Sie doch bitte Luna zu mir. Setzen Sie sich doch. Kann ich Ihnen etwas zu Trinken anbieten?«

Ich entwickle ein Gefühl, als wäre ich das Kaninchen, welches gerade einer Schlange zum Fraß vorgesetzt wird.

»Sehr gerne, Luna«, sie setzt sich mit einer eleganten Bewegung auf die Couch. »Ich nehme einen Eistee. Annie weiß, wie ich ihn mag.«

Meine Augenbrauen wandern in die Höhe. Was zum Henker geht hier vor? Da weder Annie noch Matthew zu sehen sind, entschuldige ich mich und gehe in die Küche, um Annie um den Eistee zu bitten. Beim Eintreten finde ich Matthew und Annie in einem leisen Gespräch vertieft. Sie schauen auf, als ich eintrete.

»Annie, Matthew, was ist hier los?« Ich brauche Informationen.

Matthew antwortet mir. »Miss Quidesh und Mister Shalazar sind miteinander bekannt. Weiteres kann ich Ihnen dazu nicht sagen. Das kann nur Mister Shalazar.«

Also habe ich bestenfalls eine Ex-Freundin von Shamar vor mir. Das hat mir heute noch gefehlt.

»Annie, könnten Sie bitte für Miss Quidesh einen Eistee bringen, sie sagt, Sie wüssten, wie sie ihn mag .... Ich hätte gerne ein Glas Wasser. Vielen Dank.« Mehr Zeit habe ich nicht, weil ich Sabah nicht so lange allein lassen möchte. Zurück im Wohnzimmer sitzt Sabah entspannt auf der Couch, als wäre sie für einen kleinen Plausch vorbei gekommen.

»Sie kommen aus Dänemark oder aus Schweden? Ihr Akzent klingt so eigenartig.« Beginnt sie das Gespräch mit Vorgeplänkel.

»Ich komme aus Deutschland, genauer gesagt aus München. Von woher stammen Sie, Sabah?« Frage ich zurück. Sie ist mir vom ersten Moment an unsympathisch. Ihre Freundlichkeit ist aufgesetzt und das Auftreten viel zu selbstsicher, als dass sie nur eine entfernte Bekannte wäre. In meinem Nacken fängt es an zu kribbeln. So als würde die unsichtbare Spannung zwischen uns sich dort entladen und mich vor einer Gefahr warnen.

»Ich wurde in Dubai geboren, bin jedoch als Kind in die USA gekommen und habe mein ganzes Leben hier verbracht. Meine Familie ist bekannt mit Shamars Familie.« Sie ist völlig entspannt und gelassen. Matthew betritt das Wohnzimmer, serviert formvollendet die Getränke und zieht sich wieder zurück. Sabah und ich trinken einen Schluck und ich spüre, dass es jetzt ans Eingemachte geht.

»Luna, Sie haben sich sicherlich schon gefragt, wer ich bin und was ich von Ihnen möchte.«

Sie macht eine kunstvolle Pause und versichert sich meiner vollen Aufmerksamkeit.

Ich nicke, die Spannung steigt für mich ins Unerträgliche. Was will diese Frau von mir?

»Nun, um es kurz zu sagen, ich bin Shamars Verlobte. Wir werden übernächsten Monat heiraten.«

16

Mich hätte ein plötzlicher Faustschlag in den Magen nicht unvorbereiteter treffen können. Ein riesiges Loch tut sich auf und droht, mich zu verschlingen. Mein Denken setzt komplett aus. Der Zeitungsartikel fällt mir ein. Sie muss ihn gelesen und ihre Schlüsse daraus gezogen haben.

»Wieso, ich meine seit wann, ich verstehe nicht ....« Stammle ich.

Sabah lächelt herablassend nachsichtig. »Liebe Luna, Shamar und ich sind einander seit vielen Jahren versprochen. Sie wissen doch das Shamars Wurzeln in Arabien liegen?« Ich nicke. »Nun, Shamars Familie sucht aus verschiedenen Gründen die Nähe des in Arabien lebenden Stammes der Familie. Dies soll über eine arrangierte Ehe umgesetzt werden. Aus diesem Grund wurden wir einander bereits als Kinder versprochen. So etwas ist nicht unüblich.«

Meine Gedanken überschlagen sich. Shamar ist bereits als Kind versprochen. Ich kann mir gar nicht vorstellen, dass ein Mann wie Shamar sich mit einer arrangierten Ehe zufrieden gibt. Andererseits, wenn dem wirklich so ist, ist das Verhalten seines Vaters und auch das von Shamar heute Morgen absolut nachvollziehbar. Wut steigt in mir hoch. Dass er in zwei Monaten heiratet, war ihm die ganze Zeit bekannt. Dann bin ich doch nur ein Zeitvertreib gewesen, bevor sein Eheleben beginnt. Toll! Fassungslosigkeit, ungläubiges Staunen und Wut beherrschen mein Gefühlsleben. So wie jetzt, habe ich mich noch nie in meinem Leben gefühlt. Von Liebe und Leidenschaft im D-Zug-Tempo, zu einer Vollbremsung durch Sabah gezwungen, fühle ich mich wie ein Spielball. Benutzt und zum Wegwerfen jederzeit bereit.

»Das kann doch alles nicht sein. Er hat nichts davon gesagt. Im Gegenteil, wir lieben uns.« Meine Worte klingen selbst in meinen eigenen Ohren irgendwie einfältig und kindisch.

Ich trinke einen Schluck Wasser, während Sabah weiter redet. Meine Hand zittert und ich muss mich anstrengen, dass das Glas nicht gegen meine Zähne stößt. Ich kann die Vielzahl von Gedanken und Gefühlen, die sich explosionsartig in mir ausbreiten, nicht beschreiben. Mir ist sterbensübel und schwindelig, während Sabah die Situation sichtlich genießt.

»Warum sollte er Ihnen etwas sagen und sein Vergnügen schmälern, Luna. Shamar ist ein Mann. Natürlich sucht er sich seine kleinen Vergnügungen. Damit werde ich leben. Wichtig ist nur, dass ich ihm in kurzer Zeit Nachwuchs gebäre und die Linie damit festige. Danach kann ich mich in Ruhe zurücklehnen und das Kind einem Kindermädchen geben. Shamar hat genug Geld, mit dem ich mir alle Wünsche erfüllen kann. Naja, und wenn er Sie liebt, dann heiratet er Sie vielleicht.« Ihre Stimme trieft vor falschem Mitleid. Sie scheint die Situation wirklich sehr zu genießen. Wieso sollte Shamar mehrere Frauen heiraten können. Abgesehen davon würde ich ihn niemals mit einer anderen Frau teilen.

Jetzt verstehe ich gar nichts mehr.

»Wenn er Sie heiratet, wie könnte er dann noch eine Frau heiraten?«

Sabah lehnt sich zurück und schaut mich mitleidig an.

»Kindchen, Sie haben wirklich keine Ahnung, worauf Sie sich eingelassen haben.« Sie trinkt von ihrem Eistee und fährt fort.

»Shamar ist gläubiger Moslem. Der Islam erlaubt ihm daher bis zu vier Ehefrauen. Sollte er Sie tat-sächlich heiraten, dann müssten Sie und ich uns Shamar im Falle eines Falles noch mit zwei weiteren Frauen teilen.«

Das kann ich nicht glauben.

»In den USA ist die Ehe mit mehr als einer Frau doch bestimmt verboten. Außerdem habe ich nicht den Eindruck, dass Shamar gläubiger Muslim ist.« Ich kenne die Gesetzeslage in den USA nicht, vermute aber, dass die Zahl der Ehefrauen ähnlich wie in Deutschland geregelt ist.

Anscheinend bin ich eine Quelle der Heiterkeit für sie, denn sie lacht laut auf. Ihr teurer Schmuck klimpert laut bei jeder Bewegung.

»Luna, wo denken Sie hin? Wir ziehen natürlich um. Shamar kann auch von den Arabischen Emiraten aus arbeiten. Er wird dann sicherlich die eine oder andere Reise nach Houston unternehmen, aber unser Wohnsitz wird dort sein. Das würde natürlich auch für Sie gelten. Wobei ich mir nicht vorstellen kann, dass Sie dabei glücklich werden. Frauen sind dort strikt von den Männern getrennt und haben lange nicht die Freiheiten, wie es hier der Fall ist. Westliche Frauen können sich dem in der Regel nicht unterordnen. Sie müssen sich das genau überlegen, wenn es soweit ist.« Sie lächelt mich gönnerhaft an.

Also ob ich die zweite Frau in Shamars Sammlung sein wollte. Einen Dreck werde ich tun. Sabah scheint diese Vorstellung nicht zu erschrecken, aber für mich wäre das nicht hinnehmbar. Wenn dem so ist, dann habe ich mal wieder eine bittere Erfahrung machen müssen, aber ich werde nicht eines von vielen Liebchen sein, die sich Shamar möglicherweise zu seinem Vergnügen hält. Doch Sabah ist noch nicht fertig.

Entspannt lehnt sie sich in die Couch zurück. »Was Ihre Zweifel an Shamars Glauben angeht, haben Sie ihn jemals Schweinefleisch essen sehen?« Ich schüttle den Kopf. »Nein...« Ich erinnere mich an den Morgen meiner Ankunft hier. Der Schinken, den wir aßen, war vom Rind und nicht vom Schwein. Ich habe nicht gefragt warum, sondern hatte die Frage danach für mich selber mit Glaubensgründen beantwortet. Scheiße, sie hat Recht! Großer Gott!

»Da Sie offensichtlich das Bett miteinander teilen, werden Sie festgestellt haben, dass er beschnitten ist.«

Ich kann das nur bestätigen, das hatte ich in der Tat gesehen. Woher weiß sie das? Bitte lieber Gott, lass sie nicht auch schon mit ihm geschlafen haben. Bei der Vorstellung, wie Shamar mit ihr intim sein könnte, bohrt sich ein schneidender Schmerz mitten in mein Herz. Das wird hier langsam mehr, als ich ertragen kann. Ich muss wissen, ob dem so ist.

»Sie wissen das, weil Sie auch mit ihm geschlafen haben?«

Wieder lacht sie belustigt auf. »Ach, Luna, nein, um Himmelswillen. Ich gehe unberührt als Jungfrau in die Ehe. Das wird von mir erwartet. Und ehrlich gesagt, ich freue mich schon auf die Freuden, die er mir nach dem unerfreulichen Prozedere der ersten Nacht schenken wird.«

»Sie meinen die Entjungferung?« Ich komme mir vor wie ein unreifes Schulmädchen.

»Naja, das und die Tatsache, dass das Bettlaken mit meinem Jungfernblut als Beweismittel vorgelegt wird.« Das ist das einzige Mal, das etwas in ihrem Blick flackert. Anscheinend macht ihr das wirklich etwas aus.

Mein Gott, ich bin so blauäugig und naiv. Ich habe an die große Liebe geglaubt. Ich zerbreche innerlich. Es fällt mir schwer, Haltung zu bewahren und mich vor Sabah nicht in ein heulendes Häufchen Elend zu verwandeln. Meine Stimme versagt mir den Dienst und ich brauche mehrere Anläufe, um erneut zu sprechen. Ich bin mir sicher, dass Matthew und Annie unser Gespräch komplett mit anhören. Vor Scham möchte ich am liebsten im Boden versinken.

»Sabah, danke für das Gespräch. Sie werden verstehen, wenn ich mich jetzt zurückziehen möchte.«

Mit dem süffisanten Lächeln einer Siegerin steht sie auf. »Aber selbstverständlich, Luna. Ich kenne mich hier aus und finde alleine heraus. Grüßen Sie Shamar von mir wenn Sie ihn sehen.« Ich geleite sie trotzdem zur Tür. Draußen steht ein schickes Mercedes Cabriolet, in das sie einsteigt. Offensichtlich kommt hier Geld zu Geld. Oder es ist bereits eines von Shamars Geschenken an sie. Warum sollte er bei seiner zukünftigen Frau knauseriger sein als bei seiner Kurzzeitgespielin. Denn etwas anderes bin ich ja scheinbar nicht. Ich schließe die Tür und fühle mich wie in Trance, so als würde ich neben mir stehen und mich selbst betrachten. Annie kommt auf mich zu.

»Bitte Miss Luna, schließen Sie nicht zu schnell daraus. Warten Sie auf Mister Shalazar.«

Ich nicke ihr nur zu, sprechen kann ich nicht. Ich gehe zur Terrasse und packe die Sachen die dort von mir liegen zusammen. Dann gehe ich hinauf in unser Schlafzimmer.

17

Das Bett ist inzwischen gemacht und die Spuren unserer Liebe von heute Morgen verschwunden. Es ist wie ein Omen. Alles ist verschwunden. Ich gehöre nicht hierher. Was soll ich noch tun? Auf Shamar warten?

Nein, ich mag mir keine billigen Entschuldigungen anhören, die doch nichts an den Tatsachen ändern. Akzeptieren, dass Shamar Sabah heiratet und ihn mit ihr zu teilen?

Das geht gar nicht.

Eine Ehe mit ihm und drei anderen Frauen?

Völlig undenkbar. So tief würde ich nie sinken. Meine Gedanken drehen sich im Kreis. Mein Handy vibriert. Ich werfe einen Blick auf das Display und sehe Shamars Name. Der Kloß in meinem Hals wächst und wird immer dicker. Ich habe das Gefühl, daran ersticken zu müssen.

Es ist mir nicht möglich, jetzt mit ihm zu reden. Daher schalte ich das Handy aus und lege es auf die Kommode, neben dem schwarzen Kästchen meiner Ohrringe. Auf der Bettkante sitzend, schaue ich auf das Muster im Boden. Alles, woran ich in den letzten Tagen geglaubt habe, zerbricht. Übelkeit steigt erneut in mir hoch und dieses Mal muss ich mich übergeben. Ich fühle mich, als wäre mein Innerstes völlig lädiert aus einem Boxkampf gekommen. So elend habe ich mich seit dem Tod meiner Eltern nicht mehr gefühlt. So allein, verlassen und betrogen. Nur dass mich damals das Leben betrogen hat und nicht Shamar.

Ich kann hier keine Minute länger bleiben. Der Gedanke daran, auch nur eine Stunde länger als unbedingt notwendig hier zu bleiben ist mir unerträglich. Ich muss alleine sein, weg von hier, weit weg, ich muss nach Hause. Sofort. Im Internet suche ich mir die nächste Flugverbindung nach Hause heraus. Es ist ein Flug der Turkish Airlines über Istanbul. Der ist zwar ewig lange unterwegs, das ist mir aber alles egal, Hauptsache ich bin wieder zu Hause in meinen vier Wänden und kann mich darin verkriechen, dafür nehme ich auch den Umweg über Istanbul in Kauf. Dem Himmel sei Dank sind dort noch Plätze verfügbar, sodass ich mich ohne Probleme einbuchen kann.

Ich zahle den Flug über meine Kreditkarte und fange an, zu packen. Langsam habe ich ja Übung darin. Alles, was ich von Shamar bekommen habe, lasse ich hier. Ich will nichts von seinen Geschenken mitnehmen. Soll er doch alles dieser Sabah schenken. Die Kleider und Schuhe die er mir gekauft hat, bleiben in dem Ankleidezimmer. Meinetwegen kann er die Kleider umtauschen oder in die Kleidersammlung geben. Meine Wut kennt keine Grenzen. Bevor ich meinen Laptop ausschalte, maile ich Susanne.

> *Hallo Suse,*
> *komme nach Hause. Es ist vorbei. Melde mich, wenn ich wieder daheim bin.*
> *Luna*

Mehr kann ich nicht schreiben. Was sollte ich auch schreiben? Dann landet der Rechner bei den anderen Sachen auf der Kommode.

Vom Sekretär nehme ich mir ein Blatt Papier und schreibe eine Nachricht an Shamar.

Shamar,
Sabah war da. Ich werde eurer Hochzeit nicht im Wege stehen.
Vielleicht bin ich altmodisch, aber ich werde dich nicht teilen.
Bitte nimm keinen Kontakt mehr mit mir auf.
Ich liebe dich, wie mein Leben und ertrage es nicht, dich zu sehen oder zu hören, wenn ich nicht mit dir zusammen sein kann.
Luna

Tränen steigen beim Schreiben der Zeilen in meine Augen, rollen mir in dicken Perlen über mein Gesicht und landen schließlich auf dem Papier. Ich falte es zusammen und lege es auf unser Bett. Krampfhaft versuche ich jegliche Erinnerung, die mir bei diesem Anblick hochsteigt, zu verdrängen.

Einen letzten Anruf tätige ich noch und rufe mir ein Taxi zum Haus. Da mein Flug in knapp drei Stunden geht, werde ich genau pünktlich am Flughafen sein, um durch die Sicherheitskontrollen in den Abflugbereich zu gelangen, wohin mir niemand folgen kann. Auf dem Bett sitzend lausche ich auf die Geräusche im Haus. Es ist totenstill. Kein Geräusch dringt nach oben. Es ist als hielte das Haus samt Bewohner die Luft an. Irgendwann klingelt es an der Tür.

Ich stehe vom Bett auf und trage meinen Koffer auf den Flur und dann die Treppe herunter. Matthew kommt mir entgegen. Entsetzen macht sich auf seinem Gesicht breit.

»Miss Luna, bitte, machen Sie das nicht. Mister Shalazar wird zu tiefst verärgert sein.«

Müde lächle ich ihn an. Ich weiß, er ist eine

herzensgute Seele – genauso wie Annie. Sie kommt bei seinen Worten aus der Küche.

»Matthew, es ist mir egal, ob Shamar verärgert ist oder nicht. Diese Situation geht zu weit. Daher reise ich ab. Ich danke Ihnen für all die Mühe, die Sie sich mit mir gemacht haben.« Ich drücke ihm die Hand.

»Kieran bringt Sie gerne wohin Sie wollen Miss Luna. Sie brauchen kein Taxi. Warten Sie einen Augenblick, ich rufe ihn.« Er dreht sich um und greift zum Haustelefon.

»Nein, Matthew, das ist sehr nett von Ihnen, aber ich möchte nichts mehr in Anspruch nehmen, was oder wen Shamar bezahlt. Er hatte schon genug Ausgaben wegen mir.«

Annie steht hinter ihm und hat Tränen in den Augen.

»Miss Luna, wo wollen Sie denn hin?«

Sofort fangen meine Augen wieder an zu brennen.

»Annie, ich fahre nach Hause, hier kann ich nicht mehr bleiben.«

Wir umarmen uns und ich verabschiede mich auch von ihr. Matthew nimmt meinen Koffer und trägt ihn zum Kofferraum des Taxis. Dann steige ich ein und der Fahrer schließt die Tür. Jetzt, da ich im Taxi sitze, kann ich meine Tränen nicht mehr länger zurückhalten.

»Bitte bringen Sie mich zum George Bush Flughafen«, sage ich heiser unter meinen Tränen. Er nickt und fährt los. Meine Tränen verhindern, dass ich von meiner Umgebung irgendetwas sehen kann. Der Fahrer beobachtet mich über seinen Rückspiegel und hält mir eine Box mit Kleenex Tüchern hin. Dankbar bediene ich mich daran. Er stellt keine Fragen und versucht auch nicht, mich in ein Gespräch zu ziehen. Dafür bin ich ihm wirklich dankbar. Eine Dreiviertelstunde später hält er am Terminal des Flughafens an. Ich gebe ihm ein gutes Trinkgeld und ziehe meinen Koffer hinter mir her.

Der Abfertigungsschalter ist wundersam leer, ohne Probleme gelange ich sofort an mein Ticket und gebe meinen Koffer dort ab. Dann folge ich den Hinweisschildern zur Sicherheitskontrolle, so dass ich in den Abflugbereich komme. Auch hier geht alles blitzschnell. Im Wartebereich angekommen suche ich mir einen Platz in der Ecke am Fenster aus.

Immer wieder rinnt mir eine Träne die Wange herunter die ich dann verstohlen abwische. Aber niemand nimmt Notiz von mir. Ich schaue mir das Treiben auf dem Flugfeld an, ohne jedoch irgendetwas richtig wahrzunehmen. Irgendwann registriere ich, dass mein Name aufgerufen wird.

»Miss Luna Buchholz, bitte rufen Sie die Information an.«

Wenige Minuten später:

»Miss Buchholz, bitte melden Sie sich an der Information.«

Mir fällt auf, dass ich das schon mehrere Male gehört aber nicht wahrgenommen habe. Ich habe nicht vor darauf zu reagieren und bleibe in meiner Ecke sitzen.

Nach zwanzig Minuten und drei weiteren Ansagen beginnt endlich das Boarding. Ich reihe mich in die Schlange der Passagiere ein und zeige mein Ticket vor.

»Miss Buchholz,« sagt die Dame von der Bodenabfertigung der Turkish Airlines erstaunt, »haben Sie nicht gehört, dass Sie gesucht wurden?«

»Ist irgendetwas mit meinem Ticket nicht in Ordnung?« Fragend schaue ich sie an.

Sie verneint. »Nein, Miss Buchholz, mit Ihrem Ticket ist alles in Ordnung.«

»Dann würde ich jetzt gerne an Bord gehen.«

»Aber ja, selbstverständlich.« Sie reißt den Abschnitt, der bei ihr verbleibt, von meinem Ticket ab und ich darf zur Gangway durchgehen. Ich habe einen Fensterplatz bekommen, auf den ich mich hinsetze und den Sicherheitsgurt festzurre. Es dauert nicht lange und das

Flugzeug hat alle Passagiere an Bord. Wir rollen hinaus zur Startbahn und das Flugzeug gewinnt an Geschwindigkeit. Schließlich hebt es ab und steigt in einem steilen Winkel nach oben. Ich sehe die grüne Landschaft, die sich um Houston befindet.

Irgendwo da draußen ist Shamar. Wieder laufen mir die Tränen über die Wangen. Ich kann einfach nicht aufhören. Lautlos weine ich. Die Stewardess bringt mir einen Stapel Servietten, und schaut mich mitleidig an. Es wird rasend schnell dunkel draußen und die Nacht beginnt. Nach endlosen Stunden falle ich wie meine Mitpassagiere in einen unruhigen Schlaf.

Immer wieder träume ich von Shamar. Dann taucht Sabah auf und ich sehe sie und Shamar glücklich lachend auf mich zukommen. Shamar schaut mich an und erkennt mich nicht. Ich bin für ihn nicht existent. Der Schmerz, der daraufhin durch mich hindurch fährt weckt mich schlagartig auf. Mein Schlaf ist vorbei. Sehnsüchtig warte ich auf den neuen Tag.

Mein Anschlussflug von Istanbul nach München landet kurz nach 22.00 Uhr auf dem Franz-Josef-Strauss Flughafen. Ich habe über 6 Stunden im Transitraum in Istanbul verbringen müssen, bevor ich den Flug nach Hause antreten konnte. Ich esse den Schokoriegel, der auf dem Flug nach München verteilt wurde und warte auf meinen Koffer.

Es ist einer der Letzten, die auf dem Gepäckband befördert werden. Ich ziehe ihn herunter und rolle ihn hinter mir her nach draußen. In Houston ist es jetzt kurz vor fünf Uhr morgens. Mir fehlen fast zwei Nächte Schlaf. Ob Shamar wieder zu Hause ist? Mist, ich ärgere mich, dass meine Gedanken immer wieder um ihn kreisen.

Jeder Gedanke führt automatisch zu ihm. Wie soll ich das nur überstehen? Ich verlasse das Flughafengebäude und laufe zum Taxistand. Es ist kühl geworden und der Wind weht mir unangenehm kalt durch meine Kleidung.

Ich habe Glück und der Taxistand ist besetzt. Nachdem ich schon so viel Geld für das Ticket bezahlt habe, macht mich die Fahrt mit dem Taxi auch nicht mehr viel ärmer. Ich nenne dem Fahrer meine Adresse und schon fahren wir los. Vierzig Minuten später stehe ich vor meiner Haustür. Ich krame den Schlüssel aus meiner Handtasche und kämpfe mich mit dem Koffer die vier Etagen zu meiner Wohnung hoch.

Nach dem Lärm, den ich veranstalte, wissen alle Nachbarn, dass ich wieder zurück bin. Ich lasse den Koffer im Wohnzimmer stehen, schäle mich aus meiner Kleidung und lege mich ins Bett. Binnen Sekunden schlafe ich ein.

Meine Nacht ist kurz und unruhig. Auch in dieser Nacht lassen mich meine Träume von Shamar nicht los. Ich wache auf und stelle fest, dass ich im Schlaf geweint habe. Meine Augen sind rot und verquollen.

Es ist Dienstag und vor drei Wochen war meine kleine Welt noch in Ordnung. Ich leere meinen Koffer und fange an, meine Wäsche zu waschen. Frühstücken mag ich nicht, dafür trinke ich einen schwarzen Kaffee. Mein Handy ist immer noch aus. Es dauert eine Weile, bis ich mich dazu entschließen kann, es wieder einzuschalten. Ich habe 26 Anrufe in Abwesenheit von Shamar, 2 Anrufe von Susanne und einen von meinem Chef. Dann höre ich die Mailbox ab.

Shamar hat mehrere Nachrichten hinterlassen. Jedes Mal, wenn mir seine Nummer angesagt wird, drücke ich die 3 und lösche die Nachricht ungehört.

Dann kommen die beiden Anrufe von Susanne. Sie macht sich Sorgen und will wissen, wo ich stecke. Die letzte Nachricht hat mein Chef hinterlassen. Er teilt mir mit, dass es einen Engpass in der Kölner Niederlassung gibt. Eine Grippewelle hat etliche der Mitarbeiter erfasst. Daher soll aus München Verstärkung geschickt werden. Jetzt möchte er wissen, ob ich eventuell eher zurückkehren und in Köln aushelfen kann. Arbeit ist genau das, was ich neben Susanne jetzt brauche. Kurzerhand wähle ich seine Nummer.

Er hebt nach dem zweiten Klingeln ab. Ich erkläre ihm, dass ich gestern Abend wieder nach Hause gekommen bin. Er will wissen, wie denn mein Urlaub war und mühsam schwärme ich ihm von Sonne, Strand und Meer vor. Genau das, was er hören möchte. Ich frage ihn, was genau los ist und er erklärt mir, dass es in Köln zurzeit nicht eine einzige Sekretärin gibt. Er bietet mir an, bereits Morgen nach Köln zu reisen und dort den gesamten Oktober zu bleiben.

Da meine Arbeitszeit ja nur zwanzig Stunden pro Woche beträgt, fallen viele Überstunden an, die von der Versicherung komplett bezahlt werden, natürlich mit den ganzen Zuschlägen. Man stellt mir ein Appartement zur Verfügung, in dem ich während der Zeit wohnen kann. Das Angebot erscheint mir wie ein Wink des Himmels. Ich sage ihm gerne zu. Außerdem kann ich das Geld jetzt wirklich gut gebrauchen.

Der Rückflug hat ein ungeplantes Loch von 800 Euro in meine Haushaltskasse gerissen. Das möchte ich gerne so schnell wie möglich wieder stopfen. Außerdem werde ich dadurch von meinen Problemen bestmöglich abgelenkt. Mein Chef bedankt sich überschwänglich und kündigt an, mir per Boten heute Nachmittag die Reisedokumente bringen zu lassen.

Als nächstes rufe ich Susanne an. Auch sie scheint ihr Handy nicht aus den Augen zu lassen, denn kaum dass es klingelt, geht sie dran.

»Luna, endlich. Wie geht es dir, wo bist du?«

Susanne hat mir gefehlt. Sobald ich ihre Stimme höre, ist es vorbei mit meiner Haltung. Ich schluchze sofort los und kann mich nicht mehr einkriegen.

»Ich bin wieder zuhause, Susanne.«

»Bleib wo du bist, ich komme vorbei!« Sie legt auf.

In der Zwischenzeit nehme ich den Koffer, hole meine gebrauchte Wäsche heraus und packe erneut, dieses Mal für Köln. Meine Bewegungen sind langsam und schwerfällig, wie die, einer alten Frau. Dann schaue ich meine Post durch. Das meiste ist Reklame, die wandert sofort in den Mülleimer. Ein Brief von einem norwegischen Unternehmen bei dem ich mich beworben hatte ist auch dazwischen. Ich reiße den Umschlag auf und lese mir durch, was man mir geschrieben hat. Sie haben Interesse und bitten mich, einen Vorstellungstermin zu vereinbaren. Allerdings soll der in Düsseldorf stattfinden. Von Köln nach Düsseldorf ist es ja ein Katzensprung, ich kann besser von dort aus dahin fahren, als von München aus. Ich nehme mir vor, Morgen oder Übermorgen dort anzurufen und einen Termin zu vereinbaren. Ich habe noch einen einsamen Joghurt im Kühlschrank. Den löffle ich weg. Hunger habe ich nicht.

Susanne schellt. Während sie die Treppen hochstürmt entsorge ich die Reste meines Joghurts. Es tut so unendlich gut, dass sie da ist. Kaum dass sie die Wohnungstüre hinter sich geschlossen hat, fallen wir uns in die Arme. Ich erzähle ihr alles, angefangen von der ersten Begegnung zwischen Shamar und mir, über unseren Wüstenausflug bis hin zu Sabahs Auftritt. Dass ich eine Geheimhaltungserklärung unterzeichnet habe, ist mir scheißegal. Bei mir ist sowieso nichts zu holen, sollen mich seine Anwälte doch verklagen.

»So ein Mistkerl«, sagt sie mit zusammen gebissenen Zähnen.

»Der kann was erleben, wenn ich ihm begegnen sollte.« Die Vorstellung, dass meine Freundin Susanne die gut 10 Zentimeter kleiner als ich ist, Shamar zusammen stauchen will, amüsiert mich. Trotz meiner Tränen muss ich lachen.

»Ach, Suse, du bist echt die Beste. Das würde ich wirklich gerne sehen.«

Ich glaube, ihr liegt noch einiges mehr auf der Zunge, aber sie sagt nichts weiter zu Shamar. Ich erzähle ihr von meinem Auftrag in Köln und der Abreise morgen. Sie nickt zustimmend. »Das ist bestimmt vernünftig, wenn du dich jetzt ablenkst«, sinniert sie, »außerdem soll Köln ein hervorragendes Nachtleben haben.«

Als ob es mir darauf ankommen würde. Das Letzte was ich will, ist ein Nachtleben oder irgendeine Männerbekanntschaft. Ich hebe die Hände.

»Um Gottes Willen, im Moment möchte ich nur meine Ruhe haben. Das Nachtleben interessiert mich überhaupt nicht.«

Sie nimmt mich in die Arme. »Ich kann mir gut vorstellen, dass das jetzt nichts für dich ist. Aber wer weiß, vielleicht lockt es dich ja doch irgendwann raus.«

Wir hocken den ganzen Nachmittag zusammen und erzählen uns abwechselnd unser Liebesleid.

Ihr Ex-Freund, hatte sich vor ein paar Monaten als ein Arsch erster Klasse entpuppt. Während sie mit ihm zusammen war, hatte er noch zwei weitere Mädels im Rennen und es hat über drei Monate gedauert, bevor sie das durch einen dummen Zufall entdeckt hat. Ich kann mich noch gut daran erinnern wie wütend und enttäuscht sie gewesen ist. Heute kann ich das noch besser nachempfinden als damals.

Ich kann nicht aufhören von Shamar zu erzählen. Ich rede von den Dingen, die wir miteinander erlebt haben und kann nicht verhindern, dass ich immer wieder anfange zu weinen. Susanne nimmt mich in die Arme und tröstet mich. Sie ist die Ruhe selbst und wartet, bis es mir ein wenig besser geht.

Viel später beschließen wir, uns etwas zu Essen vom Pizzaservice liefern zu lassen. Ihre Rechnung, mich von meinem Liebeskummer abzulenken, geht zumindest für den Nachmittag auf. Mit Rotwein und Pizzastücken sitzen wir in meinem Wohnzimmer und Susanne erzählt von ihren Prüfungen letzte Woche. Die Prüfer waren unter Anderem mit ihr in der Notaufnahme und haben ihre Arbeit dort beurteilt.

So genau, dass der eine Prüfer wohl aus einer perforierten Arterie, die von ihr versorgt wurde, eine

Fontäne Blut abbekommen hat. Susanne lacht sich halb schlapp, wie ungeschickt sich dieser Mensch angestellt hat. Danach wurde sie von den beiden mündlich zu dem Patienten und der bei ihm durchgeführten Notfallmaßnahme befragt. Susanne ist die geborene Ärztin. Sie hatte schon als Kind alles verarztet, was sich nicht rechtzeitig verstecken konnte. Ich bin der felsenfesten Überzeugung, dass Susanne noch richtig Karriere machen wird.

Wieder klingelt es an der Tür, dieses Mal ist es der Bote von meiner Firma. Er übergibt mir einen großen braunen Umschlag, in dem sich alle Reiseunterlagen befinden. Morgen Früh um Sieben geht es los.

Susanne verabschiedet sich abends von mir und ich packe meine letzten Sachen zusammen.

Ab Morgen beginnt mein neues altes Leben.

Wie geht es weiter mit Luna und Shamar?

Das erfahren Sie in

Texas Knight – Munich Calling

Zutiefst verletzt und innerlich zerbrochen flieht Luna nach dem Zusammentreffen mit Shamars Verlobten zurück nach München. Verzweifelt stürzt sie sich in ihre Arbeit und lässt sich sogar in eine andere Stadt versetzen. Doch trotz aller Ablenkungsversuche kann sie Shamar nicht vergessen. Shamar ergeht es nicht anders. Auf dem Rückweg von einer Weihnachtsfeier wird Luna von ihrem Chef bedrängt. Im Augenblick höchster Not taucht Shamar auf und bittet sie, mit ihm zurück nach Texas zu kommen. Tatsächlich lässt sie sich überzeugen und bricht ihre Zelte in Deutschland ab. Gerade als sie sich am Ziel ihrer Träume wähnt, geschieht ein schrecklicher Unfall.

ÜBER DIE AUTORIN

M.C. Steinweg ist verheiratet und lebt mit ihrem Mann im Herzen des Ruhrgebietes. Sie arbeitet als Angestellte in einem international tätigen Unternehmen. In ihrer Freizeit treibt sie gerne Sport und geht mit ihrem Mann so oft es möglich ist, auf Reisen. Zu ihren Lieblingsautoren gehören J.D. Robb, J.R. Ward und Tess Gerritsen.

Aus einem Impuls heraus, entstand im Laufe von mehreren Monaten die Texas Knight Reihe als reine Freizeitbeschäftigung. Das Erstlingswerk besteht aus einer Serie von drei Büchern, die binnen kürzester Zeit die vordersten Ränge der Bestseller Liste belegten.

Liebe Leserinnen und Leser,

an dieser Stelle noch eine Bitte in eigener Sache: Wenn euch mein Buch gefallen hat, dann schreibt mir eine kleine Lobeshymne als Rezension bei Amazon oder dem Händler, über den ihr das Buch erworben habt. Hat es euch nicht so gut gefallen, schreibt mir eine E-Mail, denn für euch schreibe ich meine Geschichten, deshalb freue ich mich über eure konstruktive Kritik. Ihr erreicht mich unter: **m.c.steinweg@googlemail.com** Natürlich könnt ihr mir auch schreiben, wenn ihr Fragen habt oder mir einfach ein paar persönliche Zeilen zukommen lassen wollt. Wenn ich eure Kommentare verwenden darf, dann sagt es mir bitte, ansonsten bleibt alles unter uns.

Als selbstpublizierende Autorin, trage ich das finanzielle Risiko einer Veröffentlichung selbst. Bitte achtet aus diesem Grund meine Urheberrechte und verteilt das Buch nicht im Internet.

Wenn ihr mehr über meine Bücher oder aktuelle Projekte wissen wollt, so schaut einfach in mein Facebookprofil oder schreibt mir.

Vielen Dank

M.C. Steinweg

Folgende eBooks und Taschenbücher sind bisher von M.C. Steinweg erschienen:

Texas Knight Trilogie:

Texas Knight - Desert Dream (Teil 1)
Texas Knight – Munich Calling (Teil 2)
Texas Knight – Houston Heat (Teil 3)

Safe! – Romantic Crime Story

Zur Zeit in Vorbereitung befindet sich ein vierter Teil der Texas Knight Story, der unabhängig von der Trilogie gelesen werden kann. Er wird ab September/Oktober 2014 unter dem Titel

Texas Knight – California Fiction

erhältlich sein.

Charlene, Shamars kleine Schwester findet ihr Glück in der Liebe. Natürlich auf Umwegen …

M.C. Steinweg – Safe!

Evelyn Dexter ist 27 Jahre alt und arbeitet als Biochemikerin in einem Labor eines kleineren Pharmaunternehmens. Innerhalb ihrer neuesten Forschungsreihe, entdeckt sie ein vielversprechendes Heilmittel gegen die Alzheimer Krankheit. Ihr Kollege Andreas Keller berichtet dem Firmenvorstand ausführlich darüber. Wenige Tage später wird das Labor, in dem Evelyn und Andreas arbeiten, überfallen.

Andreas überlebt den Überfall nicht, doch Evelyn kann über die Feuertreppe fliehen. Sie findet ihre Wohnung aufgebrochen und durchwühlt vor, ihr Handy funktioniert nicht mehr und die Verbrecher sind ihr dicht auf den Fersen. In ihrer Not entschließt sie sich spontan dazu, einen Ferienflieger zu besteigen. Sie landet in einem Hotel im Süden von Gran Canaria.

Dort trifft sie auf Marcus Whitburn. Sie weiß nicht, dass er als Agent für den GCHQ arbeitet. Marc verbringt in der Ferienanlage ein paar freie Tage, nachdem er einen Auftrag in Las Palmas erledigt hat. Zwischen den beiden entwickelt sich eine ungeheure Anziehungskraft. Gerade als sie sich näher kommen, findet Evelyn ihr Hotelzimmer durchwühlt vor. Mit Marcs Hilfe flieht sie erneut. Die Flucht führt über eine sichere Unterkunft, die als Jagdhütte in den Bergen Gran Canarias getarnt ist, über ein Kreuzfahrtschiff, wieder zurück nach Deutschland.

In Hamburg übernimmt der BND die Verantwortung für Evelyns Sicherheit. Marc und Eves Wege trennen sich. Doch die Organisation, die hinter der Formel her ist, ist gut vernetzt. Plötzlich ist ihre sichere Unterkunft nicht mehr sicher.

Kann Eve den Verbrechern entfliehen? Gibt es für sie und Marc eine Zukunft?

Durch die Beschreibung expliziter erotischer Szenen ist dieser Roman nur für volljährige Leser geeignet.

3513216R00176

Printed in Germany
by Amazon Distribution
GmbH, Leipzig